本书出版得到四川师范大学学术著作出版基金的资助

四川省哲学社会科学研究"十二五"规划项目最终成果

诗意地栖居

——生态批评视角下的哈代"性格与环境"小说研究

曹曦颖 著

人民出版社

责任编辑：贺　畅

图书在版编目（CIP）数据

诗意地栖居：生态批评视角下的哈代"性格与环境"小说研究/
曹曦颖 著. —北京：人民出版社，2018.9
ISBN 978－7－01－019354－0

Ⅰ.①诗…　Ⅱ.①曹…　Ⅲ.①哈代（Hardy,Thomas 1840－1928）－
小说研究　Ⅳ.①I561.074

中国版本图书馆 CIP 数据核字（2018）第 097187 号

诗意地栖居
SHIYI DE QIJU

——生态批评视角下的哈代"性格与环境"小说研究

曹曦颖　著

人民出版社 出版发行
（100706　北京市东城区隆福寺街99号）

环球东方（北京）印务有限公司印刷　新华书店经销

2018 年 9 月第 1 版　2018 年 9 月北京第 1 次印刷
开本：710 毫米×1000 毫米 1/16　印张：21
字数：299 千字

ISBN 978－7－01－019354－0　定价：57.00 元

邮购地址 100706　北京市东城区隆福寺街 99 号
人民东方图书销售中心　电话（010）65250042　65289539

目　录

绪　论 ……………………………………………………… 1

第一节　哈代"性格与环境"小说的国内外研究现状 ……… 4

第二节　生态批评的缘起与主要思想 …………………… 36

　　一、生态批评的缘起 ………………………………… 37

　　二、生态批评的主要思想 …………………………… 47

第三节　哈代"性格与环境"小说与生态批评的关系 ……… 69

第一章　哈代"性格与环境"小说中的自然价值 ………… 74

第一节　自然的工具性价值 ……………………………… 75

第二节　自然的内在价值 ………………………………… 81

第三节　自然的生态系统价值 …………………………… 88

第二章　哈代"性格与环境"小说中的生态困境及其根源 ……… 93

第一节　哈代"性格与环境"小说中的生态困境 ………… 94

　　一、威塞克斯地区自然生态的破坏 ………………… 95

　　二、传统社会生态系统的紊乱 …………………… 101

　　三、现代人精神生态的失衡 ……………………… 117

第二节　哈代"性格与环境"小说中生态困境的根源 …… 135

　　一、社会体制的弊病 ……………………………… 136

　　二、人类中心主义的束缚 ………………………… 151

第三章　哈代"性格与环境"小说中的生态理想 ……………… 177
　　第一节　回归自然 …………………………………………… 177
　　第二节　融入自然 …………………………………………… 191

第四章　哈代"性格与环境"小说生态意识的内蕴与动态转变 … 204
　　第一节　哈代"性格与环境"小说生态意识的内蕴 ………… 205
　　第二节　哈代"性格与环境"小说生态意识的动态转变 ……… 217

第五章　哈代"性格与环境"小说生态意识的形成原因 ………… 231
　　第一节　上博克汉普屯与哈代的"地缘感" ………………… 231
　　第二节　社会转型期的现实生态困境 …………………… 236
　　第三节　达尔文进化理论等学说的多重影响 ……………… 240

第六章　哈代"性格与环境"小说生态意识的再现艺术 ………… 258
　　第一节　传统民谣的借鉴与生态文学的悲剧之维 ………… 259
　　第二节　自然人、文明人与生态难民的形象塑造 ………… 269
　　第三节　视觉与听觉的融会贯通 ………………………… 279
　　第四节　自然人化与人的自然化的合理运用 ……………… 293

结　语 ………………………………………………………… 301

参考文献 ……………………………………………………… 306
后　记 ………………………………………………………… 327

序　一

　　曹曦颖是我 20 世纪 90 年代中期在四川外语学院英语语言文化系教过的优秀学生。从川外毕业后,她仍勤学上进,后在四川大学获得博士学位,现为四川师范大学外国语学院教授。她勤于学、敏于思,钟情翰墨,笔耕不辍,近年来在《社会科学研究》《中国高等教育》和《当代文坛》等刊物上发表了 30 余篇学术论文。这部以英国伟大小说家、诗人托马斯·哈代的小说为研究对象的专著是她在博士论文基础上修改完善而成的。作为老师,我为她取得的学术成绩感到高兴,也非常乐意为她的专著作序。

　　哈代研究是中国 20 世纪初以来英国文学研究乃至外国文学研究的重点领域。自 20 世纪 20 年代我国英国文学译介和研究的先驱徐志摩、张谷若等做出开拓性贡献以来,我国数代英国文学研究学者不断将新思想、新理论和新方法引入哈代研究领域,持续产出研究新成果。曹曦颖的该项研究成果可算近年来我国从事外国文学研究的青年学人将生态批评理论和方法与哈代研究有机结合的可喜成果。

　　托马斯·哈代是英国伟大的小说家、诗人。他在创作中不仅以独特的乡土修辞延续着英国文化的命脉,表现出英格兰的民族精神,也以优美的文学语言再现了自然的神奇魅力,诠释出自然的多重价值。一个世纪以来,学界围绕哈代及其作品的社会、历史、宗教、伦理等主题思想进行了多维度的研究。曹曦颖博士的专著《诗意地栖居——生态批评视角下的哈代"性格与环境"小说研究》则另辟蹊径,以生态批评理论为基础,以评论界公认的、哈代作品中最具重大意义的七部"性格与环境"长篇小说为研究对象,对这些小说中所蕴含的生态意识进行了剖析,对哈代小说生态意识的形成根源、艺术表现形式进行了探究。该研究系统、深入,论述颇有新意、富有见地,不失为哈代小说研究的又一力作,具有较高的学术价值。

作为一位长期隔居英国南部、始终关注人类生存环境的优秀作家,哈代在"性格与环境"长篇小说中对古威塞克斯地区人与自然的面貌进行了生动描绘,将古威塞克斯的山山水水、植物动物、风土人情融入了自己的小说之中。不仅如此,他在小说中还对人与自然之间的相互依存关系进行了深刻揭示,他眼中的自然远比物化的现实世界更具魅力,其笔下的自然美丽、神秘,与人交织一体、浑然天成,深深地融入了人类的社会文化之中,成为了他们生活氛围、精神风貌与民风中不可分割的一个部分。曹曦颖的专著从生态批评的理论视角出发,对哈代"性格与环境"长篇小说中的人与自然之间的密切关系进行了细致解读,对哈代生态意识的形成与同时代各种思潮之间的关系进行了阐释,对哈代小说生态意识的艺术表现形式也进行了梳理与归纳,这些研究有助于进一步加深人们对哈代小说内容及其艺术表现形式的理解与领悟,也有助于丰富人们对西方生态思想史的研究。

在当今世界,人类面临的最严重、最突出、最紧迫的问题就是生态危机问题。人类与自然的空间之争所带来的各种生态灾难已经迫使人们不得不认真思考和采取多种办法来解决迫在眉睫的生态危机问题。哈代在"性格与环境"长篇小说中对于人类所遭受的生态困境进行了细腻的刻画,对造成这些困境的思想文化根源也进行了充分的挖掘和思考,指出不平等的资本主义社会体制是人类生态环境失衡的制度根源,人类意识中根深蒂固的人类中心主义思想则是生态环境被破坏的重要原因;人类唯有回归自然、重返与自然的和谐,才能摆脱目前的生态困境,实现诗意地栖居。对哈代的这些生态意识进行研究,不仅可以帮助人们进一步厘清对生态危机思想文化根源的认识和看法,为我们解决目前的生态危机提供一定启示,也可以为我们进行生态文明建设、重建绿水青山的美好家园提供一些借鉴。

　　曹曦颖在研究中将哈代的所有"性格与环境"长篇小说共同置于生态批评的视角之下加以审视,运用"从文本到历史、文化,再到文本"的互动方法来分析哈代小说中所蕴含的生态意识。这种研究克服了以往研究以单一作品来解读哈代生态意识、以点概面的局限,也突破了往常以出现的背景加作者生平加某一理论的简单套路研究,因而更为全面、深刻。此外,这部专著还对哈代小说中生态意识的动态转变问题进行了探讨,指出哈代在"性格与环境"长篇小说中所表达的生态意识并非始终如一的,而是经历了由早期小说中对诗意栖居理想的热切向往与对传统生活的无比眷恋到中后期小说中对各种生态悲剧的刻画的动态转变过程。这些探讨使得关于哈代生态意识的研究更具历史纵深感、更为客观全面。这部专著也成为国内第一部从生态批评视角系统研究哈代"性格与环境"长篇小说的专著。

　　是为序。

陶家俊

2018 年 4 月 13 日

于北京外国语大学

序　二

　　托马斯·哈代是英国文学史上最负盛名的作家之一,深受全世界读者和批评家的喜爱。目前,国内外研究哈代及其作品的文献已经不计其数,取得的成果浩如烟海,得出的不少结论早已深入人心。对于这样一位广为读者和学界熟知的经典作家,一般的研究者恐怕是避之不及的,原因当然有多重:一则正如英语中的谚语所说"熟则生慢"(Familiarity breeds contempt),选择年代久远的、人们熟悉的作家作为研究对象显然不如选择新人新作更能吸引大家的注意力,更能在后续的发表和成果产出中获得快速可见的效果。二则由于已有的资料实在太过丰富,研究者要收集、选择、阅读和爬梳的文献必然也是海量的,这不仅需要付出大量的时间和精力,还需要有极大的耐心和突出的归纳能力,在广泛占有第一、第二手资料的基础上,进行细致的分析、对比、权衡和取舍。再则更具挑战的是,既然已经有了相当多的研究成果,要在这些成果的基础上寻求突破,找到新的切入点,得出前人未发的新的结论,自然绝非易事。从这个意义上讲,曹曦颖选择哈代作为自己的研究对象,无疑需要相当的勇气以及一位学人应有的不受外界干扰的平静与坚守。令人欣慰的是,她因对哈代怀有浓厚的兴趣和崇高的敬意而笃定了以他为研究对象的决心。在此过程中,虽历经许多常人难以想象的困难,曹曦颖却始终不忘初心,坚持不渝,从未放弃,耐得住寂寞潜下心来做学问,最终为读者奉上了一部关于哈代研究的全新力作,大大丰富了已有的研究成果。

哈代一生著有大量作品,其中包括 14 部长篇小说、4 部短篇小说集和 900 多首诗歌。他将自己的小说分为三类:"罗曼司与幻想"小说"性格与环境"小说以及"机巧"小说,其中评论界公认的最能代表其艺术成就的当属"性格与环境"小说。它们包括长篇小说《德伯家的苔丝》《无名的裘德》《还乡》《卡斯特桥市长》《远离尘嚣》《绿荫下》《林地居民》和短篇小说集《威塞克斯故事集》与《生活的小讽刺》,这些小说关注的一个核心主题是人与环境之间的关系。由于"性格与环境"小说是哈代思想和艺术上最成熟的作品,因而在评论界中被讨论得最多,但这些研究的重心多放在《德伯家的苔丝》《无名的裘德》等名篇上,对《绿荫下》和《林地居民》等作品则有所忽略。与此同时,虽有学者零星论及哈代"性格与环境"小说中的生态主题,却并未深入系统地就此话题展开进一步的研究。曹曦颖的这部专著,运用了 20 世纪 90 年代以来勃兴的生态批评理论,全面系统地分析了哈代七部长篇"性格与环境"小说中的生态主题,指出哈代是一位具有前瞻生态意识的伟大作家,在其作品中传达了他回归自然、诗意地栖居的生态理想,这一理想对于今天深陷生态危机中的人们试图寻求人类救赎的努力也不失为一个很好的鼓舞与启迪。这项研究虽然可能存在一些不足,但在以下方面却得出了不少颇有见地和说服力的结论:首先,作者从生态批评最核心的概念出发,区分了人与外部自然(包括自然生态和社会生态)和内部自然(精神生态)之间的三层关系,在此基础上细致梳理了小说中因自然生态、社会生态和精神生态失衡而对人类造成的生态困境,并回归历史文化语境,对导致这些困境的根源进行了深入的探究。其次,作者通过分析七部"性格与环境"小说中的生态意识,结合西方文化思潮的演变,厘清了哈代生态思想的形成、演变与成熟的过程。哈代提出的进化向善论主张,摒弃了人类中心主义和人与自然二元对立的狭隘思想,强调人类应在有机和谐的生态系统内,尊重自然,改良社会弊端,改善自身命运,从而实现人与自然和谐共处的理想。另外,作者在结合小说文本分析自然的工具性价值、自然的内在价值和生态系统价值时,也阐述得鞭辟入里,令人信服。

　　这部专著是作者在其博士论文的基础上修改而成的。众所周知,读博士是一个艰难而漫长的过程,选择这条道路的人通常会有一些现实利益考量,完全出于个人喜好和兴趣的例子并不多见。曹曦颖在读博期间就顺利评上了正高职称,无需一纸博士学位证书来满足职称评审的条件;同时她还担任学院领导职务,是否具有博士学历并不影响职务的升迁。她追求的是求学时那份沉下心来读书的单纯和专注。当然,求学过程中肯定会有来自家庭、工作和学业多方面的压力,这些是大多数人都会面临的困难,没有必要刻意突出。然而,或许是由于太过拼搏,一场疾病将她击倒,不得不暂时中断学业。当身边几乎所有人都在劝说她放弃的时候,她却从未轻言退缩,以常人难以想象的勇气和毅力完成了博士论文,这一点让所有人都由衷地佩服,也让很多攻读博士学位而又无疾而终者汗颜。令人无比欣慰的是,在她身体渐渐康复之际,其专著也即将付梓。在此,我向她表示衷心的祝贺和诚挚的祝福,也期待她在今后的学术研究中不断取得新成果。

王　安

2018 年 4 月 18 日

于四川大学

绪　　论

托马斯·哈代（Thomas Hardy，1840—1928）是英国跨世纪的著名小说家、诗人，其一生著述等身，共计出版 14 部长篇小说、4 部短篇小说集与 900 多首诗歌。哈代一生中的绝大多数时间都生活在英国历史上的"黄金时代"——维多利亚时代，其时正值英国科学技术突飞猛进、工业革命空前发展、社会结构急剧变化、思潮观念此起彼伏之际。作为一位长期隐居英国南部多塞特郡的敏感作家，作为"田野与晨曦的忠实儿子"①，哈代对新旧两种生活方式与观念的冲突有着不同寻常的体验，对自然的魅力与价值有着深刻而敏锐的感悟，因此他在自己的小说创作，尤其是"性格与环境"小说的创作中运用细腻的文笔生动再现了自然的神奇与活力，并对自然的价值进行了新的考量。他也通过妙趣生辉的语言淋漓尽致地勾勒出了社会转型时期人类面临的种种生态困境，揭示了导致这些生态困境的原因。兴起于 20 世纪 90 年代的生态批评是一种研究"文学与生态环境之间关系"的全新批评理论，该批评理论的主要目的和任务就是对经典或非经典的文学作品进行重新解读，以揭示这些文学作品中"蕴含的生态思想、揭示生态危机的思想文化根源、探索文学的生态审美和生态的艺术表现"②。从这个角度出发，运用生态批评理论对哈代小

---

①　［英］弗吉尼亚·伍尔夫：《论小说与小说家》，瞿世镜译，上海译文出版社 1986 年版，第 81 页。

②　王诺：《欧美生态批评——生态学研究概论》，学林出版社 2008 年版，第 67 页。

说中刻画的生态困境以及导致这些困境的根源进行探究首先具有了理论上的可行性,有助于揭示哈代小说中蕴含的生态意识,有助于挖掘导致人类生态困境的思想文化根源,加深人们对哈代小说内容以及其艺术表现形式的理解与领悟。其次,在哈代生活的时代,人们的生态道德观还远未形成,但是哈代却在自己的小说中对自然生态、社会生态与精神生态失衡给人类造成的生态困境进行了形象的刻画,对作为生态思想核心的自然生态、社会生态、精神生态三要素以及三者间的关系进行了深刻阐释①。对这些问题的探究目前仍然是生态批评关注的热点问题,所以对哈代作品中表现出的超前生态意识进行研究在今天的批评语境下仍然有着重要的现实意义。此外,由于哈代小说生态意识的形成、转变与英美文学的文化思潮演变有着重要关联,对其生态意识的内蕴及其转变进行研究、对其给中西方文化造成的深远影响作进一步的探索,还可以从一个侧面对 19世纪末 20 世纪初人类思想意识的形成与发展进行一次比较全面的梳理与反思,因此有必要对哈代小说的生态意识进行系统、深入的研究。1912年,哈代在整理编辑自己作品的"威塞克斯版本"时,曾将自己的小说分作三类:"罗曼司与幻想"小说(Romances and Fantasies)、"机巧"小说(Novels of Ingenuity)和"性格与环境"小说(Novels of Character and Environment)②。"性格与环境"小说是指《绿荫下》(*Under the Greenwood Tree:A Rural Painting of the Dutch School*,1872)、《远离尘嚣》(*Far from the Madding Crowd*,1874)、《还乡》(*The Return of the Native*,1878)、《卡斯特桥市长》(*The Mayor of Casterbridge:The Life and Death of a Man of Character*,1886)、《林地居民》(*The Woodlanders*,1887)、《德伯家的苔丝》(*Tess of the D'Urbervilles:A Pure Woman*,1891)和《无名的裘德》(*Jude the Obscure*,1895)这七部长篇小说,以及《威塞克斯故事集》(*Wessex Tales*,1888)、《生

---

① 参见鲁枢元:《生态批评的空间》,华东师范大学出版社 2006 年版,第 205 页。

② Thomas Hardy,"General Preface to the Novels and Poems",in *Tess of the D'Urbervilles*,Thomas Hardy,New York and London:Harper & Brothers,1930,p.vii.

活的小讽刺》(*Life's Little Ironies*, 1894)两部短篇小说集。哈代没有明确阐明其小说的分类标准，不过从其分类的结果来看，他的"罗曼司与幻想"小说以"讲述男女恋情故事为主"，其创作手法以现实主义为主，但是其中也夹杂"有罗曼司的成分"；而哈代的"机巧"小说则是他"背离现实主义、带有探索和试验因素的作品"；哈代"性格与环境"小说则"主要以现实主义为主，主题是探讨人性与社会中存在的问题"①，其一大特点是故事多以英国南部、哈代自称为"威塞克斯"的乡村为创作背景，小说的主题也常常围绕人物性格与环境的关系展开，所以侯维瑞、李维屏等学者也将哈代的第三类小说称作"威塞克斯小说"②。虽然从长篇小说《远离尘嚣》伊始，哈代才正式使用"威塞克斯"(Wessex)这片"北起泰晤士河，南抵英吉利海峡，东以海灵岛至温莎一线为界，西以科尼什海岸为边"③的地域作为其小说与人物活动的自然环境，但实际上早在《绿荫下》(1872)中哈代就已经开始在小说中提及"威塞克斯"这个地名了。由于在哈代的三类小说中，七部"性格与环境"长篇小说所占比重最大、最富有特色，被评论界公认为哈代作品中最具有"重大意义的一类小说"④，且这七部小说也是评论家们重点关注与研究的对象，对于人与自然关系的阐释也最为详细、突出，因此本书拟以这七部"性格与环境"长篇小说为研究对象，分析哈代这位先知先觉的生态作家在这些小说中所阐释的自然价值与生态困境，剖析导致这些困境产生的根源，梳理哈代在小说中所表达的回归自然、诗意地栖居的生态理想，揭示其生态意识的本质内蕴与动态转变，进而思考其生态意识的形成根源及其艺术表现形式。

---

① 何宁：《哈代研究史》，译林出版社 2011 年版，第 87 页。

② 侯维瑞、李维屏：《英国小说史》(上)，译林出版社 2005 年版，第 390 页。

③ [英]托马斯·哈代：《小说与诗歌集总序》，张扬译，中国文联出版公司 1985 年版，第 291 页。

④ [苏]阿尼克斯特：《英国文学史纲》，戴镏龄、吴志谦、桂诗春等译，人民文学出版社 1959 年版，第 485 页。

第一节　哈代"性格与环境"小说的
国内外研究现状

　　作为一位坚持"反映生活,暴露生活,批判生活"的优秀小说家①,哈代始终将追求真实视作自己创作的首要任务,继承与发扬了英国现实主义文学的伟大传统。与此同时,他在主题、思想、题材、人物、结构、技巧等方面又独树一帜,对西方文明、社会价值观念进行了犀利批判,对"现代人的心理创痛"进行了生动揭示,对人在现实世界中的艰难处境进行了深刻再现。因此,哈代在发扬英国现实主义文学传统与勃兴英国现代主义文学之间起着独特的"桥梁"作用②。一直以来,英美评论家对哈代及其小说都非常关注,关于七部"性格与环境"小说③的研究更是浩如烟海,但总体上这些研究大多围绕小说创作的主题思想与写作技巧两个方面展开。因此本书将重点从这两个方面对哈代"性格与环境"小说的研究现状进行梳理与综述。

　　评论家们首先对哈代"性格与环境"小说中的自然主题进行了研究。卡尔·韦伯(Carl J.Weber)认为《绿荫下》表现了乡村的情趣与小鸟的啼鸣④,康德拉季耶夫(Nikolai D.Kondratieff)则认为哈代在小说中揭示了人与自然的微妙关系,他笔下那些"与大自然接近、与古老宗法传统相连的

---

　　① Harold Orel,*Thomas Hardy's Personal Writings*,Lawrence:University of Kansas Press,1966,p. 127.

　　② 参见聂珍钊:《悲戚而刚毅的艺术家:托玛斯·哈代小说研究》,华中师范大学出版社 1992 年版,第 XⅢ 页。

　　③ 哈代命名为"性格与环境"小说的小说包括七部长篇小说与两部短篇小说集,但是国内外评论界在评论"性格与环境"小说时通常主要是指七部"性格与环境"长篇小说。

　　④ Carl J.Weber,*Hardy of Wessex:His Life and Literary Career*,New York:Columbia University Press,1940,p. 53.

劳动者主人公"必然会获得胜利①。霍华德·巴伯(Howard Barber)对《远离尘嚣》中的自然场景与主题进行了对比分析,指出这部小说中的自然场景与主题密切相关,不仅是表现城市与乡村、自然与人类文明对立的手段,也是展现奥克与特洛伊不同性格特点的方法,有时还是一种象征、一种独立的道德力量②。玛里琳·威廉姆斯(Merrlyn Williams)则对《还乡》中人与自然的关系进行了剖析,认为哈代笔下的自然具有人性化的特点,既是人物情感的背景、衬托,也是滋养万物与人类社会的土壤③。通过研究克林与埃格敦荒原之间的关系,哈代向人们提出了告诫——人类一旦失去对自然的约束与控制,就会遭受悲惨的结局,在荒原上也只有那些被忽视却依然能忍耐的人才能最终成为"幸存者"④。维吉尼亚·伍尔夫(Virginia Woolf)在《托马斯·哈代的小说》一文中对《卡斯特桥市长》中的自然观进行了阐释,指出哈代在小说中表现的不是所谓的悲观主义,而是人与自然的关系。通过展现亨察德坎坷的一生,哈代在小说中揭示了人与自然、命运斗争这一主题,整个小说自始至终"情节跌宕,生动有趣,脉络清晰,衔接自如"⑤。迈克尔·欧文(Michael Irwin)则研究了《林地居民》中人与树的关系,认为两者命运相关,相互间具有复杂的联系,树木的叹息是对自己被砍的不满,也是对基尔斯被拒绝求婚的同情⑥。安德鲁·恩斯泰斯(Andrew Enstice)将《林地居民》中人和自然的关系与人的社会经济地位结合分析,认为人和自然的关系与人所处的社会经济地位不成正比,越是与自然接近的人越处于社会的底层,而越是与

---

① 苏联科学院高尔基世界文学研究所编:《英国文学史 1870—1955》,秦水译,人民文学出版社 1983 年版,第 231 页。

② Howard Barber, "Setting and Theme" in *Far from the Madding Crowd*, in *ELH*, Vol. 30, No. 2(Jun.1963), p. 148.

③ Merrlyn Williams, *Thomas Hardy and Rural England*, London:Macmillan, 1972, p. 139.

④ Merrlyn Williams, *Thomas Hardy and Rural England*, London:Macmillan, 1972, p. 137.

⑤ Virginia Woolf, "The Novels of Thomas Hardy", in *The Common Reader:Second Series*, London:The Hogarth Press, 1932, p. 255.

⑥ Michael Irwin, *Reading Hardy's Landscape*, Basingstoke:Macmillan, 2000, p. 100.

自然疏离的人则越是处于社会的上层,这种不成正比的关系凸显了自然与文明的对立①。威廉·沃森(William Watson)则在探析《德伯家的苔丝》获得成功的原因时指出,哈代笔下的自然不仅是背景、场景,更是超然的旁观者。由于哈代将自然成功地融入小说之中,从而使得整个小说的悲剧氛围更浓,内蕴也更为深刻②。戴斯蒙德·霍金斯(Desmond Hawkins)也从自然描写与小说情节发展、人物命运更迭之间的关系出发对《德伯家的苔丝》进行了解读。霍金斯指出,这部小说中的自然描写不仅与小说情节、人物命运的变化遥相呼应,而且与人物的情感体现也彼此映衬,人物的情感会受自然景物的影响,而自然景物的刻画则可以帮助展现人物的情感③。弗洛斯特·派乐(Forest Pyle)则在分析《无名的裘德》中的自然古迹的意义时指出,哈代之所以勾勒这些古迹,就是希望在小说中重现历史的记忆,然而时间的严酷性却将这种希望化作了泡影④。

其次,"性格与环境"小说中的社会历史主题也是评论家们关注的重点。佩里洛普·维嘉(Penelope Vigar)对《绿荫下》中人与社会的关系进行了阐释,指出这部小说不仅展现了时代的社会风貌,也体现了历史传统的发展脉络⑤。威廉·巴克乐(William Buckler)则剖析了《远离尘嚣》中的社会与政治问题,认为这部小说的社会与政治背景主要包括性别、阶级、农村与城市的关系等几个方面,而这几个方面的因素影响了小说的情节设计、人物塑造、结构安排与意象指涉⑥。玛里琳·威廉姆斯(Merrlyn

① Andrew Enstice, *Thomas Hardy: Landscape of the Mind*, London: Macmillan, 1979, pp. 101-5.

② William Watson, "William Watson, *Academy*, 6 February 1892", in *Thomas Hardy: The Critical Heritage*, R.G.Cox(ed.), London: Routledge, 1979, pp. 197-202.

③ Desmond Hawkins, *Hardy's Wessex*, London: Macmillan, 1983, p. 51.

④ Forest Pyle, "Demands of History: Narrative Crisis", in *Jude the Obscure*, *New Literary History*, Vol. 26, No. 2(Spring 1995), p. 375.

⑤ Penelope Vigar, *The Novels of Thomas Hardy: Illusion and Reality*, London: The Athlone Press, 1974, pp. 86-7.

⑥ William Buckler, *The Victorian Imagination: Essays in Aesthetic Exploration*, New York: New York University Press, 1980, pp. 3-26.

Williams)分析了《还乡》中的英国社会状况,强调哈代在小说中真实地再现了英国工业化之后的社会现状,其笔下的英国社会不再是传统小说中不变的世外桃源,而是一个存在着文盲与违法现象的现实社会①。伊安·格雷格(Ian Gregor)则对《卡斯特桥市长》中的历史主题进行了解读,认为哈代之所以花费大量笔墨描述亨察德的个人历史,其目的是通过研究亨察德与19世纪40年代英国西南部历史之间的关系解读整个社会历史的发展问题②。西蒙·盖特里尔(Simon Gatrell)运用约翰·斯图亚特·密尔的"论自由"观点对《卡斯特桥市长》中的社会观进行了阐释,认为哈代在小说中通过对亨察德的形象刻画表达了对当时社会制度的不满③。罗杰·艾伯森(Roger Ebbatson)则对《卡斯特桥市长》中的社会阶级意识进行了剖析,指出哈代的阶级观不仅是经济层面的,也是意识形态的,其笔下描写的阶级对立现象与马克斯·韦伯在《新教伦理与资本主义的精神》中表达的观点相对应④。J.希利斯·米勒(J.Hillis Miller)还针对《卡斯特桥市长》中的社会转型问题进行了研究,指出亨察德代表传统的口语文化,法夫瑞代表新的书写文化,他们两者之间的冲突标志着卡斯特桥由"口语文化向书写文化的迅速转型",这种转型与英国社会由传统向现代工业化转型的情况是一致的⑤。简·B.戈登(Jan B.Gordon)在《苔丝的迁徙:家庭的渊源、历史和重构》中从人物语言等角度对苔丝迁徙生活的历史意义进行了讨论,指出苔丝的迁徙不仅是她重新构建家庭渊源

---

① Merrlyn Williams, *Thomas Hardy and Rural England*, London: Macmillan, 1972, pp. 191–3.

② Ian Gregor, *The Great Web: The Form of Hardy's Major Fiction*, London: Faber and Faber, 1974, pp. 117–29.

③ Simon Gatrell, *Thomas Hardy and the Proper Study of Mankind*, Charlottesville, VA: University Press of Virginia, 1993, pp. 82–90.

④ Roger Ebbatson, "Hardy and Class", in *Palgrave Advances in Thomas Hardy Studies*, Phillip Mallett(ed.), New York: Palagrave Macmillan, 2004, p. 127.

⑤ J.Hillis Miller, "Speech Acts, Decisions, and Community in The Mayor of Casterbridge", in *Thomas Hardy and Contemporary Literary Studies*, Tim Dolin & Peter Widdowson(eds.), Basingstoke: Palgrave Macmillan, 2004, p. 47.

的一种尝试,也是其作为过去到现在这段转折时期历史见证人的象征。通过对苔丝迁徙一生的刻画,哈代还原了这段逝去的历史①。巴里·N. 施瓦茨(Barry N.Schwartz)则从存在主义的角度对《无名的裘德》中的社会历史主题进行了阐释,认为哈代在小说中形象描绘了现代社会的命运变迁,使这部小说成为一部现代史诗,也成为一曲描绘现代人境况的挽歌②。

再次,评论家们对"性格与环境"小说中人物的内心世界也进行了不懈探索。理查德·卡彭特(Richard Carpenter)对《绿荫下》中芳茜·黛的心理冲突进行了剖析,认为受过教育的芳茜与《林地居民》中的格雷丝有相似之处,她们都想遵从与生俱来的习惯生活,但在接受文明教育后她们又都渴望过上更为现代、时髦的生活,因而常常在这种传统与现代生活的冲突中表现出内心的分裂③。穆罕默德·萨拉密(Mahmoud Salami)也从精神分析批评的角度对《远离尘嚣》中人物的主体性、女性气质和癔症话语问题等进行了探讨,指出芭思希芭自始至终都在试图运用语言、叙述等多种方式寻求自我的独立、自由与慰藉,哈代笔下的其他所有人物也都一直在不断整合分裂的自我,努力构建或重构自己的主体性④。D.H.劳伦斯(D.H.Lawrence)的《托马斯·哈代研究》(*Study of Thomas Hardy*,1936)对《还乡》中的人物内心世界进行了解读,认为游苔莎与克林内心充满渴望,希望逾越传统,因而遭受严厉的惩罚;托马辛与维恩则内心正常,所以最终成为眷属;怀尔狄夫常常游弋于社会规范之间,约尔布赖特夫人则被

---

① Jan B. Gordon, "Origins, History, and the Reconstitution of Family: Tess' Journey", *ELH*, Vol. 43, No. 3(Autumn 1976), pp. 366-68.

② Barry N.Schwartz, "*Jude the Obscure* in the Age of Anxiety", *Studies in English Literature, 1500-1900*, Vol. 10, No. 4(Autumn 1970), p. 804.

③ Richard Carpenter, *Thomas Hardy*, London: Macmillan, 1979, p. 49.

④ Mahmoud Salami, "The Problem of Subjectivity and Hysteric Discourse in Thomas Hardy's Far From the Madding Crowd", *Damascus University Journal*, Vol. 29, No. 384(2013), p. 69.

社会的传统力量所击溃压垮。通过分析小说人物的内心世界,劳伦斯揭示了哈代小说中流露出的一种自然、强烈的感情力量①。查尔斯·恰尔德·渥卡特(Charles Child Walcutt)也从悲剧的角度对《还乡》中的人物心理进行了分析,指出《还乡》的悲剧实质是人性弱点的悲剧,小说中游苔莎、约尔布赖特夫人、克林与生俱有的自我毁灭冲动与他们的行动产生的悲剧效应有机地结合为一体,使得这部小说成为一部展现人性弱点的伟大小说②。J.希利斯·米勒探究了《卡斯特桥市长》中亨察德失败的原因,认为其失败并非在于命运的折磨,而在于其内心深处的欲望不断遭遇挫折。由于亨察德始终无法与心爱的人一起幸福生活,他遭遇了一次又一次"欲望受挫的梦魇",这种不断遭遇的挫折最终导致了他的失败③。伊莱恩·肖沃尔特(Elaine Showalter)则从女性主义的角度对亨察德的心理进行了阐释,指出这部小说完整地再现了19世纪男性的内心世界,生动地揭示了亨察德从最初否认与脱离激情的自我,到最终接受与培养自我的"非男性化"过程。肖沃尔特认为,亨察德的"非男性化"过程不仅使他认识了自我,也使他变得非常地懦弱④。梅赛尔(Perry Meisel)、罗斯玛丽·萨姆纳(Rosemary Sumner)、乔达诺(Frank R.Giodano)、戴尔斯基(H.M.Daleski)等人还从精神分析批评的角度对《卡斯特桥市长》中的孤独自我、自我毁灭意识、自杀心理、同性恋倾向等问题进行了比较全面、深入的讨论,认为哈代在小说中对孤独的自我进行了比较细腻的剖析,对人物心理中的自我毁灭意识也进行了探讨,而小说中的男主人公亨察德则是哈

---

① D.H.Lawrence, "Study of Thomas Hardy", in *Selected Literary Criticism*, Anthony Beal (ed.), London: Viking, 1956, pp. 170–8.

② Charles Child Walcutt, *Man's Changing Mask: Modes and Methods of Characterization in Fiction*, Minneapolis: University of Minnesota Press, 1966, pp. 162–74.

③ J.Hillis Miller, *Thomas Hardy: Distance and Desire*, Cambridge, Mass: The Belknap Press of Harvard University Press, 1970, pp. 147–50.

④ Elaine Showalter, "The Unmanning of The Mayor of Casterbridge", in *Critical Approach to the Fiction of Thomas Hardy*, Dale Kramer(ed.), London: Macmillan, 1979, pp. 99–115.

代塑造的自我本位的自杀典型①。T.R.赖特(T.R.Wright)运用拉康的精神分析理念对《德伯家的苔丝》中的苔丝形象进行了新颖的解读,认为"苔丝是哈代笔下最悲惨的牺牲品,完全是德伯的肉欲与安玑软弱理想的对象"②,"他们从来没有将苔丝视作有自我欲望的主体,而是将其视作被动的客体",因此苔丝在小说结尾的死亡完全是其作为"命运与文明,尤其是男性欲望牺牲品"的必然结局③。玛乔丽·贾森(Marjorie Garson)则重点讨论了《无名的裘德》中裘德的欲望与挫折问题,指出"裘德的欲望决定了小说的情节、人物与情感基调",但是小说中的艾拉白拉与淑却又将裘德从精神的追求引向肉体的满足,遏制其欲望的实现,因而这部小说形象表现了男性对于女性威胁其欲望实现与身体完整的恐惧④。

"性格与环境"小说中的性别婚姻观也是西方评论家热衷讨论的一个话题。爱德华·尼尔(Edward Neill)对《绿荫下》芳茜·黛所代表的女性地位的变化进行了分析,认为小学女教师芳茜的出现不仅使原本不明显的阶级差别显现了出来,也使得古老的梅尔斯托克唱诗班成为历史,芳茜所代表的社会文化变革对于小说中所展现的带有公有精神的乡间社会构成了巨大威胁⑤。维吉尼亚·伍尔夫则对《远离尘嚣》中的婚姻观进行了阐释,认为哈代并不赞同博尔伍德式的激情,而是倾向于像奥克与芭思希芭那样的幸福婚姻,即夫妻共同投身事业,以此作为婚姻的基石⑥。卡

---

① Perry Meisel, *Thomas Hardy: The Return of the Repressed*, New Haven and London: Yale University Press, 1972; Rosemary Sumner, *Thomas Hardy: Psychological Novelist*, London: Macmillan, 1981; Frank R.Giodano, *I'd Have My Life Unbe: Thomas Hardy's Self Destructive Characters*, Alabama: University of Alabama Press, 1984; H.M.Daleski, *Thomas Hardy and the Paradoxes of Love*, Columbia and London: University of Missouri Press, 1997, p. 124.

② T.R.Wright, *Hardy and the Erotic*, London: Macmillan, 1989, p. 19.

③ T.R.Wright, *Hardy and the Erotic*, London: Macmillan, 1989, pp. 118-9.

④ Marjorie Garson, *Hardy's Fables of Integrity: Women, Body, Text*, Oxford: Oxford University Press, 1991, pp. 152-78.

⑤ Edward Neill, *The Secret Life of Thomas Hardy*, Aldershot: Ashgate, 2004, p. 13.

⑥ Virginia Woolf, "The Novels of Thomas Hardy", in *The Common Reader: Second Series*, London: The Hogarth Press, 1932, pp. 245-57.

萨格兰德(Peter J.Casagrande)也对《远离尘嚣》中表现出来的性别既定规范与男权思想进行了研究,指出评论家们之所以认为芭思希芭是经历种种磨难之后,才由任性虚荣的女孩成长为理性的女性,是因为他们总是站在男性的立场思考,所以他们的评价凸显了人们在性别权力话语方面的既定规范与男权思想①。罗斯玛丽·摩根(Rosemarie Morgan)则对芭思希芭的社会性别角色进行了探讨,认为芭思希芭以自己独特的魅力逾越了传统社会规定的女性角色,实现了对包括奥克在内的所有男性的挑战②。朱蒂斯·米切(Judith Mitchell)的《哈代的女性读者》则剖析了《还乡》中的女性地位问题,指出哈代笔下的男性人物的凝视具有重要的"电影式"呈现作用,但是女性的凝视却被限定在某种角度,成为"被观察的对象",因此哈代小说中关于女性的叙述常常因为注重呈现其被动性与外表描写而将女性置于了被观看与分析的地位③。伊莱恩·肖沃尔特(Elaine Showalter)从女性主义的角度出发对《卡斯特桥市长》中的非男性化问题进行了探讨,认为哈代在小说中不仅通过女性人物的刻画,也通过男性人物,尤其是亨察德的刻画,表达了对女性的同情与认同④。彭尼·博迈尔哈(Penny Boumelha)则从经济、阶级地位与爱情婚姻观出发对《绿荫下》《远离尘嚣》《林地居民》三部小说中的爱情婚姻观进行了解读,认为哈代笔下男女主人公的爱情婚姻观深受权力、地位的影响,女性在选择丈夫的同时实际上是在"选择自己的经济地位"⑤。艾德里安·普里(A-

①　Peter J.Casagrande,"A New View of Bathsheba Everdene",in *Far from the Madding Crowd*,Robert C.Schweik(ed.),New York:Norton,1986,pp.449-52.

②　Rosemarie Morgan,*Cancelled Words:Rediscovering Thomas Hardy*,London:Routledge,1992,p.123.

③　Judith Mitchell,"Hardy's Female Reader",in *The Sense of Sex:Feminist Perspective on Hardy*,Margaret R.Higonnet(ed.),Urbana:University of Illinois Press,1993,p.177.

④　Elaine Showalter,"The Unmanning of *The Mayor of Casterbridge*",in *Critical Approach to the Fiction of Thomas Hardy*,Dale Kramer(ed.),London:Macmillan,1979,pp.99-115.

⑤　Penny Boumelha,"The Patriarchy of Class:Under the Greenwood Tree,Far from the Madding Crowd,The Woodlanders",in *The Cambridge Companion to Thomas Hardy*,Dale Kramer(ed.),Cambridge:Cambridge University Press,1999,p.130.

drian Poole)的《男性话语与哈代笔下的女性》围绕《德伯家的苔丝》中的女性观展开了讨论,指出哈代在刻画女性时,注重刻画她们的身体以及身体与其他人物之间的复杂关系,因而其笔下的女性人物与传统英国小说中的女性不同,她们拥有支配自己身体的力量,也能运用身体和语言表达自己的思想①。理查德·勒·加里安(Richard le Gallienne)则对《德伯家的苔丝》中的"女性理想"进行了阐释,认为哈代在小说中突破传统的女性观念,展示了女性的生存状态②。D.H.劳伦斯(D.H.Lawrence)分析了《无名的裘德》中淑的性别特点,指出小说中的淑具有女性的身体,但同时也具有男性的思想,这种性别意识的双重性使她陷入了重重矛盾之中,从而导致她对性的要求非常排斥③。盖尔·卡宁汉(Gail Cunningham)、罗伯特·吉廷斯(Robert Gittings)则围绕淑的社会性别角色进行了研究。卡宁汉认为淑是新女性的代表,追求爱情、追求自由,表现出强烈的新女性意识④,罗伯纳·吉廷斯则认为淑不参与政治活动,也不寻求经济独立,因而淑仍然是19世纪60年代的"时代女孩"⑤。西蒙·盖特里尔对《无名的裘德》中的婚姻观进行了剖析,认为哈代在小说中揭示了两性冲突的主题,同时也表达了"婚姻的本质就是性的结合"这一观点⑥。

此外,一部分评论家们对"性格与环境"小说中表现的宗教伦理观也进行了探讨。约翰·古迪(John Goode)分析了《绿荫下》中的异教观点,

① Adrian Poole,"Men's Words' and Hardy's Women",in *Essays in Criticism*,Vol. 31,1981,p. 344.

② Richard le Gallienne,"Richard le Gallienne,*Star*,23 December 1891",in *Thomas Hardy:The Critical Heritage*,R.G.Cox(ed.),London:Routledge,1979,pp. 178-80.

③ D.H.Lawrence,"Study of Thomas Hardy",in *Selected Literary Criticism*,Anthony Beal(ed.),London:Viking,1956,p. 208.

④ Gail Cunningham,*The New Woman and the Victorian Novel*,London:Macmillan,1978,pp. 104-6.

⑤ Robert Gittings,*Young Thomas Hardy*,London:Heinemann,1975,pp. 93-5.

⑥ Simon Gatrell,*Thomas Hardy and the Proper Study of Mankind*,Charlottesville,VA:University Press of Virginia,1993,pp. 159-82.

认为这部小说的田园牧歌式叙述下面隐藏着"一种异教和情色的活力"①。彼得·J.卡萨格兰德(Peter J.Casagrande)则认为《绿荫下》中体现出了社会与家庭的人性救赎力量②。拉吉伍·库玛·纳斯克(Rajiv Kumar Nasker)对《远离尘嚣》《卡斯特桥市长》《德伯家的苔丝》中的伦理思想进行了阐释,指出哈代在创作小说时,受斯宾塞、达尔文、斯蒂芬等人理论的影响,因而其小说主人公的思想经历了由自我主义向利他主义的巨大转变③。艾莉森·费奇·凯茨(Alison Fisch Katz)则从圣约解释学的角度对《卡斯特桥市长》中的《圣经》词句进行了解读,认为这些词句在小说中体现得更多的是希伯来语《圣经》的观点,而非希腊《圣经》的观点④。卡萨格兰德(Peter J.Casagrande)对达尔文主义在《林地居民》中的影响进行了研究,指出达尔文主义是影响小说情节与意象的重要因素,他在小说中成功地"将达尔文关于人与自然的现实主义观点与浪漫主义的情节融合在了一起"⑤。艾略特·B.高赛(Elliott B.Gose)则剖析了《德伯家的苔丝》中的进化论思想,认为哈代笔下的苔丝在经历种种磨难之后最终认识了自我,这种精神世界的变化从一个侧面证实了"人是自然进化产物"的进化论观点⑥。皮特·R.莫顿(Peter R.Morton)也从家族遗传的角度探讨了《德伯家的苔丝》的新达尔文主义思想,指出哈代受新达尔文主义者奥古斯特·维斯曼人类遗传思想的影响,在小说中强调苔丝与之俱来的家族遗传影响;在设计小说情节时也与维斯曼相似,将苔丝的命

---

① John Goode, *Thomas Hardy*: *The Offensive Truth*, Oxford: Basil Blackwell, 1988, p. 12.

② Peter J.Casagrande, *Unity in Hardy's Novels*, London: Macmillan, 1982, p. 81.

③ Rajiv Kumar Nasker, "Transformation of Some of Thomas Hardy's Central Characters From Egotism To Altruism", *Golden Research Thoughts*, Vol. 2, No. 4(Oct. 2012) , p. 1.

④ Alison Fisch Katz, "Biblical Exegesis in Thomas Hardy's", *The Mayor of Casterbridge Literature & Theology*, Vol. 26, No. 2(Jun.2012) , p. 179.

⑤ Peter J.Casagrande, "The Shifted 'Centre of Altruism'" in *The Woodlanders*: Thomas Hardy's Third"Return of the Native", in *ELH*, Vol. 38, No. 1(Mar. 1971) , p. 105.

⑥ Elliott B.Gose, "Psychic Evolution: Darwinism and Initiation in *Tess of the D'Urbervilles*", *Nineteenth-Century Fiction*, Vol. 18, No. 3(Dec. 1963) , pp. 261-72.

运与飞鸟进行了对比,因此《德伯家的苔丝》是哈代新达尔文主义思想的一种体现①。兰斯·巴特勒(Lance St.John Butler)围绕苔丝、安玑和德伯宗教信仰的转变问题,剖析了信仰失落以及由此引发的个人发展问题,认为《德伯家的苔丝》中的基督教元素非常突出②;而 C. H. 塞特(C. H. Salter)则认为这部小说中的基督教已经被同化为一种与其他信仰地位相同的宗教③。乔治·沃顿(George Wotton)将苔丝视作与威塞克斯自然风俗紧密联系的异教徒④,蒂姆西·汉斯(Timothy Hands)则将苔丝视作基督教的献身者,认为苔丝经历了从最初的信仰转变为不信仰的过程⑤。诺曼·霍兰德(Norman Holland)则对《无名的裘德》中的宗教象征意义进行了解读⑥。卡洛琳·桑普特(Caroline Sumpter)围绕道德进化论的观点对《无名的裘德》中的同情心问题展开了讨论,认为哈代受斯蒂芬的影响,在小说中强调作者应具有广泛的社会同情心,但是哈代小说的道德观主要以生物决定论,而不是达尔文的思想为基础,哈代意识中的生物决定论就其本质而言是一种前所未有的进化乐观主义⑦。

评论家们围绕"性格与环境"小说中的写作特色也展开了深入研究,主要集中体现在其田园小说特点、悲剧特点以及其他写作技巧等几个方面。评论家们首先对哈代"性格与环境"小说的田园小说特点进行了讨

---

① Peter R.Morton, " *Tess of the D' Urbervilles*: A Neo-Darwinism Reading", in *Southern Review*, No. 7, 1974, pp. 36−51.

② Lance St. John Butler, *Thomas Hardy*, Cambridge: Cambridge University Press, 1978, p. 114.

③ C.H.Salter, *Good Little Thomas Hardy*, London: Macmillan, 1981, pp. 70−1.

④ George Wotton, *Thomas Hardy*: *Towards a Materialist Criticism*, Totowa: Barnes and Noble, 1985, p. 90.

⑤ Timothy Hands, *Thomas Hardy*: *Distracted Preacher*?, Basingstoke: Macmillan, 1989, pp. 66−9.

⑥ Norman Holland, " ' *Jude the Obscure*': Hardy's Symbolic Indictment of Christianity", in *Nineteenth-Century Fiction*, Vol. 9, No. 1 (Jun. 1954) , pp. 50−60.

⑦ Caroline Sumpter, "On Suffering and Sympathy: *Jude the Obscure*, Evolution, and Ethics", *Victorian Studies*, Vol. 53, No. 4(Summer 2011) , pp. 665−687.

论。早在 1872 年,贺拉斯·摩尔(Horace Moule)就在《星期六评论》中对《绿荫下》中的田园诗(prose idyll)特点进行了剖析,认为这部小说生动表现了 19 世纪中期英格兰的田园生活①。维吉尼亚·伍尔夫的《托马斯·哈代的小说》则阐释了《远离尘嚣》中人与自然的关系,认为这部小说中的自然具有深沉而庄严的特点②。迈克尔·斯夸尔斯(Michael Squires)则分析了《远离尘嚣》的"修正式田园小说"(Modified Pastoral)特点③。伊安·格雷格(Ian Gregor)对《远离尘嚣》独特的田园小说特点进行了评价,指出这部小说通过"辩证"的表现手法(Dialectic Present)反映了"人性的脆弱"等问题④。查尔斯·E.梅(Charles E.May)则讨论了《远离尘嚣》的"怪异田园小说"(Grotesque Pastoral)特点,剖析了小说人物觉得无助与怪异的根源⑤。评论家罗纳德·P.德莱普(Ronald P.Draper)还从小说田园思想的角度出发,对《远离尘嚣》中田园生活所体现的特有道德境界进行了评论,认为这种境界与城市生活中的道德沦丧形成了鲜明的对比⑥。玛里琳·威廉姆斯从现实主义的角度出发对《还乡》的乡村小说特点进行了剖析,指出"哈代是第一位全面且真实地创作英国乡村小说的作家",其笔下的《还乡》真实再现了英格兰的乡村状态⑦。劳伦斯·勒纳(Laurence Lerner)从社会背景的角度对《卡斯特桥市长》中的自然乡村

---

① Horace Moule, "Horace Moule, *Saturday Review*, 28 September 1872", in *Thomas Hardy:The Critical Heritage*, R.G.Cox(ed.), London:Routledge, 1979, p. 17.

② Virginia Woolf, "The Novels of Thomas Hardy", in *The Common Reader:Second Series*, Virginia Woolf, London:The Hogarth Press, 1932, pp. 245−57.

③ Michael Squires, "Far from the Madding Crowd as Modified Pastoral", in *Nineteenth-Century Fiction*, Vol. 25, No. 3(Dec. 1970), p. 299.

④ Ian Gregor, *The Great Web:The Form of Hardy's Major Fiction*, London:Faber and Faber, 1974, pp. 45−50.

⑤ Charles E.May, *Far from the Madding Crowd* and *The Woodlanders:Hardy's Grotesque Pastorals*, English Literature in Transition, Vol. 17, No. 2(1974), pp. 147−58.

⑥ Ronald P.Draper, *Thomas Hardy:Three Pastoral Novels:A Casebook*, Basingstoke:Macmillan, 1987, pp. 9−10.

⑦ Merrlyn Williams, *Thomas Hardy and Rural England*, London:Macmillan, 1972, pp. 191−3.

风貌进行了探析,认为这部小说刻画了面临巨大变革的英格兰乡村风貌,栩栩如生地展现了哈代故乡多塞特郡的风土人情①。彭尼·博迈尔哈则将《林地居民》视作"一曲田园生活的挽歌"②。西蒙·盖特里尔的《哈代的威塞克斯图景》对哈代笔下的威塞克斯图景进行了研究,指出《德伯家的苔丝》不仅第一次向读者全面展现了哈代心目中的威塞克斯图景,也向人们全面呈现了威塞克斯的风土人情与自然景观③。

哈代"性格与环境"小说的悲剧特点也是评论家们关注的一个重要方面。约翰·派特森(John Paterson)将《还乡》与希腊悲剧和莎士比亚悲剧进行了对比分析,指出哈代小说的情节框架是按照希腊悲剧的形式设计的,小说的五个部分与戏剧的五个场次对应,而克林则是哈代在传统希腊悲剧英雄与哈姆雷特之间摇摆而试图构建的一个悲剧人物④。布赖恩·汤玛斯(Brian Thomas)则认为哈代的《还乡》借用了不少经典悲剧的元素,其小说场景、时间、结构以及男主人公克林的遭遇都充分说明了经典悲剧对这部小说的影响⑤。约翰·派特森对《卡斯特桥市长》中的悲剧问题也进行了剖析,认为哈代在小说中沿袭传统悲剧的形式,对人与命运、自然以及社会之间的关系进行了思考,其小说阐释的观点与《李尔王》《哈姆雷特》《俄狄浦斯王》等剧作阐释的观点相似,其主人公亨察德的悲剧缘由也与李尔王、俄狄浦斯相似,主要源于自己的激情⑥。劳伦斯·勒纳、简

① Laurence Lerner, *Thomas Hardy's The Mayor of Casterbridge: Tragedy or Social History*, London: Chatto & Windus Ltd., 1975, p. 100.

② Penny Boumelha, *Thomas Hardy and Women: Sexual Ideology and Narrative Form*, Brighton: Harvester Press, 1982, p. 61.

③ Simon Gatrell, *Thomas Hardy's Vision of Wessex*, Basingstoke: Palgrave Macmillan, 2003, pp. 61-3.

④ John Paterson, *The Making of The Return of the Native*, Westport, Conniticut: Greenwood Press, 1978, pp. 59-66, 163-8.

⑤ Brian Thomas, *The Return of the Native: Saint George Defeated*, New York: Twayne, 1995, p. 93.

⑥ John Paterson, "*The Mayor of Casterbridge as Tragedy*", *Victorian Studies*, Vol. 3, 1959, pp. 151-72.

内特・金(Jeannette King)则纷纷对《卡斯特桥市长》中的悲观哲学以及这部小说与希腊悲剧的关系进行了研究①。H.W.马森汉姆(H.W.Massinham)对《德伯家的苔丝》中的悲剧问题进行了分析,指出小说尽管故事情节凄惨,但是其悲剧效果却可以与古希腊悲剧媲美②。道格拉斯・布朗(Douglas Brown)则认为苔丝的悲剧不是其个人的悲剧,而是象征着整个农村社会群体的悲剧,通过苔丝的悲剧哈代向人们表达了这样一个观点,即社会的工业化进程不仅造成外来文化的侵蚀和旧有传统的消失,也使得整个农村社会群体陷入了迷惑不解与深受挫折的失败感之中③。阿瑟・迈兹纳(Arthur Mizener)对《无名的裘德》中的悲剧意义进行了讨论,指出这部小说既没有充分展现典型环境中人物理想与现实无法调和的矛盾,也没有将小说人物塑造成悲剧中的对立两极,因而其悲剧意味不够浓厚,不是一部真正的悲剧④。罗纳德・P.德莱普(Ronald P.Draper)则将《无名的裘德》定义为一部喜剧性悲剧,认为小说的主题是悲剧的,但是小说在刻画人物形象时运用的一些喜剧式夸张手法则使得这部小说超越了传统的悲剧形式⑤。

评论家们对"性格与环境"小说的叙事技巧也进行了探讨。彼得・J.卡萨格兰德(Peter J.Casagrande)剖析了《绿荫下》中的叙事特点,指出芬茜・黛的还乡构成了小说的叙事框架;芬茜・黛的还乡引发了各种矛盾,但是这些矛盾最终都得以圆满解决,因此小说的文本叙事呈现出类似伊

① Laurence Lerner, *Thomas Hardy's The Mayor of Casterbridge:Tragedy or Social History*, London:Chatto & Windus Ltd.,1975,pp. 1–108;Jeannette King, *Tragedy in the Victorian Novel*, Cambridge:Cambridge University Press,1978,pp. 97–126.

② H.W.Massinham, "H.W.Massinham, Daily Chronicle, 28 December, 1891", in *Thomas Hardy:The Critical Heritage*, R.G.Cox(ed.),London:Routledge,1979,p.xxix.

③ Douglas Brown, *Thomas Hardy*, London:Longman,1961,pp. 90–1.

④ Arthur Mizener, "*Jude the Obscure* as a Tragedy", in *Southern Review*, Vol. 6,1940– 1941,pp. 203–13.

⑤ Ronald P.Draper, "Hardy's Comic Tragedy:*Jude the Obscure*", in *Critical Essays on Thomas Hardy:The Novels*, Kramer, Dale & Nancy Marck(eds.),Boston:G.K.Hall & Co.,1990, pp. 243–54.

甸园面临外来入侵的结构,而小说中所有人性力量无法解决的纷扰虽然不时破土而出,但总体上都被压抑在了叙事层面之下①。琳达·M.谢尔斯(Linda M.Shires)则从后结构主义叙事理论出发,对《远离尘嚣》中的叙事、性别以及权力结构之间的关系进行了阐释,指出小说中的性别呈现"微妙、机动、多样",不仅其呈现的性别具有双重性,其叙事的权力结构也不断变化。通过这种小说文本叙事,哈代实现了对传统性别与权力话语的解构②。彭尼·博迈尔哈则运用后结构主义的理论分析了《还乡》等小说的叙事特点,认为哈代从《还乡》伊始,就开始尝试运用两性兼具的叙事策略呈现女性经验,这种尝试在《德伯家的苔丝》中被推向了极致,并出现了断裂。此外,博迈尔哈还指出,由于哈代笔下的人物常常既是叙事的对象,又是叙事的主体,这种"叙事声音的分离、逻辑的对立、视角的突然转换"使得其小说运用两性兼具的叙事策略呈现女性经验并对此进行解释的目的难以实现③。欧文·豪(Irving Howe)则对《德伯家的苔丝》中的叙事结构和特点进行了探究,指出小说的整体结构类似于班扬的《天路历程》,而小说的核心力量则源于其内在叙事,哈代在赋予小说人物相对独立与自由的同时,又通过作者的叙事声音从旁欣赏、评判或教诲,使得小说中比较长篇幅的哲学评论不再是一种累赘,而成为一种塑造人物、突出性格的恰当手段④。戴维·林奇(David Lodge)从叙事声音的角度剖析了《德伯家的苔丝》中的语言形式,认为哈代的小说表现出两种叙事声音,一种是方言性质的,另一种则是修饰过的语言。虽然修饰过的叙事声音可能影响小说风格的体现,但是为了使小说叙事与人物情节在

---

① Peter J.Casagrande, *Unity in Hardy's Novels*, London: Macmillan, 1982, pp. 81–85.

② Linda M.Shires, "Narrative, Gender, and Power in Far from the Madding Crowd", in *The Sense of Sex: Feminist Perspectives on Hardy*, Margaret R.Higonnet(ed.), Urbana: University of Illinois Press, 1993, p. 50.

③ Penny Boumelha, *Thomas Hardy and Women: Sexual Ideology and Narrative Form*, Brighton: Harvester Press, 1982, p. 132.

④ Irving Howe, *Thomas Hardy*, London: Macmillan, 1966, p. 183.

时空上保持距离,这种叙事声音也是非常有必要的①。弗洛斯特·派乐针对《无名的裘德》在表现历史时出现的叙事矛盾进行了解读,指出哈代的小说始终试图揭示那段历史,但是这段历史既是叙事的目的,也是叙事的背景,因而小说的叙事无法抛开一定的历史背景去叙述这段历史,所以小说文本在叙述历史的同时,实际上也是在解构这段历史②。

学者们还对"性格与环境"小说中的其他写作技巧进行了研究。斯蒂芬·J.斯帕克特(Stephen J.Spector)评析了《绿荫下》的艺术手段,认为芬茜·黛的出现改变了小说的叙事中心。哈代借助语言的艺术,通过芬茜这一形象的刻画展现了乡间社会的自然性③。理查德·C.卡彭特(Richard C.Carpenter)研究了《远离尘嚣》中的意象问题,指出这些意象内涵丰富,是其重要作品与次要作品的分界点。这些反复出现的意象使得哈代小说摆脱了"情节剧式的民间故事"的桎梏④。而约翰·贝利(John Bailey)则对《远离尘嚣》表现出的抒情诗与悬念小说相结合的写作风格进行了探讨⑤。约瑟夫·沃伦·比奇(Joseph Warren Beach)、R.W.斯托曼(R.W.Stallman)分别从戏剧冲突和几何构成的角度对《还乡》的情节结构进行了分析⑥。布赖恩·汤玛斯(Brian Thomas)则研究了《还乡》结构与内涵上的现代性特征,认为其本质就是一部以圣乔治和龙的故事

---

① David Lodge, *Language of Fiction*, London and Henley：Routledge and Kegan Paul, 1966,pp.168-71.

② Forest Pyle, "Demands of History：Narrative Crisis in Jude the Obscure", *New Literary History*, Vol.26,No.2(Spring 1995), pp.373-5.

③ Stephen J.Spector, "Flight of Fancy：Characterization in Hardy's Under the Greenwood Tree", in *ELH*, Vol.55,No.2(Summer 1998), p.470.

④ Richard C.Carpenter, "The Mirror and the Sword：Imagery in Far from the Madding Crowd", *Nineteenth-Century Fiction*, Vol.18,No.4(Mar.1964), pp.331-45.

⑤ John Bailey, "Introduction", in *Far from the Madding Crowd*, London：Macmillan, 1974,p.26.

⑥ Joseph Warren Beach, *The Technique of Thomas Hardy*, New York：Russell & Russell, 1922,pp.90-7；R.W.Stallman, "Hardy's Hour-Glass Novel", in *Sewanee Review*, Vol.Ⅳ, No.3 (April-June 1947), pp.283-96.

为原型的创作作品①。戴维·林奇阐释了《还乡》中的电影式呈现技巧②,帕米拉·德泽尔(Pamela Dalziel)则分析了《还乡》在杂志连载中的插图,认为这些插图表达了哈代急于寻求读者认同的心声③。朱利安·莫拉翰(Julian Moynahan)揭示了《卡斯特桥市长》与《圣经·旧约》中"撒母耳记上"之间的平行对应关系④,戴尔·克莱默(Dale Kramer)则对小说复杂的内部结构进行了探析,认为小说存在循环与圆轨两种历史结构,而亨察德与法夫瑞则保持一种平行的结构关系⑤。简内特·金(Jeannette King)分析了《卡斯特桥市长》与希腊悲剧的相似性⑥,威廉·格林斯莱德(William Greenslade)则对《卡斯特桥市长》中米克森巷与卡斯特桥的复杂关系进行了梳理,认为这些关系揭示了社会中潜藏的两极分化问题,也表达了哈代对主流社会秩序的抵制情绪⑦。里昂内尔·约翰逊(Lionel Johnson)讨论了《德伯家的苔丝》中的人物塑造艺术⑧,让·雅克·勒塞克(Jean Jacques Lecercle)则从后结构主义的角度阐释了苔丝与语言的关系,指出苔丝是暴力的客体,"也是暴力的主体";小说的中心则是象征性的暴力。在一系列的象征性暴力过程中苔丝与语言的关系起

①　Brian Thomas, *The Return of the Native: Saint George Defeated*, New York: Twayne, 1995, p. 93.

②　David Lodge, "Thomas Hardy as a Cinematic Novelist", in *Thomas Hardy after Fifty Years*, Lance St.John Butler(ed.), London: Macmillan, 1977, pp. 80-6.

③　Pamela Dalziel, "Anxieties of Representation: The Serial Illustrations to Hardy's *The Return of the Native*", in *Nineteenth-Century Literature*, Vol. 51, No. 1(Jun. 1996), pp. 84-110.

④　Julian Moynahan, "The Mayor of Casterbridge and the Old Testament's First Book of Samuel: A Study of Some Literary Relationships", in *PMLA*, Vol. 71(1956), pp. 118-30.

⑤　Dale Kramer, *Thomas Hardy: The Forms of Tragedy*, London: Macmillan, 1975, pp. 69-91.

⑥　Jeannette King, *Tragedy in the Victorian Novel*, Cambridge: Cambridge University Press, 1978, pp. 97-126.

⑦　William Greenslade, *Degeneration, Culture and the Novel 1880-1940*, Cambridge: Cambridge University Press, 1994, pp. 54-64.

⑧　Lionel Johnson, *The Art of Thomas Hardy*, London: Macmillan, 1895, p. 246.

着关键作用①。伊安·格雷格(Ian Gregor)对《无名的裘德》的形式结构与人物关系进行了研究,认为哈代在小说中一直在寻求形式的突破,其笔下的人物常常处于剧烈的变化之中,其小说的情节也由系列重要、孤立的事件组成②。琼·格兰蒂(Joan Grundy)则认为《无名的裘德》与《卡门》《茶花女》等经典歌剧有类似之处③。阿林·M.杰克森(Arlene M. Jackson)强调《无名的裘德》中照片的特定意义,认为这些照片标志着哈代的视觉重点由最初的绘画式大型意象转变为图示性小型意象④,约翰·R.杜希尼(John R.Doheny)则解析了《无名的裘德》的人物塑造手法⑤。马克·阿斯奎斯(Mark Asquith)探讨了小说中的音乐呈现,认为裘德与淑两人缺乏交流,只有在音乐的影响下或是通过声音中的音乐才能沟通⑥。拉尔夫·派特(Ralph Pite)则解读了《无名的裘德》中的地方主义问题⑦。司各特·罗德(Scott Rode)较为详尽地研究了《还乡》《德伯家的苔丝》和《无名的裘德》中道路的内在意蕴,认为这些道路象征着维多利亚时代人们对自我的追寻⑧。T.R.莱特(T.R.Wright)则在《荧屏上的托马斯·哈代》中研究了《德伯家的苔丝》等作品在电影、电视等领域的

①　Jean Jacques Lecercle,"The Violence of Style in *Tess of the D' Urbervilles*",in *Alternative Hardy*,Lance St.John Butler(ed.),London:Macmillan,1989,pp. 1-25.

②　Ian Gregor,*The Great Web:The Form of Hardy's Major Fiction*,London:Faber and Faber,1974,pp. 207-33.

③　Joan Grundy,*Hardy and the Sister Arts*,London:Macmillan,1979,p. 152.

④　Arlene M.Jackson,*Illustration and the Novels of Thomas Hardy*,London:Macmillan,1981,p. 86.

⑤　John R.Doheny,"Characterization in Hardy's Jude the Obscure:The Function of Arabella",in *Reading Thomas Hardy*,Charles P.C.Pettit(ed.),Basingstoke:Palgrave,1998,p. 64.

⑥　Mark Asquith,*Thomas Hardy*,*Metaphysics and Music*,Basingstoke:Palgrave Macmillan,2005,pp. 147-64.

⑦　Ralph Pite,*Hardy's Geography:Wessex and the Regional Novel*,Basingstoke:Palgrave Macmillan,2002,p. 194.

⑧　Scott Rode,*Reading and Mapping Hardy's Roads*,New York:Routledge,2006.

影响①。

目前有关哈代"性格与环境"小说的研究继续在英美等国深入进行，截至 2015 年 1 月，共有 50 篇英美博士论文对哈代"性格与环境"小说的主题思想与艺术技巧进行了比较细腻、深刻的研究，这些研究集中讨论了哈代小说的自然主义、原始主义、婚姻观、宗教观、伦理思想、人际关系的重新定义、地缘感、性别意识、儿童犯罪行为、记忆、身份和主体性研究等主题思想，以及小说的田园风格、人物形象塑造、电影对哈代小说的改编、疾病与自杀在情节结构中的作用、分裂的话语模式等写作技巧。这些研究围绕哈代的"性格与环境"小说展开了由部分到全面、由肤浅到深入的比较全面的讨论，这些讨论极大地丰富了人们对哈代及其小说的理解，也更加确立了哈代作为卓越小说家在英美文学史，乃至世界文学史上的重要地位和影响。但是，迄今只有为数不多的几位评论家在自己的专著或论文中对哈代"性格与环境"小说中的生态意识进行了一定的讨论。例如，理查德·克里治（Richard Kerridge）在《旅行者的地图：哈代、叙述、生态学》一文中从小说人物与叙述者之间的关系出发，对哈代"性格与环境"小说中的生态意识进行了研究，指出哈代在这些小说中所塑造的人物不是一种单独的存在，而是生态系统中不可分割的一部分，他们的形象是不确定的，是随着叙述观察者的情绪、随着人物形象在小说中所处的环境而变化的②。约翰·帕汉姆（John Parham）也在《维多利亚文学中有生态学研究吗?》一文中对哈代的小说《德伯家的苔丝》中的生态问题进行了探讨，指出这部小说中为发展而发展的政治经济体制对农村的生态系统与人民生活造成了重要影响，农业机器的循环作业铲除了农田中的所

---

① T.R.Wright(ed.),*Thomas Hardy on Screen*,Cambridge and New York:Cambridge University Press,2006.

② Richard Kerridge,"Maps for Tourists:Hardy,Narrative,Ecology",in *The Green Studies Reader:From Romanticism to Ecocriticism*,Laurence Coupe(ed.),London and New York:Routledge,2000,pp. 267-274.

有兔子、蛇与老鼠,而不停运转的脱粒机则使得苔丝的身体随机器不停地旋转,体力极度透支。哈代借这部小说揭示了城市文明对生态以及人民的剥削①。艾米丽·普尔斯·赖特(Emily Powers Wright)在自己的博士论文中剖析了哈代小说中自然、性与悲剧之间的关系,指出其笔下的自然无处不在、无所不能,没有情感、不受控制。因此哈代小说中的自然法则与人的欲望法则之间的矛盾冲突不可调和,小说中那些企图调和两种法则的主人公也最终不可避免地会遭遇失败。乔安娜·因方特·阿巴探托诺(Jhoanna Infante Abbatan-tuono)则对《德伯家的苔丝》中审美观念的演变进行了探究,认为小说表达了返璞归真的审美理念。苏珊·安·黑曼(Susan Ann Hyman)的论文在分析维多利亚乡村小说和回忆录中的乡土精神时,从生态学的角度阐释了部分哈代小说的乡土精神,指出哈代小说中的乡土精神不仅包括对农村和自然的态度、对昔日风俗习惯的怀念之情,也包括对乡下人与英格兰这块土地的深厚感情。这些研究从一个侧面丰富了对哈代小说的研究,也利于加深读者对哈代小说的理解与认同,但是它们在分析哈代小说的生态意识时,常常以一部小说或几部小说为研究对象,对其中涉及的生态意识中的某个方面进行研究,这种研究往往在论述的深入和细致程度方面不够完备,因此有必要将哈代的"性格与环境"小说作为一个整体进行比较全面、深入的研究,以揭示其中蕴含的丰富生态意识。

　　我国学术界也围绕哈代的"性格与环境"小说进行了大量广泛深入的研究。早在1934年,吕天石就对《德伯家的苔丝》进行了译介,译本书名为《苔丝姑娘》,这是我国有历史记载的关于哈代"性格与环境"小说所进行的最早研究。之后,我国学者开始了对哈代"性格与环境"小说历时九十余年的不懈探讨。根据各个时期不同的研究特点,笔者将这九十余

---

① John Parham, "Was There a Victorian Ecology", in *The Environmental Tradition in English Literature*, Burlington: Ashgate, 2002, pp. 169-70.

年大致分为了三个时期,即改革开放前(20世纪30—70年代)、改革开放后至20世纪末(20世纪80—90年代)以及21世纪头十年。

早在19世纪20年代,理白就在《小说月报》"译丛"中译介了哈代的短篇小说《娱他的妻》,诗人徐志摩也在《新月》《东方杂志》等刊物上译介了哈代的诗歌。但是一直到1934年吕天石译介《德伯家的苔丝》,才掀开了我国哈代"性格与环境"小说研究的历史一页。随后,从1935年至1936年张谷若相继翻译、出版了《还乡》《德伯家的苔丝》两部译作。1944年,吕天石再次翻译出版了《微贱的裴德》(即《无名的裴德》)。1937年,李田意出版了我国第一部关于哈代的"性格与环境"小说研究的专著《哈代评传》。虽然这部专著主要是针对"性格与环境"小说中的《德伯家的苔丝》一书进行的简略评述,认为"本书的文字实而不华,本书的结构密而不懈"①,但是这部专著却开启了中国学者研究哈代"性格与环境"小说的先河,使读者第一次比较全面地获悉了哈代的生平及其相关的时代背景。随后的30年代至40年代末这段时间,由于政局动荡、战火连绵等因素的影响,国内的哈代研究基本处于一种停顿状态。到了50年代,国内学者对哈代的研究有所复苏。侍桁、淑勤、张谷若等翻译出版了哈代的多部"性格与环境"小说。1958年,吴国瑞在《西方语文》上发表了关于《德伯家的苔丝》的书评,指出该书在揭露维多利亚社会黑暗的同时,也表达了哈代对社会中下层人民的深切同情②。同年,人民文学出版社还出版了中国第一本有关哈代研究的论文集——《论哈代的〈苔丝〉〈还乡〉和〈无名的裴德〉》,该论文集围绕三部小说的人物形象与主题思想进行了讨论。1958年,唐广钧和张秀岐发表《论〈德伯家的苔丝〉》,对吴国瑞的观点进行了辛辣批判,指出哈代是资产阶级人道主义者,因而读者"应看清书中现实主义手法所描写的那些真实的东西,而不要作了浪

---

① 李田意:《哈代评传》,商务印书馆1938年版,第84页。
② 吴国瑞:《德伯家的苔丝》,《西方语文》1958年第2期。

漫、神秘的艺术手法的俘虏"①。在接下来的二十年中,由于"大跃进""三年困难时期""文化大革命"等多种因素的影响,国内的哈代研究又停顿下来,因而这段时期成为我国哈代研究史上断层的二十年。这种情况一直持续到 20 世纪 80 年代才得以改变,从那时开始,人们重又恢复了关于哈代作品的研究。

纵览国内译介、研究哈代"性格与环境"小说的最初五十年,笔者认为这五十年实际上是关于哈代"性格与环境"小说研究起步与沉寂交替出现的五十年。其间虽然由于多种原因出现了两次研究停止不前的状况,但是总体上中国学者在这五十年中还是译介了《德伯家的苔丝》《还乡》《无名的裘德》三部"性格与环境"小说,并且围绕部分小说的主题展开了激烈的讨论。这些讨论虽然受苏联批评模式与意识形态的影响,在研究时常常轻视或索性撇开哈代"性格与环境"小说的美学价值,用"马列主义立场、观点、方法"对小说做阶级、社会或历史的分析②,但是这些讨论毕竟反映了当时文学批评的现状,将哈代"性格与环境"小说的分析第一次纳入了文学研究的视野,从而为随后关于哈代"性格与环境"小说的进一步研究埋下了深深的伏笔。

改革开放后至 20 世纪末是我国哈代"性格与环境"小说研究飞速发展的时期。这一时期正值"文化大革命"结束、改革开放的国策为哈代小说研究营造了良好的学术研究氛围之时,不少英美国家的相关著述也陆续进入我国,这些内因、外因汇聚一起为我国哈代"性格与环境"小说的研究创造了极为有利的学术批评环境。截至 80 年代末,哈代的主要"性格与环境"长篇小说,如《德伯家的苔丝》《还乡》《无名的裘德》《卡斯特桥市长》《远离尘嚣》等都已译介到中国,部分长篇小说还有了两种以上的译本。而这一时期在各级各类刊物上发表的涉及哈代"性格与环境"

---

① 唐广钧、张秀岐:《论哈代的〈苔丝〉〈还乡〉和〈无名的裘德〉》,人民文学出版社 1958 年版,第 1—13 页。

② 张中载:《新中国六十年哈代小说研究之考察与分析》,《外国文学》2011 年第 3 期。

小说的论文则有 280 多篇,仅核心期刊论文就有 50 多篇①。虽然这一时期发表的论文数量尚不及 21 世纪头 10 年的论文数量,但却远远超过了改革开放前五十年的论文总量,并且研究的范畴也被广泛拓展,研究的质量也得以明显地提高。

随着 1979 年《德伯家的苔丝》被成功搬上银屏,中国掀起了一场"苔丝研究热"。1982 年,《文汇报》刊登了张谷若的《〈苔丝〉小说及其作者》,沈耀庭、章柏青和夏平也纷纷发表文章,就影片《苔丝》发表观后感和评论。敏捷、金文俊、缪建伟和段芳玫等围绕"性格与环境"小说的语言特色、书信体、悲剧系统等写作技巧进行了一定的研究。张中载、聂珍钊、张国风、段炼、王玲珍、敏捷、解楚兰、金长发等则剖析了"性格与环境"小说中的悲观哲学、现实主义、人道主义、悲观与希望的双重主题、失败中的奋斗精神等主题思想。张玲、敏捷、张世君、祝信等还对"性格与环境"小说中的苔丝、亨察德、裘德等人物形象进行了比较系统的分析。1987 年,张中载出版了改革开放以来第一部哈代研究的专著《托马斯·哈代——思想和创作》,从哈代思想与创作的复杂性、多面性入手,结合具体的历史背景对哈代作品(包括"性格与环境"小说)中蕴藏的思想内涵与艺术价值进行了深入浅出的解析②。但是,总体上 80 年代的相关研究以介绍和初步评析《还乡》《德伯家的苔丝》《无名的裘德》《卡斯特桥市长》几部小说的主题、人物和艺术技巧为主,研究的深度和广度还不够充分。

进入 90 年代以后,国内学者对这些小说则进行了更为广泛和深入的研究。学界首先对以往的小说译本进行了再认识,在肯定其积极作用的同时也指出了当下存在的一些不足。与此同时,译林出版社等出版社也

---

① 本章中出现的数据均以在 CNKI 数据库中检索的结果作为依据,检索方式为首先以"'性格与环境'小说"为主题词在 CNKI 远程数据库中的全部期刊范围中进行检索,检索的截止时间为 1989 年 12 月 30 日,检索结果为 280 多篇,再将数据库限定条件设定为在核心期刊的范围中,从前面的检索结果中再进行检索,检索结果为 50 多篇。

② 张中载:《托马斯·哈代——思想和创作》,外语教学与研究出版社 1987 年版,第 1—4 页。

陆续推出一系列新的译本与读者见面,接受读者与评论界的检验。这一时期的学术研究也有了长足进展。1992 年,聂珍钊出版专著《悲戚而刚毅的艺术家:托玛斯·哈代小说研究》,对七部"性格与环境"长篇小说进行了精辟分析,梳理了其小说创作的内在发展脉络,勾勒了哈代创作生涯的全貌①。同年,陈焘宇主编《哈代创作论集》,对英美等国关于哈代研究(包括"性格与环境"小说研究)的具有代表性的文章进行了编译,拓宽了国内研究者的视野,推动了国内哈代研究的发展②。1994 年,朱炯强出版专著《哈代——跨世纪的文学巨人》,对《还乡》《德伯家的苔丝》和《无名的裘德》等进行了研究,指出这些小说虽然蒙上了一层悲观的色彩,但是却反映了资本主义侵袭下英国乡镇的实际情况,表现出了批判现实主义的本色③。同年,吴笛出版的专著《哈代研究》则运用传统文学批评手段对几部"性格与环境"小说的主题思想与艺术特色进行了剖析④。此外,这一时期的期刊论文在研究的数量和质量上也都呈现出迅速上升的势头。杨金才对"性格与环境"小说中研究较少的《远离尘嚣》进行了系列讨论与研究,张玲、吴锡民则阐释了这些小说的多重意蕴⑤。陈庆勋、李肇华分析了"性格与环境"小说中的乡土特点,顾红曦、张亚英则对这些小说的悲剧冲突进行了解读⑥。祖晓梅、戴承富分别剖析了"性格与环

---

① 聂珍钊:《悲戚而刚毅的艺术家:托玛斯·哈代小说研究》,华中师范大学出版社1992 年版,第 17 页。

② 参见陈焘宇编:《哈代创作论集》,中国社会科学出版社 1992 年版。

③ 参见朱炯强:《哈代——跨世纪的文学巨人》,杭州大学出版社 1994 年版。

④ 参见吴笛:《哈代研究》,浙江文艺出版社 1994 年版。

⑤ 杨金才:《论哈代的〈远离尘嚣〉》,《外国文学研究》1990 年第 1 期;杨金才:《社会的缩影　现实的批判——试论哈代的〈远离尘嚣〉》,《外国文学研究》1993 年第 1 期;张玲:《晶体美之所在——哈代小说数面观》,《外国文学评论》1995 年第 2 期;吴锡民:《立体的构架　多重的意蕴——论哈代悲剧小说的艺术对比工程》,《外国文学研究》1990 年第 2 期。

⑥ 陈庆勋:《论哈代的乡土精神》,《外国文学评论》1998 年第 3 期;李肇华:《英国农村的斑斓史诗——论威塞克斯小说的乡土物证》,《外国文学研究》1994 年第 3 期;顾红曦:《苔丝悲剧命运成因论》,《西安外国语学院学报(社会科学版)》1998 年第 2 期;张亚英:《略谈哈代〈无名的裘德〉的冲突意识》,《扬州师院学报》1994 年第 2 期。

境"小说中表现的宗教危机与爱情婚姻观,张箭飞、王捷等则将研究的范畴拓展到小说中的植物石南以及人物性格的审美内蕴等方面①。一部分学者则围绕哈代"性格与环境"小说的写作技巧展开了讨论。敏捷、金长发、唐慧心对"性格与环境"小说的悲剧形式进行了分析,杨信彰、沈绍华、张海涛则研究了这些小说的语言特点②。王立婷、金长发分别评析了"性格与环境"小说的形象化艺术与场景艺术,曾令富则针对《德伯家的苔丝》中的环境描写特点进行了研究③。成梅、李增、吴晶、董务刚还纷纷将哈代的"性格与环境"小说与老舍、劳伦斯、夏洛蒂·勃朗特和约翰·福尔斯以及霍桑的作品进行了比较研究④。总之,在 90 年代这段时期,我国学者继续深入挖掘与分析了哈代"性格与环境"小说的主题与写作技巧,不仅进一步丰富了《还乡》《德伯家的苔丝》《无名的裘德》《卡斯特桥市长》几部小说的相关研究,而且对以前人们关注较少的《远离尘嚣》的主题与写作技巧也进行了比较广泛的探讨。此外,这一时期的学者还开始将哈代小说与国内外知名作家的作品进行比较研究,从而成为了这

---

① 祖晓梅:《哈代与上帝之死》,《天津师大学报》1998 年第 3 期;戴承富:《从托马斯·哈代的创作看其爱情婚姻观嬗变》,《外国文学研究》1994 年第 3 期;张箭飞:《花无舌而有深刻的言词——论英国文学中的石南》,《外国文学研究》1998 年第 1 期;王捷:《概论哈代小说人物性格的审美意蕴》,《外国文学研究》1990 年第 1 期。

② 敏捷:《〈远离尘嚣〉:哈代悲剧性小说的发轫》,《上海师范大学学报(哲学社会科学版)》1992 年第 1 期;金长发:《哈代长篇小说悲剧形式溯源》,《扬州师院学报》1990 年第 1 期;唐慧心:《哈代长篇小说悲剧形式溯源》,《扬州师院学报》1990 年第 1 期;杨信彰:《英文小说中语言的功能意义》,《外国语》1992 年第 5 期;沈绍华、张海涛:《从〈还乡〉看英语比喻的语言形式》,《山西大学学报(哲学社会科学版)》1991 年第 3 期。

③ 王立婷:《形象化与可视性——〈德伯家的苔丝〉中的一个艺术特色》,《东北大学学报(社会科学版)》1999 年第 2 期;金长发:《哈代长篇小说场景艺术浅论》,《扬州师院学报》1991 年第 4 期;曾令富:《象征与神话原型:〈德伯家的苔丝〉中的环境描写》,《外国文学评论》1994 年第 4 期。

④ 成梅:《灵活的借鉴 独特的创新——〈骆驼祥子〉与〈无名的裘德〉之比较研究》,《陕西师范大学学报(哲学社会科学版)》1999 年第 2 期;李增:《劳伦斯和哈代笔下人物的血缘关系》,《外国文学研究》1994 年第 2 期;吴晶:《维多利亚时代的三个叛逆女性》,《外国文学研究》1994 年第 2 期;董务刚:《评〈德伯家的苔丝〉和〈红字〉中的道德观》,《解放军外国语学院学报》1995 年第 5 期。

一时期哈代研究的一大特色。

在新世纪的头十年,我国的哈代"性格与环境"小说研究则进入了鼎盛时期,其速度之快令人称奇。据笔者统计,仅从 2000 年 1 月到 2015 年 1 月这十余年间,在各级各类刊物上发表的涉及哈代"性格与环境"小说的论文就共有 900 多篇,其中有 70 多篇发表在了核心期刊上①。2000 年和 2001 年在各级各类刊物上发表的有关"性格与环境"小说的论文仅 19 篇和 39 篇,时至 2013 年和 2014 年则分别高达 150 余篇和 170 余篇。这些迅速增加的研究数据表明,我国的"性格与环境"小说研究进入了历史上的繁荣时期。

这一时期,一方面,学者们继续在刊物上发表文章,对单部或多部"性格与环境"小说的创作主题、宗教哲学思想、性别婚恋观、伦理道德观、生态思想等进行剖析,例如郝涂根、颜学军、黄丛笑对小说悲观主义、宿命论思想的探讨,聂珍钊、丁世忠对小说达尔文主义、女性伦理的阐释,马弦、刘爱琳、孙晓燕等对小说性别与爱情婚姻观的分析,张一鸣、殷企平关于小说宇宙意识、想象共同体的讨论,陈瑜明等关于生态主题的解读,何欣、冯梅、姬生雷对《德伯家的苔丝》的法律审视以及对小说贵族精神和痞子气的研究,丁世忠、颜学军、胡宝平、李鹏对于小说中的民间活态文化、文学思想、怀旧主题与现代主义质素的研究等等②。

另一方面,学者们也继续围绕哈代"性格与环境"小说的叙事技巧、神话原型、比较研究、艺术特点、结构分析等写作技巧进行讨论,例如张

---

①　此段中的数据均以在 CNKI 数据库中检索的结果作为依据,检索方式为首先以"'性格与环境'小说"为主题词在 CNKI 远程数据库中的全部期刊范围中进行检索,检索的截止时间为 2000 年 1 月 1 日到 2015 年 1 月 31 日,检索结果为 900 多篇,再将数据库限定条件设定为在核心期刊的范围中,从前面的检索结果中再进行检索,检索结果为 70 多篇。后面的检索方式和此处检索方式一致,只是根据具体时间调整了检索的时间范畴,所以不再赘述。

②　郝涂根:《哈代认同古希腊悲剧的命运观念吗?》,《外语研究》2006 年第 3 期;颜学军:《哈代与悲观主义》,《国外文学》2004 年第 3 期;黄丛笑:《托马斯·哈代的宿命论在〈苔丝〉中的体现》,《中南民族学院学报(人文社会科学版)》2002 年第 5 期;聂珍钊:《哈代的小说创作与达尔文主义》,《外国文学评论》2002 年第 2 期;丁世忠:《试析哈代小说的女性伦理》,《江西社会科学》2009 年第 9 期;马弦:《论哈代小说中的新女性形象》,《外国文

群、吴卫华、李金梅、魏艳辉等人对"性格与环境"小说的叙事结构、叙事母题、空间叙事以及反田园牧歌的乡土叙事的分析,马弦、张艳清和张燕楠以及王平对小说中圣经原型与人物形象原型的探讨,孙坚、高建为、张亚丽、白晶和王晓姝等对哈代与老舍、陀思妥耶夫斯基、奥斯汀、福克纳写作特点的对比研究,张群、陈庆勋、陶家俊对小说创作风格、民谣特点以及哈代场的阐释,任良耀对小说文本结构的剖析等等①。

此外,这一时期的期刊论文研究也开始更加注重将"性格与环境"小

学研究》2004 年第 1 期;刘爱琳:《哈代小说反传统的两性世界》,《求索》2005 年第 5 期;孙晓燕:《主流和民间视域中的哈代小说的爱情婚姻观》,《江苏社会科学》2011 年第 6 期;张一鸣:《论哈代小说中的宇宙意识》,《外国文学研究》2014 年第 4 期;殷企平:《想象共同体〈卡斯特桥镇长〉的中心意义》,《外国文学》2014 年第 3 期;陈瑜明:《〈还乡〉中人与荒原主题的生态解读》,《内蒙古农业大学学报(社会科学版)》2012 年第 4 期;何欣:《苔丝悲剧命运的法律审视》,《外国文学研究》2012 年第 2 期;冯梅、姬生雷:《〈德伯家的苔丝〉中的贵族精神和痞子气》,《前沿》2012 年第 8 期;丁世忠:《哈代小说中的民间活态文化及其价值》,《西南民族大学学报》2009 年第 9 期;颜学军:《简论托马斯·哈代的文学思想》,《解放军外国语学院学报》2006 年第 5 期;胡宝平:《哈代作品中的怀旧》,《外国文学评论》2005年第 2 期;李鹏:《哈代悲剧小说中的现代主义质素》,《江西社会科学》2004 年第 3 期。

① 张群:《独特的"方阵舞",别样的"巧合"——论哈代小说的叙事结构》,《外国语》2000 年第 4 期;吴卫华:《不伦之恋:〈无名的裘德〉的叙事母题探析》,《外国文学研究》2006 年第 2 期;李金梅:《析〈无名的裘德〉的空间叙事》,《中北大学学报(社会科学版)》2014 年第 6 期;魏艳辉:《反田园牧歌的乡土叙事——重论哈代小说〈还乡〉与〈德伯家的苔丝〉中人与自然的关系》,《解放军外国语学院学报》2012 年第 6 期;马弦:《苔丝悲剧形象的"圣经"解构》,《外国文学研究》2002 年第 3 期;张艳清、张燕楠:《再现〈圣经〉世界中的"替罪羊"——评析〈旧约·撒母耳记〉和〈卡斯特桥市长〉中人与社会冲突的主题》,《东北大学学报(社会科学版)》2004 年第 3 期;王平:《〈还乡〉的神话原型解读》,《安徽工业大学学报(社会科学版)》2007 年第 4 期;孙坚:《〈骆驼祥子〉和〈无名的裘德〉:现实主义的契合》,《外语教学》2003 年第 6 期;高建为:《〈白痴〉与〈德伯家的苔丝〉悲剧艺术比较》,《俄罗斯文艺》2007 年第 4 期;张亚丽:《生态批评视阈中的奥斯汀与哈代小说》,《山西师范大学学报(社会科学版)》2011 年第 6 期;白晶、王晓姝:《哈代和福克纳性别观之比较——以〈德伯家的苔丝〉与〈喧哗与骚动〉为例》,《黑龙江社会科学》2012 年第 2 期;张群:《19 世纪英国现实主义小说的迥异之作——论〈卡斯特桥市长〉的创作风格》,《解放军外国语学院学报》2000 年第 2 期;陈庆勋:《吟唱着英国民谣的哈代作品》,《上海师范大学学报(哲学社会科学版)》2005 年第 5 期;陶家俊:《跨文化转化诗学视野中的哈代场》,《国外文学》2010 年第 2 期;任良耀:《精心建构的艺术世界——哈代、福克纳和加西亚·马尔克斯之文本结构初探》,《外国文学》2002 年第 3 期。

说作为一个整体分析,或者对几部"性格与环境"小说中思想与技巧的发展轨迹进行探讨。陈文娟对哈代笔下的工业革命与价值观的变迁进行了分析,李增、王丁则探讨了哈代"性格与环境"小说中"性格"和"环境"的关系①。万燚剖析了"性格与环境"小说中的现代主义因素,马弦、刘飞兵则围绕哈代"性格与环境"小说的民谣艺术进行了评价②。刘小菠对《还乡》和《卡斯特桥市长》两部小说所表现的哈代思想的发展与变化进行了研究,韩婷则讨论了几部"性格与环境"小说悲剧思想的发展轨迹③。何宁阐释了哈代小说创作的转折问题,丁尔苏则从文化研究与后殖民批评的角度分析了哈代的《卡斯特桥市长》、阿契贝的《支离破碎》、鲁迅的《阿Q正传》和赛珍珠的《大地》四部作品构成的从前现代到现代转型的文学再现④。这些学者的深入剖析不仅使我国关于哈代"性格与环境"小说的研究范围从个别小说主题、技巧的微观分析扩展到了对"性格与环境"小说的总体研究或动态研究,而且也让我国关于哈代"性格与环境"小说的研究进入了更为系统、全面的阶段。

在21世纪头十年也有几部上乘的专著问世。2001年,祁寿华与"哈代研究会"执行副主席威廉·W.摩根(William W.Morgan)合作出版了《回应悲剧缪斯的呼唤:托马斯·哈代小说和诗歌研究文集》,对部分"性格与环

---

① 陈文娟:《哈代笔下的工业革命与价值观的变迁》,《外国文学研究》2002年第4期;李增、王丁:《论哈代"性格与环境小说"中的"性格"和"环境"的关系》,《外国文学研究》2004年第5期。

② 万燚:《论哈代"性格与环境"小说的现代主义因素》,《四川理工学院学报(社会科学版)》2004年第4期;马弦、刘飞兵:《论哈代"性格与环境"小说的民谣艺术》,《外国文学研究》2007年第2期。

③ 刘小菠:《哈代思想的一次发展与变化——小说〈还乡〉、〈卡斯特桥市长〉比较》,《贵州社会科学》2008年第2期;韩婷:《论托马斯·哈代悲剧性小说思想发展的轨迹》,《沈阳农业大学学报(社会科学版)》2008年第2期。

④ 何宁:《论哈代小说创作的转折》,《外国文学研究》2008年第6期;丁尔苏:《前现代—现代转型的文学再现》,《外国文学评论》2009年第4期。

境"小说的悲剧效果、节奏、美学意义、性别观等进行了深入的分析①。2002年,张玲出版著作《哈代》,以自己独到的见解对"性格与环境"小说中的人物形象、地方色彩、传统与现代问题等进行了分析与阐释②。2008年,丁世忠出版的专著《哈代小说伦理思想研究》以"性格与环境"小说为主,结合其小说伦理叙事的历史语境,围绕小说的大地伦理、动物伦理、生态难民、精神生态以及生态伦理的局限性等几个方面对哈代小说的叙事伦理思想进行了探讨,成为我国第一部比较系统地研究"性格与环境"小说生态伦理的专著③。同年,李美华的专著《英国生态文学》也对《林地居民》《还乡》和《远离尘嚣》中的生态思想进行了分析,指出三部小说运用细腻形象的笔触描写了英国的美丽乡野,刻画了哈代眼中的自然之子形象,这些生动的描写与刻画从一个侧面体现了哈代的生态思想④。2009年出版的吴笛的新著《哈代新论》则从生态批评、性别批评、法律批评等视角,结合跨文化研究、影响研究等方法,对哈代"性格与环境"小说的思想与创作进行了更新、更深的探索。其中有一章专门从生态批评的视角对风光秀丽、地貌独特的埃格登荒原进行分析,这些分析与探索进一步补充与深化了其早期出版的《哈代研究》,同时也大大拓展了原有哈代"性格与环境"小说研究的视域⑤。这一年出版的高万隆的《婚恋·女权·小说:哈代与劳伦斯小说的主题研究》还从社会学、心理学、历史学的角度对哈代与劳伦斯小说的婚姻主题进行了比较研究。高万隆一方面剖析了作家个人成长道路对其婚姻观的影响;另一方面又将小说置于英国社会的思想文化背景中审视,将小说的婚姻问题与英国社会的女性意识变化、女权主义思潮等联系了起来,"使文学研究穿越了文本,穿越了作家,具

---

① 参见祁寿华、[美]William W.Morgan:《回应悲剧缪斯的呼唤:托马斯·哈代小说和诗歌研究文集》,上海外语教育出版社2001年版。

② 参见张玲:《哈代》,华夏出版社2002年版。

③ 参见丁世忠:《哈代小说伦理思想研究》,四川出版集团、巴蜀书社2008年版。

④ 参见李美华:《英国生态文学》,学林出版社2008年版。

⑤ 参见吴笛:《哈代新论》,浙江大学出版社2009年版。

有了社会思想文化探索的高度与意义"①。2011 年,何宁则公开出版了《哈代研究史》,该著作以哈代的作品文本为研究中心,对各个时期有关哈代小说、诗歌、诗剧的评论流变进行了详尽评述。因为这本著作围绕中西学者关于哈代作品的研究进行了比较全面的回顾与对比,所以该著作不仅呈现了中西哈代研究的整体风貌,也为思考中国对西方文化的理解、批评与吸收提供了很好借鉴②。

由于哈代"性格与环境"小说的思想内涵丰富,艺术风格独特,国内也有不少硕士或博士以其为研究对象(或部分的研究对象)撰写学位论文。据笔者统计,截至 2015 年 1 月,共有 300 多篇硕士论文、3 篇博士论文以哈代"性格与环境"小说为研究对象(或部分研究对象)③,集中从悲剧思想、宗教观、伦理学、民俗学、阐释学、美学、叙事学、现代性以及哈代与鲁迅等作家的比较等角度对一部或几部"性格与环境"小说进行了不同视角、不同层次的探讨。例如,郝涂根围绕《还乡》《德伯家的苔丝》和《无名的裘德》三部小说中的新宗教的仁爱与纯洁问题进行了探讨,指出哈代在这三部小说中所宣传的新宗教是一种伦理道德观念,它脱胎于基督教,却又不同于基督教;它认可基督教的传教形式,却又否定基督教中的神秘成分和僵死教义;哈代的新宗教内涵主要包括"仁爱"和"纯洁"两个方面,这两种内涵分别源于耶稣的"博爱"教义和"纯洁"观;哈代重视以宗教途径传播道德观念,他以小说为载体传播的"仁爱"和"纯洁"等道

---

① 参见高万隆:《婚恋·女权·小说:哈代与劳伦斯小说的主题研究》,中国社会科学出版社 2009 年版。

② 参见何宁:《哈代研究史》,译林出版社 2011 年版。

③ 本段中出现的数据均以在 CNKI 数据库中检索的结果作为依据,检索方式为首先以"哈代"为主题词在 CNKI 远程数据库中进行精确检索,检索的截止时间为 2015 年 1 月 31 日,然后将检索条件中的主题词限定为"小说",从前面的检索结果中再精确检索,将检索结果按照数据库分类,在优秀硕士论文数据库中的检索结果为 300 多篇硕士论文,在博士论文数据库中的检索结果为 9 篇博士论文,其中 3 篇博士论文与哈代的小说相关。

德价值观念具有普世的意义①。刘红霞则对哈代小说(包括"性格与环境"小说)与诗歌的关系加以阐释,认为哈代本身兼具诗人的气质和小说家意识,他没有受制于文体的分类,而是在这个秩序系统中融入了自己个性化结构和技巧,使其创作呈现出一种以某种文体为主、融入其他文体的跨文体特征:他把诗歌的元素应用到小说中,使威塞克斯小说散发着迷人的田园诗情;同时又把小说的元素调和在诗歌中,增加了诗歌的叙事性、客观性和普遍性,丰富了自己的艺术表现手法,也有助于拓宽题材,突破小说和诗歌固有的表现方式,从而使作品具有一种不可替代的审美特征②。陈珍则从民俗学的角度对哈代小说(包括"性格与环境"小说)进行了探讨,指出哈代小说与民俗有着深厚的渊源,民俗文化为哈代提供了创作素材和艺术灵感,民俗认同是哈代小说创作的心理基础,哈代通过对民间文学艺术风格的创造性借鉴,以地方民俗为素材创作了享誉全球的鸿篇巨著,实现了对人类生存的哲学思考和对人性的深层剖析,哈代小说就是各类民俗事象以高超的艺术手法串联起来的乡村故事,它们既是地方的,也是世界的、全人类的③。

综上所述,国内外关于哈代"性格与环境"小说的研究集中探究了这几个方面的问题:一、对哈代"性格与环境"小说的主题思想进行了多维度的研究。学者们重点对其中涉及的自然、社会、历史、人物内心世界、性别婚姻观、宗教伦理观等主题思想进行了探究,并且还将研究领域拓展到了文学以外的其他领域,如对哈代小说中涉及的地理、民俗、电影、电视等进行了讨论。二、对哈代"性格与环境"小说的艺术技巧、写作风格等进行了阐释。评论家们集中运用女性主义、精神分析、原型批评、文化批评等新观念、新方法、新视角剖析了哈代小说中的人物模式、叙事艺术、情节

---

① 郝涂根:《仁爱与纯洁:哈代小说中新宗教的二维研究》,上海外国语大学博士学位论文,2012年。

② 刘红霞:《哈代小说和诗歌的关系研究》,北京外国语大学博士学位论文,2013年。

③ 陈珍:《民俗学视域下的哈代小说研究》,陕西师范大学博士学位论文,2014年。

结构、乡土风格等问题,同时也将哈代与沈从文、贾平凹、狄更斯、德莱塞、福克纳等其他小说家进行了比较研究。这些研究表明,国内外评论界关于哈代"性格与环境"小说的研究已经取得巨大成就,对哈代及其小说已做了较为全面、切实的评价。这些评价不仅从某种意义上反映出了西方文学批评的发展脉络,折射出西方社会思想观念与价值体系的变化,也从不同侧面丰富了哈代及其小说研究,拓展了相关研究的领域,加深了读者对哈代及其小说的理解。

　　然而,上述研究中仍然存在以下一些问题:一、对哈代"性格与环境"小说的关注不够平衡。哈代一生共发表 7 部"性格与环境"长篇小说,但是从国内外研究的现状来看,研究的重点集中在《还乡》《德伯家的苔丝》《无名的裘德》等几部小说方面,对《绿荫下》与《林地居民》的关注相对较少,总体上存在着研究力量不均衡的现象。这一点在中国的相关研究中显得尤为突出:约有三分之二的论文对《还乡》《德伯家的苔丝》《无名的裘德》三部小说进行分析讨论,对《绿荫下》与《林地居民》进行讨论的研究则为数甚少。二、就研究主题而言,国内外学者主要聚焦于哈代"性格与环境"小说的悲剧思想、自然观、性别婚姻观、宗教伦理观等主题思想的剖析,围绕其他主题展开的研究相对偏少,尤其是对其生态意识的系统研究为数甚少,迄今尚无博士论文或专著对哈代的生态意识进行比较系统的梳理与研究。虽然已有几位学者以哈代的一部或几部"性格与环境"小说为研究对象剖析其中涉及的生态伦理、生态女性主义思想,但是这些研究多以单部小说为线索,在研究中也常常将自然、社会、精神三个方面割裂开来讨论,只研究其中的一个或两个方面,往往注重揭示其自然主题,就忽略了对其社会、精神主题的思考,抑或是强调分析小说的社会历史主题,就忽略了其造成的精神灾难,等等。三、关于哈代"性格与环境"小说研究的成果总体上呈上升趋势。近年来也陆续出版了几部质量较高的专著,但总体上有独到见解和新颖观点的论文却并不多见,低水平重复研究现象相对较多,并且这些研究的批评视角略显单一。

总之,艺术需要"通过一种完整体向世界说话"①。哈代之所以将《绿荫下》等小说命名为"性格与环境"小说,就是因为这些小说表达了一个共同的主题,即人与环境的关系。在这里,环境不仅指自然生态环境,也指社会(生态)环境②,还指精神生态环境。由于自然生态与社会生态又被称作"外部自然",精神生态则被称作"内部自然"③,因此哈代的"性格与环境"小说就其本质而言就是反映了人与内、外部自然之间的关系。并且,哈代在小说中所反映的人与内、外部自然之间的关系也并非一成不变的,而是经历了不断完善的动态变化过程。因此我们有必要利用以研究文学与生态环境(即内、外部自然)之间关系为重点的生态批评理论为支撑④,从整体的视角出发对哈代"性格与环境"小说中的人与环境(即人与内、外部自然)的关系进行比较系统、深入的研究,以剖析哈代在这些小说中所体现的生态意识。也只有对哈代的"性格与环境"小说进行比较系统的分析,才能对其小说中涉及的生态意识做出整体的把握与揭示,避免从单一或孤立的视角研究其生态意识所造成的肤浅偏颇。

第二节　生态批评的缘起与主要思想

作为一种研究"文学与生态环境之间关系"的全新批评理论,生态批

---

① ［德］爱克曼辑录:《歌德谈话录》,朱光潜译,人民文学出版社1978年版,第136—137页。

② Florence Emily Hardy, *The Life of Thomas Hardy*, Vol. II (1892—1928), London: Macmillan, 1933, p. 44.

③ 刘文良:《范畴与方法——生态批评论》,人民出版社2009年版,第46页。关于自然生态、社会生态与精神生态的具体定义和分类请参见本书绪论部分的第二节的第二点。

④ Glotfelty, Cheryll & Harold Fromm (eds.), *The Ecocriticism Reader: Landmarks in Literary Ecology*, Athens: The University of Georgia Press, 1996, p.xviii.

评主要兴起于 20 世纪 90 年代①。该批评理论重点在于从生态学的角度出发,对经典或非经典的文学作品进行重新解读,旨在从历代文本中发现有助于解释我们今天与自然关系的情感和道德规范,以便"考察我们的文化对自然界的种种狭隘假设如何限制了我们想象一个生态的、可持续的人类社会的能力"②。步入 20 世纪的现代人类取得了举世瞩目的文明成果,然而人们尚来不及为自己取得的成果欢呼雀跃,各种生态危机就开始纷沓而至。文明与生态环境似乎成为一对不可调和的矛盾,科学技术的泛滥更是给人类带来史无前例的生态灾难。然而,人类是理性的,20 世纪 90 年代在英美文学界掀起的生态思潮就是人类对自身文明体系的一次彻底反思。无论在自然领域抑或是人文领域,生态话语俨然成为了研究的主流话语。作为人类文化的重要承担者,文学研究不可能置这一研究的主流话语于不顾。生态批评的出现就是批评家们在生态危机中寻求自然与人类解救之途而做的一次努力。由于每个时代都会依据自己的时代问题对传统做出合理的解释,人们的思维也总是随时代与实践的发展而不断前进,而思维内容和方法的发展则会使评论者的观点日益深化③,因此,生态批评对文学研究所做的最大贡献就在于给文学研究带来了整体上说是全新的理念,它的出现为从新的角度解读哈代"性格与环境"小说,为更加深入地研究哈代的小说思想提供了可能。

一、生态批评的缘起

虽然生态批评主要崛起于 20 世纪 90 年代,但是其思想渊源却比较

① Glotfelty, Cheryll & Harold Fromm (eds.), *The Ecocriticism Reader*: *Landmarks in Literary Ecology*, Athens: The University of Georgia Press, 1996, p.xviii.

② Michael P.Branch, Rochelle Johnson & Daniel Patterson(eds.), *Reading the Earth*: *New Directions in the Study of Literature and Environment*, Moscow, Idaho: University of Idaho Press, 1998, p.xiii.

③ 张中载:《托马斯·哈代——思想和创作》,外语教学与研究出版社 1987 年版,第 2 页。

久远。实际上,人们很早就针对生态学与文学之间的密切关系进行过研究。例如,文学评论中经常提及的"地方色彩"(regionalism)、"田园风格"(pastoralism)、"回归自然"(return to nature)等术语就包含着生态批评的成分①,所以西蒙·C.伊斯托克(Simon C.Estok)曾经指出:"从古至今,不同的人们在不同的时代都以不同的原因一直表达着对自然世界的关注。"②事实上,早在1866年,恩斯特·海克尔(Ernst Haeckel)就将 eco-(希腊语"house"or"habitat")和 logy(希腊语"the study of")组合起来,创造了"生态学"这一术语③。1962年,蕾切尔·卡逊(Rachel Carson, 1907—1964)创作的《寂静的春天》则为生态批评提供了优秀的范本。1972年,约瑟夫·米克(Joseph W.Meeker)在《生存的喜剧:文学生态学研究》中首次提出了"文学生态学"这一术语,认为该术语主要研究"文学作品中的生物学主题及其关系",并试图"揭示文学在人类生态学方面所起的作用"④。1973年,阿伦·奈斯(Arne Naess)则将自然科学领域的生态学与人文科学领域的世界观结合一体,提出了著名的深层生态学理论。该理论反对传统的人类中心主义,倡导自然的独立价值,主张人与自然、社会的和谐统一⑤。1978年,威廉·鲁克尔特(William Rueckert)在《文学与生态学:一次生态批评实践》一文中首次提出"生态批评"这一术语,将生态批评定义为"生态学与生态概念在文学研究中的运用"。鲁克尔特还认为批评家应该具有"生态学的视野",而文艺理论家则应当建构出

---

① 吴笛:《人文精神与生态意识——中西诗歌自然意象研究》,浙江大学博士学位论文,2004年,第30页。

② Simon C.Estok, "A Report Card on Ecocriticism", in *AUMLA:The Journal of the Australasian Universities Language and Literature Association*, Vol. 96(Nov. 2001), p. 220.

③ Donald Worster, *Nature's Economy:A History of Ecological Ideas*, Cambridge: Cambridge University Press, 1994, p. 192.

④ Joseph W. Meeker, *The Comedy of Survival: Studies in Literary Ecology*, New York: Scribner's, 1972, p. 9.

⑤ Arne Naess, "The Deep Ecological Movement: Some Philosophical Aspects", in *Environmental Philosophy*, Michael E. Zimmerman (ed.), Upper Saddle River: Prentice-Hall Inc., 1998, pp. 203-10.

"生态诗学的体系"①。1984 年,卡洛斯·贝克(Carlos Baker)在《绿色的回声》中对以自然为主题的作家的环境保护意识进行了讨论②。1985年,弗列德里克·瓦格(Frederick Waage)则编辑出版了《环境文学教学:材料、方法、资源》一书③。1989 年,尼特基创办了《美国自然文学创作通讯》这份杂志,为以自然和环境为主题的文学作品提供了讨论空间。同年,在美国召开了西部文学学会。会上,彻丽尔·格罗特费尔蒂(Cheryll Glotf-elty)重申了"生态批评"这个术语,并且呼吁将其运用到文学批评的"自然写作"研究之中。洛夫(Glen A.Love)对格罗特费尔蒂的呼吁做出了迅速的回应,发表了《重新评价自然:走向生态文学批评》(*Revaluing Nature*:*Toward Ecological Literary Criticism*)这篇文章,这篇文章在生态批评界引起了巨大反响④。从 20 世纪 90 年开始,一些高校在学校也逐步设立文学与生态学的比较研究课程。美国现代语言学会还在 1991 年召开了关于"生态批评:文学研究的活力"的特别学术研讨会。1992 年,在美国内华达州的里诺校区成立了以斯科特·斯洛维克(Scott Slovic)为会长的"文学与环境研究学会"(Association for the Study of Literature and Environment),开始发行每年两次的"文学与环境研究学会新闻"。同年,美国文学学会召开以"美国自然文学创作:新语境、新途径"为主题的学术研讨会。而 1993 年,帕特里克·墨菲(Patrick Murphy)创办的半年刊《文学与环境跨学科研究》(*Interdisciplinary Studies in Literature and the Environment*,*ISLE*)与 1996 年格罗特费尔蒂与哈罗德·弗洛姆(Harold Fromm)主编的《生态批评读者:文

①　William Rueckert, "Literature and Ecology:An Experiment in Ecocriticism", in *Iowa Review*, Vol. 9, No. 1(Winter 1978), pp. 71–86.

②　Carlos Baker, *The Echoing Green*, Princeton, NJ:Princeton University, 1984, pp. 1–392.

③　Frederick O. Waage (ed.), *Teaching Environmental Literature*:*Materials*, *Methods*, *Resources*, New York:MLA, 1985, pp. 1–191.

④　Glen A.Love, "Revaluing Nature:Toward Ecological Literary Criticism", in *The Ecocriticism Reader*:*Landmarks in Literary Ecology*, Glotfelty, Cheryll & Harold Fromm(eds.), Athens:University of Georgia Press, 1996, pp. 226–232.

学生态学的里程碑》(*The Ecocriticism Reader:Landmarks in Literary Ecology*)
的正式发行,则标志着"生态批评"作为一个独立的文学批评流派在学术界
得以最终确立。因此,正如生态学者劳伦斯·布伊尔(Lawrence Buell)所
说,"尽管文学研究与自然环境相关几乎可以追溯到文学批评自身那样久
远,但只是在20世纪90年代,它才被当作一场运动的一部分"①。

随着生态批评在学术界影响的逐渐深入,越来越多的学者与机构加
入到生态批评的研究行列。1998年,布朗奇(Michael P.Branch)发表论
文集《阅读大地:文学与环境研究新走向》,将生态批评的重心拓展到生
态伦理学的高度,认为生态批评不仅应该是文学研究中分析自然的一种
手段,还应该实现伦理学上的延续,将人类的认知拓展到包含非人生命形
式和自然环境的地球社区②。同年,英国批评家理查德·克里治和内
尔·塞梅尔斯(Neil Sammells)编著了英国第一本生态批评论文集《书写
环境:生态批评与文学》,该论文集对生态批评的理论、历史以及当代生
态文学三个方面的问题进行了讨论,对生态批评的现实使命予以了肯
定③。在这一年,墨菲(Patrick D.Murphy)还主编出版了大型论文集《自
然文学:一部国际性资料汇编》,在汇编中墨菲强调生态批评的发展"需
要对全世界表现自然的文学进行国际性透视"④,而在1999年出版的《现
代语言学会会刊》(*PMLA*)中墨菲则指出,"在'现代语言学会'会员占有
职位的所有院系都应当开设生态批评的课程"⑤。与此同时,《印第安纳

---

① Lawrence Buell,"On Ecocriticism(A Letter)",in *PMLA*,Vol. 114,No. 5(Oct. 1999),
p. 1090.

② Michael P.Branch(ed.),*Reading the Earth:New Directions in the Study of Literature
and Environment*,Moscow,Idaho:University of Idaho Press,1998,p.xiii.

③ Kerridge,Richard & Neil Sammells(ed.),*Writing the Environment:Ecocriticism and Lit-
erature*,London and New York:Zed Books,1998,pp. 1-246.

④ Patrick D.Murphy(ed.),*Literature of Nature:An International Sourcebook*,Chicago:
Fitzroy Dearborn Publishers,1998,p.xiv.

⑤ Patrick D. Murphy,"On Ecocriticism(A Letter)",in *PMLA*,Vol. 114,No. 5
(Oct. 1999),p. 1099.

评论》《佐治亚评论》《新文学史》《北达科他季刊》等学术期刊纷纷出版
文学与环境专刊,甚至美国最权威的学术刊物《现代语言学会会刊》也特
别开辟了"生态批评论坛"对生态批评理论进行了专题讨论。2000 年 6
月爱尔兰科克大学举办了题名为"环境价值"的国际学术研讨会,10 月台
湾淡江大学则举行了题名为"生态话语"的国际生态批评研讨会,英国学
者吉福德(Terry Gifford)在会上向各国学者呼吁:"将生态批评引入大学
课堂。"2000 年,莎玛(B. D. Sharma)则发表《垮掉派的生态学与东方哲
学》,对佛教、禅宗等东方哲学中的"天人合一"的生态学意义等进了讨
论①。贝特(Jonathan Bate)出版专著《大地之歌》,从生态批评的角度对
从古希腊到 20 世纪的整个西方文学进行了研究,对现代社会发展的核心
思想——机械论、二元论、还原论等进行了犀利批判,同时对生态批评的
理论也进行了一定探讨②。同年,劳伦斯·库泊(Lawrence Coupe)编辑出
版生态批评论文集《绿色研究读本》,对从浪漫主义到当代文学中的生态
话语进行了分析③。墨菲主编的《自然取向的文学研究》与约翰·托尔梅
奇(John Tallmadge)等主编的《生态批评新论》精心收集了大量文学评论界
与环境科学界的最新研究成果。2001 年,劳伦斯·布伊尔则发表《为濒临
灭绝的地球而写作》一文,将生态批评的视野从自然界延伸到城市,从内陆
延伸到海洋,强调探究人类生态危机的根源,重寻人类的栖居之路④。阿姆
布鲁斯特(Karla Armbruster)主编的《生态批评探究》汇集了各种生态批
评的最新成果。大卫·麦泽尔(David Mazel)主编的《生态批评的世纪》

---

① 　B. D. Sharma, *Ecology and Oriental Philosophies in the Beats*, New Delhi: Anmol, 2000, pp. 1–288.

② 　Jonathan Bate, *The Song of the Earth*, Cambridge, Mass: Harvard University Press, 2000, pp. 1–335.

③ 　Lawrence Coupe(ed.), *The Green Studies Reader: From Romanticism to Ecocriticism*, New York: Routledge, 2000, pp. 1–315.

④ 　Lawrence Buell, *Writing for an Endangered World: Literature, Culture and Environment in the U.S. and Beyond*, Cambridge, MA and London: The Belknap Press of Harvard of University, 2001, pp. 1–384.

则对生态批评进行了全方位的回顾与总结。2002 年,弗吉尼亚大学出版社公开出版第一套生态批评丛书——"生态批评探索丛书",权威刊物《跨学科文学研究》则接连推出两期关于生态批评的专辑——《生态诗学》第 3 期与《生态文学批评》第 4 期。同年,文学与环境研究学会在英国分别召开"生态批评的最新发展""创造、文化与环境"等学术研讨会,就生态批评、生态诗学与生态女权主义等问题进行了广泛深入的讨论。2003 年,文学与环境研究学会则在美国波士顿召开名为"海洋—城市—水池—园林"的第 3 届年会,之后又在圣迭戈等地召开了系列专题学术研讨会。这一系列的学术研究与活动极大地促进了生态批评理论的研究与发展。在接下来的十年间,以生态批评为主题的学术论文汗牛充栋,各类期刊也纷纷开辟生态批评的专栏,数十部生态批评的学术专著陆续出版,这些都意味着生态批评的相关研究在西方已经步入了成熟与完善的阶段。

在这种"生态学"研究的全球语境下,中国学者也不甘落后,几乎在西方生态批评兴起的同时,不少中国学者也开始了对生态批评的研究与探讨。早在 20 世纪 80 年代后期,曹顺庆就在其《中西比较诗学史》中对中西方地理环境与其诗学本质、起源、思维等方面的密切联系进行了论述①。夏中义、张皓等人则提出了"文学生态论"与"绿色系统工程"。1992 年,中国的"环境文学研究会"成立。该研究会的成立与美国"文学与环境研究会"的成立几乎处于同一时期。随后,国内学界先后召开数十次以"生态批评"为主题的大型学术会议,各种有关生态批评的学术著作、论文陆续推出,这些都标志着我国生态批评的研究日趋成熟。

2000 年,鲁枢元出版《生态文艺学》,从生态学的视野对文学艺术现象进行了深入剖析②。曾永成的《文艺的绿色之思——文学生态学引论》

---

① 参见曹顺庆:《中西比较诗学史》,四川出版集团、巴蜀书社 2008 年版。
② 参见鲁枢元:《生态文艺学》,陕西人民教育出版社 2000 年版。

则将马克思主义与文艺生态问题相结合,对文艺审美活动的生态本性、文艺生态思维的观念和范畴等问题进行了探讨①。徐恒醇的《生态美学》将中国传统美学以人的生命体验为核心的审美观与近代西方以人的对象化和审美形象观照为核心的审美观相结合,对生态美学进行了比较系统的研究②。雷毅的《生态伦理学》则对生态伦理学的理论依据、原则、行为规范等进行了讨论。余谋昌从生态学世界观的角度,对生态哲学的定义、基本问题、基本结构进行了界定③。2002 年,张皓则主编出版国内第一套关于生态美学思想研究的丛书——《文艺生态探索丛书》,他本人所著的《中国文艺生态思想研究》则对儒家、道家、禅宗文化的生态思想以及生态批评的特点等问题进行了细致探讨④。2003 年,曾繁仁的《生态存在论美学论稿》揭示了生态批评与生态美学的思想基础和传统文学批评与美学研究的思想基础之间的本质区别⑤。王诺的《欧美生态文学》则对欧美生态思想史和生态文学史做了比较系统的勾勒,揭示了欧美生态文学的思想蕴含⑥。唐代兴的《生态理性哲学导论》以人与世界生态一体存在为基点对整体生态智慧进行了讨论,对生态理性哲学进行了阐释⑦。张华则在其论著《生态美学及其在当代中国的建构》中对文艺理论与美学发展历程中生态美学的地位、意义和作用进行了界定,提出了建立生态存在论美学体系的构想⑧。王茜的《生态文化的审美之维》从哲学美学层面和审美文化现象研究层面探讨了生态文化的审美之维⑨。张艳梅等合著

---

①　参见曾永成:《文艺的绿色之思——文艺生态学引论》,人民文学出版社 2000 年版。
②　参见徐恒醇:《生态美学》,陕西人民教育出版社 2000 年版。
③　参见雷毅:《生态伦理学》,陕西人民教育出版社 2000 年版。
④　参见张皓:《中国文艺生态思想研究》,武汉出版社 2002 年版。
⑤　参见曾繁仁:《生态存在论美学论稿》,吉林人民出版社 2003 年版。
⑥　参见王诺:《欧美生态文学》,北京大学出版社 2011 年版。
⑦　参见唐代兴:《生态理性哲学导论》,北京大学出版社 2005 年版。
⑧　参见张华:《生态美学及其在当代中国的建构》,中华书局 2006 年版。
⑨　参见王茜:《生态文化的审美之维》,上海世纪出版集团 2007 年版。

的《生态批评》则对生态批评的理论使命、思想缘起、原则建构等问题进行了研究①。2008 年,李美华的专著《英国生态文学》按时间顺序对英国各阶段文学作品中的人与自然主题进行了重新解读②。杨通进主编的《生态二十讲》则译介了二十余篇西方生态批评的著名经典文章③。鲁枢元的三卷本《文学的跨界研究》,对生态学的人文转向、文学使命、精神生态学等问题进行了深入探索,实现了文学与心理学、语言学和生态学等学科的跨学科研究④。2013 年,曾繁仁、大卫·格里芬(David Ray Griffin)主编的《建设性后现代思想与生态美学》(上下卷)则从崭新视角对建设性后现代的思想、生态、对话与建设等问题进行了比较系统的探索。此外,这套著作还从中西文化差异、城市建筑美学、文学媒介等多个维度对当代生态美学的发展进行了评述⑤。

国内学者不仅著书立说对生态批评的相关问题进行研究,同时也在《文艺研究》《文学评论》《文艺理论研究》《外国文学评论》《外国文学研究》《外国文学》等刊物相继刊发或转载了一批有关生态批评的学术论文。1999 年,司空草发表论文《文学的生态学批评》,对《生态批评读本》《新文学史》专号、《浪漫主义的生态学:华兹华斯与环境传统》等西方生态批评研究成果进行了介绍⑥。任春晓的《关于生态伦理的若干哲学论证》则对生态伦理学产生的原因进行了剖析,指出生态伦理面对的客体是多层次、多属性的,因此生态伦理的形成需要人类的信念,也需要依靠科学技术的发展来维持⑦。2002 年,王诺发表的《生态批评:发展与渊

---

① 参见张艳梅、蒋学杰、吴景明:《生态批评》,人民出版社 2007 年版。
② 参见李美华:《英国生态文学》,学林出版社 2008 年版。
③ 杨通进编:《生态二十讲》,天津人民出版社 2008 年版。
④ 鲁枢元:《文学的跨界研究》,学林出版社 2011 年版。
⑤ 参见曾繁仁、[美]大卫·格里芬主编:《建设性后现代思想与生态美学》(上下卷),山东大学出版社 2013 年版。
⑥ 司空草:《文学的生态学批评》,《外国文学评论》1999 年第 4 期。
⑦ 任春晓:《关于生态伦理的若干哲学论证》,《复旦学报(社会科学版)》2000 年第 2 期。

源》对美、英等国生态批评的形成与发展进行了介绍,并从学术前沿的角度,对生态批评未来发展中应解决的关键问题进行了展望①。韦清琦的《方兴未艾的绿色文学研究——生态批评》在评述格罗特费尔蒂、布伊尔等西方生态批评家思想的同时,也对中国文学中的生态批评思想进行了剖析②。在《陶渊明的人文生态观》一文中,王先霈以陶渊明为例,围绕中国古代文学针对人与自然关系的研究进行了探讨③。而马凌的《征服与回归:近代生态思想的文学渊源》则全面梳理了西方文学中的生态思想,将西方文学传统中的心态归纳为回归自然与征服自然两种,将传统中的自然原型意向归纳为"阿卡狄亚"与"帝国"两类意向④。刘蓓的《生态批评研究考评》从生态批评的兴起、发展、原则等方面对西方生态批评进行了总体评述,并深刻分析了生态批评的可行性与困难等问题⑤。袁鼎生的《生态美的系统生成》则对生态美的基础与生态美系统生成的历程、完备性等进行了讨论⑥。张旭春在《生态法西斯主义:生态批评的尴尬》中指出,生态批评在描述生态危机现象的同时,更应深刻揭示危机背后的政治原因,生态批评应将对现代性的反思作为自己的终极问题⑦。汪余礼的《易卜生晚期戏剧中的生态智慧》则从哲学、宗教等视角对易卜生晚期戏剧中深邃的生态智慧与人文关怀做了详尽论述⑧。李庆本的《从生态美学看实践美学》认为生态美学应该以生态整体论为理论基础,生态美学不是实践美学的组成部分,而是中国美学的一种新型理论形态⑨。2011 年,曾繁仁则在《生态存在论美学视野中的自然之美》中对生态存在

①　王诺:《生态批评:发展与渊源》,《文艺研究》2002 年第 3 期。

②　韦清琦:《方兴未艾的绿色文学研究——生态批评》,《外国文学》2002 年第 3 期。

③　王先霈:《陶渊明的人文生态观》,《文艺研究》2002 年第 5 期。

④　马凌:《征服与回归:近代生态思想的文学渊源》,《外国文学研究》2003 年第 1 期。

⑤　刘蓓:《生态批评研究考评》,《文艺理论研究》2004 年第 2 期。

⑥　袁鼎生:《生态美的系统生成》,《文学评论》2006 年第 2 期。

⑦　张旭春:《生态法西斯主义:生态批评的尴尬》,《外国文学研究》2007 年第 2 期。

⑧　汪余礼:《易卜生晚期戏剧中的生态智慧》,《外国文学评论》2009 年第 3 期。

⑨　李庆本:《从生态美学看实践美学》,《文艺理论研究》2010 年第 3 期。

论美学视野中的自然之美与认识论的"自然人化"之美、生态中心论的
"自然全美"进行了区分,指出生态存在论美学中的自然之美并非实体之
美而是关系之美,这种美和中国古代的"中和论"与"生命论"美学相契
合①。耿纪永、张洁发表的论文《论 W.S.默温的生态诗与佛禅》,从佛教
的"缘起论"与"无我论"出发对默温的诗歌进行了剖析,认为佛禅思想的
运用将默温的生态诗歌引入一种新的境界②。朱峰则在《后殖民生态视
角下的〈耻〉》中从后殖民生态批评的视角对《耻》中描述的"新"南非的
生态环境状况进行了研究,指出《耻》在揭示南非生态环境恶化根源的同
时,也表达了建立人与人、人与自然和谐相处的生态环境的呼声③。

　　此外,还有一批学者以生态批评为选题方向撰写了博士学位论文。
韦清琦的《走向一种绿色经典:新时期文学的生态学研究》运用从理论分
析到文本实践的方法对新时期的生态文学进行了讨论,并提出建构文学
的绿色经典的构想。刘蓓的博士学位论文《生态批评的话语建构》则从
西方生态批评的渊源、发展概况、理论依据、经典重塑等角度出发,对绿色
批评的学术价值与现实意义进行了深入讨论。宋丽丽的《文学生态学建
构——生态批评的思考》从文学生态学的概念和模式、诗学生态系统等
角度对文学生态学进行了比较系统的建构。胡志红的《西方生态批评研
究》则从产生的背景、发展历程、思想基础、主要内容等角度对西方生态
批评理论进行了比较系统的评述,对中国生态批评的兴起、发展与现状也
进行了简要梳理。李晓明的《美国生态批评研究》从背景、发展进程、基
本特征、理论研究、具体文学批评、影响等方面对美国生态批评进行了总
体介绍。朱新福的《美国生态文学研究》则以生态批评为理论基础,通过
运用跨文化、跨学科、经典作家文本阅读与史论相结合的方法,对美国殖
民地时期至后现代时期文学中的环境意识与生态思想进行剖析,揭示生

---

① 曾繁仁:《生态存在论美学视野中的自然之美》,《文艺研究》2011 年第 6 期。
② 耿纪永、张洁:《论 W.S.默温的生态诗与佛禅》,《外国文学研究》2012 年第 5 期。
③ 朱峰:《后殖民生态视角下的〈耻〉》,《外国文学研究》2013 年第 1 期。

态文学研究的意义和影响。苗福光的《生态批评视角下的劳伦斯》以生态批评为理论基础,对劳伦斯的自然生态思想、社会生态思想、精神生态思想等进行了探讨。王诺的《欧美生态批评——生态学研究概论》则对生态批评的使命、发展、思想特征、美学原则、对象等进行了比较系统的阐述,明确提出了生态文学研究的哲学基础与切入点。刘文良的博士论文《范畴与方法——生态批评论》对生态批评的范畴进行了廓清,对生态批评的方法进行了归纳,从而为构建有中国特色的生态批评理论框架提供了一个富有创新性的思路。

　　总之,从 90 年代生态批评作为一个独立的文学批评流派在学界得以确立以来,在短短几十年的时间内,几乎所有人文社会学科都出现了与生态相关的各类成果。目前,生态问题的研究已经在世界范围内展开,这一切似乎都标志着世界文艺批评"生态时代"的到来。由于目前各国的生态批评学者大多将重心放在重新研究早期的作家,试图从一种"绿色"的视角重读经典,以便在一种理论的方式中形成他们的主题框架①,因此有必要对哈代的经典小说——"性格与环境"小说进行重读,以便从中剖析与挖掘哈代对于自然魅力与价值的先知先觉的感悟,以及其在小说创作中所表现出的极富前瞻性的生态意识。

二、生态批评的主要思想

　　作为一种文学研究的显学,生态批评的探究范围比较广阔,分析层次也各异。但是,由于人类的知识体系常常被划分为三种形态:

　　　　第一种就是有关自然宇宙的知识系统,这里所说的"自然"是除了人类以外的自然,包括人以外的其他生物、地球乃至整个宇宙。第

---

　　① Glotfelty, Cheryll & Harold Fromm (eds.), *The Ecocriticism Reader: Landmarks in Literary Ecology*, Athens: University of Georgia Press, 1996, p. 19.

二种体系是有关人类社会的知识体系,尽管人类从未脱离"大自然"的怀抱,但是无可否认的事实是在这个生物链网上,人类这个节点已经变得无比庞大,他对整个生物链的影响足可拿出来单独作为一个整体来建构一种知识体系。于是这个社会的知识体系主要应该研究人与人之间相互交往的理论,这可能包括伦理、社会道德、政府制度、行为规范、法律法规、历史等学科。第三种就是有关人的精神的知识体系,人的精神世界是一个巨大、复杂的世界,它的复杂一点不亚于整个宇宙。精神的知识体系就是研究人类精神的一切知识体系①。

而作为人类知识体系中的一个部分,生态批评的研究对象也是渗透在人类知识体系的各个脉络之中的,因此根据生态批评的研究对象在人类知识体系脉络中的分类方式,生态批评的研究也就主要涉及以下三个方面的内容:一是对自然生态的问题进行探讨,即对(生物意义上的)人类与自然的关系重新定位;二是对社会生态的问题进行论证,即认为(人类的)社会与自然密切关联;三是对精神生态的问题进行了剖析,即讨论了(人类的)精神与自然、社会之间的相互关系②。由于人类的三个知识体系之间"虽然有着相对的独立性,但是从来都不是孤立的,而是互相包容、紧密相连的","自然宇宙包容社会和精神,而人类社会又包容精神","但是人类社会的知识体系和人的精神体系也同有关自然宇宙的知识体系一样,是巨大无边的"③,因此与之相对应,生态批评研究中的三个方面的内容也是既相互独立,又相互依赖的。"自然生态的状况直接影响到人类社会生态和精神生态的状况",因为"人类毕竟身处自然之中,而且永远不能离开自然而超然地生存下来"。但是,人类又是自然生物链上的十分特殊的一环,人类"形成的社会生态和精神生态的状况又反过来对自然生

---

① 苗福光:《生态批评视角下的劳伦斯》,上海大学出版社 2007 年版,第 11 页。

② 苗福光:《生态批评视角下的劳伦斯》,上海大学出版社 2007 年版,第 18 页。

③ 苗福光:《生态批评视角下的劳伦斯》,上海大学出版社 2007 年版,第 11—12 页。

态的演进起到很重要的作用"①。自然生态、社会生态与精神生态成为生态批评研究中三个相互关联、相互作用的核心问题,而生态批评研究中所讨论的生态环境也包括三个方面的内容,即自然生态环境、社会生态环境和精神生态环境,三者之间构成一种彼此关联、相互作用、相互影响的关系。

生态批评首先对(生物意义上的)人类与自然的关系(即自然生态)进行了重新定位。在传统认识中,人们将人与自然视作两个相互疏离的本原。苏格拉底宣称人是万物的尺度,牛顿、培根和笛卡尔等哲学家则认为人与自然是彻底对立的关系,并依照"主·客"体二分式的思维模式构建了传统的二元论。这种传统二元论强调人的价值,却否认自然的价值,将自然视作被动、非生命的客体,将人类视作主动、自由的主体,视作自然的统治者,世界的中心。与这种传统二元论相悖,生态批评却坚称自然界中的一切生存物皆有其内在生命目的性与价值,并且这种价值既包括自然的工具性价值,也包括其内在价值与生态系统价值②,因此生态批评强调自然的多样性价值,主张敬畏自然、敬畏生命③。

在过去,人们对于价值的评判主要只是针对人而言的,许多评论家在评论作品时常常忽视对自然自身描写的评论。在他们看来,关于自然本身的描写并不重要,重要的是自然在概念上意味着什么或者能够被赋予什么。他们在评论时也常常只重视自然表现的形式、象征或意识形态性质,而忽视对自然自身描写的评论。对此,布伊尔曾经做出这样的评价:"无论他们在日常生活的行为是怎样的,在专业领域里他们很容易成为反环境主义者"④。与此观点相反,生态批评却认为,既然自然具有多种

---

　①　苗福光:《生态批评视角下的劳伦斯》,上海大学出版社 2007 年版,第 19 页。

　②　[美]霍尔姆斯·罗尔斯顿:《环境伦理学》,杨通进译,中国社会科学出版社 2000 年版,第 253—255 页。

　③　[法]阿尔贝特·史怀泽:《敬畏生命》,陈泽环译,上海社会科学院出版社 1992 年版,第 10 页。

　④　Lawrence Buell, *The Environmental Imagination*: *Thoreau*, *Nature Writing*, *and the Formation of American Culture* ,Cambridge:Harvard University Press,1995,p. 85.

价值,不仅具有内在价值(如生命支撑价值、稳定性与自发性价值),而且也具有工具性价值(如经济价值、科学价值)、生态系统价值,因此无论自然是什么,"它都不是让我们的概念和假设圆满完备的存在,它将避开我们的期望与理论模式";"根本没有一个或者一套'自然'概念,无论它指的是'自然界'还是'万物的自然'"①。因此,生态批评重视对自然自身描写的研究,强调自然价值的多样性;生态批评视角下的自然价值不单指对人而言的工具性价值,而是其本身所具有的工具性价值与自然内在价值、生态系统价值的有机统一。

由于生态批评视角下的自然内在价值不仅体现于其拥有自己的存在、性格和潜能,也体现于其拥有属于它们自己的完美、尊严与伟大②,因此在生态批评学者看来,自然界中的所有植物不论大小形状、名贵与否都有着自己独特的内在价值。正如罗尔斯顿所说:"约塞米蒂国家公园的游客不是把那里的红杉作为木材,而是将其作为自然的杰作来评价,欣赏的是它们久远的年代、强壮的枝干、巨大的树体、美丽的外形、惊人的恢复力和令人叹为观止的雄伟。这样的观赏构成了红杉的价值,因而这价值不是独立于人类的评价而存在的。所以,价值需要某种主观性使之凝聚,但这样的凝聚而成的价值被视为客观存在于这树里,而非以人类利益为中心。"③一棵树自己生长、繁殖、修复与抗拒死亡,自始至终维持的是一个对自己有价值的状态,所以植物虽然没有神经系统,但是却有着自己的价值体系④。罗尔斯顿意识中的森林本身是也"饱含价值";森林就是森林,森林就是一切生命的源泉;森林也"是上帝的原始住所",人们能从森

---

① Gary Synder, *No Nature*, New York:Pantheon,1992,preface.
② 张艳梅、蒋学杰、吴景明:《生态批评》,人民出版社2007年版,第69页。
③ [美]霍尔姆斯·罗尔斯顿:《自然的价值与价值的本质》,刘耳译,《自然辩证法研究》1999年第2期。
④ [美]霍尔姆斯·罗尔斯顿:《自然的价值与价值的本质》,刘耳译,《自然辩证法研究》1999年第2期。

林中感受崇敬的体验。因此罗尔斯顿意识中的森林是神圣的、近乎超验的①。

　　生态批评中的动物也具有内在价值,并且任何一个个体的价值,"从宇宙的观点来看,都不高于另外一个个体的价值"②。罗尔斯顿曾明确指出:"野生动物之所以要捍卫它的生命,是因为它们有自己的利益。在它们的毛发或羽毛下,有着一种生命主体。当我们凝视一个动物时,它也以关注的神情回视我们。动物是有价值能力的,即能够对其周围的事物加以评价"③,所以"如果一个存在物能够感受苦乐,那么拒绝关心它的苦乐就没有道德上的合理性。不管一个存在物的本性如何,平等原则都要求我们把它的苦乐看得和其他存在物的苦乐同样重要"④。彼特·辛格(Peter Singer)则主张将"大多数人都承认的那种适用于我们这个物种所有成员的平等原则扩展到其他物种上去"⑤,将道德关怀的范围从人扩展到人以外的动物。而阿尔贝特·史怀泽(Albert Schweitzer)则认为,人的道德关怀的范围并不只限于人和动物,人应该对所有的生命负有直接道德义务,所有的生命都是他们道德关怀的对象,一个人只有当他把植物和动物的生命看得与人的生命同样神圣的时候,"他才是伦理的"⑥。一个有道德的人也从不会打碎阳光下的冰晶,"不摘树上的绿叶,不折断花枝,走路时小心谨慎以免踩死昆虫",因为在他看来,一切生命都是神圣

---

　　①　[美]霍尔姆斯·罗尔斯顿、J.库福尔:《森林伦理和多价值森林管理》,叶平译,《哲学译丛》1999年第2期。

　　②　[澳]彼特·辛格:《动物解放》,孟祥森、钱永祥译,光明日报出版社1999年版,第7页。

　　③　[美]霍尔姆斯·罗尔斯顿:《自然的价值与价值的本质》,刘耳译,《自然辩证法研究》1999年第2期。

　　④　[澳]彼特·辛格:《所有的动物都是平等的》,江娅译,《哲学译丛》1994年第5期。

　　⑤　[澳]彼特·辛格:《动物解放》,孟祥森、钱永祥译,光明日报出版社1999年版,第9—11页。

　　⑥　[法]阿尔贝特·史怀泽:《敬畏生命》,陈泽环译,上海社会科学院出版社1992年版,第9—10页。

的,没有高低贵贱、等级之分。因此敬畏生命的伦理"否认高级和低级的、富有价值和缺少价值的生命之间的区分"①,敬畏生命的伦理认为善就是"保持生命、促进生命",而恶就是"毁灭生命、伤害生命"②。

此外,生态批评还扩大了"价值的意义,将其定义为任何能对一个生态系有利的事物,是任何能使生态系更丰富、更美、更多样化、更和谐、更负责的事物"③。罗尔斯顿曾经指出,只要存在一个价值生发系统,就总是"能够产生出价值"④。由于自然本身就是一个包容了众多生命体的生态系群落、一个价值生发系统,自然中的各种不同生态系能够通过与其他多个事物的联系、分岔、交叉,通过自己的子控制系统和反馈回路适应自然选择的压力与环境特征,并在相互依赖与竞争的关系中使自然得到进化,使生态系统更加丰富、美丽、多样化、和谐和复杂,因此在罗尔斯顿看来,自然还具有一种不依赖于评价主体而客观存在的生态系统价值⑤。这种价值来源于作为统一有机体的自然界,其价值由整体的生态系统结构决定,所以在罗尔斯顿等生态批评学者看来,一些树种即便生长慢或木质差,作为木材的使用价值并不高,但是它们却是许多生物群落的特征;沼泽、泥塘、荒地等生物群落对人类没有几许经济价值,但却是不少野生动物和植物赖以生存和繁殖的地方,"沼泽的最终价值就是荒野"⑥。人类首要的错误就在于总是假设我们能够把某些要素从世界整体中抽取出

---

① [法]阿尔贝特·史怀泽:《敬畏生命》,陈泽环译,上海社会科学院出版社1992年版,第131—132页。

② [法]阿尔贝特·史怀泽:《敬畏生命》,陈泽环译,上海社会科学院出版社1992年版,第9页。

③ [美]霍尔姆斯·罗尔斯顿:《哲学走向荒野》,刘耳、叶平译,吉林人民出版社2000年版,第197页。

④ [美]霍尔姆斯·罗尔斯顿:《自然的价值与价值的本质》,刘耳译,《自然辩证法研究》1999年第2期。

⑤ [美]霍尔姆斯·罗尔斯顿:《自然的价值与价值的本质》,刘耳译,《自然辩证法研究》1999年第2期。

⑥ [美]霍尔姆斯·罗尔斯顿:《哲学走向荒野》,刘耳、叶平译,吉林人民出版社2000年版,第43页。

来,并可能在分离的状态下认识它的真相①。利奥波德(Aldo Leopold)也认为,在考虑如何合理利用大地时不能只考虑经济利益,不能想当然地认为"一件事情,当有助于保护生命共同体的和谐、稳定和美丽时,它就是正确的;反之,就是错误的"②。由于大地是一个共同体,一个包括土壤、水、植物和动物的整体,因此利奥波德主张将道德共同体的边界扩展到土壤、水、植物和动物,或由它们组成的整体:大地,主张人类应"热爱、尊重和赞美大地,高度评价它的价值(内在价值或固有价值)";由于"大地是可爱的且应受到尊重",所以生态伦理要求人类把自己的角色"从大地共同体的征服者改造成大地共同体的普通成员与公民。它不仅暗含着对每一个成员的尊重,还暗含着对这个共同体本身的尊重"③。

　　生态批评不仅承认人的价值,承认自然的价值,而且还反对主客两分,强调人与自然之间是一种平等的主体间性关系。早在 1937 年发表的《海底》中,卡逊就指出,大自然是一个严密的大系统,任何一种生物都与某些特定的其他生物及其生存的环境有着密切的不可人为阻断的关系;破坏了其中任何一个环节的关系,必将导致一系列关系的损坏,甚至整个系统的紊乱④。后来,卡逊又再次重申,"地球上的植物是生命大网络的一部分,一种植物与其他植物之间、植物与动物之间有着密切的、不可分割的关联",因为在他看来"自然界任何东西都不是单独存在的"⑤。而泰勒(Paul W.Taylor)也认为,地球是一个相互依赖的系统,人类和其他物种一样,都是这个整体的有机构成要素,这个整体中的"每个有机个体都

---

　　① 张艳梅、蒋学杰、吴景明:《生态批评》,人民出版社 2007 年版,第 72 页。

　　② Aldo Leopold, *A Sand County Almanac*, New York: Oxford University Press, 1949, pp. 224-225.

　　③ Aldo Leopold, *A Sand County Almanac*, New York: Oxford University Press, 1949, pp. 204-206.

　　④ Rachel Carson, "Undersea", *Atlantic Monthly*, No. 78(September 1937), p. 325.

　　⑤ Rachel Carson, *Silent Spring*, Boston: Houghton Mifflin, 1962, pp. 64-51.

具有内在生命目的性"①,而人也并非天生就比其他生物优越,"人的优越性的断言所表达的,不过是一种偏爱一个特定物种而歧视其他几十亿个物种的不合理的自私的偏见而已"②。布伊尔主张将生态文学中的非人为环境"作为构建框架的手段来展现",即"作为人们开始认识到的显示人类历史受自然史影响的对象来表现"③。利奥波德则认为,目前存在的所有伦理体系"都基于一个单一的前提:个体是一个由相互依赖的部分组成的共同体的一个成员"④。因此,生态批评学者强调生态系统的整体性,认为每个生命的生存与生存质量不仅依赖于其生存环境的物理条件,也依赖于其与别的生命之间的关系。地球上"没有任何一个生命共同体是可以孤立存在的",所有自然界的生物和它们生存的环境都是一种具有"内在关联"的事物和事件,所有的存在物之间也都是休戚相关、密切相连的关系⑤。每个部分不仅从整体中获得它们的意义,每个特定的部分也都依赖总体境况并由它决定,进而"如果缺少了任何一个部分,所有其他部分必然因此而秩序紊乱"⑥。综上所述,生态批评强调人与自然的相互依存,而人与自然的生态关联则被视作人类生存面临的终极问题⑦。

　　生态批评承认自然的价值,但这并非意味着生态批评完全以"生态中心主义"为理论立足点。因为坚持"生态中心论",否定人类在地球上

① Paul Taylor, *Respect for Nature: A Theory of Environmental Ethics*, Princeton: Princeton University Press, 1986, pp. 115-128.

② Paul Taylor, *Respect for Nature: A Theory of Environmental Ethics*, Princeton: Princeton University Press, 1986, pp. 197-218.

③ Lawrence Buell, *The Environmental Imagination: Thoreau, Nature Writing, and the Formation of American Culture*, Cambridge: Harvard University Press, 1995, p. 7.

④ Aldo Leopold, *A Sand County Almanac*, New York: Oxford University Press, 1949, pp. 204-206.

⑤ Paul Taylor, *Respect for Nature: A Theory of Environmental Ethics*, Princeton: Princeton University Press, 1986, pp. 38-128.

⑥ R. P. McIntosh, *The Background of Ecology*, Cambridge: Cambridge University Press, 1985, p. 78.

⑦ 王诺:《欧美生态批评——生态学研究概论》,学林出版社 2008 年版,第 50 页。

的中心作用,"必然导致人只能坐等大自然的恩赐,在自然面前无所作为,从而让整个世界回到荒蛮时代"①。生态批评也承认人的价值,但这也并非意味着生态批评完全以"人类中心主义"为理论立足点。因为人类"如果不能超越自身利益而以整个生态系统的利益为终极尺度,就不可能真正有效地保护生态并重建生态平衡",就不可能恢复与自然和谐相处的美好关系②。实际上,生态批评的理论立足点是"既考虑了人之为人的利益,又充分考虑了生态整体的利益,并强调人类的利益与生态整体利益的有机统一"的相对人类中心主义③。

　　相对人类中心主义反对片面强调人类的利益,而是既强调人类利益的整体性、共同性、长期性,坚持以人类的根本利益为环境伦理的中心,又突出人与自然的休戚相关性,主张以尊重自然规律及其价值为环境伦理的原则④。

　　相对人类中心主义虽然认为人类处于生态系统的中心,但同时又强调"人类并没有随意处置其他生物物种的特权",认为需要"按照生态伦理学的道德标准、基本道德原则和规范,把人类活动限制在生态系统平衡许可的范围内,实行尊重生命和自然界,保持生态系统整体性的原则,不断完善生命和发展生命,不断提高生态系统维持生命的能力"⑤。相对人类中心主义强调人类在利用、改造自然的同时,要充分"考虑对自然生态系统的适应,要考虑保护人类的基本生活条件,保护整个生态系统",一旦人与自然"发生了实际的冲突,人也就有责任迅速地对自己的行为进

① 刘文良:《范畴与方法——生态批评论》,人民出版社 2009 年版,第 16 页。
② 王诺:《欧美生态批评——生态学研究概论》,学林出版社 2008 年版,第 30 页。
③ 刘文良:《范畴与方法——生态批评论》,人民出版社 2009 年版,第 22 页。
④ 刘文良:《范畴与方法——生态批评论》,人民出版社 2009 年版,第 20 页。
⑤ 刘文良:《范畴与方法——生态批评论》,人民出版社 2009 年版,第 21 页。

行反省、控制和调节"①。这种温和、理智的人类中心主义是人们"实现可持续发展、构建和谐社会的观念立足点,也正是生态批评的理论立足点"②。

生态批评对(人类的)社会与自然的关联也进行了探讨。尽管生态批评家们在一些术语、细节等问题上众说纷纭、观点各异,但总体上他们都认为生态批评基于这样一个前提:人类社会文化与自然密切相关,人类社会文化影响自然,而自然反过来又作用于人类社会文化③。生态批评研究自然与社会文化之间的相互关系,认为生态批评作为一种文学批评,其主要使命就是"探究人类社会的思想、文化、科技、生产和生活方式、社会发展模式如何影响、甚至决定了人类对自然的恶劣态度和竭泽而渔式的行为,如何导致了生态危机"④。正如乔纳森·莱文(Jonathan Levin)所说,"我们社会文化的所有方面共同决定了我们在这个世界上生存的独一无二的方式。不研究这些,我们就无法深刻认识人与自然环境的关系,而只能表达一些肤浅的忧虑。……因此,在研究文学如何表现自然之外,我们还必须花更多的精力分析所有决定着人类对待自然的态度和生存于自然环境里的行为的社会文化因素,并将这种分析与文学研究结合起来"⑤。唐纳德·奥斯特(Donald Worster)也认为,"我们今天所面临的全球性生态危机,起因不在生态系统自身,而在于我们的文化系统。要渡过这一危机,必须尽可能清楚地理解我们的文化对自然的影响。……研究生态与文化的历史学家、文学批评家、人类学家和哲学家虽然不能直接推

---

① 刘文良:《范畴与方法——生态批评论》,人民出版社 2009 年版,第 21 页。
② 刘文良:《范畴与方法——生态批评论》,人民出版社 2009 年版,第 22 页。
③ 朱新福:《美国生态文学批评述略》,《当代外国文学》2003 年第 1 期。
④ 王诺:《欧美生态批评——生态学研究概论》,学林出版社 2008 年版,第 11 页。
⑤ Jonathan Levin, "On Ecocriticism(A Letter)", in *PMLA*, Vol. 114, No. 5(Oct. 1999), p. 1098.

动文化变革,但却能够帮助我们理解,而这种理解恰恰是文化变革的前提"①。基于上述共识,王诺等生态批评学者主张通过推动思想文化变革,推动生活方式、生产方式等变革,"建立新的与自然和谐相处的文明"②。

社会生态学家布克钦(Murray Bookchin)也认为,人与自然之间的关系归根到底由人与人之间的关系决定,因为当不同人类群体的需求处于矛盾时,其结果就会导致其对自然资源的争夺,所以生态危机的最首要根源就在于社会问题,而人对于自然的统治实际上也根源于人对人的统治③。诚如他在《社会生态学的哲学》中所指出的那样,人类对自然的征服及因此带来的生态危机,本质上反映的是人与人之间的争夺和斗争④。在漫长的人类社会历史中长期占主导地位的社会体制是将自然与女性都视作被动客体的父权制,这种社会体制将自然与女性置于社会低的层次,却将男性视作社会的中心、能动的主体,在符号意义和历史意义上都与文化联系在一起⑤。正是受这种体制的影响,自然与女性一同被纳入了被统治的框架,成为男权压迫的附属"他者",人类统治自然与男性压迫女性也就成为顺理成章的事情。布朗特(J.Plant)认为,父权制在导致男性对女性的统治与人类对自然的剥削之间有着实质、必然的联系:"对地球的一切形式的强奸,已成为一种隐喻,就像以种种借口强奸女性一样"⑥,

---

① Donald Worster, *The Wealth of Nature*: *Environmental History and the Ecological Imagination*, New York: Oxford University Press, 1993, p. 27.

② 王诺:《欧美生态批评——生态学研究概论》,学林出版社 2008 年版,第 11 页。

③ 杨丽娟、刘建军:《关于文学生态批评的几个重要问题》,《当代外国文学》2009 年第 4 期。

④ 杨丽娟、刘建军:《关于文学生态批评的几个重要问题》,《当代外国文学》2009 年第 4 期。

⑤ [美]卡洛琳·麦茜特:《自然之死》,吴国盛等译,吉林人民出版社 1999 年版,第 159 页。

⑥ J.Plant, *Healing the Wounds*: *The Promise of Ecofeminism*, Philadelphia: New Society Publishers, 1989, pp. 1-8.

因此通常自然被征服之时也就是女性遭受奴役之时,在"女性、自然、艺术三者之间似乎有着天然的同一性。……当自然遭逢劫掠时,女性也受到奴役,艺术也将走向衰微"①。由于生态危机的出现与父权制对女性的束缚同属于一种疾病的两种症状,因此我们今天面临的生态危机在本质上意味着生态学之外的更大、更紧迫的社会危机,即等级的、统治与被统治的、家长制的和阶级的矛盾。为了解决这些社会危机,为了真正解放女性与自然,生态批评学者们主张打破等级制与父权制,消除各种形式的剥削与统治,建立没有等级、没有压迫、共存共容的社会,因为在他们看来,"在一个其基本关系模式仍然是统治模式的社会里,女性根本不可能得到解放,生态危机也不可能得到解决。要想实现重建基本的社会经济关系与支撑这个社会的价值观的目标,生态批评就必须将妇女运动的要求与生态运动的要求结合起来"②。只有依照生态的路线,以生态哲学和生态思想作为指导,重新组织社会,才能从本质上解决生态危机与女性的问题。换言之,要解决生态问题,就必须首先解决人类自身的问题③。

其次,生态批评就人类社会对自然采取恶劣态度的思想文化根源进行了剖析,认为数千年以来一直支配人类意识与行为的人类中心主义思想是人类竭泽而渔地对待自然的主要原因④。人类中心主义是"一种以人为宇宙中心的观点",它将人看作是"自然界唯一具有内在价值的存在物,是一切价值的尺度,自然及其存在物不具有内在价值而只有工具价值"。在这一思想的支配下,"人类实践活动的出发点和归宿只能是,也应当是人的利益"⑤。生态批评对人类中心主义形成的根源进行了探究,

---

① 鲁枢元:《生态文艺学》,陕西人民教育出版社 2000 年版,第 90—91 页。

② Karen J. Warren, *Ecofeminist Philosophy: A Western Perspective on What It Is and Why It Matters*, Maryland: Rowman & Littlefield Publishers, 2000, p.iii.

③ 杨丽娟、刘建军:《关于文学生态批评的几个重要问题》,《当代外国文学》2009 年第 4 期。

④ Carol B. Gartner, *Rachel Carson*, New York: Frederick Ungar Publishing, 1983, p. 120.

⑤ 胡志红:《西方生态批评研究》,中国社会科学出版社 2006 年版,第 51 页。

指出犹太—基督教对人类征服自然、统治自然的褒扬与西方文学对人类中心主义的鼓吹是其形成的两大根源①。由于犹太—基督教的经典文本《圣经》中明确指出，上帝授权人给所有动物命名，进而建立对动物的统治，因此犹太—基督教贬低非人类的生物，宣扬人为了正当目的利用自然是上帝的意愿，认为上帝显然是为了人的利益和统治才做出了这样的安排，所有创造物除了服务于人类之外别无其他目的。生态批评学者怀特（Lynn White）指出，基督教为无视自然、剥削自然的行为提供了可能，它不仅建立了人与自然的二元论，也鼓吹人们"以统治者的态度对待自然"，因此"基督教是全世界所有宗教中最为人类中心主义的宗教"②。由于人类中心主义"构成了我们一切信念和价值观的基础"，而"我们的社会还没有接受一套新的基本价值观，用以取代基督教的价值观"，因此人类"将承受这个不断恶化的生态危机，直到我们拒绝了基督教的这条诫命——除了服务人类，自然没有任何存在的理由"。换言之，"犹太—基督教的人类中心主义"是"生态危机的思想文化根源"③。卡逊也认为，正是犹太—基督教教义"把人当作自然中心的观念统治了我们的思想"，人类才"将自己视为地球上所有物质的主宰，认为地球上的一切——有生命的和无生命的，动物、植物和矿物——甚至就连地球本身都是专门为人类创造的"④。

西方文学也为人类中心主义的思想提供了滋生养料。《荷马史诗》中的奥德修斯一次又一次地与自然抗争，逐渐与自然疏离，为西方文学树

---

① 王诺：《欧美生态批评——生态学研究概论》，学林出版社 2008 年版，第 138 页。

② Lynn White，"The Historical Roots of Our Ecologic Crisis"，in *The Ecocriticism Reader*：*Landmarks in Literary Ecology*，Glotfelty，Cheryll & Harold Fromm（eds.），Athens：University of Georgia Press，1996，pp. 6—14.

③ Lynn White，"The Historical Roots of Our Ecologic Crisis"，in *The Ecocriticism Reader*：*Landmarks in Literary Ecology*，Glotfelty，Cheryll & Harold Fromm（eds.），Athens：University of Georgia Press，1996，pp. 6—14.

④ Carol B.Gartner，*Rachel Carson*，New York：Frederick Ungar Publishing，1983，p. 120.

立了漫游在海上的人与自然力量搏斗的典范;而《伊利亚特》则为西方文学树立了以城市为中心的人与社会冲突的典范。因此,贝特曾经将荷马的《伊利亚特》评价为"西方文学表现人与自然作对的奠基性文本"①。意大利作家皮科·德拉·米兰多拉(Pico della Mirandola)在《论人的尊严》中也将人置于世界的中心,认为人是万物之上,不属于无地位、无面子、无任务的创造物;人可以任选地位、面子和任务,可以随心所欲地处置其他创造物,也可以有道德、负责任地对待其他创造物,并最终融入自然②。而莎士比亚(William Shakespeare)则把人赞美为"多么了不得的杰作""万物的灵长"③。培根(Francis Bacon)断言人是"自然的主人和所有者",人类已经获得"让自然和她的所有儿女成为奴隶、为人服务的真理"④。弥尔顿(John Milton)在《失乐园》中则声称,"上帝创造万物的目的"就是人,上帝使人成为"万物之灵";亚当是"天使的后裔,整个地球的主人";"万物为人而生存"⑤。戈罗杰茨基(С.Городецкий)在诗歌中强调,人主宰着花儿、白天的光,甚至连上帝的名字也是由人命名的⑥。爱默生(Ralph Waldo Emerson)则认为自然应该"温顺地接受人的统治"⑦。左拉(Émile Zola)高呼人类"应该支配万物,使之成为听从人类操纵的齿轮"⑧。维尔特(Wirth)在诗歌中则这样赞美人类道,"人类到处都显出他

① Jonathan Bate,*The Song of the Earth*,Cambridge,MA:Harvard University Press,2000,p. 178.

② [美]大卫·戈伊科奇等编:《人道主义问题》,杜丽燕等译,东方出版社 1997 年版,第 17—18 页。

③ [英]莎士比亚:《莎士比亚全集》(九),朱生豪译,人民文学出版社 1978 年版,第 49 页。

④ William Leiss,*The Domination of Nature*,Boston:Beacon Press,1974,p. 48.

⑤ [英]弥尔顿:《失乐园》,金发燊译,湖南人民出版社 1987 年版,第 237—238、281、367 页。

⑥ 许贤绪:《20 世纪俄罗斯诗歌史》,上海外语教育出版社 1997 年版,第 74 页。

⑦ [美]R.W.爱默生:《自然沉思录》,博凡译,上海社会科学院出版社 1993 年版,第 32 页。

⑧ 章安祺:《西方文艺理论史精读文献》,中国人民大学出版社 2003 年版,第 509 页。

的至高无上,他们勇敢地征服伟大的自然","工业乃是我们当代的女神"①。因此,正如王诺所说,"人类几千年来的文学大多是以人类为中心的文学",这些以人类为中心的文学与基督教教义中鼓吹的征服自然、统治自然的观念一起给世界生态环境带来极为深远、危害极大的影响,使得人类中心主义成为生态危机思想文化之根中"最大、最深的一支主根"②。

　　人类中心主义思想也给人类的生产、生活方式与社会发展模式带来巨大影响,使得古往今来不少人士将人的欲望视作推动经济与社会发展的巨大动力,也使得人们在生产、生活方式中一味追求"为发展而发展",盲目滥用科学技术。丹尼尔·贝尔(Daniel Bell)曾经这样定义"欲望":"欲望超过了生理本能,进入心理层次,因而它是无限的要求。"③由于欲望包含各种各样的强烈需求,但主要指人对物质财富、功名地位的强烈需求和作为物质的人在生理上的种种需要④,因此康德(Immanuel Kant)认为,人类如果没有对名利、占有和权力的贪欲,"人类的一切自然才能将永远沉睡,得不到发展"⑤。凯恩斯(John Maynard Keynes)也将资本主义对个人爱钱、赚钱本能的强烈刺激视作"经济机器最主要的原动力"⑥。马克斯·韦伯(Max Weber)则更是强调欲望不仅是资本主义的精神实质,而且一直推动着人的追求与发展⑦。然而,人类社会的肆虐贪欲却是破坏性的,没有自制的贪欲必将导致自灭。膨胀的欲望首先会导致人类对自然的疯狂掠夺,这种疯狂可以使整个空间在一夜之间从地球上突然消

---

①　[德]歌德等著:《德国诗选》,钱春绮译,上海译文出版社1982年版,第406—408页。
②　王诺:《欧美生态批评——生态学研究概论》,学林出版社2008年版,第148页。
③　[美]丹尼尔·贝尔:《资本主义文化矛盾》,赵一凡等译,生活·读书·新知三联书店1989年版,第68页。
④　王诺:《欧美生态批评——生态学研究概论》,学林出版社2008年版,第107页。
⑤　李泽厚:《批判哲学的批判——康德述评》,人民出版社1979年版,第333页。
⑥　王佐良等主编:《英国20世纪文学史》,外语教学与研究出版社1994年版,第840页。
⑦　[德]马克斯·韦伯:《新教伦理与资本主义精神》,于晓等译,生活·读书·新知三联书店1987年版,第7—8页。

失。不仅如此,由欲望膨胀所激发的过度消费还将人类异化为通过符号消费证明自身价值的"消费机器",从而造成人类主体性的消解与人格异化。没有自制的贪欲也使得人类精神遭受重创,使得地球上所有生命陷入史无前例的生存危机,导致整个生态系统的失衡,因此列昂诺夫(Leonid Maksimovich Leonov)奋起高呼,人类的灵魂再也不能继续"受社会上无比贪婪的螺旋原虫的腐蚀,使思维网络变成繁衍最卑微的欲念的污水"了,"人类要么自葬于同胞的坟墓,要么寻求一条新路"①。拉夫洛克(James Lovelock)也告诫人们不要以为大地母亲会容忍不端行为,"不要以为处于人类粗野所造成的危险境遇时她会像脆弱娇柔的女孩。她是坚韧顽强的,总是为那些遵守法则的子女保持世界的温暖与舒适,但也会残酷地摧毁那些胆大妄为者"②。而泰勒则号召人类"对地球上的野生动植物尽到自己的责任、义务和使命",号召人类尊重自然,"在困难和复杂的处境下履行这些责任、义务和使命"③。由此看来,生态批评学者倡导的生态责任本质上是他们为了抵御欲望动力论侵蚀、重建生态平衡而探寻的一条新路。

人们在生产、生活方式中所采取的唯发展主义模式也是人类中心主义思想的一种体现。早在1925年,利奥波德就针对经济第一、物质至上的社会发展观提出了犀利批判,将其形象地比作在有限的空地上疯狂盖房子,"盖一幢,两幢,三幢,四幢……直至所能占用土地的最后一幢,然而我们却忘记了盖房子是为了什么。……这不仅算不上发展,而且堪称短视和愚蠢"④。利奥波德进而指出,人类如此"发展"的结局必将像莎

---

① [苏]列·列昂诺夫:《俄罗斯森林》,姜长滨译,黑龙江人民出版社1984年版,第599页。

② James Lovelock, *The Ages of Gaia: A Biography of Our Living Earth*, Oxford: Oxford University Press, 1989, p. 212.

③ Paul W. Taylor, *Respect for Nature: A Theory of Environmental Ethics*, Princeton: Princeton University Press, 1986, p. 88.

④ Carmony Brown, *Aldo Leopold's Southwest*, Albuquerque: University of New Mexico Press, 1990, p. 159.

士比亚描写的悲剧那样"死于过度",因此人类要想在世上安然、健康、诗意、长久地生存,就必须彻底地抛弃发展决定论①。艾比(Edward Abbey)也将唯发展主义视作一种"癌细胞的意识形态",认为"为发展而发展"是一种"癌细胞的疯狂裂变与扩散"②。艾比认为,唯发展主义严重忽视发展的前提,用不到三十年的时间就"使美国西南部的所有城市空气质量全部超标",不到三十年的时间就使几乎所有的食品都含有各种毒素,使成千上万的人受到毒害,违反了"发展必须首先满足制约性条件"这一前提③。由于唯发展主义将发展视作唯一中心、第一要务,这种做法必然导致人类为了更大的发展而放弃一些他们最为重要的品质,而这些重要的品质却是维系他们"高水准文明生活"的重要保证④。其实,往往被人们所忽略的是,"如此不断发展和最高速度经济增长"的真正目的除了在于满足人的贪欲之外,更多的则是寡头政客们"为权力而权力",为保持、巩固和强化既得权势利益而进行的一种争斗⑤。唯发展主义者这种清除最后一点残留荒原以满足工业需要(绝非人的需要)的主张是"一种无所畏惧的想法,其无知和强权简直令人钦佩,支撑它的是整个现代历史"⑥。因此,艾比指出,"一个只求扩张或者只求超越极限的经济体制是绝对错误的",必须"想方设法阻止或减缓技术统治的强化,阻止或减缓为发展

---

① Carmony Brown, *Aldo Leopold's Southwest* , Albuquerque: University of New Mexico-Press,1990,p. 159.

② Edward Abbey,*Desert Solitaire:A Season in the Wilderness* ,New York:Simon & Schuster Inc.,1990,pp. 126-127.

③ Edward Abbey,*The Monkey Wrench Gang*,Philadelphia:J.B.Lippincott Company,1975, p. 214.

④ James Bishop Jr.,*Epitaph for a Desert Anarchist:The Life and Legacy of Edward Abbey*, New York:Maxwell Macmillan,1994,pp. 189-190.

⑤ Edward Abbey,*The Monkey Wrench Gang*,Philadelphia:J.B.Lippincott Company,1975, pp. 2,61.

⑥ Edward Abbey,*Desert Solitaire:A Season in the Wilderness* ,New York:Simon & Schuster Inc.,1990,p. 47.

而发展、阻止或减缓癌细胞意识形态的扩散"①。

此外,人们意识中的人类中心主义思想也导致了他们对科学技术的滥用,这种滥用导致人类社会遭遇更为严重的生态危机。在人类社会的发展进程中科技发挥着重要作用,被视作现代文明的组成要素与内在原动力②。然而,科技的发展在将人从精疲力竭的体力劳动中解放出来,使生活更加舒适、富裕的同时,也给人的生活带来严重不安,使人沦为技术环境的奴隶③,不仅将人类圈于技术的框架,只从技术的视野看待一切事物,将天地万物只看作技术生产的原料,而且科技的"座架"④作用还逼使人们干扰自然进程,制造物种非自然变异,将具有丰富内涵的存在物"摆"在一个方向,使之符合技术价值的尺度⑤。因此,卡逊对"我们这个技术社会对自然的基本态度"提出了质疑⑥,认为人类干预自然、控制自然的行为之下隐藏着"危险的观念"⑦,并警告人们"缺乏远见地运用科技征服自然很可能会毁掉人类生存所有必需的资源,给人类带来毁灭性的灾难"⑧。生态思想家莫兰(Edgar Morin)也大声疾呼道:"科学已变成新的撒旦",他认为"科学是一个极其重大的事情",不能仅仅交由科学家

---

① Edward Abbey, The Monkey Wrench Gang, Philadelphia: J. B. Lippincott Company, 1975, p. 207.

② 王诺:《欧美生态批评——生态学研究概论》,学林出版社 2008 年版,第 178 页。

③ [美]爱因斯坦:《爱因斯坦文集》第 1 卷,许良英、范岱年等译,商务印书馆 1976 年版,第 260 页。

④ "座架"(Ge-stell)一词是海德格尔对德语中"Gestell"(框架、底座、骨架)一词的特定用法,他以此术语比喻技术的本质,认为正是技术将人类框架于技术的视野范畴之中,使人类的思想与行动受到技术的统治与支配,英译者也将此词译作 Enframing。关于"座架"的定义转引自孙周兴译的《海德格尔选集》(下卷),上海三联书店 1996 年版,第 937 页。

⑤ Jonathan Bate, *The Song of the Earth*, Cambridge, Mass: Harvard University Press, 2000, pp. 255-8.

⑥ Mary A. McCay, *Rachel Carson*, New York: Twayne Publishers, 1993, p. 80.

⑦ Paul Brooks, *The House of Life: Rachel Carson at Work*, Boston: Houghton Mifflin, 1972, pp. 293-294.

⑧ Philip Sterling, *Sea and Earth: The Life of Rachel Carson*, New York: Thomas Y. Crowell Company, 1970, p. 193.

和政治家来处理①。在这些生态批评学者看来,被"神话"的科技不仅导致了自然的异化、人与自然之间关系的异化,也导致了人性的异化、"人与人的关系以及人与社会的关系全面异化,从而导致世界的整体败落"②。随着人类环境的恶化,滥用科学技术所造成的负面影响更加明显,它不仅威胁着人的生态环境,也成为控制人的工具,因此生态批评家对此予以了深刻揭露与批判③。他们认为:"科学和良心之间、技术和道德行为之间的这种不平衡冲突已经达到如此地步",以至于"如果不以有力的手段尽快地加以解决的话,即使毁灭不了这个星球本身,也会危及整个人类的生存"④。当然,生态批评并非主张放弃科技,也并非彻底否定科技在人类社会进步中、在人类缓解与消除生态危机过程中的重要作用,生态批评批判的是滥用科技与科技至上观。它主张监督科技发展,倡导使用绿色科技,防止科技滥用,为减轻直至消除科技对自然的破坏以及对生态的干扰做出努力⑤。

　　生态批评在对人类社会思想文化发展模式进行重审的同时,也对人(精神性存在主体)与其生存环境(包括自然环境、社会环境等)之间的相互关系进行了研究,它认为人既是一种生物性存在,也是一种社会性存在,同时,更是一种精神性存在⑥。卡尔·雅斯贝尔斯(Karl Theodor Jaspers)曾明确强调:"人就是精神,而人之为人的处境,就是一种精神的处境。"⑦然而,进入现代社会以来,自然环境的污染不仅造成人类社会生态

---

① ［法］埃德加·莫兰:《复杂思想:自觉的科学》,陈一壮译,北京大学出版社 2001年版,第 3、101 页。

② 胡志红:《西方生态批评研究》,中国社会科学出版社 2006 年版,第 72 页。

③ 胡志红:《西方生态批评研究》,中国社会科学出版社 2006 年版,第 73 页。

④ ［法］埃德加·莫兰:《复杂思想:自觉的科学》,陈一壮译,北京大学出版社 2001年版,第 87 页。

⑤ 王诺:《欧美生态批评——生态学研究概论》,学林出版社 2008 年版,第 190 页。

⑥ 鲁枢元:《生态文艺学》,陕西人民教育出版社 2000 年版,第 147 页。

⑦ ［德］卡尔·雅斯贝尔斯:《当代的精神处境》,黄霍译,生活·读书·新知三联书店 1992 年版,第 3—4 页。

的失衡,也影响着人的精神世界,造成人自身内部的"精神污染"。人的身心由于承受着"技术""资本"的重压,变得越来越无能,越来越紧张和焦虑。正如乔埃斯(James Joyce)所说:"与文艺复兴运动一脉相承的物质主义,摧毁了人的精神功能,使人们无法进一步完善",现代社会中的"现代人征服了空间、征服了大地、征服了疾病、征服了愚昧,但是所有这些伟大的胜利,都只不过在精神的熔炉里化为一滴泪水"①。在这个上帝和神灵已逐渐从世上消失的新时代,地球变成了一颗"迷失的星球",人类则被"连根拔起","丢失了自己的精神家园"②。由于人类社会的物质发展远远超过了其精神发展,物质与精神发展之间的平衡被打破,"在不可缺少强有力的精神文化的地方",人类却缺失了它③。因此现代人在精神上比以往任何时候都"病得更厉害",表现出精神的"真空化"、心灵的"拜物化"等现代精神病症。鲁枢元认为,精神的"真空化"是现代人失去"动物自信本能",也失去"文化上的传统价值尺度",生活失去了意义,生活中普遍感到无聊和绝望的一种症状④,古茨塔夫·勒内·豪克(Gutstav Rene Hocke)将这种症状称作"精神真空病"⑤。而心灵的拜物化则是指人把自己的产品当作异己对象盲目崇拜这一症状⑥。生态批评重视对精神生态的研究,在关注精神主体健康与否的同时,也对生态系统在精神变量变化中的平衡、稳定与演进等问题进行了考量。

总之,由于人类毕竟是自然生物链上的重要一环,永远不能脱离自然

---

① [法]詹姆斯·乔埃斯:《文艺复兴运动的普遍意义》,《外国文学报道》1985年第6期。

② [德]冈特·绍伊博尔德:《海德格尔分析新时代的科技》,宋祖良译,中国社会科学出版社1993年版,第195页。

③ [法]阿尔贝特·史怀泽:《敬畏生命》,陈泽环译,上海社会科学院出版社1992年版,第44—45页。

④ 鲁枢元:《生态文艺学》,陕西人民教育出版社2000年版,第152页。

⑤ [德]G.R.豪克:《绝望与信心——论20世纪末的文学和艺术》,李永平译,中国社会科学出版社1992年版,第25页。

⑥ [德]G.R.豪克:《绝望与信心——论20世纪末的文学和艺术》,李永平译,中国社会科学出版社1992年版,第157页。

超然生存,人与自然的生态和谐成为社会生态与精神生态和谐的基石和保证。正如生态批评家克鲁伯(Karl Kroeber)在《生态文学批评》中所说:"所有的意识形态、所有的社会和所有的文化归根结底是依靠自然世界的健康。"①与此同时,人类这一环又是非常特殊的,可以在生态系统中调整、融合、纠偏补弊,人类发展形成的社会生态和精神生态体系反过来又会促进自然生态的演进。因此,自然生态、社会生态和精神生态三个方面是不可分割的,三者既相互独立,又相互依赖,地球生态是三者相互作用统一的动态过程②。

生态批评在反思与地球共同生存意义的同时,也在努力寻找走出生态困境的生存之道。生态批评认为,回归自然、重返人与自然的和谐是人类摆脱生态困境、实现诗意栖居的唯一途径。人类"不是宇宙的局外人,也不是超自然的漂泊者,而是自然整体的一部分",如果人类不能缔结与自然的亲密关系,人的存在就会失去意义③。自然原本静谧、和谐,充满生气与活力,不仅是人们赖以生存与心灵的栖息地,也是万物存在之本性、人的存在之本性,因此被工业化折磨得形神憔悴、迷茫困惑的人们唯有回归自然,重返与自然的和谐生活,才能实现身心的全面康复。正如鲍尔·谢尔曼(Sherman Paul)所说,"在上帝的荒野里蕴藏着这个世界的希望",人们只有回归自然的荒野中才可以"获得新生、重新开始"④。但是这种回归并非意味着一种机械的倒退,也并非意味着退回到原初时期那种"未受伤害的乡村风貌"⑤,而是要求人类端正对自然的态度,回归根

---

① Karl Kroeber, *Ecological Literary Criticism*, New York:Columbia University Press,1994, p. 66.

② 鲁枢元:《生态批评的空间》,华东师范大学出版社2006年版,第205页。

③ Donald Worster, *Nature's Economy:A History of Ecological Ideas*, Cambridge:Cambridge University Press,1994,p. 192.

④ Sherman Paul, *For Love of the World:Essays on Nature Writers*, Iowa:University of Iowa Press,1992,pp. 40,245.

⑤ [德]冈特·绍伊博尔德:《海德格尔分析新时代的科技》,宋祖良译,中国社会科学出版社1993年版,第239页。

源。根源即"最初时人与自然和谐共处的那个有机统一的天地",这个天地虽然已经被现代社会搅得破裂颠倒,但神圣的原则依然在历史的缥缈处赫然高悬;回归,即寻回这个长久以来被人遗忘的存在,就是参照原点为现代重新提供一个前行的基础,凭借这样一个基础,我们可以在技术世界内而又不受它损害地存在着①。回归自然是现代人类"获得新生、重新开始"的复魅之路,也是人类实现诗意栖居的理想之途。

"栖居"一词出自海德格尔(Martin Heidegger)的言说。就其含义而言,栖居就是指筑造居处,"并以此方式使人在世间得以持留居住"。但海德格尔同时又特别强调:"栖居的基本特征乃是保护。"②"保护"意味着"和平",所以"栖居"就意味着与自然万物保持一种"和平共处"的姿态;而诗意则是人存在的根基,是一种"自在的境界、自由的境界"③。"诗意地栖居"必须通过"筑造"才能达成。"筑造"即劳作,但这种劳作是本真意义上的劳作,是一种尚且没有经过异化的"自由劳作",就像大自然本身的劳作,像日出东海、月沉西山、风动水上、春绿枝头一样,那是一种出于天然的劳作④。因此,人类"诗意地栖居"就是指人融入自然,与自然自由自在地相处,与自然保持和谐关系的一种状态。人类在这种理想生活状态中所体会到的,其实就是老庄哲学中所倡导的那种"平易恬淡""乃合天德"⑤、顺应自然、融入自然的精神。既然自然是人类赖以栖息的家园,人与自然之间又是一种紧密相连、不可分割的关系,人类只有"与天合其德"、把自己同化于自然之中,才是生命中最有意义、最美好的事⑥。因此,生态批评主张:人类只有纠正对自然的错误观念与做法,端

---

① 鲁枢元:《生态批评的空间》,华东师范大学出版社 2006 年版,第 36 页。
② 孙周兴:《海德格尔选集》(下册),上海三联书店 1996 年版,第 1193 页。
③ 鲁枢元:《生态文艺学》,陕西人民教育出版社 2000 年版,第 166—168 页。
④ 鲁枢元:《生态文艺学》,陕西人民教育出版社 2000 年版,第 168 页。
⑤ 刘建生编:《庄子精解》,海潮出版社 2012 年版,第 193—194 页。
⑥ 乐黛云、[法]李比雄主编:《跨文化对话》,生活·读书·新知三联书店 2010 年版,第 48 页。

正态度,发掘生存智慧,调整与自然的关系,融入自然、重返人与自然的和谐,维持生态的平衡与发展,才能实现人类在自然诗意地栖居这一生态理想。这种对诗意栖居生活理想的勾勒就本质而言并非思想上的倒退,也并非人类对自然所做的一种简单认可,而是生态批评对人与自然关系的一次重新修正,是人类对诗意如何切入生存方式的一次探索。

总之,生态批评将人类关注的视点从只以人为中心转向了包含非人类生命形式和物质环境在内的整个生态环境,并力图再现缺席已久的自然在文本以及在人类社会文化中的真正地位与意义。而且,由于这种文学批评的影响,文学作品的整体叙事模式也在一定程度上从人类的"独白"转变成为人与自然的"对话"。因此生态批评的出现为人们研究文学乃至人类社会文化提供了一个全新的视野。

第三节　哈代"性格与环境"小说与
生态批评的关系

不同的批评理论往往侧重不同的文本研究。作为一种在人类与非人类之间交涉的批评理论,生态批评最初主要以"自然写作",特别是"环境文本"为研究对象①。这种文本具有如下特征:非人类环境不仅仅是背景,而且还是人类历史隐含在自然历史之中的表现;人类的利益不能被视作唯一合法的利益;反映人对环境负责的伦理观;将环境视作变化发展的进程,而非文本中暗含的恒定或被给定的观念②。之后,布伊尔进一步拓展了生态批评的研究对象,认为其还应包括:(1)把自然科学探索的某些

---

① 参见杨丽娟、刘建军:《关于文学生态批评的几个重要问题》,《当代外国文学》2009 年第 4 期。

② Lawrence Buell,*The Environmental Imagination：Thoreau，Nature Writing，and the Formation of American Culture*，Cambridge：Harvard University Press，1995，p. 7.

形式(如生态学和进化生物学)和社会科学探索(如地理和社会生态学)视为文学反映的模式;(2)对人类经验作文本的、理论的、历史的分析;(3)对反映环境伦理的文学的分析,如对一种人类中心主义假设的批评;(4)模仿和所指的再理论化,特别应用于文学作品中关于自然环境的文学表达;(5)一些或所有环境言论的形式的修辞研究(如性别、种族、政治的意识形态效用),包括创造性写作,并拓展到交叉学科而且(实际上甚至更加重要)超越它们进入公众范围,尤其是媒介和政治机构;(6)探索生活和教学实践中(环境)写作的关系①。但总体上,生态批评关注文学文本与自然世界的联系,认为两者密切关联、相互影响。正如彻丽尔·格罗特费尔蒂所言:"如果我们认可巴里·克曼那(Barry Commoner)万物皆相连的生态第一法则,我们就不得不承认文学作品并非漂浮于物质世界之上的美学真空,而是在极其复杂的全球体系中的一份。在这个体系中,能量、物质及思想相互作用。"②

生态批评研究的文本与历史的关系也密不可分。作为一种文学批评理论,生态批评的理论与实践难以回避"语境与意义关系中的历史因素"③。文学作品、作家的生平经历、思想特点以及作家所处的时代环境(即文学作品的写作背景资料)与作品"文本的产生"构成及具体形态是息息相关的,因此在运用生态批评理论研究文学文本时,常常只有重视还原作者的生平经历、思想特点以及所处的时代背景之后,才能准确把握文学作品的精髓所在,挖掘其深层意义④。虽然"文本是历史性的,历史是

---

① Lawrence Buell, *Writing for an Endangered World: Literature, Culture and Environment in the U. S. and Beyond*, Cambridge, MA and London: The Belknap Press of Harvard of University, 2001, p. 1090.

② Cheryll Glotfelty & Harold Fromm (eds.), *The Ecocriticism Reader: Landmarks in Literary Ecology*, Athens: University of Georgia Press, 1996, pp. 19-20.

③ 王晓路:《文本的历史性与历史的文本性——读〈历史主义与其他一些老话题〉》,《外国文学评论》1996 年第 2 期。

④ 张博实:《探寻"真相"的所在——浅谈新历史主义语境下文本对历史的还原》,《文艺评论》2010 年第 5 期。

文本性的"①,无论历史还是文学,都依赖语言这种介质,但是我们依然可以通过特定方法探寻文本与特定意识形态之间的关系,以此寻找历史的印迹,在历史的"常"与"变"中洞悉某一特定时代的"真相"。因此生态批评强调还原作者的生平经历、思想特点以及所处的时代背景,认为只有这样,才能准确把握文学文本的精髓所在②。生态批评要做的,就是在无声处发现历史,"还原"历史,通过对经典或非经典文学作品的重新解读,在历代文本中发现有助于解释我们与自然关系的情感和道德规范③。或许每一代人都有自己的盲视与洞见,但是我们在这种盲视与洞见中却依然能看见历史的印迹。

　　近二十年来,不少学者运用生态批评理论对诸多文本展开了讨论,为生态批评的研究做出了巨大贡献,生态批评研究的文学文本也由最初的美国文学文本拓展到英国文学及其他各国文学文本。但是,从生态批评视角对文学文本所做的研究无论在发端期还是在当下都尚有许多值得挖掘的空间,在分析具体的文本批评对象方面也尚未做到全面、深入的探究。例如,克里斯托弗·希特(Christopher Hitt)就曾明确指出,在生态批评的相关研究中,从王政复辟时期到18世纪末的英国文学被置于了"普遍的边缘位置",有关这一时期的研究常常只是以研究个别作家及其作品的论文形式出现④。"事实上,被生态批评忽略的远不止某个世纪或某一民族的文学。可以确定,没有任何现实和文本(包括严格意义上的文学文本或非文学文本)不关乎自然和文化、人类和非人类的关系;因此,

---

　　① Brook Thomas, *The New Historicism and Other Old-Fashioned Topics*, Princeton: Princeton University Press, 1991, p. 7.

　　② 张博实:《探寻"真相"的所在——浅谈新历史主义语境下文本对历史的还原》,《文艺评论》2010年第5期。

　　③ 傅守祥:《生态文明视野中的文化诗学——〈哈代新论〉读后漫说》,《浙江社会科学》2010年第4期。

　　④ Christopher Hitt, "Ecocriticism and the Long Eighteenth Century", in *College Literature*, Vol. 31, No. 3(2004), pp. 112-50.

也就没有任何对象应被排除在生态批评的视野之外"①。生态批评理论对研究英国 19 世纪至 20 世纪的文学也有着巨大潜力。迄今为止尚未有关于哈代"性格与环境"小说的比较全面、系统的生态批评研究,因此我们有必要对这一时期的文学文本进行探究,研究其与特定历史意识形态之间的关系,以期从这些文本中洞悉这段历史中人与自然关系的"真相"。

作为一位长期隐居英国南部,自始至终关注人类生存环境的优秀作家,哈代在"性格与环境"小说中对古威塞克斯地区人与自然的面貌进行了生动描绘,古威塞克斯王国的山山水水、植物和动物、风土人情等构成了其小说的原始材料。不仅如此,哈代还在小说中对人与自然之间的相互依存关系进行了深刻揭示。事实上,哈代眼中的自然远比物化的现实世界更具魅力,所以哈代强调"生命的实质内容",而非"生命的外在行为"②。在他看来,虽然人们早已认识到自然的美丽,但其神秘的一面尚未发掘,因此一位作家仅仅记录人类与物质方面的事实是不够的,还应该开拓一个让想象自由驰骋的领域——自然界。哈代认为一位优秀的作家不仅应该"描写人类的社会风俗、生活方式",还应该"意识到生命中包含的无限非个人因素"③,所以他竭其一生都在运用自己的创作证明万物与人类的存在既是美丽动人的,又是神秘莫测的,其笔下的自然不仅与人交织一体、浑然天成,而且深深地融入了人类的社会文化之中,成为他们生活氛围、精神风貌与民风中不可分割的一个部分。从这一角度而言,"人与环境小说"似乎成为了他的小说最为贴切的称呼。此外,由于小说原

---

① 杨丽娟、刘建军:《关于文学生态批评的几个重要问题》,《当代外国文学》2009 年第 4 期。

② John Paterson, "Lawrence's Vital Source: Nature and Character in Thomas Hardy", in *Nature and the Victorian Imagination*, Knoepflmacher, U.C.& G.B.Tenyson(eds.), Berkeley, Los Angeles, London: University of California Press, 1977, p. 455.

③ John Paterson, "Lawrence's Vital Source: Nature and Character in Thomas Hardy", in *Nature and the Victorian Imagination*, Knoepflmacher, U.C.& G.B.Tenyson(eds.), Berkeley, Los Angeles, London: University of California Press, 1977, p. 455.

本就是"一部历史,人类的历史,否则它就什么也不是"①,对哈代"性格与环境"小说中的生态意识进行梳理与反思,不仅可以揭示其小说中蕴含的人与自然之间相互关联、相互依存的密切关系,为我们提供一个观察万物与人性的新的视角,也有助于帮助我们探寻这段时期的历史轨迹与真相。

---

① John Paterson,"Lawrence's Vital Source:Nature and Character in Thomas Hardy", in *Nature and the Victorian Imagination*, Knoepflmacher,U.C.& G.B.Tenyson(eds.),Berkeley,Los Angeles,London:University of California Press,1977,p. 455.

第一章　哈代"性格与环境"
小说中的自然价值

在关于自然的传统描写中,人们常常认为自然本身并不重要,重要的是自然在概念上意味着什么或者能够被赋予什么;并且这些描写常常将人与自然刻画为两个相互疏离的本原,两者间是一种相互对立的主客关系,人是主动、自由的主体、自然的统治者,而自然却是被动、非生命的客体。然而,哈代却摒弃了这一传统,将达尔文进化论中"一切有机物同为一个家族"的思想推广到了整个自然。在他笔下,自然界中的动物、植物不再是毫无知觉的客体、工具,也不再是烘托气氛的背景装饰,而是有着喜怒哀乐、有着内在目的性的生命主体。他笔下的动物、植物不再是低人一等,只供人类抒发、表现、比喻、对应、暗示、象征人的内心世界和人格特征的工具,而是有着自己独特性格与潜能、有着属于自己完美、尊严与伟大的自然存在①。因此,哈代在"性格与环境"小说中宣扬敬畏植物、动物,他意识中的自然与人一样是平等的主体,两者共同构成了一种相互依赖、相互依存的主体间性关系。由于哈代意识中的大地是一个相互依赖的系统,人类与其他物种一样,只是这个整体的有机构成要素,是这个由相互依赖的部分组成的共同体中的一个成员,因此哈代主张将人类对自然的敬畏边界扩展到土壤、水、植物和动物,或由它们组成的整体——大

---

① 王诺:《欧美生态批评——生态学研究概论》,学林出版社 2008 年版,第 45 页。

地。在他眼里,大地也是"可爱的且应受到尊重",人们应该"热爱、尊重和赞美大地,高度评价它的价值(内在价值或固有价值)",他和利奥波德一样主张尊重大地共同体中的每一个成员,同时也尊重这个共同体本身①。因此,哈代小说中那些生活在乡间的自然人常常如植物、动物一般扎根于威塞克斯这片土地,与四围的自然融为一体;而那些生长在这片土地上的植物、动物则如人一般有着喜怒哀乐,易受人的情绪感染。两者相互依赖,共同构成了威塞克斯大地这个生态整体系统。总之,作为一位对自然的魅力与价值有着深刻感悟的乡土小说家,哈代在小说创作、尤其是"性格与环境"小说的创作中运用生动细腻的笔调再现了自然的神奇与活力,对自然的价值进行了重新考量。他笔下的自然不仅有着传统的相对于人而言的工具性价值,也有着其独特的自身内在价值与相对于整个生态整体而言的生态系统价值。正是通过对这些价值的重新审视,哈代在小说中表达了自己对自然的热爱与敬畏之情。

第一节 自然的工具性价值

和许多生态学者一样,哈代并不否认自然对于人的工具性价值。实际上,哈代对自然工具性价值的重视与他的前瞻性生态意识并不矛盾,因为根据罗尔斯顿的观点,自然有着多种价值,既有其内在价值(如生命支撑价值、稳定性与自发性价值),亦有其工具性价值(如经济价值、科学价值)②。哈代显然意识到了自然的多种价值,所以在创作中既强调自然的内在价值,同时也并不否认自然的工具性价值。哈代笔下的自然的工具

---

① Aldo Leopold, *A Sand County Almanac*, New York: Oxford University Press, 1949, pp. 204–206.

② [美]霍尔姆斯·罗尔斯顿:《环境伦理学》,杨通进译,中国社会科学出版社2000年版,第253—255页。

性价值集中体现为对于人的经济价值,也体现为对于整个人类生存和发展具有深远意义的其他外在价值,如支撑生命的价值、消遣价值、历史价值、宗教价值等等。

在哈代的"性格与环境"小说中,许多自然物都可以通过在市场上出售而使人获得经济上的好处,这说明哈代意识中的自然物是具有经济价值的。例如,在《绿荫下》中,芳茜·黛的父亲必须支付一定的费用,才能从屠夫手中购买新鲜的猪肉给芳茜增加营养①。而《远离尘嚣》的谷物交易所中,农场主们将谷粒倒在手掌中让大家仔细观看,经过一番品评后进行交易,以此获取金钱;奥克用防雨篷布遮盖两垛粮食时,也欣慰地认为自己保全了她的两百镑财宝②。在《还乡》中,红土贩子定期到土坑挖运红土,然后在成百上千的农场贩卖,通过这种方式让自己的钱袋鼓了起来;而克林砍的一百捆柴则可以卖半克朗,从而可以维持一阵的生计③。在《卡斯特桥市长》中,一匹母马值四十先令;亨察德、法夫瑞等也可以通过交易小麦、大麦、燕麦、干草、土豆、萝卜等获取巨额的财富;而农夫的收入则以他自己眼界所及地区内的小麦收成而定④。在《林地居民》中,玛蒂的一千根椽条可以卖十八个便士;而克雷德尔眼中基尔斯失去的一百垛长好的木材则等同于失去五百个英镑的钱⑤。在《德伯家的苔丝》中,

---

① Thomas Hardy. *Under the Greenwood Tree: A Rural Painting of the Dutch School*, London: Macmillan, 1966, p. 132, 书中所有来自此小说文本的引文均出自此版本,不再赘述,只在括号中标明页码。

② [英]托马斯·哈代:《远离尘嚣》,傅绚宁等译,人民文学出版社 2004 年版,第 105、295 页。书中所有来自此小说文本的引文均出自此版本,不再赘述,只在括号中标明页码。

③ [英]托马斯·哈代:《还乡》,王之光译,中国书籍出版社 2006 年版,第 70、226 页。书中所有来自此小说文本的引文均出自此版本,不再赘述,只在括号中标明页码。

④ [英]托马斯·哈代:《卡斯特桥市长》,张玲、张扬译,人民文学出版社 2004 年版,第 8、227 页。书中所有来自此小说文本的引文均出自此版本,不再赘述,只在括号中标明页码。

⑤ [英]托马斯·哈代:《林地居民》,邹海仑译,贵州人民出版社 1988 年版,第 10、234 页。书中所有来自此小说文本的引文均出自此版本,不再赘述,只在括号中标明页码。

苔丝一家以卖蜂窝为生,她家的老马"王子"虽然衰老枯瘦,但是"汤锅上和熟皮子的"也肯出几个先令买它①;而牛奶厂的老板和工人们以及棱窟槐的农夫们则靠为城里人提供新鲜的牛奶、萝卜、麦粒换取钱财维持生计。《无名的裘德》中裘德的老姑太太花了八镑才买回了一匹老耷拉着脑袋的老马;艾拉白拉家二十磅放干净血的猪肉可以卖一先令;淑养的一对鸽子也被按照一定的价格卖给了收鸡鸭的小贩②。总之,哈代"性格与环境"小说中的自然物品种类繁多,对人而言不仅具有最基本的经济价值,而且也常常是他们维持生计的重要经济来源。虽然这种价值往往也需要人的劳动才能转变成对人有用的形式,但这毕竟是以自然物本身具有这样一种属性为前提,从而在一定程度上彰显了自然的实用潜能③。

哈代意识中的自然也是一个不断进化的生态系统,不仅孕育着成千上万的物种,也滋养着无数生长于其中的生命;人类作为生态系统进化过程的晚期作品,其一切活动也离不开自然的支持。因此,哈代笔下的自然也被赋予了支撑生命的价值。在《绿荫下》中,芳茜·黛为了迫使父亲同意自己与狄克的婚事故意绝食,结果绝食后的她很快就变得脸色苍白(133)。《远离尘嚣》中躲在沼泽地上虚弱不堪的芭思希芭,因为食用了莉娣提供的几片小麦面包和一壶热茶恢复了脸上的颜色(364),而博尔伍德举行宴会时用一棵树的树干来生火,用流着油的烤肉来招待客人(424)。《还乡》中托马辛招待克林的食物是又大又好的粗皮苹果(101)。《卡斯特桥市长》中亨察德与妻子到达韦敦集市时所喝的那盆热气腾腾的牛奶麦粥则不但非常滋补,还能消解他们的劳累疲乏(6);与此同时,小麦、土豆、菜花和猪头肉等都是卡斯特桥市人民的日常生活必需品

---

① [英]托马斯·哈代:《德伯家的苔丝》,张谷若译,人民文学出版社 2003 年版,第54 页。书中所有来自此小说文本的引文均出此版本,不再赘述,只在括号中标明页码。

② [英]托马斯·哈代:《无名的裘德》,张谷若译,人民文学出版社 1996 年版,第 27、63、320 页。书中所有来自此小说文本的引文均出此版本,不再赘述,只在括号中标明页码。

③ 雷毅:《生态伦理学》,陕西人民教育出版社 2000 年版,第 200 页。

(62)。而《林地居民》中小辛托克出产的木柴不仅是雇工们取暖用的燃料,其发出的火光还可以将屋子照得简直与白日的天光一样(29)。在《德伯家的苔丝》中苔丝母亲用来点火烫水壶、做早饭的物品也是剥了皮的橡树枝(120)。哈代笔下的人类重建了自己的生存环境,但是他们却仍然只是生态系统的栖息者,他们与自然之间始终保持着一种依赖的关系,自然界的物质支撑着人类的一切。

哈代作品中的自然也有着消遣价值。这种消遣价值一方面有助于人的身心愉悦,一方面也使得人对自然的客观特征变得异常敏感,甚至在一定程度上还可以激发人的创造性。他笔下的不少人物常常喜欢到户外生活,喜欢在户外享用自然的消遣价值,因为在那里他们找到了"某种在室内找不着的更伟大的东西",某种"在城区公园的棒球场上丢失的东西"①。在《绿荫下》中,与芳茜·黛发生争执而感到极其愤怒的狄克跑到了灌木丛中采摘坚果,逐渐恢复了平静和愉悦(115—116)。而《远离尘嚣》中的芭思希芭在知道芳丽和孩子的死讯时,痛苦得发狂,她在树林里徘徊了近两个小时,心情才变得轻快起来,心中才重又燃烧起青春和希望的火焰(370—371)。在《还乡》中,从高处俯视荒原景致的克林禁不住地感到一阵野性的满足(159),他的母亲在仰望东方淡雅的天空之后,也"感到眼睛非常轻松,柔软的百里香给她的头部也带来非常舒适的体验"(259)。《林地居民》中四处飘扬的苹果香味不仅使格雷丝的心灵"从悲哀中舒展开来",也使得她因为回到朴素的自然怀抱而感到"阵阵狂喜"(274)。在《德伯家的苔丝》中,被德伯欺辱回到马勒村的苔丝"在天黑以后所做的惟一活动就是跑到树林里面去",因为只有那样她才觉得不孤独,只有那样她才觉得自己获得了心灵的绝对自由(125)。总之,哈代"性格与环境"小说中的人类无论是在观赏野生生物与自然景观,还是在置身户外自然之时,常常都可以获得一种惬意、休闲、具有创造性的愉悦。

---

① 雷毅:《生态伦理学》,陕西人民教育出版社2000年版,第201页。

这种愉悦是他们在城市或室内时无从感受的一种体验,这种体验奇妙而伟大,就其本质而言就是自然消遣价值的一种体现。

哈代"性格与环境"小说中的自然还具有历史价值。"在自然的历史舞台上,人类只是一个短暂的现象","任何一种文明都是人与自然相互作用的结果"。作为人类最重要的历史博物馆,自然保存着人类"在过去岁月尘埃中所留下的几乎全部历史遗迹"。虽然这些遗迹可能并没有什么时代价值,但是这些可触知的遗迹却可以帮助人类了解自己在自然中的位置,帮助人类真正理解历史的"不朽、悠久、延绵与归宿的真义"。因此哈代笔下的自然也蕴含着极其丰富的历史价值①。在《绿荫下》中,杰弗里·黛的储藏室中挂满的成簇的晒干了的苦薄荷、薄荷、鼠尾草、洋葱等向人们无声地述说着杰弗里·黛的身份和发生在这里的故事(121)。《远离尘嚣》中韦特伯里农场的大谷仓则有着久远的历史,"站在这座(外墙)有些剥蚀的建筑物前面",人们常常会对这个建筑构思中所蕴含的永恒性产生"一种几乎是感激而的确是骄傲的感情"(171)。在《还乡》中,那片没被耕耘惊动过的顽冥土地虽然"对于庄稼人来说很贫瘠,却正是历史学家的富矿,因为没有人照看,也就没有人毁迹"(13)。而《林地居民》中麦尔布礼的住宅则是小辛托克一处没有留下标记的古物,这处古物向人们生动地传递了这样一条信息:小辛托克曾经比现在繁荣得多,比现在为人们看重得多;而现在的小辛托克虽然尚未古老到可以成为神圣古迹的程度,但是比起中古时代的纪念物,则更容易"唤起人们的怀古幽思"(27)。在《德伯家的苔丝》中,那根耸立在十字架旁边孤零零、静悄悄的石头柱子向人们讲述着曾经出现过的神圣奇迹,或者发生过的杀人凶案,"或者两样事都出过"(414)。《无名的裘德》中在玛丽格伦大地上的每一块土块、每一块石头"都和旧日有着许多联系:古代收获时期唱的歌儿、过去人们讲的话、做的艰苦勤劳的事迹,都有余音遗迹,在那儿流连不

---

① 雷毅:《生态伦理学》,陕西人民教育出版社 2000 年版,第 203—204 页。

去;每一英寸的土地,都曾有过一度是勤劳、欢乐、玩笑、争吵、辛苦的场所;每一方码的地方上,都曾有过一群一群捡剩麦穗儿的人,在那儿的太阳地里蹲踞"(8)。在上述作品中,自然不仅具有支撑生命、供人消遣的工具性价值,而且也记录了一段特定的历史,它将威塞克斯地区的人类生活形象地镌刻在了历史的长河中。

此外,哈代笔下的自然也具有宗教价值。事实上,自然对宗教的启发并不亚于它对科学的启发。由于人类不仅可以通过凝视滔滔巨浪与午夜的星空或者俯视黏菌变形体那令人毛骨悚然的蠕动细胞流获得油然而生的敬畏感和谦卑感,也可以通过攀登山峰、观看落日、抚摸岩层、穿越紫罗兰草地领悟到"运动和精神……贯穿于所有事物之中",因此对人类而言自然是一个神圣的地方——对于那些纯正的自然追求者而言,自然是一座教堂;对于大多数普通人而言,自然也偶尔具有教堂的功能——自然和宗教一样有着深层的教育功能①。在《远离尘嚣》中,奥克在晴空万里的午夜屹立山顶观察宏伟星空,领悟到了一种壮丽的运动诗意,使人难以相信在人类渺小的躯壳中竟会产生出这种"宏伟运动的意识"(10)。《还乡》中的暮色则与埃格敦荒原的景色融合演变为"一种不怒而威、不虚张声势而感人深远的局面,其劝诫语重心长,虽淳朴而见其排场",其气象则赋予荒原一种美丽绝伦之处所绝不可能具备的崇高感(4)。《林地居民》中的小辛托克府邸不仅是植物的天然家园,也是一个足以使画家与诗人从静止生活中领受灵感的自然所在(74)。而《德伯家的苔丝》中在枯林枝干中呜咽哽咽的暴风与寒气对苔丝而言是一篇苦苦责问的告诫,淋漓的雨天则是"对她那无可挽救的百年长恨痛痛哀悼"的"模糊缥缈的道德神灵"(126)。在《无名的裘德》中,玛丽格伦大地吹过的风声仿佛在轻飘而悦耳地对裘德呼唤:"我们这儿快乐!"那种轻盈缥缈使裘德不由得神飞魂荡,完全忘记了自己身在何地,以至于只能使劲儿集中注意力,

_____

① 雷毅:《生态伦理学》,陕西人民教育出版社2000年版,第206—207页。

才能恢复知觉(18)。总之,哈代小说中的自然是抚育人类精神的摇篮,不仅可以锻炼人的身体,也可以陶冶其灵魂。人类在置身自然的沉思默想中追问自己是谁、身处何方,并体悟自然教给自己的"关于生命和死亡的思想"以及"在环境中如何适当地行动的思想"①。

综上所述,哈代在"性格与环境"小说中并不否认自然对人的有用性,其笔下的自然有着诸多客观存在的工具性价值:不仅可以支撑人类的生命、供人类消遣,也有着记载历史、陶冶人类灵魂的宗教价值。此外,哈代在"性格与环境"小说中也并不否认人有权利利用自然,通过改变自然资源的物质形态来满足自身的需要,只是在哈代看来,人类利用自然的权利并非没有任何限度,而且必须以不改变自然界的基本秩序为前提②。

第二节　自然的内在价值

哈代热爱自然,是一位擅长描写自然的丹青高手,其笔下刻画的自然不仅具有相对于人的工具性价值,也具有独立于人类目的的内在价值;不仅拥有属于自己的自然美,也有着自己内在的生命目的性。事实上,哈代小说中的每一棵植物都是富有情感的存在,其笔下刻画的每一种动物都有着自己的灵魂。通过这种饱含情感的自然描写,哈代表达了自己对自然的一片痴爱。恰如理查德·克里治在《生态的哈代》中所说:"对于生态批评家来说,哈代的特殊价值在于他没有将地域和人区别开来。在哈代看来,威塞克斯的自然富有灵性、人性,她有自己的语言,那是'树林、水果和鲜花本身的语言'。"③

---

① 雷毅:《生态伦理学》,陕西人民教育出版社 2000 年版,第 207 页。

② 刘文良:《范畴与方法——生态批评论》,人民出版社 2009 年版,第 29—30 页。

③ Richard Kerridge, "Ecological Hardy", in *Beyond Nature Writing*: *Expanding the Boundaries of Ecocriticism*, Armbruster, K. & K. R. Wallace (eds.) , Charlottesville: The University Press of Virginia, 2001, p. 14.

作为一位细致入微的自然观察者,哈代在"性格与环境"小说中对种类繁多的植物进行了大量细致入微的刻画和描述。这些植物无论种类、大小、优劣,都有着与众不同的自然之美,作家在描写这些植物时常常摒弃传统不变的给定模式,代之以对植物自然之美的生动刻画与淋漓再现。在《绿荫下》中,哈代笔下的花园中的卷心菜和土豆给人一种特别娇柔的感觉(114)。而《远离尘嚣》中韦特伯里及周围一带生长着各式各样的奇花异草,不仅生长着"毛茸茸的新生莥黄花、像主教权杖似的蕨芽、方头麝香草",也生长着像"孔雀石壁龛里患中风病的圣徒一般"的奇特的斑叶阿若母、"雪白的布谷鸟剪秋罗、几乎像人肉一样的水堇、巫师的龙葵、黑瓣吊钟花"(169)。在《还乡》中,埃格敦荒原不仅生长着普通的野菜,描绘出风华正茂的初夏的绿色景致(190),也有着像半闭着的伞似的蜀葵叶子,其"茎里的水汁简直在沸腾",光滑的树叶则"像金属的镜子一样闪闪发光"(249),一到夜晚,荒原上便四处"弥漫着未被烈日晒枯的新生植被散发的扑鼻清香",尤其是蕨草的芳香(204)。《林地居民》中小辛托克的青苔虽然看似像细小的枞树,抑或像长毛绒,抑或像星星点点的孔雀石,而在哈代眼中,"青苔就是青苔,根本不像别的,只像青苔本身"(418);那些树叶所展开的皱巴巴的叶面则将整个林区从一个由"金丝嵌成的精镂细刻的透空艺术品",变成了一个无论在外形上还是在价值上都比以往更为巨大的"不透明的固体"(189)。在《德伯家的苔丝》中,芙仑谷普通的丛芜开着或红或黄或紫的花儿,这些花儿构成一幅艳丽的彩图,灿烂得耀眼炫目,其艳丽"不亚于人工培养出的花朵"(178);而夏日的果实、雾气、干草、野花则一齐"把芬芳喷放,浓郁强烈,弥漫在平谷里面"(242)。哈代"性格与环境"小说中的每一种植物都被赋予了自己的独特之美,其笔下的每一株植物也都是一种完美的存在。这种存在不仅体现了这些植物与之俱来的自然之美,也避开了人类特定的期望和理论模式,从而成为一种活生生的客观存在。

哈代笔下的动物也栩栩如生地表现了自己的自然之美。《绿荫下》

中的蜘蛛在花园中辛勤地编织着结实而漂亮的蛛丝网,成群结队的长腿大蚊则在草丛中敏捷地飞来飞去(104)。《远离尘嚣》中的母羊洁白如雪,"没有一丝一毫的疵点",从羊毛中站起来时犹如"阿芙罗狄蒂从泡沫中站起来"一般(174);羊头上"那些虫蛀状的犄角呈螺旋形,从几何学上说都很完美,优雅地垂在脸庞两边,每一只下面都蜷伏着一只红白色小耳朵"(400);其他种类的羊也毛皮质地丰美,简直是"无瑕的貂兽,只是没有斑点罢了"(401);而艾克斯摩羊则最为漂亮,长着"颜色斑驳的脸和腿""又黑又重的角",黑黝黝的前额上还松松散散地披散着一绺绺绒毛(401)。韦特伯里那条帮助芳丽到达救济院的狗硕大、肥壮而安静,虽然不属于任何名贵犬种,但在哈代眼中它却是"犬类伟大气质的理想化身——犬类共同特征的一种概括"(319)。芭思希芭家的其他牲口则从"岩洞形的红白色鼻孔"中发出洪亮的呼吸声,鼻孔"表面又黏滑又潮湿",最上面那对发白的月牙形的角则"酷似两弯崭新的初月"(191)。在《还乡》中,苍鹭从山谷的水塘飞起,"身上还滴着水呢,它翱翔时,那翅膀的两边和背面,那大腿、那胸脯,都沐浴在辉煌的日光里,仿佛是银子抛光做成的"(259)。《林地居民》中,小辛托克林区动物社会的各式各样的小成员们不受干扰地住在那里——"有的长着长毛,有的身上长着细绒毛,有的生有鳞羽;有啮齿类动物,也有喙嘴类动物;还有地下的节肢类动物和有翅类动物"(410)。《德伯家的苔丝》中芙仑谷的牸牛形体虽然卑不足道、陋无可称,但在哈代笔下,却被夕阳映射得如此美妙绝伦;它们犄角上发亮的铜箍"闪闪放光,好像陈兵耀武的样子";它们身上长着粗筋的乳房,则"像沙袋一样沉甸甸地下垂,乳头都臌膨膨的,像吉卜赛人使用的那种三足生铁锅的腿儿"一般(155)。哈代笔下的动物之美是一种人类之外的客观存在,一种"超越任何人类成员的存在"①;这种美并非一种

---

① Lawrence Buell, *The Environmental Imagination: Thoreau, Nature Writing, and the Formation of American Culture*, Cambridge: Harvard University Press, 1995, p. 209.

完全以人为中心的对象化美,更不是表达人的内心世界与人格特征的途径、手段、符号,而是自然天成的杰作,展现的是动物与生俱来的自然存在之美。

哈代小说中的大地也洋溢着一种原始的、未受人类破坏和修整的自然之美。在《绿荫下》中,作家笔下的草地由于仲夏早晨的些许晨露而显得非常润泽,草地上盛开着的倒挂金钟与大丽花上挂满了宛如细小银果子般的露珠,阳光照在这些露珠上面,它们就每分每秒都绽放出不同色彩的光芒(104)。《远离尘嚣》中的韦特伯里大地也被雷阵雨"浸润得漂漂亮亮的,虽然大地下面还是同往常一样干燥",但是多姿的河岸和山谷却"呈现出一派沁人心脾的清新景象",宛如大地在散发着少女的气息一般(239)。《还乡》中的埃格敦荒原是一片石南丛生、荆棘蔓延,长着野蔷薇、金刚藤的原野——"布鲁阿利亚"。"文明是它的死敌",古老的褐色土壤是它的自然服饰,以至于一个人如果穿着颜色和样式都摩登的服装,跑到荒原,"总显得有些格格不入"(5)。荒原的表面虽然备受风吹雨打的侵蚀,却并不陡峭,也不平坦,地面上哪怕是"极细小的凹凸不平,也不是犁耙、锹镐所造成的,而只是最近一次地质变化的摆弄"(6)。小说中的诺科姆山是一个万劫不灭的形体,即便在地壳变动的日子里,"比它宏伟得多的高峰和令人头晕目眩的花岗岩峭壁都纷纷倒塌"之时,它也仍然岿然无恙地屹立在那里(8)。而芙仑谷的黑土则"本是古代河流跟整个山谷同样广阔的时候,就冲到这地方来的",是"过去的原野捣成了细末,又受了河水的浸渍",经过年月的提炼而成,这片黑乎乎的大地在哈代眼中却"像玄玉一样地润泽",是各种土壤精华的荟萃,所以"异常肥沃,异常膏腴"(277)。总之,哈代笔下的大地、荒原、山丘、黑土都拥有一种原生态自然物的存在之美,这种美不是将具体的审美经验抽象而成的形而上的理性美,也不是人的内在精神或本质力量的外化美,而是自然本身的美。哈代认为,那些经过人类修剪、造型、嫁接、整理的自然物是不美的,经过雕饰的美不仅破坏自然美的本真状态,长此以往还会扭曲自然的审美情趣①。因此在哈代笔下那些自然、原生态的大地是美的,其笔下的"每一处荒野都是一处独特的大自然"②。

　　哈代的"性格与环境"小说不仅惟妙惟肖地表现了芸芸众生的自然之美,也浓墨重彩地渲染了它们的内在生命目的性,其笔下的自然之物常常表现出一种勃勃向上的生命活力。在《绿荫下》中,哈代笔下的老欧椴树不停地疯长,其树枝在多处交织成厚厚的一簇,以至于乐队成员在路过时必须小心翼翼,以免让树枝划到脸(21)。《远离尘嚣》中韦特伯里的青草"从肥沃、潮湿的土地里吸吮水分",肉眼都几乎可以观察到这种活动(148);新生的树叶则柔软湿润,没有被夏日和干旱晒黑烤硬,"衬着绿色显得是黄的——衬着黄色又显得是绿的"(148);田野上由于植物活动所产生的汁液使寂寞的园圃与渺无行踪的林地呈现出一片"熙熙攘攘、紧张奋发、挺拔茁壮、郁郁葱葱的景象"(144)。埃格敦荒原上随季节枯萎的蕨草像活着一般直立着,"没有足够强的寒流将它们放倒"(31);荒原上的树枝嫩叶水灵灵的,很沉重(191)。《卡斯特桥市长》中草木嫩芽的滋长发育活动在明媚的春光中"差不多都可以听得出声音来"(146)。而小辛托克查曼德夫人府邸里的常春藤则穿过屋瓦的间隙爬了进来,艰难地寻求着某种支持,别的常春藤则因为急于得到阳光而在屋檐上推进着,好像要从它们的支撑者身上"凌然飞起似的"(29);森林里所有树干的树叶都膨胀起来了,很长时间都膨胀着的蓓蕾突然绽开了,四处都可以看到植物出于它们的本性而做出的许多"伟大业绩"来(178)。《德伯家的苔丝》中芙仑谷的植物幼芽在朝阳中抽出嫩蕾,舒展成纤梗的长条;谷中的花儿竞相开放,其芳香虽无影无踪,却跟喷雾吐气一样四处散发(187);"草木孕育繁殖的嘶嘶声"、汁液喷涌的声音仿佛可以听到似的(213)。

---

　　① Henry David Thoreau, *Wild Apples and Other Natural History Essays*, Athens: University of Georgia Press, 2002, pp. 153–159.

　　② [美]霍尔姆斯·罗尔斯顿:《哲学走向荒野》,刘耳、叶平译,吉林人民出版社 2000年版,第 28 页。

哈代小说中的这些植物不仅有着独特的外形,也拥有令人叹为观止的生命活力,它们顽强、茁壮地生存于自然之中,成为一种不以人的利益为转移的内在价值体现。

哈代笔下的动物也充满了生命的活力。在《绿荫下》的雅尔伯里树林,仅仅杰弗里房屋地基附近那棵古树的树枝上就生活着成百上千只鸟,而古树的下面则生活着成群结队的野兔和不计其数的鼹鼠与蚯蚓。它们年复一年地在那里生活着,不断啃食着四周的树皮,充满活力地摄取着自己所需的养料(160)。《远离尘嚣》中博尔伍德家的马心满意足地站在自己的隔栏里,身上热乎乎的,从外面亮处往里瞧,看不清马的嘴巴,但可以听见它们的嘴在大口大口地嚼,忙着吃大麦和稻草来维持自己的"热气和肥壮"(142);韦特伯里农庄上的几只布谷鸟从一大片簇叶中传出高昂的歌声,"在寂静的天空中震响"(148)。在《还乡》中,埃格敦荒原紫色雾霭中一群群嗡嗡叫的蠓虫发着光亮,"像火星一样上下飞舞"(189);而约布赖特太太家的麻雀则在房间里大胆地跳来跳去,想从窗户里往外飞(198);苹果园中的黄蜂"有的让苹果汁灌醉了在那儿滚,有的还没让甜汁灌醉,就在每个苹果上咬出来的窟窿里面爬"(249);荒原上的每一丛荆棘中都有"雄蚱蜢沙哑的鸣声,时断时续",向外界宣示着这个生机勃勃、忙忙碌碌的昆虫世界;绿茵上的蚂蚁拖着重负,横穿小路,永不休止地劳作着,开辟出"条条通衢"(259)。《林地居民》中的小辛托克围场上的椋鸟二三十只一群地到处走着;烟囱的束带层上的麻雀则舒舒服服地落成一行,在阳光下梳理着自己的羽毛(106)。《德伯家的苔丝》中芙仑谷的夜莺、画眉、交喙以及这类命若蜉蝣的有生之物,"一年一度都在各自的岗位上演变出现";而稀薄夏雾中那些可爱而有灵性的奶牛们则喷着呼呼热气在绿地上欢快地吃草,这股股热气在一大片薄薄的雾气中"凝结成了一团团浓浓的雾气"(190)。总之,哈代笔下的动物是一种独立于人之外的活力存在,它们按照自身的演化法则,不断地淘汰着旧的物种,又源源不断地产生出新的物种,因而表现出了惊人的生殖力与令人叹为观止的生命活力。

哈代"性格与环境"小说中的大地也是一个神奇而充满生命力的世界。《远离尘器》中的韦特伯里圆形牧场平坦而水分饱满,上面盛开的不是美丽的金凤就是雏菊;田野上,即便是最贫瘠的草场也都呈现出一片勃郁斑斓的景象,"每一片叶子都很鲜嫩,每一个气孔都舒张着,每一根茎秆都胀鼓鼓的,充满了滚滚川流般的汁液"(174)。《还乡》中的埃格敦荒原"在每天入夜这一转捩点上都会展现它的伟大荣光,因为那时,也只有在那时,它才会说实话"(3)。夜色刚一露面,荒原就成为黑夜的近亲,人们"就可以在昏暗和四周景物中觉察出一种显而易见的互相凑拢的趋势:那黑压压的连绵丘壑,仿佛同气相求,起身迎接着黄昏的暮色;荒原把黑暗一口吐出,跟天空撒下黑暗一样迅速",于是空中的昏暗和地上的昏暗汇合在一起(3)。哈代笔下的埃格敦荒原打动人们的不仅是它那入夜转捩点上所展现出来的伟大荣光,更是它那含蓄持久的内在生命目的性。多少年来,埃格敦荒原那硕大无朋的形体都一动不动地待在那个地方,每天夜里都"仿佛在期待什么似的"(3)。它那样等候已历经千百年了,即便遭遇了那么多事情的危机也仍旧按兵不动,因此人们只能设想,埃格敦荒原是在"等候最后一次的危机——那天翻地覆的末日"(3)。

总之,哈代在"性格与环境"小说中淋漓尽致地再现了威塞克斯地区的自然之美。这种美不以人的特定理论与期望模式为参照,也并非人类思想情绪或人格力量的表现,而是自然与之俱来,未经修剪、造型、嫁接与整理的生态美。哈代小说中的自然有着自身的内在价值与生命目的性,其笔下的自然万物按照自身演化法则周而复始地存在于世上,甚至某天夜里这些安详寂静的景物奔腾咆哮起来之时人类也仍然"可能还在无知无识地安然沉睡"[1]。作家对自然的描写在揭示自然对人的工具性价值

---

[1] [英]托马斯·哈代:《卡斯特桥市长》,张玲、张扬译,人民文学出版社2004年版,第14页。

的同时,也展现了其客观存在的非工具性价值。这种非工具性的价值通常是在与人无涉的情况下发生的,并非人类意志或利益的体现。通过这些小说中的生动描写,哈代表达了自己关爱动植物,关爱大地的生态意识,其笔下的自然不再只是纯客观的物质形态,而是拥有内在价值与生命目的性的灵动之物。由此不难理解,哈代为何反复强调人类要敬畏生命,主张对一切有灵生命都等同视之。

第三节 自然的生态系统价值

一方面,哈代小说中的自然多姿多彩、变化万千,具有工具性价值和内在价值;另一方面,自然界中的万物为了生存与发展不得不适应环境,并在相互依赖和竞争中使自然本身得到进化,使生态系统变得更加美丽、更加多样化、更加和谐和复杂,[①]因此显然也具有生态系统价值。作家笔下的各种自然物种都只是生命演化形成的不同组织层次,所有生命体在生态系统中都占有各自特定的生态位,"利用特定的空间和资源""在生态系统的物质循环、能量转化和信息传输中起着特定的作用"[②]。这些物种的相互作用是保持地球生物圈稳定性和整体性的重要力量;在这个系统中,它们与人一样都是平等的,都是生态系统中不可或缺的一员。

在《绿荫下》中,朦胧清晨中的雾气在树叶上凝聚成水珠从树叶滑落,坠落到地面的水珠滋养着这片草地;草地上树立的栅栏上结着不少蜘蛛网,在露水的浸润下这些蜘蛛网几乎全湿透了,完全显露了出来(144)。雾气、树叶、水珠、草地、蜘蛛一起组成了一个相互关联、相互作

---

① 雷毅:《生态伦理学》,陕西人民教育出版社 2000 年版,第 243 页。
② 雷毅:《生态伦理学》,陕西人民教育出版社 2000 年版,第 239 页。

用的生态群落,在这个生态群落中,"任一事物都与其他多个事物相联系"①,都占有着自己特定的生态位,因而都具有了相对于这一生态群落的系统价值。在《远离尘嚣》中,韦特伯里大地沉静安详,宽厚地包容了所有植物在它上面栖息,它那蓬勃的生命也因为植物的栖息而显得更为蓬勃;大地上的植物则鲜嫩洁净、与春斗艳,在书写自己生命的同时,也以绚丽的颜色、馥郁的芬芳点缀着自然的美丽,与自然组成了密不可分的有机整体。韦特伯里农庄的草地边缘是一块块凹面圆形牧场,"里面盛开着的每一株花不是金凤就是雏菊",苗壮的芦苇和蓑衣草则"在湿润的河岸上形成一圈柔软的栅栏"(148),小河流水发出潺潺的悦耳乐曲,"天空中响着云雀的美妙歌声",而绵羊低沉的咩咩声则"和这两者柔和地交织在一起"(144)。韦特伯里的草地、牧场、植物、动物相互关联、相互依存,一起融合为一个和谐、稳定而又富有生命之美的生态系统。在这个生态系统中,"任何一种生物都与某些特定的其他生物、与其生存的环境有着密切的不可人为阻断的关系;破坏了其中任何一个环节的关系,必将导致一系列关系的损坏、甚至整个系统的紊乱"②,显然,单个自然之物不仅有着自身的工具性价值与内在价值,也有着生态系统的价值。

在《还乡》中,干枯的石南花在寒风中虽然"个体发出的声音非常低微",但是成百成千的石南花共同作用时发出的声音则非常清晰,"刚刚能脱颖而出"(47)。小说中刻画的埃格敦荒原处于一个完美的平面,太阳贴在地平线上,霞光从红铜色和淡紫色的云彩中射出来,越过大地,云彩则以扁平的条带铺在淡碧柔和的天空下,地面上朝向太阳的所有昏暗物体都笼罩在一片紫色的雾霭里;一群群嗡嗡叫的蠓虫发着光亮,"像火星上下飞舞着"(189);一小堆一小堆纯净的石英砂则显示出兔子洞口的所在;"孤零零、矮株的山楂树东一棵,西一棵,差不多每棵上面都躲着一

---

① [美]霍尔姆斯·罗尔斯顿:《自然的价值与价值的本质》,刘耳译,《自然辩证法研究》1999 年第 2 期。

② Rachel Carson, "Undersea", *Atlantic Monthly*, No. 78 (September 1937), p. 325.

头像水车干转一般嚎叫的夜鹰,不时扑打着翅膀,在树丛上盘旋"(261)。小说中的山野、太阳、大地、云彩、动物、植物一起融合成为一个密不可分的有机整体,每一种自然存在物都是这个整体的一部分,所有生命"都在某种程度上依赖于另一个生命",进而"如果缺少了任何一个部分,所有其他部分必然因此而秩序紊乱"①,它们一起构成了埃格敦生态整体。而《林地居民》中的麦尔布礼家的门则开在爬满常春藤的墙壁上(294),许多鸟儿在烟囱上做了巢(73),盖顶的茅草中那些小麻雀们从"长长的洞窝里走了出来"(22),猫头鹰一直在户外徘徊,寻找着老鼠,野兔在花园里吃着冬天的植物(26),松鼠则在麦尔布礼和他女儿朝前走的时候,"小心翼翼地与他们一同跑着,摆出一副修道士的小样子"(66)。小辛托克的各种动物、植物在与人类的长期协同进化中,一起接受着自然的选择,它们一起参与生存的竞争,彼此为生态系统中相对应的生态位规限了生活于其中的体形与行为。由于一种事物"只要有一种能限定其各组成部分的存在和行为方式的组织,其存在就是实在的"②,因此哈代笔下的各种动物、植物在小辛托克生态系统中的存在也是实在的,它们在这个生态系统中均有着自己特定的生态位和价值。

在《德伯家的苔丝》中,那些跳舞的人们的头上有"从上古一直长到现在的橡树和水松,树上栖着轻柔的鸟儿,打那夜最后的一个盹儿";他们周围蹦跳的大小野兔在"偷偷地往来"(109)。而舞到后来,他们左右乱晃的光景则好像"成了圆光固有的动作",喘的气"成了夜间雾气的一部分";"景物的精神,月光的精神,大自然的精神,也好像协调和谐地和酒的精神,氤氲成混沌一气"(103)。芙仑谷的女性也以户外大自然的形体和力量作主要伙伴,她们"一旦成了户外自然界的重要部分",就"仿佛

---

① R.P. McIntosh. *The Background of Ecolog*, Cambridge: Cambridge University Press, 1985, p. 78.

② [美]霍尔姆斯·罗尔斯顿:《自然的价值与价值的本质》,刘耳译,《自然辩证法研究》1999年第2期。

失去了自身的轮廓,吸收了四周景物的要素",与四周融为一体(129)。而"热月"的那种火热则仿佛是自然"看到塔布篱牛奶厂里的情人那样热烈,特和他们斗胜争强似的"(214)。人与自然融合成为一个有机的整体,这个有机体中的"各个部分快乐和谐地互相贯彻串联",人们"和天上的星星月亮一样地高远",星星月亮也"和人们一样地热烈"(98)。哈代笔下的这些动物、植物、星星、月亮、人一起组成了一个相互关联的生态系统网络,其中的每个部分彼此勾连一起,形成了彼此依赖的生态整体,因而每一种动物、植物、星星、月亮、人都无法被单独抽出来而又不改变其特征和自然的整体性①,它们在生态系统中都有着自己的系统价值。

"和谐是美的基础"②。哈代笔下的大地、动植物、人常常融合为一幅幅和谐稳定的风景画,画中的大地、动植物、人都只是其中的一个部分,他们相互作用、相互关联,共同依存于威塞克斯这个生态整体之中,坦然、和谐地应对种种自然变化。一旦离开画面的整体布局,任何部分的美都将黯然失色。哈代"性格与环境"小说中的自然也不仅仅是人物活动的环境,或故事依托的背景或人物命运的象征,而且也是与人类生存密不可分的一个生命共同体。表面上看它只是以韦特伯里为中心的古威塞克斯王国的一片地域,实际上它是类似利奥波德所说的一种生物共同体或"大地共同体","包括土壤、水、植物和动物,或者把它们概括起来:土地"③。在这个共同体中,每个成员都在阳光下占据一个位置,每个成员之间都是一种相互联系、相互作用的主体间性关系。人类只是这个生物共同体的一个部分,既不在自然之上,也不在自然之外,而在自然之中④,他们与自

---

① Donald Worster. *Nature's Economy:A History of Ecological Ideas*, Cambridge: Cambridge University Press, 1994, pp. 316-318.

② [英]托马斯·哈代:《远离尘嚣》,傅绚宁等译,人民文学出版社 2004 年版,第 11 页。

③ Aldo Leopold, *A Sand County Almanac*, New York: Oxford University Press, 1949, pp. 204-206.

④ 雷毅:《生态伦理学》,陕西人民教育出版社 2000 年版,第 157 页。

然一起共同组成了威塞克斯生态共同体。这种人与自然之间的交互主体性意识贯穿于哈代的"性格与环境"小说始终。作家笔下的人与自然都是威塞克斯生态共同体中的一员，都不能脱离这个生态共同体单独生存，只能在与共同体成员的相互联系、相互作用中完成自身的定位。一方面，自然虽然以自己特有的方式存在并成长着，但与此同时，它们也都为整体的和谐做出了贡献，都参与了地球生态系统的演化，有助于系统的丰富性和多样性①。这种生态系统价值"建立在整体所具有的固有价值基础之上，由整体的系统结构决定"，生态系统是其价值存在的基本单元②。由于生物与环境之间相互作用、相互依存形成的机能整体性"对于维护人类和其他生物的生存以及整个地球生物圈的完善和健康"都是有价值的，而自然的生态系统价值在本质上也指"地球生态系统中各组成部分及其结构的功能关系"，因此哈代笔下的自然的生态系统价值不但体现为对"人与生物圈关系的价值"，也体现为对"生物与生物圈的关系"的价值③。

由上述分析我们可以得知，哈代在小说中所刻画的自然价值具有丰富的内涵，既包括自然的工具性价值、内在价值，也包括超越工具价值和内在价值的生态系统价值。哈代笔下刻画的恢宏自然在本质上是一部由不同主题构成的交响乐，这些由简单自然音符组成的主题虽然时有混沌，但是"每一个主题都非常迷人"，它们全都和谐地统一在了一起④。

---

① 雷毅：《生态伦理学》，陕西人民教育出版社 2000 年版，第 240 页。
② 张艳梅、蒋学杰、吴景明：《生态批评》，人民出版社 2007 年版，第 70 页。
③ 雷毅：《生态伦理学》，陕西人民教育出版社 2000 年版，第 225—226 页。
④ 雷毅：《生态伦理学》，陕西人民教育出版社 2000 年版，第 206 页。

第二章　哈代"性格与环境"小说中的
生态困境及其根源

　　哈代是一位细致入微、炉火纯青的自然观察者,他能区别雨点落在树根或是耕地上的差异,也能分辨吹过不同树丫的声音①。他对自然充满了敬畏之情,其笔下的自然生态常常呈现出一幅和谐诗意的画面。然而,19 世纪中期正值英国早期机械工业文明大举侵袭之时,一种在哈代看来非理想的近代文明逐步侵袭了这片古威塞克斯地区,不仅破坏了这里的自然生态和谐,也扰乱了这一地区的社会生态系统,进而导致了这一地区人们精神生态的失衡。因此,对此有着深刻感悟的哈代在"性格与环境"小说中借助超然物外的叙事与描写表达了自己对自然的崇敬与热爱之情,与此同时也运用栩栩如生的文笔生动再现了早期机械工业文明冲击下威塞克斯人民所遭受的种种生态困境。此外,坚持现实主义创作原则的哈代在"性格与环境"小说中还从社会体制的弊病、人类中心主义的束缚两个方面深刻细腻地揭示了导致这些生态困境的多种根源。在他笔下,"自然环境、人物的内心冲突以及社会现实等诸多因素,决定了人的前途与命运",而其小说中的悲剧人物则常常"都是在与大自然、命运和社会的抗争中倒下来的"②。哈代在"性格与环境"小说的创作中竭尽全

---

　　①　［英］伍尔夫:《论托马斯·哈代》,转引自瞿世镜编:《伍尔夫研究》,中国社会科学出版社 1992 年版,第 594 页。

　　②　马弦:《论〈还乡〉中大自然描写的象征性》,《四川外语学院学报》2003 年第 6 期。

力地"从客观社会、自然环境和人本身去探索那些造成主人公不幸的直接原因",借以"表现复杂的生活现象和重大的社会现象"①;通过再现威塞克斯地区美丽自然的无情毁灭以及人类所遭受的"自掘坟墓"式的惩罚,表达了自己对早期机械工业文明的批判以及对回归自然的渴望;通过揭示导致威塞克斯地区生态困境的根源,向人们阐释了人与自然关系的危机本质。

第一节 哈代"性格与环境"小说中的生态困境

在哈代创作的"性格与环境"小说中,随着早期机械工业文明的入侵,威塞克斯地区人与自然之间的关系日渐疏离,昔日美丽静谧的自然逐渐沦落为人们意识中的外在认知对象,抑或是成为人类谋取利益的物质工具。早期机械工业文明鼓吹的对自然的无限索取破坏了农业文明倡导的人与自然的和谐,造成了人与自然的敌对和人类自然生态环境的恶化,也使得威塞克斯地区的自然生态环境遭受史无前例的重创。遭受重创之后的威塞克斯自然生态系统逐渐失去了昔日的活力,成为没有灵气的物质躯壳。由于地球生态系统本质上是一个自然、社会、精神生态相互作用、相互影响、共同构成的生态共同体,威塞克斯自然生态系统的失衡势必也会导致其他生态系统的失衡。因此,在哈代的"性格与环境"小说中,早期机械工业文明在给人类带来不少物质财富的同时,也使得越来越多的个体农民因为失去土地陷入失业、破产、贫困的悲惨境况,进而导致了这一地区旧的社会秩序的解体以及人与人之间关系的冷淡隔阂。于是,失去关联、百无聊赖的人们被迫在由资产阶级道德观、宗教与法律占

---

① 聂珍钊:《托玛斯·哈代小说研究——悲戚而刚毅的艺术家》,华中师范大学出版社 1992 年版,第 359 页。

统治地位的新兴世界中漂泊为生;与此同时,传统的伦理道德思想与价值观念则逐渐被新兴文明取代。这种价值观念的变迁、人类道德的沦丧以及理想的幻灭造成了威塞克斯人精神世界的荒芜与空虚,也从一定程度上扭曲了他们的灵魂。换言之,早期机械工业文明不仅破坏了自然生态环境,导致社会生态系统的紊乱,也致使了人类精神生态的失衡。"一部小说是一种印象,而不是一篇议论"①,作为一位具有高度社会责任感的作家,哈代通过在小说创作中展现威塞克斯人遭遇自然生态困境、社会生态困境和精神生态困境的这种印象,揭示了早期工业机械文明对人与自然和谐美好状态的破坏以及对人情与人性的侵蚀。通过在小说创作中生动再现早期机械工业文明给人与自然造成的极大戕害,通过对当时社会存在的阶级矛盾与贫富悬殊现象以及人们所遭遇的精神病症的深刻披露,哈代不仅表达了自己对于人类身陷各种生态困境的极度忧患,以及对人类破坏生态平衡行为的愤怒批判,也借以抒发了自己渴望回归自然、与自然和谐共处的强烈心声。

一、威塞克斯地区自然生态的破坏

哈代是一位热爱自然的小说家,自然界的所有东西都深深吸引着他,他对自然的感情也是友好的。然而,哈代意识中的人类工业与科技的发展却并非总是一种正确认识自然、合理利用自然的表现,其笔下的人类在繁衍、生存的同时也并非总是在自然能够承载的范围内适度地增加人类的物质财富,在很多情况下,人类对自然的盲目利用与开发会造成对自然进程的干扰、对自然规律的违背、对自然美和生态平衡的破坏以及对自然资源的透支耗费等问题②。在哈代的"性格与环境"小说中,早期机械工业文明不仅破坏了威塞克斯地区人与自然的和谐共存,导致该地区自然

---

① J.Alcorn, *The Nature Novel from Hardy to Lawrence*, London:Macmillan,1977,p. 2.
② 王诺:《欧美生态文学》,北京大学出版社 2011 年版,第 229 页。

资源枯竭,还使得可怕的自然灾难频频出现,使昔日稳定的生态系统遭到空前的破坏。

在《远离尘嚣》中,诺科姆山由于人类的过度开发,植被遭到破坏,树木不能很好生长,最终山坡有一半都变得光秃秃的,仅有一些稀疏的野草"散散落落地覆盖着山坡"(9);诺科姆山的另一面也因为人们世世代代从那里挖白垩铺垫附近农场,长期无度又不采取任何填补措施,最终形成了一个白垩巨坑(38)。诺科姆山失去了茂盛树木的遮挡,于是狂风开始肆虐,"风忽强忽弱地吹拂着,这一阵一个劲儿地擦着叶片,那一阵像用锋利的耙子耙着,再一阵又像挥动着柔软的笤帚扫荡",发着凄厉的呼啸从山坡上掠过,萧萧逝去(8—9)。而生活在诺科姆山附近的奥克的羊群,因为这里的植被缺失,四处觅食,不慎掉入山下的白垩巨坑,葬送了自己的性命。居住在诺科姆山一带的人们自以为功德圆满地征服了自然,实际上却迎来了自然对人类的报复。威塞克斯自然"所有表面的退却,原来都是战术撤退",当它诱敌深入的时候,人们却认为它在"节节败退";当它举手投降的时候,其实它正"张臂擒伏"人类①;当人们以为自己过度开发获得了更多的利益之时,也就是自然剥夺奥克等人所有财产,使他们沦落成一无所有的破产农民之时(40)。在韦特伯里农庄,雇工们将白嘴鸦和麻雀赶走(90),在树林中随意砍伐树木的行为(425)破坏了该地区的生态环境,造成了自然生态系统的失衡,使该地出现了罕见的雷暴雨天气(291)。人们先是经历了一场罕见的雷暴雨,之后紧接着又是一场绵绵不绝、毁灭性的寒雨。这场寒雨如刺骨的液体一般"穿过沉闷的空气",从云层中毫不间断地倾泻而下,将博尔伍德的麦垛毁坏一空(304),也直接威胁着芭思希芭当年农场的一半产品——八个裸露的无遮无盖的麦垛。自然生态是一个系统,"一个地方出现问题",就会引起

---

① [美]赫尔曼·E.戴利、肯尼思·N.汤森编:《珍惜地球——经济学、生态学、伦理学》,马杰等译,商务印书馆 2001 年版,第 266 页。

一系列的连锁反应①。人类无节制地利用与开发自然在破坏当地自然生态环境的同时,也因为破坏了自然生态的平衡而引发一系列的生态灾难。在《远离尘嚣》中,哈代笔下的威塞克斯人给自然生态环境造成的破坏是如此巨大,以至于麦芽老人都不无感慨地说道:"天哪,天哪——这个世界的面貌改变得多么厉害,如今我们活着都看到了些什么啊!(126)"

在《还乡》中,原本是"十多个有真实名称的石南草荒原组成统一体"的埃格敦荒原现在"哪怕是部分的完整划一都不见了","仿佛历经了改天换地,里面侵入了一丘丘、一块块的田地,有精耕细作的,也有粗放撂荒的,有的干脆植树造林了"(序言5)。荒原上的红土被络绎不绝的威塞克斯人采挖到成百上千的农场兜售,使埃格敦变成了一个没有几棵树的荒原(70)。游苔莎家中宝贵的山楂根儿差不多被她烧光了(51),地面上的青草也被狂欢跳舞的人们踩光了。由于人类的频繁践踏,荒原上的草皮也变硬了,"整个地面冲着月光斜着看,都像光滑的桌面一样光亮"(235)。威塞克斯人对动物的滥杀滥捕则导致了荒原上珍稀的米色走鸻日趋灭绝(78)。为了修建十个由绞盘和齿轮控制的大闸,人们截住了沙德洼附近的河流,使当地形成了一个直径为五十英尺的圆形大潭(329),改变了这一地区的自然生态环境,也从一定程度上导致了这一地区的气候异常。于是,埃格敦荒原变得在出太阳的时候热得"黏土龟裂"(246),在下雨的时候则雨点横飞,"根本无法测度雨点离开云层怀抱的方位究竟有多远"(324),在游苔莎出逃的那天晚上这一带还出现历史上罕见的暴风雨天气,"狂风撕锉着房子的四角,把屋檐滴水吹得像豆粒一般往窗上打"(320),星星月亮则"被乌云和雨雾遮得无影无踪","荒原上到处是盘根错节的荆棘、丛生的灯芯草,一团团的肥蘑菇冒出来,活像硕大无朋的野兽腐烂了的肝肺",这样的黑夜令行人"本能地想到世界编年史上记载的灾变夜

---

① 丁世忠:《〈远离尘嚣〉中的生态伦理思想及其矛盾性》,《外国文学研究》2008年第3期。

景"(316)。哈代小说中的威塞克斯人不仅面临着动植物生存空间缺失、自然资源匮乏的生态困境,也经历了瞬息万变、反复无常的极端天气。

在《林地居民》中,小辛托克森林在人们的伐木声中变得如同其他上帝意旨未能达到的地方一般"触目惊心,树叶变了形,天然的曲线被破坏了","穿过树林的光线被遮断了,溜滑的地衣消耗尽树木主茎的活力";而常春藤正在"慢慢地把可爱的幼树扼死"(66)。那些矮树根部的叶子和嫩茎"都被野兔一点一点地吃光了";"在一些地方,一堆堆新近砍伐留下的木屑、碎片和一些树桩子,在杂树丛中白闪闪的"(67)。在哈代笔下,由于人们的乱砍滥伐以及对野生动物的大肆狩猎,昔日树木郁郁葱葱的小辛托克森林如今呈现出一种"寂寥荒凉的景象":

> 与其说那是一种沼泽地或死水潭式的静止、凝滞,倒不如说那是一种坟墓式的死寂。人们在心中把它过去也许有过的兴旺景象与它现在的荒凉场面所作的对比,大概常使他们产生这种感觉。留心在这个地方走一走,从大森林的边缘地带走到紧挨着它的大道上去,在那空旷中停留片刻,这种简直无人作伴、孤身赶路的处境造成的凄凉沉重的压抑感,必然会影响到人的心情(1—2)。

随着资本主义势力在这一地区的入侵,小辛托克林区的自然生态环境发生了巨大变化,大片大片的森林从人们的视线中消失,整个林区变得如坟墓一般死寂。林区自然生态环境的改变引发了这一地区自然气候的异常,在小说末尾,小辛托克森林遭遇了这一带百年难遇的暴风雨天气:

> 几阵疾风之后,紧接着便是风雨交加。风刮得越来越猛了。暴风雨大作的时候,真让人难以相信那不是什么黑咕隆咚的人体而仅仅是一种没有颜色的、看不见的东西在屋顶上践踏着爬动着,弄得树枝咯吱咯吱直响,把树吹得断倒在烟囱上,树梢一直插进烟道里;同

时飓风在每一个墙角发出尖啸和叫骂声。正像那令人恐怖的故事里说的那样,发动攻击的是一个幽灵,人们只能感觉到它的存在然而却看不见它(413—414)。

小辛托克林区的暴风雨是如此猛烈,以至于邻近的大树权也在狂风中倾斜得直敲打屋顶,"活像一只巨手敲打着一个魔鬼的嘴巴",伴随狂风而下的雨水细流则"好像伤口流淌下来的鲜血一样"(414)。

在《德伯家的苔丝》中,芙仑谷那片"莽莽苍苍的密林"现在已经消失了,那些毫无疑问本是原始时代英国森林的古老尊严的猎苑现在也寥寥无几了(59)。棱窟槐一带的农田如今已经非常荒凉,"荒凉得几乎到了超绝的程度,目力所及的地方上,连一棵树都瞧不见,在那个时季里,更连一点儿青绿的草都没有";而苔丝打工那个农田露在地上的每个萝卜的半截,也早已让牲畜吃得干干净净的了,"萝卜的绿叶已经完全吃光了,所以那一片土地全都是使人感到凄凉的黄褐色"(399)。由于自然生态环境发生巨大变化,这一带的气候也因此而变得更加恶劣:空气变得"又寒冷、又干燥,那些绵绵的车路,下过雨以后过不了几点钟,就叫风吹得白茫茫的一片尘土了"(393);苔丝去棱窟槐农场做长工那一年,这一带还遭遇了多年以来这里都没有遭遇过的异常寒冷的气候。

(冬天)它来的时候,一步一步,蹑手蹑脚,仿佛棋手走棋子儿一样。有一天早晨,那几棵孤零零的大树和篱间的棘树,都好像脱去了一层植物的皮,而换上了一层动物的皮。每一根树枝上,都盖了一层白绒,仿佛一夜的工夫,树皮上都长了一层毛,把原先的粗细,增加了四倍……过了这一阵上冻而潮湿的时期,跟着来的是一个一切都冻得硬邦邦的时期。在那个时期,奇怪的鸟,都不声不响地从北极后面飞到棱窟槐这块高原上来;它们都是又瘦又秃,形同鬼怪的生物,眼里都含着凄惨的神情……(402—403)。

小说中的棱窟槐的气候变得非常糟糕,不再按正常的四季更替方式循序渐进地推进,而是一夜之间就温度骤然下降,下起鹅毛大雪,所有植被上面都堆起厚厚的积雪,树干比原先增粗了四倍。恶劣的气候还导致动物因为生存环境恶劣而难以正常生存,连鸟儿的行为都变得古怪,一声不响地从北极飞来,又瘦又秃的,形同鬼怪,眼中则含着凄惨的神情。

在《无名的裘德》中,小说主人公裘德居住的那个古老村庄如今人烟已经非常稀少,许多长在绿草地上的大树被伐倒了,许多房上开着窗户的草房也被铲平了,"一个高大的新建筑——一个英国人看着不熟习的德国哥特式建筑,已经在新的地址上,由一个一天之内从伦敦来而复去的历史遗迹毁灭者建筑起来了"(5)。威塞克斯地区的古朴自然环境遭到了人为的破坏,裘德做农活的那片农田上"唯一突出的东西,就是去年的麦子在耕种地的中间堆成的麦垛、看见他走近前来就飞去了的乌鸦和他刚刚走过的那条横穿休作地的小路"(7)。农田上"新近耙过而留下的纹条,像新灯芯绒上面的纹条一样,一直伸展着,让这片大地显出一种鄙俗地追求实利的神气"(7)。在哈代笔下,威塞克斯人无节制地开发已经使这一地区的农田呈现出一幅衰败凋零的景象,人们在农田上看到的不再是勃勃的田园生机,而是光秃秃的褐色土壤与四处觅食、常以腐尸烂肉为主食的鸟类乌鸦。而裘德求学的城市基督寺的道路两旁,柳树都被"削去了树顶"(76),那些古老的建筑因为"曾受过侮辱和虐待"而"遍体鳞伤,肢体残缺,失掉了原来的外形"(84)。裘德与女主人公淑散心的梅勒寨郊外是一片广阔的丘陵和萝卜地,上面人烟稀少,"一个人家都看不见";这里的青草因为稀少奇缺而变得价格昂贵,以至于居住在这里的牧羊人抱怨说以后用瓷盘儿当瓦盖房还要便宜些(141)。威塞克斯人成为了"生物圈中的第一个有能力摧毁生物圈的物种"①,他们的无限索取使

---

① [英]阿诺德·汤因比:《人类与大地母亲》,徐波等译,上海人民出版社2001年版,第15页。

得该地的自然资源走向了枯竭,他们的盲目发展破坏了这里的古朴与和谐。哈代通过自己的细腻文笔向人们传神地再现了威塞克斯地区的这一历史变迁,也淋漓尽致地展现了威塞克斯人过度利用与开发自然后给这里带来的贫瘠与荒凉。其笔下的威塞克斯自然生态环境在人们的盲目利用与开发自然的喧嚣声中失去了往日的宁静与和谐。

在哈代的"性格与环境"小说中,随着威塞克斯人与自然冲突的不断加剧,其笔下威塞克斯地区的自然逐渐失去了昔日的威仪与神秘,一步一步沦落为人们开发利用的"他者",往日整体、有机的自然生态系统逐渐破裂为物质的碎片,最终陷入一种前所未有的困境。由于人类的生活离不开具体的环境,人类的生存环境遭到破坏,必然导致人类失去自己的立足基础,各种生态灾难也就会接踵而至。因此,哈代在"性格与环境"小说中通过展现威塞克斯地区自然生态资源日渐枯竭的现象,通过刻画这一地区频繁出现的自然生态灾难,表达了自己对人类破坏自然生态环境行为的不满与痛心,也抒发了自己对早期工业机械文明的厌恶与拒斥之情。

二、传统社会生态系统的紊乱

哈代"性格与环境"小说中的环境不仅指威塞克斯地区的自然生态环境,也指这一地区的社会生态环境,其前期作品如《绿荫下》《远离尘嚣》《还乡》等多表现人与自然环境的磨合,后期作品如《卡斯特桥市长》《德伯家的苔丝》《无名的裘德》等则"着重描写人与社会的冲突"[①]。鲁枢元曾经指出:"相对于自然生态,社会性的人与其环境之间所构成的生态系统被称作社会生态系统。"[②]而作为生态系统的两个组成部分,自然生态与社会生态两者之间是一种相互依存、相互转化的关系。自然生态

---

① 丁世忠:《哈代小说伦理思想研究》,四川出版集团、巴蜀书社 2008 年版,第 5 页。
② 鲁枢元:《生态文艺学》,陕西人民教育出版社 2000 年版,第 104 页。

的破坏常常导致社会人际关系的矛盾激化,社会人际关系的矛盾激化又常常引发社会生态的紊乱,社会生态的紊乱又会加重对自然生态造成的破坏。在其"性格与环境"小说中,哈代淋漓尽致地揭露了英国资本主义工业社会的虚伪面貌,对身处悲惨境遇的劳动人民表现出了无限的同情。其笔下的威塞克斯农民在早期工业机械文明的侵蚀下,为了生存,不得不接受将使生态环境遭到破坏的资本主义的生产模式,这种模式倡导大工业以及按照大工业方式运营的大农业,两者共同作用则使得土地资源被大肆滥用与破坏,使土地变得更加贫瘠稀少,却使劳动者付出更多的人力和物力。事实上,哈代小说中的威塞克斯农民不仅在经济上遭受着资产阶级的剥削,在社会关系方面也处于社会的底层;他们不仅受到资产阶级的压迫,思想也遭受伪善资产阶级道德的束缚,因而在身体与精神两个方面都备受折磨。哈代笔下的早期机械工业文明不仅导致了威塞克斯地区自然资源的匮乏和生态灾难的频现,也使得这一地区的人与人之间因为社会地位不平等、生存竞争激烈而矛盾激化,进而导致了这一地区社会生态的紊乱。在哈代创作的"性格与环境"小说中,这些社会生态的紊乱集中体现在人们生活风格的整一化、人际关系的异化、人物行为的无能化等几个方面①。

威塞克斯社会原本是一个有着独特自然风景与深厚文化传统、经济结构落后但社会秩序守旧有序的典型小农经济社会。生活在这个社会中的不仅有地主、农场主,还有大量的农田工人、木匠、铁匠、鞋匠、小贩和一

---

① 鲁枢元在《生态文艺学》中将生态学分为了自然生态学、社会生态学与精神生态学三个方面,他认为社会生态学是以人类社会的政治、经济生活为研究对象,而精神生态学则是以人的内在的情感生活与精神生活为研究对象,但是他同时又将"生活风格的整一化""人际关系的异化""人物行为的无能化"归属于现代人的精神病症,由于生活风格、人际关系、人物的行为常常与人类社会的政治、经济生活密切相关,几者间的关系甚于与人的内在情感与精神生活的关系,并且人的精神生态主要研究人自身与其生存环境之间的关系,因此笔者将这三种与社会生活密切相关的现象归属于社会生态的研究范畴。

些其他难以分类的工人①,他们共同组成了一个不可分割的有机整体。然而,资本主义现代化的大规模工农业生产方式所倡导的自然"极度分化与简化"原则②却破坏了这个有机的生态整体,使得那些过去以农业和手工业为主、习惯于小农经济生产模式的自由保产人③或邸册保产人逐渐分化、瓦解,失去了自己的传统独立性与纯朴个性。而资本主义社会生产方式所强调的事物内在价值商品化原则则消弭掉了"所有原本性质迥异的事物之间的差异",使人的价值以及人际之间的交往"物质化与客观化",进而导致社会呈现出同质化的特征④。当《远离尘嚣》中的芭思希芭的雇工从后门走来时,他们的穿着非常相似,有的穿着雪白的俄国粗布罩衫,有的则穿着浅褐色粗麻布罩衫,腕部、胸部、背部和袖子都绣有蜂窝状的花饰。他们的行为也极为一致,都拖拖沓沓地一个跟着一个,整个行列歪七扭八的,像奇异的萨尔帕链一般(88)。哈代笔下的雇工在大农业生产模式的影响下生活风格呈现出同质化特征,他们虽然在别的方面有所不同,但却都如海鞘动物一般"只有一个意志",这个意志就是这一整科"生物都会具有的意志",即都在芭思希芭的农场上工作,都将从芭思希芭那里获取金钱视作他们工作的动力与衡量自我价值的标准(88)。此外,"个体之间的差异,环境之间的区别,个体与环境交往方式的不同",原本是人类社会奇妙玄奥的精神世界的重要构成因素⑤,但资本主义的"文化工业却以统一的文化观念、文化方式占领了人们全部的业余生活",泯灭了人们的个性,使得他们放弃了自己的独立思考⑥。在《德伯

---

①　[英]托马斯·哈代:《德伯家的苔丝》,张谷若译,人民文学出版社2002年版,第489页。

②　詹敬秋:《资本与生态:一对不可调和的矛盾——福斯特对资本主义制度的生态学批判》,《苏州大学学报》2011年第6期。

③　自由保产人,英法律名词,指保有土地继承权或一生使用权的人。

④　詹敬秋:《资本与生态:一对不可调和的矛盾——福斯特对资本主义制度的生态学批判》,《苏州大学学报》2011年第6期。

⑤　鲁枢元:《生态文艺学》,陕西人民教育出版社2000年版,第228页。

⑥　鲁枢元:《生态文艺学》,陕西人民教育出版社2000年版,第155页。

家的苔丝》中,农民们都用树篱将棱窟槐的田地"界断成一大片一大片的休作地和萝卜地",那些树篱也都盘结得高低一律,"丝毫没有变化"(397);地里捆麦子的年纪大一点儿的女人都穿着棕色粗布"连根倒",也就是外罩,年纪轻一点儿的女人都穿着粗布工人服,"把她们完全围住——这种东西,是一件带袖子的褐色护襟,背后有纽子,一直扣到底下,护着袍子,免得叫风吹动——她们的下身是露得几无的下摆,再底下露着靴子,高高地够到踝骨上面",她们手上都是黄色羊皮手套带着护腕(399);那些劳作的雇工"虽然性情态度本来彼此大不相同,但是那时候大家都弯着腰,排成稀奇的一横列,动作划一,不声不响,看着非常整齐,非常一律",她们的动作都像机械一样单调、死板,因此要是有一个生人,"从旁边的篱路上走过,见了他们,不分皂白,说他们一概都是'何冀',我们也不能说他不对"(201)。哈代笔下的农民与雇工在生产、生活中都倾向于单一化、均质化,这种单一化、均质化导致了他们个性的丧失与个体劳动特色的抹杀。在《无名的裘德》中,基督寺栽培牧师时也像在地里栽种萝卜一样,用了五年的工夫,把一个个游手好闲、笨手笨脚的小伙子,都"栽培成一个老成干练、没有毛病的讲道师,把一个人训练得很文雅,把他们训练得老板着面孔,穿着黑色的褂子和背心,戴着讲道师的领子和帽子,和《圣经》里那些人的穿戴打扮一样,闹得有时连他自己的妈都不认得他啦"(19),因此淑这样对裘德评价道:"文明硬把我们按在一种社会的模子里,这种模子跟我们实际的样子没有关系;这就好像星座在肉眼里看来的形状,跟星星实际的形状并没有关系"(213)。早期机械工业文明破坏了威塞克斯地区的自然生态平衡,也使得其历史形成的各种文明与文化脱离自己的根源,逐渐"融合到技术—经济的世界中,融合到一种空洞的理智主义中"①。由于这一文明的影响,威塞克斯人昔日的传统生活

---

① [德]卡尔·雅斯贝尔斯:《时代的精神状况》,王德峰译,上海译文出版社1997年版,第73页。

也遭到破坏,人们的穿着变得相似,行为习惯变得相似,甚至思维方式也逐渐模式化,失去了自己的个性与特征。因此,在哈代笔下,威塞克斯地区的社会生态紊乱首先体现在了人们生活风格的整一化方面。

工业革命不仅导致了威塞克斯地区人们生活风格的整一化,也使得传统的人与人之间的关系发生了巨大变化。随着越来越多的农业机器进入农村,越来越多的农民失去赖以生存的土地,破产沦落为农业工人,被迫背井离乡、涌入城市与工矿去寻找职业。由于大量的农业人口从农村向城镇集中,过去维系乡村群体的纽带逐渐断裂,再加上自然资源的匮乏、自然灾难的频现以及农场主为获取更大利润开始在田间使用女性与儿童作为劳动力,所有这些因素共同导致了威塞克斯地区人际关系的异化。在哈代的"性格与环境"小说中,威塞克斯人与人之间的关系由于利益与竞争而日趋冷漠、疏离,最终失去了往日的和谐。

在《远离尘嚣》中,芭思希芭对金钱与利益趋之若鹜,忽视他人的利益和价值,将自己与他人的关系简化成为一种金钱与利益的关系:在成为女农场主前因为两便士与看门人发生了激烈争执,在成为获利颇丰的女农场主后仍然冷漠地与农场主讨价还价;为了保持、巩固和强化自己的既得利益,芭思希芭还特别强调等级制度与组织控制,坦然自得地坐到厅堂的上首位置,神情凝重而又肃穆地对雇工们训话,俨然立法者的模样趾高气扬地举步离开(96);之后当她的剪毛工全都表情呆板地忙着剪毛之时,她却威严地站在旁边这儿扫一眼,那儿观察一下,把违背自己意愿的年轻人训斥一通,又厉声斥责不小心剪伤羊的腹股沟的奥克,最后还以统治者的神情对奥克命令道:"在谷仓里替我看着点儿,盖伯瑞尔,让他们仔细点干。"(170)由于芭思希芭始终将金钱与利益视作"人生追求的主要目标和最高价值"[1],并且为了攫取金钱与利益全然不顾采取的手段与导致的后果,她与其他人之间的关系变得越来越疏远、淡薄,以至于奥克

①　周怀红:《消费主义伦理批判》,《辽宁师范大学学报》2011 年第 5 期。

多次因为她爱慕虚荣、盲目消费与她发生争执,并停止帮她饲养农场上的羊群(161);苦苦追求她的博尔伍德农场主也因为她好高骛远、投入特洛伊的怀抱而大发雷霆,愤怒地斥责她、威胁她(247);她的亲密女伴莉娣也被她维护特洛伊的反常气势激怒,发誓永远离开她(237);而其他雇工们对她的评价则是"这个小娘们儿虚荣心很强","骨子里可傲气得像魔鬼一般"(48);甚至她的丈夫特洛伊也公然背叛她,离家出走了(378)。小说中的芭思希芭在经济上获取了大量财富,但是在人际关系方面却陷入了孤立无援的泥沼。小说中的男主人公特洛伊的纵欲行为也扰乱了韦特伯里地区的人际关系,破坏了这里的社会和谐。他不仅放纵情欲,欺骗农家女子芳丽,害得她怀孕惨死(329),也玩弄女农场主芭思希芭,使她坠入痛苦的深渊(327);不仅作弄情敌博尔伍德,逼得他精神崩溃(449),也强迫喝惯果酒的雇工们饮用浓度更高的白兰地,使他们因为醉酒而失去拯救麦垛的能力(289)。特洛伊这种没有自制的欲望不仅对当地的社会安宁与和谐造成了极大的破坏,也使得这一地区的人际关系陷入了一片混乱之中。

《还乡》中的早期机械工业文明使得传统守旧、忠于自然的荒原居民与骚动不安的现代人之间发生激烈的冲突,这种冲突最终演化为游苔莎与怀尔狄夫的雨夜私奔以及后来两人的溺水身亡。小说中的珠宝商克林热爱自然,厌倦繁华的巴黎生活,决心回乡做一名教师,雄心壮志地企图改变荒原的落后教育现状(159);他的妻子游苔莎却崇尚早期机械工业文明,敌视古老的埃格敦荒原,希望借助与克林的婚姻逃离荒原,去巴黎过纸醉金迷的享受生活(182)。由于两个人的目标相互背离、相互抵触,婚后两人很快陷入了对彼此失望的僵局,直至最终两人分道扬镳。小说中的另一位人物维恩敬畏自然,与自然融为一体,自始至终爱慕与呵护着无私、温柔的托马辛,但是他们两人的感情却遭到厌恶自然的现代人怀尔狄夫的插足。怀尔狄夫不仅破坏了维恩与托马辛的感情,甚至为了与自私多变的游苔莎赌气,还逢场作戏地与托马辛结了婚。但是,婚后的怀尔狄夫不甘寂寞,与崇尚物质享受的游苔莎频频约会、邀约跳舞,两人在婚后的频繁约会不仅将他俩心头仅有的那点社会秩序感破坏了,使他们重又"回到现在已格外不规矩的旧路"(236),也破坏了克林与托马辛的感情幸福,进而导致了荒原上人际关系的紧张与失和:克林为了和游苔莎一起,和他的母亲针锋相对、蓄意摊牌,甚至毅然决定与母亲分开居住(192);而游苔莎与怀尔狄夫的雨夜私奔则令托马辛狂躁不安,难以忍受,于是冒雨前去克林家求助(321);维恩为了从怀尔狄夫手中赢回本该属于托马辛的金币,与怀尔狄夫在石板上拼死赌博,那个石板在他与怀尔狄夫之间成为一个莫大的角斗场,和战场一样重要(210);为了阻止怀尔狄夫去和游苔莎约会,怒不可遏的维恩甚至准备开枪打死怀尔狄夫以迫使他放弃顽固不化的冲动(242);怀尔狄夫则将维恩视作自己最大的冤家对头(238),因为他与游苔莎的可能约会,被维恩掐死在了萌芽状态中(243)。哈代笔下的现代人类为了享受奢侈的生活,不惜推动所有重负前行,"把所有的时间都花在获得一种生活并保持那种生活之上"[1],尽管那种生活并非他们的必需生活,但是为了获得与保持这种奢侈的生活,骚动不安的威塞克斯人不惜剥离了自己与自然的密切联系,破坏了自己与他人的和谐关系,甚至还付出了宝贵的生命代价。正如约翰·缪尔(John Muir)在《我们的国家公园》中所说:"利令智昏的人们像尘封的钟表,汲汲于功名富贵,奔波劳顿,也许他们的所得不多,但他们却不再拥有自我"[2],《还乡》中的威塞克斯人的膨胀物欲不仅破坏了荒原上人与自然的平衡,更是冲击与扰乱了荒原上世世代代人们的淳朴和谐生活。

哈代小说中的工业革命也使得大批农民因失去赖以为生的土地而流落各地,成为四处漂泊打工的破产农民。由于这些破产农民终年迁徙流浪,不再聚居于固定的地方,因而破坏掉了过去维系他们和谐关系的那种

---

① Henry David Thoreau, *Walden*, Princeton:Princeton University Press,1971,p.153.
② [美]约翰·缪尔:《我们的国家公园》,郭名倞译,吉林人民出版社1999年版,第1—2页。

乡村群体纽带,人与人之间的关系因而日渐疏远、冷漠。《卡斯特桥市长》中的亨察德就是这样一位破产农民。他与妻子苏珊为生计所迫,从别的地方流落到普瑞厄兹,希望做捆草的工作,却苦于找不到任何活干而流离失所,进而导致倍感焦虑痛苦的亨察德在酗酒后卖妻,从此陷入了妻离子散的"孤立"境地。尽管后来亨察德凭借旺盛的精力获取了一时的成功,也总是努力调适自己与其他卡斯特桥市人的关系,但是在他内心深处却始终缺少一种与其他人融洽沟通的情感纽带,最终陷入了一种看似有家却实无家的境地,没有能够与卡斯特桥市的其他人形成一种和谐的人际关系:先是醉酒后卖掉自己的妻子和女儿,在当上卡斯特桥市市长后又因小麦变质问题与市长宴会的座上客们怒目相视,再后来又与自己的雇工法夫瑞、卫特发生激烈的冲突与拖拽,对自己的"女儿"伊丽莎白也由冷漠排斥变成了公开呵斥。亨察德与他人的关系不可避免地疏远了,苏珊、法夫瑞、露塞塔、伊丽莎白一个接着一个全都离开他了,最终亨察德一个人悲惨地病死在一所小房子里(410)。亨察德的妻子苏珊也因为丈夫的破产陷入了动荡不安、人际异化的生活之中:先是被丈夫亨察德酗酒后卖掉,在与牛森非法结合后不久又被牛森留在了法口,与女儿孤苦伶仃地生活,最后为了女儿,再次与市长亨察德重新结婚。即便如此,他们的婚姻仍然得不到卡斯特桥市市民的认可,以至于一些男孩子背地里都称呼苏珊为"女鬼"(100)。哈代笔下的威塞克斯农民随着资本主义势力在这一地区的逐渐渗透,纷纷失去了自己赖以生存的土地,昔日意义上的农村社会形态逐渐解体,破产后的农民四处迁徙、奔波流浪,陷入一种前所未有的孤独与失联状态之中。

《林地居民》中的小辛托克在早期机械工业文明的影响下,虽然其他一切都还"保持着老样式",但受文明影响颇多的格雷丝却穿上了非常时新的装束,那种装束"背离了林区人们所熟悉的服装样式",在林区人们看来显得古怪离奇(68)。格雷丝受到的教养也使得她的内心世界产生巨大的变化,她懂得世故了,逐渐背离了昔日辛托克赋予她的那种美好朴实的习惯作风(54),因此在基尔斯看到约翰种苹果树和农场房屋的地方,格雷丝看到的却是上流社会的人所喜欢的城市近郊(52)。格雷丝不仅在服饰、思想方面与林地居民之间距离越来越大,关系越来越疏远,而且在婚姻价值观念上也与昔日的恋人基尔斯出现了很大差距,于是她毅然决定背弃热爱自然的林地居民基尔斯,选择嫁给有钱人菲茨比尔斯医生。但是,格雷丝与菲茨比尔斯的结合"非但没有给她带来任何社交活动或新相识",反而导致了她与林地居民之间的更加疏远,有时甚至"给她带来比她以前所知道的更多的孤独和寂寞"(380)。婚后的格雷丝"抛开同一般女人共有的问题不谈,她的特殊情况是——她简直就像处在两个社会阶层之间的半空中",既不能融入上层文明社会的主流,也失去了与林地普通居民之间的那种默契,再加上她受教育后原本就觉得小辛托克的生活"寂寞、孤独",因此当菲茨比尔斯与别的女性之间又出现婚外恋时,这种打击对格雷丝造成的后果比对那种有很多朋友、可以回到她们中去的女人来说更加严重,更加具有"悲剧性"(288)。小辛托克府邸的查曼德夫人也与这一地区的其他人人际关系疏离。她生活在小辛托克地区,却从未融入这一地区,她"在辛托克可真是待错了地方——连山毛榉和梧桐树都分不清"(331)。她"对小辛托克村子里的乡下佬"压根儿也不感兴趣,"几乎从来没有离开过她那高高在上的生活,屈尊到教区的一般老百姓当中去过"(49)。她在小辛托克地区的纵欲行为则扰乱了林区的和谐社会秩序,不仅害得菲茨比尔斯与格雷丝婚姻破裂,其他追求者为她大动干戈,也使得麦尔布礼陷入苦恼,玛蒂因为她而义愤填膺。小说中的查曼德夫人成为导致小辛托克林区社会失和的重要原因之一。菲茨比尔斯医生也是一位破坏林区人际关系和谐的人物。他在林区从事的科学研究使得老苏斯因为发现自己非常熟悉的一段树干被砍伐而难过致死(137),也使得格莱媄因为菲茨比尔斯想要对她的大脑袋进行研究而心烦意乱、卧床不起(160)。而他在与格雷丝结婚之后,并没有想方设法去适应老式的林区生活,反而经常以自己的纵欲行为扰乱这里的社会秩序:

不仅使查曼德夫人痛苦得心在流血，也使格雷丝由于悲哀而发狂；不仅使苏柯被阵阵悲哀的抽搐攫住，也使得蒂姆的家庭气氛"在这天色近晚的时候好像被乌云遮住的天空一样阴沉下来了"（470）。小辛托克在早期机械工业文明的影响下，人与人之间的距离逐渐拉大，人与人之间的关系也日渐走向了疏离。

在《德伯家的苔丝》中，淳朴善良的农村姑娘苔丝热爱自然、敬畏自然。她们家也原本属于除农场主和农业工人以外由"木匠、铁匠、鞋匠、小贩和一些其他不属农田、难以分类的工人之类"构成的阶层，这是一个在当时的农村比农田工人高出一级的阶层；这些人见闻比较广，"目的和职业都比较稳定"，"是旧日乡村生活的骨干"，因而也是农村传统的维护者（489）。然而，随着早期机械工业文明向英国农村的逐步入侵，苔丝一家和其他自耕农一样，失去了自己赖以生存的土地。土地的丧失以及原有生态环境的破坏使得苔丝一家不得不像其他自耕农一样为了生存四处迁徙流动，这种流动切断了苔丝与自然以及村民的联系，使她因失去根基而丧失了自己的归属感，并最终导致了她因失去理智而杀人。事实上，在《德伯家的苔丝》中失去归属感、人际关系异化的人物并非苔丝一人，小说中那位操作脱粒机的司机也如苔丝一般失去了自己的归属感，人际关系淡漠：

> 他心里想的只是他自己的心事，他眼里瞧的只是他所管理的那个铁机器，他简直就不大看得见周围一切的景物，也满不在乎周围一切的景物：他不到必要的时候，跟当地的人就不多说一句话，仿佛他到这儿伺候这件好像地狱之王的主人，只是命中早已注定了的劫数，并非出于自愿（453）。

这位司机不愿与当地的人多说一句话，说明他不喜欢这里的风土人情，缺乏对这里的地方认同感；而他只想心事、全然不顾周围自然景物、不与附近民众交流的行为则切断了他与自然、他人的联系,使得他陷入人际关系疏离的境地。小说中牛奶厂的老板娘克里克太太也刻意保持着自己与他人的距离。为了显示自己的身家,从不到外面亲自挤牛奶,并且因为女工们都穿印花布,所以即便"在暖和的天气里,她也老穿怪热的毛料"(164)。小说中的男主人公安玑也认为"和一个牛奶厂里的工人平起平坐,是一种有失尊严的举动",因为工人们的"见解、习惯、环境,都是开倒车的,无意义的"(171);而他的两个哥哥也坦然承认,"文明社会里有几千万无关重要的化外之人,既不在教会里,也不在大学里,这班人只可容忍,却不应该一视同仁,更不值得尊重钦敬"(230)。无论是工厂的老板娘还是牧师的儿子安玑兄弟,他们都为了显示自己的身份和地位而刻意保持着自己与他人的距离,这种距离造成了他们与普通民众的疏远。早期机械工业文明的到来使威塞克斯地区的"工业人口正在发生改变,把过去较小的社会联系在一起的旧的纽带正在一点一点地被割断"①。哈代"非常敏锐地观察到小土地所有者和自耕农生活阴森惨淡的解体过程",在小说中以犀利的笔触对这些观察做出极其广泛的概括②,生动形象地揭示了人与人之间的日渐疏远与隔离。

　　资本主义生产方式倡导的大工业生产模式还导致社会专业化趋势的出现。"专业化的趋势所产生的危险是很大的",虽然每个专业或许都会取得进步,"但它却只能在自己那一个角落里进步",而社会"总的方向却发生了迷乱"③。在《无名的裘德》中,大工业的出现导致了雕刻匠人之间的一种疏离关系。小说中的"一个伦敦匠人如果会刻叶状棱纹,就决不肯刻给叶状棱纹作陪衬的牙子,好像做一个整件东西的第二部分,就有失身份似的"(99)。大工业倡导的社会专业化趋势将雕刻匠人分离成为

---

① Lord David Cecil, *Hardy the Novelist*, London: Constable and Co.Ltd., 1943, pp. 20-21.
② [苏]卢那察尔斯基:《论文学》,蒋路译,人民文学出版社1978年版,第465页。
③ [英]A.N.怀特海:《科学与近代世界》,何钦译,商务印书馆1959年版,第188—189页。

孤立的劳动工人,他们之间的合作关系被打破了,人与人之间陷入了一种分离隔绝的状态。而伴随大工业生产模式而来的金钱至上等价值观念也影响与制约了人们的行为。当费劳孙离开村子去基督寺时,教区长不愿意帮忙,躲到别的地方去了,费劳孙的那些正式学生也"远远地站着,一点也没有自告奋勇前来帮忙的热心肠"(3);而当费劳孙认为给淑自由本是一种很慈悲的举动,不会于道德有损害时,镇上所有的体面居民和小康人家却"都异口同声,一齐反对费劳孙"(258)。此外,由于人们将金钱看作价值的唯一标准,连酒吧中的女侍在把酒兑好给贫穷的裘德时,都感到非常勉强,"好像是一个人不得已,要和低于自己的动物住在一块儿似的"(125);而当裘德重病之时,艾拉白拉想的不是积极替他治疗,而是:"他要是不中用了,我得先开个门儿。我这会儿不能像我年轻的时候那样,挑挑拣拣的了。找不到年轻的,只好弄个年老的了";当她看着裘德病死在床上时,也不是悲痛欲绝,而是不觉喜笑颜开,烦躁地喊着说:"真巧啦,早不死,晚不死,偏偏这个时候死。"在琢磨了一两分钟之后,竟然兴高采烈地跑出去看表演,一边看表演,一边说:"哦——妈呀——真好看!这真不辜负我来这一趟","我上这儿来,对我丈夫,并不会有什么害处"(425—426)。哈代笔下的威塞克斯人在"竞争""拼搏"与"技术"的社会氛围中逐渐丧失了关爱、同情和人际间的真诚无私与合作互助,陷入一种人际关系异化的状态。

在哈代的"性格与环境"小说中,也有一部分威塞克斯人受早期机械工业文明的影响,逐渐走上一条背离自然、不顾自身消费能力与实际需求而过度消费的生活之路。由于这部分人的生活目标始终停留在满足物欲的"形而下"的过程之中,停留在通过各种商品的"符号价值"实现自我身份的建构与认同过程中,迷失在"消费牢笼"中的他们逐渐丧失自身独立的精神价值追求,丧失了个体价值选择的自主性与多样性,陷入前所未有的精神危机之中。最终,被"连根拔起"、丢失了"精神家园"的他们失去昔日的自信,变得软弱无能、依赖成性,表现出了行为的"无能化"症状。

行为的"无能化"是指现代人失去生存勇气一味被动依赖时表现出的一种症状①。在哈代的小说中,这部分威塞克斯人也正是由于失去了生命中一切积极向上、富有创造性的动机和动力,因而表现出了行为的"无能化"症状,最终无法排遣内心的软弱与孤独,陷入一种空虚、绝望的状态。

在《远离尘嚣》中,过上背离自然、崇尚消费生活的芭思希芭在自己的羊因偷吃三叶草而生命垂危之时,茫然不知所措,苦苦哀求奥克说:"别弃我而去,盖伯瑞尔"(166);当奥克拒绝帮助她时,芭思希芭虚弱地靠在自己"刚才写便条的那张旧写字台上,闭起眼睛,好像要把希望与恐惧都挡在外面"(167)。在她得知特洛伊移情别恋之后,"她眼睛里闪着泪光,脸色白得像百合花一样"(265);她隔着"一道宽阔的鸿沟回顾着过去,好像她现在已经是个死人,但还保留思考能力,因此还能够像诗人的故事谈到的那些开始凋残的贵人们那样安坐着缅怀过去的生涯"(392)。而在芳丽因她而死的消息传遍农庄之后,整个阴郁、凄惨、绵绵难尽的夜晚芭思希芭都在轻轻呻吟:"啊,这都是我的过错——我怎么活下去呀!啊,天哪,我怎么活下去呀"(454),悲痛欲绝的芭思希芭甚至觉得"悲哀倒成了一种享受"(462),死去倒是一种解脱(463)。最终在奥克提出不与她续签合同之际,她顿感生命一片黯然,再也鼓不起勇气独自一人去集市做买卖了(466)。被人情、友情、爱情唾弃的芭思希芭陷入难言的苦闷与焦虑之中,悲痛欲绝。她感到又孤寂又悲惨,变得怀疑、焦躁、悲观,甚至一个劲儿地盘算着要立即死去,以结束自己痛苦的人生。

《还乡》中的克林母亲约布赖特太太追求物欲、爱慕虚荣,宁愿将托马辛嫁给虚伪花心但家境殷实的怀尔狄夫,也不愿将她嫁给淳朴善良但家境清贫的维恩。对于自己的儿子,她一心希望他回巴黎去从事飞黄腾达的珠宝行业,而不是待在荒原从事平凡的教育事业。因此,当克林决定离家出走,与家境并不富裕的游苔莎结婚之时,约布赖特太太的面色"顿

---

① 鲁枢元:《生态文艺学》,陕西人民教育出版社 2000 年版,第 153 页。

时从刻板变成了绝望",一整天都没做事,"只是沿着庭园里的小径不停地来回走动,精神近乎麻木"(193)。后来,当她终于鼓起勇气要去看克林夫妇时,仍然觉得非常难过,方寸大乱、疲惫不堪,甚至觉得全身都不舒服(248),为了走到克林门前,她不得不在树荫下坐了二十多分钟以缓解她的身体疲乏,她的勇气已经丧失殆尽了(248)。而游苔莎将她拒之门外之后,约布赖特太太的脸色更是瞬间变白了,满头是汗,"连头也耷拉下来啦",从里到外都疲乏,"就跟小羊叫人追得快断气了似的","声音非常微弱,比耳语响不了多少"(257)。哈代笔下的约布赖特太太在不断增长的物欲影响下,逐渐失去了与威塞克斯地区人们紧密相连的情感纽带,最终身心疲惫的她在看望克林后的回家路上因为被蛇咬伤,很快就失去了自己的性命。

在《卡斯特桥市长》中,亨察德的妻子苏珊在成为显赫的市长夫人之后,由于与卡斯特桥市市民之间缺少感情的交流与沟通而倍感孤独,健康状态也很快就今非昔比了,言谈中不时流露出那种厌世的口吻。"她对生活越来越彻底地感到厌倦,如果不是为了女儿,就是离开这个人世,她也不会有多少遗憾"(31)。《卡斯特桥市长》中亨察德的情人露塞塔也是一位被"连根拔起"、行为"无能化"的人物。她出生的地方原本是一座老房子,但是为了改善环境,"人家把它拆掉了,所以她现在好像没有什么老家可想了,失去了她的根"(195)。失去了根基的露塞塔在自己的生活中遇到问题时总是毫无办法,一味地被动依赖,当她听到亨察德对法夫瑞读自己写的信时,因为害怕而陷入一种半瘫痪的状态,连衣服都无法脱了,只是坐在床边无可奈何地等待法夫瑞回来;而当法夫瑞回到卧室门口时,露塞塔那双熠熠生辉的眼睛却几乎全都黯然无光了,"再也憋不住,歇斯底里地抽泣起来"(308)。在成为市长夫人之后,由于露塞塔毫不通融地拒绝了赵普的乞求,匆忙打断他的话就将他丢在人行道上不闻不问,这种冷漠态度加重了她与赵普之间的隔阂,进而导致后来讦奸会的出现(313)。而讦奸会的出现则直接击溃了露塞塔的精神防线,使她很快就因癫痫发作失去了自己的性命。

《林地居民》中的查曼德夫人与格雷丝也表现出了行为"无能化"的症状。居住在小辛托克府邸的查曼德夫人有钱有势，但却总是觉得生活平淡无味，"整个人好像都因为悲哀无力而瘫软了似的"，"无力去做任何事情"（264），也"无法独立完成撰写一部《新感伤的旅程》"（77）。她对生活是如此厌倦无奈，以至于穷苦人玛蒂都觉得查曼德夫人并不比自己强。小说中的女主人公格雷丝在接受早期工业机械文明的洗礼之后，由于与自然以及当地居民日渐疏离，逐渐变得软弱无能、依赖成性了：当她在林中被菲茨比尔斯像小鸟一样捉住时，她"恐怖地喊叫了一声，就好像一个完全被魔法定住的人一样靠在他身上一动不动，处于一种孤弱无力、不能自助的状态"（195）；而当她"被自己目前复杂的处境搞得心神茫然"，不知所措时，她又变得"好像既无事可做、可想，又对任何事情也毫不关心"（294）。她变得如此虚弱，"几乎是徒有其形"（373），所以当听说菲茨比尔斯离家出走又要回来之时，她简直连说话都有气无力了，而她的态度"则几乎是有些歇斯底里了"（399）。

《德伯家的苔丝》中的苔丝原本是鲜亮、纯洁的"自然女儿"（175），但是品行卑劣的文明人德伯却在苔丝这样像游丝一样"轻拂立即袅袅"、像白雪一般"洁质只呈皑皑"的优美女性身上绘上了"粗俗鄙野的花样"（109），一次一次将苔丝逼进了生活的绝境。陷入绝境中的苔丝也表现出了行为的"无能化"。当她向安玑坦白自己的不幸遭遇却得不到安玑的谅解时，她那张灰白的脸上布满了恐怖的阴云，"两颊的肌肉都松松地下垂，一张嘴差不多都看着好像只是一个小圆孔的样子"，"她吓得魂飞魄散，身软肢弱，站都站不稳了"（323）。而当安玑因为她失贞刻意冷落她时，本来她可以好好利用安玑的同情心使他回心转意，但是她并没有这样做，而是觉得"一切加到她身上的都是她应当受的，所以她几乎连口都不开"（340）。最后，当她因一时的冲动杀害德伯之后，她也仍然无力地"跪在椅子前面，把脸趴在椅子座儿上，两只手紧紧握在头上，她那晨间便服的长下摆,和她那睡衣的绣花边,全拖在她身后的地上,她那两只脚伸在地毯上,脚上没穿袜子,便鞋也掉下来了";她一动不动地待在那里,什么也没做,只是嘴里嘟囔着发出一种没法形容、表示绝望的呻吟声(527)。

《无名的裘德》中的淑也是一位被文明思想束缚而最终行为"无能化"的人物。小时候的淑并非一位守规矩的女孩,因为喜欢使性子,她的老姑太太狠狠地揍过她几次(113)。然而,像她这样一位不守规矩、喜欢挑战的女性却在象征着资产阶级文明思想的费劳孙等人的影响下,逐渐压抑自己的欲望与情感,最终表现出行为"无能化"的症状:当裘德吻了她一下之后,她就顿时方寸大乱,一边满眼含泪往车站快一阵儿慢一阵儿地走,一边上气不接下气地喘息,她觉得前途是如此没有希望,以至于她的眼睛里"都显出疲乏的样子来"(227)。而当淑看到小时光老人将两个小孩和自己都吊死之后,她更是无法承受,尖叫了一声就坐在地上晕死过去。尽管房东们不管她愿意不愿意,硬把晕倒的淑抬到楼下一个房间,醒过来的淑却没有采取任何措施去解决目前的问题,只是一动不动地躺在那儿,"嘴里倒抽着气儿,瘦小的身躯每抽一口气,就发一次抖,两只眼睛就一直瞅着天花板;女房东无论怎样安慰她,她都跟没听见一样"(350)。后来,屈从于文明束缚的淑放弃自我的坚守,违背意愿嫁给自己厌恶的费劳孙。出嫁那天淑变得非常憔悴,憔悴得就像她的名字所表示的凋谢的百合花一般(386)。由于淑在神经方面遭受的紧张原本就已经使她的身体受到侵蚀,而她与费劳孙的结合更是令她百无聊赖、痛不欲生,最终,曾经有着满腔热血与青春活力的淑被迫放弃自我意识,在滚滚红尘中人云亦云、随波逐流。哈代笔下昔日有着独立理性的淑在经历种种磨难之后也沦落成为一名厌倦人生、憔悴不堪、没有任何活力的女性。

总之,哈代在"性格与环境"小说中刻画了一幅威塞克斯人在大工业、大农业生产模式的重压下,从田园牧歌式的传统乡村生活转变为生活风格整一化、人际关系异化、人物行为"无能化"的现代文明生活的画卷。

他笔下的现代文明社会不仅压抑了人们的自然感情,使人们在社会价值观念的支配下过着循规蹈矩的生活,也摧残与压抑了人性的正常发展,使人与人之间的纯真美好关系被利益与金钱关系所取代,人与人之间的思想感情出现难以逾越的鸿沟。工业革命在使得威塞克斯这一地区建成了不少公路和铁道、开采了很多矿山与采石场的同时,也造成了整个地区社会生态系统的失衡,使和谐安宁的传统社会形式一步一步地走向了瓦解与崩溃,"人类的生存要素像奶酪中的蛆虫一般在这崩溃中乱成一团"①。哈代通过揭示早期机械工业文明导致的自然生态与社会生态失衡以及由此引发的自然生命机体与社会机体的破碎坍塌,形象地表达了自己对早期机械工业文明的挞伐和批判,也从另一个角度深刻而含蓄地抒发了自己对于自然与生命的敬畏与赞美之情。

三、现代人精神生态的失衡

鲁枢元在《生态批评的空间》中曾经这样阐释人的精神与自然之间的关系:"人类是自然之子,人与自然的冲突不仅伤害了自然,同时也伤害了人类原本质朴的心。"②在这里,鲁枢元对人的精神生态与自然生态之间的密切关联进行了深刻揭示,也指出了"精神"元素在人的生态系统中的重要性。在鲁枢元看来,自然生态与社会生态之外还存在着"精神生态"这一重要组成部分。如果说自然生态体现为人与物之间的关系,社会生态体现为人与人之间的关系,那么精神生态则体现为人与自身的关系③。由于精神生态的和谐是人性中一心向着完善、亲近、和谐的意蕴,是憧憬的一种状态,是宇宙间一种形而上的真实存在,而不仅仅是

---

① [英]D.H.劳伦斯:《意大利的黄昏》,文朴译,中国文联出版公司1997年版,第219页。
② 鲁枢元:《生态批评的空间》,华东师范大学出版社2006年版,第46页。
③ 鲁枢元:《生态批评的空间》,华东师范大学出版社2006年版,第26页。

"理智的""理性的",甚至也不只是局限于人的意识①,因此当人类的物欲膨胀伤害自然的同时,必然也会伤害到人类自身,使人类丧失自己的"天真纯洁和美好的心灵"②(王诺,194)。在哈代的"性格与环境"小说中,由于现代人的膨胀欲望使他们对自然进行了疯狂的掠夺,他们对自然的疯狂掠夺又切断了其与自然的精神联系,在很大程度上威胁到了他们精神状态的和谐,因此早期机械工业文明不仅破坏了昔日自然生态与社会生态的平衡,也造成了现代人的价值观念的巨大变化,从而最终导致了他们精神生态的失衡。

在哈代的"性格与环境"小说中,现代人的精神生态失衡首先表现为心灵的拜物化这一症状。心灵的拜物化是指,现代人将自己的产品当作异己对象来盲目崇拜③。哈代笔下的一部分威塞克斯人由于受现代消费文明思想的影响,在社会变迁的过程中逐步从原本内涵丰富的人转变为了名副其实的"消费者",他们背离自然、放纵自我,崇尚消费,将消费视作自己"生活的惟一目的、最大乐趣,甚至成了如同抽烟、酗酒、吸食海洛因一样顽固的瘾嗜"④,他们常常失去独立的自我意识与价值判断,最终被异化为通过符号消费证明自身价值的"消费机器"。

在《绿荫下》中,虽然哈代运用大量篇幅"描写了英国农民恬静愉快的生活,把宗法社会理想化",对田园理想进行了热情讴歌,但是他笔下的部分梅尔斯托克地区村民由于受到早期机械工业文明思想的侵蚀,开始出现心灵的拜物化倾向。在小说女主人公芳茜·黛的心目中,"她最在乎的是自己的头发、容貌,其次在乎的是她的礼服和帽子,再其次或许才是深爱她的狄克"(115);当狄克好不容易休了半天假,专门邀请芳茜去树林采摘坚果时,芳茜却在已经拥有几套旧礼服,并且裁缝也给她做了

---

① 鲁枢元:《生态批评的空间》,华东师范大学出版社 2006 年版,第 236 页。
② 王诺:《欧美生态文学》,北京大学出版社 2011 年版,第 246 页。
③ 鲁枢元:《生态文艺学》,陕西人民教育出版社 2000 年版,第 157 页。
④ 鲁枢元:《生态文艺学》,陕西人民教育出版社 2000 年版,第 158 页。

一件新礼服的情况下仍然坚持要在家修改新礼服。她对于修改新礼服是如此专注,几乎花费了半天的时间坐在那里修修剪剪,全然不顾狄克等候她的难受感受;最终深爱她的狄克渐渐意识到,她"情愿将更多心思花费在蓝色礼服上,也不愿和自己出去",因而怒火中烧,决定不再等她,自己独自前去采摘坚果(113)。此外,当这一地区的梅博德牧师向芳茜求婚,并承诺给她以管风琴、马车、花鸟与舒适的生活时,尽管芳茜喜欢淳朴善良的狄克,内心深处却仍然无法抵御对现代文明与上流社会的热切渴望,她禁不住这种诱惑,答应了梅博德的求婚(142)。虽然最终芳茜还是因为狄克的真爱与自己内心上的道德不安拒绝了梅博德的求婚,但是她对物欲的崇拜与向往已经使得她在爱情问题上表现出了明显的动摇。正如聂珍钊先生所说,虽然"梅尔斯托克教区的人们能够感觉到他们的社会已经发生了变化",但是"外部的影响只是梅尔斯托克教区的一种潜在威胁","现代生活还没有真正侵入到他们的社会内部中来,还没有从根本上破坏传统秩序",因此人们还"可以在他们已经习以为常的现存社会中生活下去",社会的旧有秩序还能保持暂时的和谐与完整①。

在《远离尘嚣》中,芭思希芭对物质财富与功名地位的欲望使得她意识中的消费成为一种"地位符号"或"社会分层符号"②,体现着人们的等级、身份等差异。她在消费时瞄准的不再是物品本身的使用价值,而是附加于其上的身份、地位、权力等符号价值。因此,当奥克向她求婚,许诺一两年后为她买一架钢琴时,她赞许地认为那样"挺有意思",当奥克提出要为她购买一个黄瓜架子时,她也欣然同意了(33),因为拥有钢琴、购买黄瓜架子已成为当时消费时尚中绅士与太太的一种价值符号。由于消费文化强调满足个人物欲和感官享受,将消费视作"人生追求的主要目标

---

① 聂珍钊:《托玛斯·哈代小说研究——悲戚而刚毅的艺术家》,华中师范大学出版社 1992 年版,第 47 页。

② 周怀红:《消费主义批判与消费伦理之建构》,《学术论坛》2010 年第 12 期。

和最高价值"①,但对满足的手段和社会后果不加考虑,因此这种消费思维模式毫无疑问也将导致崇尚消费的人不择手段地追逐金钱与权力、不顾后果地享乐人生。《远离尘嚣》中的芭思希芭对金钱、权力的攫取欲望就使得她在成为女农场主前因为两便士与看门人发生了激烈争执(6),在成为获利颇丰的女农场主后仍然冷漠地与农场主讨价还价(140)。而且,这种欲望还致使芭思希芭对婚姻价值做出错误的判断,以至于她在小说之初就因为奥克开办牧场、缺乏资金而断然拒绝了他的求婚(35),而在成为女农场主之后婉拒特洛伊的谄媚时所表达的观点也仍然是:"没有钱不行,但有些话我满可以不听。"(203)芭思希芭这种对于物质财富与功名地位的欲望还使得她不远千里、背井离乡赶赴陌生城市巴斯与特洛伊军士约会(258),并且为了吸引特洛伊的注意与爱慕,专门购买了奢华漂亮的镶边金色丝绸长衣,连头发也"刷得亮堂堂的"(266)。为了与特洛伊保持同步的婚后生活,她还破例同意了特洛伊举办舞会的主张,在舞会中与他欣然跳舞(288)。一股追求丰饶的纵欲无度的精神空虚之风开始主宰芭思希芭的行为。芭思希芭对金钱、物质的追求也导致她的物欲极度膨胀,在继承叔叔遗产成为一名农场主之后不仅买了新的钢琴,添置了胖子坐的结实椅子、瘦子坐的细长凳子、喝醉酒的人用的马鬃头长扶手椅,还购买了大得如钟一样的表、配有漂亮木框的画、美人儿用的挂镜,等等(124)。为了表明身份,获得人们的羡慕与尊敬,被物欲腐蚀心灵的芭思希芭差点儿把工业文明推崇的所有新鲜玩意儿都买了回来,就好像叔叔的旧家当配不上她的女庄主身份似的(124)。她的消费远远超出其生物需求而成为一种无限的欲求。即便如此,当她的情人特洛伊问她是否有手表时,崇尚消费、追求奢靡的芭思希芭仍然不无贪婪地回答说:"现在还没有——我就要去买块新表。(210)"因此,哈代笔下的芭思希芭表现出了心灵拜物化的症状。

---

① 周怀红:《消费主义伦理批判》,《辽宁师范大学学报》2011年第5期。

　　《还乡》中的女主人公游苔莎也是一位心灵拜物化的女性。她一生中最大的愿望就是离开自己厌恶的荒原,去巴黎那样的繁华都市享受生活。她每日每夜都巴望着自己能够有朝一日成为靠近巴黎林荫路的漂亮宅第(不管多么小)的主妇,或者至少能在繁华世界的外围过日子,沾一点她很配享受的那种城市乐子的光(218),甚至甘心情愿用皱巴巴的后半辈子去交换"住在追求享乐的城市里",以便自行其是、自得其乐(84)。为此,她主动投入珠宝商人克林的怀抱,希望借以实现自己的愿望。游苔莎对物欲享乐的愿望是如此强烈,以至于她在尚未和克林结合之前就迫不及待地对外公说,她未来的家"十有八九在巴黎",而在嫁给克林之后的清静日子里,当克林端详她的双唇、眉目以及脸部线条之时,她想的也仍然是这个问题,甚至"连她回报他的凝视时都是那样"(217)。游苔莎对物欲享乐的狂热追求也决定着她对人物价值与品质的评判。当怀尔狄夫因为遗嘱获得一万一千镑时,他在游苔莎心目中的形象也就随之"变得趣味无穷了",因为这笔很大数目的身外之物"足够满足她的很多物质要求了"(267)。最终,当游苔莎发现克林志不在巴黎时,她毫不犹豫地离开了克林,转而投入暴富的昔日情人怀尔狄夫的怀抱。早期机械工业文明不仅如海市蜃楼的幻影一般诱惑着埃格敦荒原上像游苔莎一样不安的灵魂,也以摧枯拉朽之强势逼向了古朴苍茫的自然荒野,"冲击和诱惑着世世代代以割荆棘、挖草皮、编扫帚为生的荒原人"[1]:克林的母亲希望儿子出人头地,逼迫克林背井离乡去巴黎发展(159);而埃格敦荒原的人们也始终不能理解克林放弃巴黎珠宝行经理职位却返乡做教师的行为(98)。早期机械工业文明打破了荒原上人与自然的平衡,使荒原上生活多年的村民们失去了对故乡与土地的眷恋;而其倡导的过度消费的生活理念则扰乱了埃格敦荒原人们牧歌式的宁静生活,使得他们将个人的物欲满足与感官享受作为人生的终极目的与根本意义。人们在增长了物质

---

[1]　张一鸣:《埃格敦荒原上的人与自然》,《湖北民族学院学报》2010年第2期。

财富的同时,也失去了自然的根基与庇护,失去了社会的公平、亲情与同情,人与人之间的贫富差距变得更加悬殊,不少人出现了心灵拜物化的症状,失去了生活的诗意与浪漫情调,失去了幸福的感觉乃至生存的意义。

《卡斯特桥市长》中的亨察德也是一位被物欲腐蚀了心灵的人物。当亨察德最初来到卡斯特桥时,那年月在卡斯特桥非常"盛行一种贪杯的风俗"(285),亨察德因为情绪低落,无法控制自己的酗酒欲望,不顾苏珊的强烈反对肆意饮酒,最终酿成妻离子散、家破人亡的苦果。之后,他虽然凭借自己旺盛的精力一时钱包宽裕起来,心情却"并不像钱包那样宽裕"(97),"物质方面的东西越来越多地占据了他的头脑"(181)。为了攫取金钱和利润,他全然不顾卡斯特桥人民的感受,将沤掉变质的小麦悉数卖给了供货商,使在整个卡斯特桥要找好面包就如同"找吗哪"一般困难。当供货商们向亨察德提出补偿要求时,他把脸一沉,生硬而傲慢地说道:"要是有谁可以告诉我,怎样把沤坏了的小麦变成好小麦,我一定高高兴兴地把它收回。可是这是做不到的。(44)"被物欲占据了头脑的亨察德在不知不觉中沦作了金钱的奴隶,他在弥补对苏珊的过失时,想到的只是给她置办富丽堂皇、豪华奢侈的家具(99),却丝毫也没有考虑到苏珊在身体与情感方面的需求。他对自己情人露塞塔的看法也是一向将其视作"自己的财产"(215),当"露塞塔经由遗嘱而擢升为饶有资财的上流女士"之后,在亨察德眼中,她的这种好像是在钱堆上活着的生活则给其形象增添了许多不这样就"无从获得的魅力"(181)。

在《林地居民》中,也有部分淳朴善良的人表现出将自己产品当作异己对象来盲目崇拜的这种症状。小说中的女主人公格雷丝因为自己父母不如别的小姑娘的父母有钱有势而被同学瞧不起(297);而格雷丝的父亲麦尔布礼在告诫格雷丝时所说的话则是"一个女人,当她和一个衣冠楚楚的男人走在一起的时候,人们会认为她毫无疑问是一位贵妇;而如果她和一个没出息的浅薄少年形影不离,那么人们就会认为她充其量也不过是个打扮得很花哨的伪装成贵妇的人罢了"(113)。木材商麦尔布礼为了使格雷丝有一个看起来比他体面得多的人陪她散步,为了"激起心目中对社会地位的热望",不惜花费大量金钱以支付格雷丝在服装、食宿和教育方面的费用。当格雷丝因为花费大量钱物感到难过时,麦尔布礼则坦然地安慰她说:"我刚才想要你看的并不是那些东西——我只是想让你懂得一点儿我的投资业务。即使是为你花了和那些车、马、粮食一样多的钱,你也完全不要介意。你会做出比它们更好的报答的。(116)"小辛托克林区居民这种好面子、爱钱财的价值观不仅影响了他们的价值判断,也为他们纯洁的爱情设置了重重障碍。格雷丝为了荣耀和特权抛弃了对自己无比忠诚的基尔斯。而格雷丝的父亲麦尔布礼由于年轻时夺走了基尔斯父亲的恋人,一直感到很内疚;所以希望格雷丝嫁给基尔斯以减轻自己的内疚,但是他意识中那种好面子、爱钱财的价值观却使得他也"始终觉得基尔斯不配作格雷丝喜欢的人",因为在麦尔布礼看来,既然"基尔斯已经在这儿过惯了粗陋、简朴的生活",那么"他的妻子的生活也只能是同样地粗陋、简朴"(213)。因此,当基尔斯因为与查曼德夫人的争执失去房屋产权之后,麦尔布礼就再也不愿同意格雷丝嫁给基尔斯了(138),但是他却欣然允许了出身高贵、"前途无量"的菲茨比尔斯医生向格雷丝的求婚。因为在他看来,"菲茨比尔斯希望和格雷丝结婚这样一个愿望对他而言实在是太有面子的一件事情"(205),"格雷丝嫁给菲茨比尔斯后一定会搬到一个漂亮的城市去,拥有一辆很时髦的马车,甚至还会被介绍给许许多多上层社会的太太、小姐们相识"(213),所以当菲茨比尔斯向他表达对格雷斯的爱慕之情时,他激动得手都"瑟瑟颤抖"了,没有征求格雷丝的意见就迫不及待地答应了这桩婚事(205)。事实上,"麦尔布礼对菲茨比尔斯的尊重,与其说是由于对他的职业——这倒不值一提——情况的考虑,倒不如说是由于对他的家族以往在这个郡所拥有的那种显赫声势的崇拜"(211)。小说中的男主人公菲茨比尔斯也是一位被物欲腐蚀心灵的人物,当格雷丝的父亲麦尔布礼承诺如果菲茨比尔斯娶格雷丝,他就给他们几百个金镑之后,菲茨比尔斯心目中的格雷丝的形象就"变得更加地娇美可爱"了。在格雷丝的美貌与麦尔布礼的金钱诱惑下,他"打消掉那种担心因为自己同这样一个低微的乡下人家庭结亲会危及他未来前程的顾虑",迫不及待地向格雷丝提出了求婚(227)。哈代小说中的早期机械工业文明给人类带来了极大的物质繁荣,但是也从某种程度上扭曲了现代人的价值判断与生活目标,从而造成了他们心灵的拜物化症状。

在《德伯家的苔丝》中,金钱、物欲对人们的影响愈加明显。苔丝的父亲约翰在一次偶然的机会中得知自己家有个"德北"的名号,虽然这只是一个空头的名号,但是约翰却虚荣地大肆渲染,并且为了纪念这件事情还专门多喝了几杯。在苔丝被迫离家去找工作之际说的也是:"你走啦,孩子,俺盼着咱们那位年轻的朋友喜欢你这么一位和他一脉相传的漂亮姑娘才好。你对他说,苔丝,咱们家这阵儿把日子过败了,败得不像样儿了,所以俺要把名号卖给他——不错,卖给他——还决不跟他要大价钱","那么你就告诉他,说俺要一千镑……不错,二十镑,再少了可不行了。他妈,名号到底是名号,再少一个便士都不行!(76)"约翰对"德北"这一名号的盲目崇拜使得他忘乎所以,全然不顾自己的现实生活境况,将自己想入非非地视作豪门贵族的后裔;而他对于金钱的狂热欲望则使得他不惜放弃自己倍感荣耀的名号,热切地希望通过这个名号获取大量英镑。德伯的妻子德北太太也是一位爱慕虚荣、崇尚享乐的女性,她总是希望女儿苔丝去德伯家认亲,希望她能借机博得德伯家的欢心,以便今后找个有钱有势的贵族少爷结婚,所以她在安慰被德伯欺负伤心回家的苔丝所说的也是:"俺瞒想你这一去,能落点好处。(120)"而当苔丝被德伯欺辱从那位冒牌本家的府上回来之时,马勒村好几位年轻的姑娘非但没有对苔丝表示怜悯或同情,反而将她视作超凡绝尘的征服者,专门把自己顶好的衣服浆洗烫平了穿着来看望苔丝,为的是她们这些客人好更配得上那位从现代文明之处胜利归来的主人(122)。小说中的男主人公安玑也是一位受金钱、物欲影响的人物。他不但挖苦苔丝是个不懂体面的乡下女人,在准备与苔丝结婚之际,也仍然觉得"应该花几个月的工夫,带着她走几个地方,教她念些书,对世路人情熟悉熟悉,然后再带着她去见他父母,表白一番她的家世",这样苔丝才不至于"有辱德伯家的门楣,他也可以凯旋,得意扬扬"(300)。在安玑眼中,苔丝的门楣拥有了"世界上对谁都没有像对他那样重大的价值"(300),他所在乎的不是苔丝的人品,而是其门楣与地位。小说中的女主人公苔丝原本是纯洁的"自然女儿"(175),但是由于长期经受早期机械工业文明的耳濡目染,她的心灵也出现拜物化的倾向。在被安玑抛弃之后,为了掩盖安玑对她的疏远,她从"安玑给她仅有的五十镑钱里,拿出二十五镑来,装着有钱的样子,交给了她母亲"(363);后来为了追求时髦和享乐,她又接受德伯的诱惑,到沙埠这个由各种新奇建筑物组成的"辉煌新异的游乐胜地"去做了他的情人(520)。苔丝在沙埠居住的那个公寓的女老板成天算计赔赚,她的脑子里琢磨的都是怎样才能得到寓客们口袋里的钱,她是如此看重"物质方面的事儿",以至于根本就"没有闲心去理会别的事儿了"(526)。小说中的另一位男主人公德伯也是一位欲望膨胀的人物。他在纯瑞脊的宅第"完全、纯粹是为了享乐而盖起来的一所乡绅宅第,只有专为居住的目的而占用的地基,和一小块由地主自己掌管、由管家经营、试验着玩儿的田地"(58—59)。宅第中的"每一样东西,都像钱一样,都像造币厂新铸造出来的钱一样";里面所有"最新器物,无一不备,而它的建筑那样壮丽,简直和'安逸小教堂'一样",在一片广大的草坪上还支着"一架花里胡哨的帐篷"(60)。德伯不仅在生活方面很奢靡,在情感方面也非常放纵。尽管他早已有"黑桃王后"等多位爱宠,但在看到苔丝那玫瑰似的红嘴唇儿的瞬间,他又"着实心痒难挠"(62);而在他与苔丝谈了一席话之后,他就暗自窃喜道:"哈,这可真活该啦!哪儿找这样的好事!哈—哈—哈—哈!多肉头的一个大妞儿!(67)"于是,他很快就伺机在一个傍晚诱奸了单纯善良的苔丝(109)。哈代笔下的威塞克斯人随着早期机械工业文明在这一地区的逐渐侵袭,内心深处的欲望也逐渐膨胀,他们变得就像波德莱尔笔下刻画的那个背负着巨大怪物的人一般,明明知道怪物可怕,却仍然要把它当作自己的一部分,明明知道欲壑难填,还是"要永远希望下去、永远不停地填下去"①。

《无名的裘德》中的艾拉白拉也被欲望腐蚀了心灵。她原本是一位乡村女子,由于早年在城里的酒吧打工,所以在早期机械工业文明的影响下变得日渐虚荣势利,看重金钱。当城市里的男性觉得女性的头发越多越好时,她也用一大绺的假发梳起一个大圆髻,因为她认为"这个年头儿,有身份的人,就没有不用假头发的"(57);而在基督寺时,为了挣钱,为了吸引别人的注意力,她还专门练就了一对迷人的酒窝,在需要的时候随时都可以出现在脸上(57)。为了满足自己的物欲,她还肆意卖弄风骚,陪一些行为放荡的人喝酒,心甘情愿做那些人的玩物,每当这时她的脸上就会比以往任何时候都容光焕发,比以往任何时候都"更富于感官性":在表达感情和欲望的时候,不像以前"那样委婉";在笑的时候,则"带出卖弄风情、撒娇撒痴的样子,一点也不含蓄"(190)。当她偶然邂逅裘德,认为裘德可能让她过上富裕生活之时,她故意将猪鞭扔到裘德的脸上,有意撩拨他对自己的爱(35);而在成功引诱裘德答应第二天见面之后,又马上以胜利者的喜悦神气地回到了伙伴中间(38)。后来,她虽然靠欺骗与裘德结了婚,但是在婚后却嫌弃裘德太穷、太顽固、太死板、太不长进,因而独自跑到澳洲,违背道德与他人再次结婚(71)。多年后,当她从澳洲返回英国时,她又把孩子小时光老人狠心丢给了裘德,自己却回到酒店继续做侍女,以便寻欢作乐、满足物欲(284)。最后,丧偶后经济窘迫的她再次运用卑劣的手段将能挣钱的裘德弄了回去,即便这时她也仍然大言不惭地认为:"一个女人,为了体面,把她的旧丈夫再弄回来,并不是什么奇闻。(396)"她对裘德的感情完全是建立在金钱与物欲享乐的基础之上的,当裘德生命垂危之际,她再次狠心抛弃裘德,跑出去看表演

① 王诺:《欧美生态文学》,北京大学出版社2011年版,第247页。

并与一个郎中勾搭上了,甚至在知道裴德已经去世后依然我行我素,只顾自己快乐(427)。哈代笔下的艾拉白拉被金钱、物欲腐蚀了灵魂,通过对她的形象刻画,哈代向人们揭示了这样一个严酷的现实问题,即拜物主义的思想已经越来越成为现代文明人的主流思想,它毒害了现代人的心灵,也使得他们沦落为金钱与物欲的牺牲品。"正是19世纪末这个复杂而不稳定的时代让人们滋生了提高身份的念头,却又无法让其实现",对金钱和物欲的狂热追求成了造成这个时代动荡不安的重要根源①。

拜物化使人的精神物欲化、心灵物质化,随之而来的是人的体验感悟能力的贫瘠、记忆想象能力的迟钝和审美感受能力的退化②;而残酷的生存危机则导致了人们的思想麻木、神情茫然,进而出现精神的"真空化"。精神的"真空化"是指现代人失去了"动物自信的本能",也失去了"文化上的传统价值尺度,生活失去了意义,生活中普遍感到无聊和绝望"③,古茨塔夫·勒内·豪克将其称作"精神真空病"④。由于精神追求"本身是生命个体的内在需求,是个体生命的价值和目的",所以"一旦精神出现真空,后果将十分可怕"⑤。在"性格与环境"小说中,精神的"真空化"主要体现在人自身信仰的丧失、理想的丧失、自我反思能力的丧失等几个方面。在《绿荫下》中,芳茜·黛一方面爱恋淳朴、善良、勤劳的狄克,另一方面又受早期工业机械文明思想的影响而爱慕虚荣、追求物欲,因此当梅博德牧师向她求婚时,她无法保持心理的平衡,内心陷入冲突、分裂的状态,一度丧失了自己的反思能力,答应了牧师的求婚(142)。而在《远离尘嚣》中,女主人公芭思希芭的膨胀欲望不仅切断了她与自然的紧密纽

① James Gindin, *Harvest of a Quiet Eye*, Bloomington: Indiana University Press, 1971, p. 98.

② 鲁枢元:《生态文艺学》,陕西人民教育出版社2000年版,第158页。

③ 鲁枢元:《生态文艺学》,陕西人民教育出版社2000年版,第152页。

④ [德]古茨塔夫·勒内·豪克:《绝望与信心——论20世纪末的文学和艺术》,李永平译,中国社会科学出版社1992年版,第25页。

⑤ 丁世忠:《〈无名的裴德〉的生态伦理意识》,《长江师范学院学报》2008年第4期。

带,也使得她在精神上陷入一种孤寂痛苦的状态之中,虽然与自然相融的美好"日子刚过去不久",她却觉得那些日子"好像离现在已经很遥远了",于是,她总是"隔着一道宽阔的鸿沟回顾着过去,好像她现在已经是个死人,但还保留思考能力"(392)。芭思希芭对金钱和物欲的狂热追求还使得她放弃了自己最主要的追求与最重要的普适价值,将金钱、物欲视作自己的一切。由于失去了与自然以及其他人之间的亲密和谐关系,她觉得自己再也"没有地方可以站脚,没有什么东西可以依靠,也没有什么东西可以使人精神爽快了"①。小说中的男主人公博尔伍德沉默寡言,一门心思全部放在自己的农场管理上,多年来他那颗心"一直就是与世隔绝的,没有疏泄情感的任何渠道",这种情况对他产生了影响(144),以至于他在追求芭思希芭时经常很主观、狂暴,丧失了自我反思的能力。他一方面狂热地向芭思希芭求婚,告诉芭思希芭自己在这件事上"已不能自拔","已发疯了","不要抛弃我了"(242);另一方面他又根本没有做好求婚失败的心理准备,更缺乏面对失败的勇气。求婚失败后,他顿时感到"现在人们都嘲笑我——连山峦和天空也都嘲笑我,使我为了自己的愚蠢羞愧得没脸见人。我已经丧失了自己的尊严、名誉和地位——丧失了,永远也不能回得来了"(245)。博尔伍德的爱情观是扭曲、自私的,他在求婚时只顾及自己的面子与感受,而不考虑对方的感受,总觉得"要是我只是暗暗被甩掉,耻辱没有声张出去,我的地位还保存着,那也好一些"(246)。为了挽回自己的面子,他甚至还试图通过许以特洛伊重金的方式,逼迫他离开芭思希芭。而当他得知特洛伊仍然要和芭思希芭结婚之际,他不是委曲求全祝福他们,而是非常恶毒地咒骂道:"我要惩罚他——我用灵魂发誓,一定要惩罚他。(247)"由于博尔伍德失去了正常的自我反思能力,性格偏执,因而在感情方面遭受到的失败就让他失去了

① 〔俄〕鲍里斯·利沃维奇·瓦西里耶夫:《不要射击白天鹅》,李必莹译,湖南人民出版社1984年版,第226页。

自己的所有理想、所有信心,对自己的农场收成也都变得漠不关心了。他的精神日趋失衡、扭曲,最终嫉妒之火让他彻底失控,在冲动中开枪打死了特洛伊,从而落得终身监禁的悲惨结局。

《林地居民》中的老苏斯是小辛托克地区幸存下来的唯一能够担保自己房屋与基尔斯房屋使用权的人,这种残酷的生存压力使得他倍感焦虑,失去了正常的自我反思能力。所以他总是认为,家门外"那棵树正在要我的老命! 它在那儿立着,在刮风的时候,它无时无刻不在威胁着我的生命。它要砸到我身上,把我们砸死"(120),"无论什么时候只要刮风,那棵树自然地摇晃起来"。玛蒂父亲总会产生"恐怖的幻觉";"他常常这样一坐就是一整天",不管别人怎么劝他,他都总是注视着树的每一下摇动,听着风儿从树的枝叶间吹过时发出的忧郁的旋律,每当树摇动时,他就跟着摇头,每当树抽条发芽时,他就觉得那是树在统治他(120—121)。他意识中的那棵树俨然成为一个和小辛托克别的树、别的人一样完全缠住他灵魂的恶魔,当基尔斯领着两个樵夫,带着一把两人大拉锯来将那棵树在几乎齐根儿的地方放倒时,苏斯一看到那片"曾经有着他非常熟悉的一段树干作装饰的地方,变成了一片空白的天空,便一下子跳了起来,一句话也没说,两眼翻白,向后跌倒,他的面色突然变得白里透青",整个神志都因为吃惊而瘫痪了(137),即便基尔斯和菲茨比尔斯来回忙碌着,却毫无用处。他的生命又苟延了一整个白天,当天晚上日落时他就死去了。对于他的死,哈代是这样评价的:正是这种恐惧、绝望,"而不是机体的任何病症","引人注目地吞噬掉了他的健康"(121)。刮风的时候树木会摇晃原本是自然界中的一种常见现象,但是精神真空化的老苏斯却因为极度的生存压力,丧失了正常的自我反思能力,谦卑地将窗前的树视作了"自己的首领"(121)。最终,当基尔斯等人听从菲茨比尔斯医生的建议,将这棵树砍倒,希望挽救老苏斯虚弱的生命时,老苏斯却因发现树木死亡而悲痛致死。《林地居民》中的查曼德夫人家财万贯,住在豪华的小辛托克府邸。由于她长期与自然、与村民疏远,没有自己的理想和追求,物质富有的她在精神方面却陷入一种没有理想和信仰、生活百无聊赖的状态。尽管外面是大白天,她的屋里却总是拉着窗帘,点着一盏红影灯和许多蜡烛。她觉得外面的世界是如此可怕,以至于她觉得天空中充满了悲哀和辛酸,"痛苦与煎熬的滔滔泪水拍打着玻璃窗",甚至想要"在哭泣中了此残生"(262)。她痛苦地说道:"既然我们必须生活在这个世界上,主呀,你为什么要给我们这样为爱情而感到饥渴的心灵,为什么要给我们这样疯狂的愿望? 为什么只有死神才能提供那人生不得不去借用的东西——安宁呢?"(262)

哈代的"性格与环境"小说中的人物精神真空化还表现为人们信仰的缺失。在工业革命以前的维多利亚时代,人们一直都信仰基督教,将其视作生命中最重要的精神支柱,从小就敬畏上帝,从小就习惯于以敬仰、虔诚的态度诵读《圣经》。然而,早期机械工业文明所强化的人类中心主义思想等不仅改变了人们对物质世界的认识,使他们产生了更为疯狂的攫取欲望,也动摇了他们的精神信仰。因此作为一位优秀的"编年史家"①,哈代在小说中运用自己的文笔翔实地记载了这一历史变迁。在他笔下,基督教在《还乡》中对埃格敦荒原的影响已经变得微乎其微,既没有了《绿荫下》中梅尔斯托克唱诗班那样的宗教唱诗班,也没有《远离尘嚣》中那样让村民做礼拜的宗教场所,人们在荒原上见到的也只是一种从边远村落里迸发出来的"异教式的冲动",并且"在这些地区,对于自然的敬仰,对于自我的崇拜,还有尽情的狂欢,以及对那些名称湮没的神祇的各种条顿族零星礼仪,似乎都以某种形式,在中世纪教条挤压下劫后余生"(343)。在小说结尾,尽管珠宝商克林放弃自己的珠宝行业,"将露天巡回布道作为自己的职业,宣讲一些道德上无懈可击的题目",尽管他从不间断地认真尽职:

---

① [苏]卢那察尔斯基:《论文学》,蒋路译,人民文学出版社 1978 年版,第 468 页。

不仅在雨冢上以及附近小村落里用俭朴的语言布道,而且还去别处用温文尔雅的语言进行宣讲——在市政厅的台阶上门廊下、集市的十字架旁、水渠边、广场上、码头旁、桥栏边,甚至谷仓和外屋,包括威塞克斯郡城乡的所有类似地点。他撇下教义和哲学体系,觉得世上所有好人共同的观点和行为,对于他的三寸不烂之舌已经绰绰有余了(361)。

即便如此,小说中的荒原人也仍然只有部分人相信他所宣扬的基督教,仍然还有部分人不相信他所做的宣讲,他们中

有的人相信他的话,有的人不相信;有的说,他的话很平庸,也有一些人抱怨他的演说缺少神学要旨,甚至还有人认为,瞎子做不了什么事,能布道已经算不错了(361)。

哈代笔下的一部分威塞克斯人在早期机械工业文明的影响下,已经表现出对宗教信仰的怀疑与动摇:他们对待基督教的态度也发生了改变,从最初的笃信转变为后来的质疑与扬弃;他们意识中的牧师职业也不再无比神圣、高不可攀,就连上帝在他们心目中的地位也有所动摇,再也不是令人敬畏的救世之主了。

在《德伯家的苔丝》中,人们对基督教的信仰更加动摇了,苔丝虽然只是一名普普通通的农场工人,却可以毫不顾忌地用尖刻言语讥讽变成牧师的德伯,说"德伯本是害她的人,现在倒皈依了圣灵;自己本是受害的人,现在却还不曾自新向善"(426)。在苔丝心目中,虽然"淋漓的雨天就是一个模糊缥缈的道德神灵"在为她"那无可挽救的百年长恨痛痛哀悼",但"这个模糊缥缈的道德神灵"确确实实却并非是她"童年所信仰的上帝了",她也"想象不出来这个神灵应该划归任何另外的一类"(126)。而在苔丝最初工作的牛奶厂,女工们虽然在礼拜天也要去教堂做礼拜,但

她们"口头上说的是去做'性灵'一方面的事,实际却是'肉'出去和'肉'调情"(204)。在苔丝后来工作的农场,"那些以户外大自然的形体和力量作主要伙伴的女人心里所保持的",也"多半是她们邈远的祖宗所有的那种异教幻想,很少是后世教给她们的那种系统化了的宗教"了(152)。苔丝的丈夫安玑更是对于前人所讲的宗教毫不信服,后来变得"对于前人评定的道德也不信服起来",所以他宁愿放弃父亲与兄长从事的"光荣"的牧师职业,屈身前往牛奶厂当学徒(475),也不愿听从牧师父亲的谆谆教导做一名牧师。正是通过对苔丝、牛奶厂女工、安玑亵渎宗教行为的生动描述,哈代向人们揭示了这一现象:在威塞克斯地区,昔日宗教的神圣光环正在逐渐消逝,人们心目中对宗教的敬仰也正在消退。

在"性格与环境"小说中,"受到空前挑战的传统观念是宗教信仰",而对宗教教条批判最严厉、人的精神真空化最严重的则是《无名的裘德》这部小说①。在这部小说中,"原先那座供奉基督教圣贤的古庙,虽然曾蠹立了那么久",它的地址现在究竟在威塞克斯的什么地方,"连从那片由太古以来就用作教堂坟地的青绿草坪上,都找不出痕迹来;因为那些坟墓现已湮没无踪,而原先树在坟墓前面的纪念物,又仅仅是一些只值九便士、只保用五年的生铁十字架"(5)。通过这段对宗教古庙的描写,哈代形象地说明了基督信仰在威塞克斯地区的没落。而小说中刻画的男主人公裘德则原本是一位一心向往基督寺,想献身宗教、传播基督教教义的有理想和有信仰的乡村青年。为了实现这一愿望,他省吃俭用、积攒钱财购买了不少神学书籍,孜孜不倦地刻苦研读,希望有朝一日能获得机会进入基督寺深造。然而,由于"他这个人,就全体而论,情欲太多了"(201),他为实现愿望付出的各种努力都因在现实中遭遇挫折而失败了,其对基督教的虔诚信仰也在早期机械工业文明宣扬的爱欲冲击下土崩瓦解了。于

---

① 陈文娟:《哈代笔下的工业革命与价值观的变迁》,《外国文学研究》2002年第4期。

是,当他"找到发泄感情的新出路了"之后(39),他的情感就像决堤的洪流一样奔涌而出,"当时好像真正有一只力大无穷的手———一种跟以前推动他的那种精神和影响完全不同的东西,捉住了他,拽着他走"(41)。在这种情感欲望的驱使下,他与艾拉白拉不断地忘情约会,将自己想做"神学博士、教授、主教等"的理想抛到了九霄云外(42)。后来,在听闻老姑太太提起淑之后,裘德又不顾老姑太太的百般阻挠,情不自禁地去找淑,在和淑见了一面之后就觉得"她太漂亮了,他不敢相信,那样一个女孩子能属于他"(89)。从此以后,他再也无法集中精力学习基督教了,总是想着如何打扮自己,以便与淑约会。而后,淑与费劳孙的结合将他投入了痛苦的深渊,他发现现在的自己既没有了笃信的信仰,也失去了对理想的向往,连心爱的爱人也失去了,从梦中醒来的他觉得自己仿佛"身在地狱"一般,而且"还不只仿佛是身在地狱一般,而实际是真正身在地狱,那是自己感觉到一切都失败了———壮志和恋爱都失败了———以后那种万分苦恼的地狱"(129)。陷入精神真空的裘德对生活是如此迷茫、绝望,以至于只能通过无度酗酒来麻痹自己。虽然他曾经对副牧师说过:"只要有希望来支持我,不喝酒并不要费什么事就可以办到"(130),但是失去信仰与志向的裘德却"老是醉酒",老是没有任何"高尚的目标"(409),甚至在身体已经危机四伏之时,也仍然漠然蠢然地说道:"我要——我还要——喝威士忌。(403)"哈代笔下的裘德不管脸上有多红润,他的心里都已变得"非常干枯"(121)。到现在他突然发现:"上帝不能成全他的事业,也不能解脱他的痛苦",因此"他不能再寄希望于未来和天堂了"[1],而只能凭借自己的努力在此生去实现自己的奋斗目标。最终,对基督教完全失望的裘德愤怒地将所有宗教的书籍焚烧了,从此走上了一条与基督教彻底决裂的道路。他心灰意冷地告诉淑说道:"我对于教会,因为和

———————

① 陈文娟:《哈代笔下的工业革命与价值观的变迁》,《外国文学研究》2002 年第 4 期。

它是老朋友了,本来还剩下一点点敬爱的意思,现在你这样一来,把我那一点点的敬爱,也都连根拔掉了。(366)"在哈代的"性格与环境"小说中,一部分威塞克斯人目睹世上的芸芸众生遭受苦难,但上帝却无动于衷之后,开始对以前信奉的宗教产生了动摇,甚至开始摒弃与抨击宗教教义了。他们虽然并没有"意识到这个世界,在精神方面或者物质方面,已经换了主宰、变了局势了",但是他们"对万能的上帝所表现的种种神明、种种奇迹"却已"任其自然、熟视无睹了"(81),在他们的内心深处,宗教信仰已经失去昔日的神圣光环,他们心目中的理想与志向也已荡然无存。因而他们的生活变得黯淡无光,失去了应有的活力与意义。

哈代关心早期机械工业文明对自然、对人类田园诗意生活以及对人与人之间和谐关系的破坏与对人的精神世界所造成的影响。自然生态环境的破坏、农村社会经济旧秩序崩溃所造成的社会生态问题以及精神生态的变化是哈代"性格与环境"小说的重要主题。作为一位生活在社会转型时期的优秀作家,哈代敏锐地洞察到,工业化的发展、机器的日益广泛使用不仅使得自然资源越来越匮乏,也使得不少农民破产、失去土地,使得不少雇工失去工作。失去生活来源的农民、雇工四处奔波,寻求着生存的机会,他们的生存处境随着资本主义势力的逐渐渗透而每况愈下。哈代在对广阔的社会现实进行了审视与批判的同时,也在创作中深入探讨了人的精神世界的幽深之处,"揭示了现代文明进程中人类心灵遭受的种种创痛"①。他笔下的现代文明进程给人们带来了物质方面的极大丰富,但是资本主义社会所面临的生存危机、信仰危机则从另一个侧面阻碍了人性的正常发展,导致了人们精神生态危机的出现,使得他们常常备受焦虑、忧惧、痛苦、挣扎、绝望等心灵创痛的折磨。因此,哈代在《无名的裘德》中曾经这样写道:"自然的意图、自然的法律、自然所以存在的原因,就是为的要叫咱们按着她给咱们的本能去找快乐——这种本能正是

---

① 尤平:《哈代和张爱玲小说中的现代意识探析》,《天中学刊》2009 年第 4 期。

文明所硬要摧残的(353)。"内森·泰费尔(Nathan R.Teifel)也在为《无名的裘德》撰写的引言中对现代人失去自我的悲剧进行了这样的评述:

> 他总是失败者,是盲目机缘的牺牲品,是自己不能掌握,也无力改变的社会和经济势力的猎物。他总是从外向内看,结果一头撞在永远不会打开的门上。他的姿态和动作,随着他的荒废感和失落感的加深而变得越来越怪诞。最后,他退缩到自我的坟墓,然而那个自我已支离破碎,不复存在①。

泰费尔的这段评述成为哈代笔下现代人与外部世界以及自己内部世界相互冲突的命运的真实写照。哈代通过"性格与环境"小说的创作生动地揭示了早期机械工业文明入侵威塞克斯地区对自然生态环境造成的破坏问题,也形象再现了早期机械工业文明对和谐社会经济秩序的扰乱,以及自然、社会生态失衡所造成的人性压抑与人的自我丧失问题。他笔下的"人类心灵和社会都有一种老不安定的倾向"②,这种不安定的倾向导致了人与人之间难以进行正常的交流,也使得他们陷入人格扭曲、美好健康人性丧失的状态。因此在各种世俗的重压下,自然、社会与精神生态都失去平衡的现代人常常要么以死解脱,要么以孤独终其一生。

第二节　哈代"性格与环境"小说中
生态困境的根源

哈代是一位坚持现实主义创作原则的小说家。他生活在科学技术进

---

① Nathan R.Teifel, *Introduction to Jude of the Obscure*, New York: Airmount Publishing Company, Inc., 1966, p. 7.

② [英]托马斯·哈代:《无名的裘德》,张谷若译,人民文学出版社 1996 年版,第340 页。

步、工业革命空前发展的时代。由于这一时期的社会结构发生着急剧的变化,传统的农村宗法社会体制在这场革命中逐渐走向了瓦解与崩溃,因此作为一个长期居住在农村、有着敏感社会意识的乡土小说家,"哈代对这场革命中新旧两种生活方式和观念的冲突带来的矛盾与痛苦有着最深刻的体验"①。他在创作"性格与环境"小说的过程中虽然也受到古希腊人命运观念、唯意志论等思想的影响,但在实际的写作过程中哈代却竭尽全力地"从客观社会、自然环境和人本身去探索那些造成主人公不幸的直接原因",借以"表现复杂的生活现象和重大的社会现象"②。哈代笔下的"自然环境、人物的内心冲突以及社会现实等诸多因素,决定了人的前途与命运",而其小说中的悲剧人物也常常"都是在与大自然、命运和社会的抗争中倒下来的"③。其作品不仅淋漓尽致地再现了早期机械工业文明给威塞克斯地区宗法制社会造成的自然、社会与精神生态困境,也从社会体制的弊病、人类中心主义的束缚两个方面深刻细腻地揭示了导致这些生态困境的种种根源。通过揭示这些生态困境的根源,哈代向人们揭示了人与自然关系的危机本质;通过再现威塞克斯地区美丽自然的无情毁灭以及人类所遭受的"自掘坟墓"式的惩罚,哈代表达了自己对早期机械工业文明的批判以及对回归自然的渴望。

一、社会体制的弊病

在哈代的"性格与环境"小说中,导致威塞克斯地区生态困境的最首要根源在于社会体制的弊病。正如美国社会学家布克钦在《什么是社会生态学》中所说:"几乎所有当代生态问题,都有深层次的社会问题的根

---

① 张群芳:《哈代的自然观与游苔莎、苔丝的悲剧》,《哈尔滨学院学报》2004 年第 10 期。

② 聂珍钊:《托玛斯·哈代小说研究——悲戚而刚毅的艺术家》,华中师范大学出版社 1992 年版,第 359 页。

③ 马弦:《论〈还乡〉中大自然描写的象征性》,《四川外语学院学报》2003 年第 6 期。

源。正是人统治人的压迫性的社会结构,产生并强化了一切统治形式、思考方式和生活方式,包括人对自然的统治。"①在哈代笔下,随着早期机械工业文明的侵入,威塞克斯的社会经济结构发生了巨大而复杂的变化:新兴资产阶级不择手段将财富集中在自己手中,导致了贫富的极度悬殊与等级的严重分化;农村的自然经济则走向了解体与毁灭,收割机、脱粒机开始主宰农业的生产,失业、贫困等则频频困扰着长期以耕种为生的农民,使他们毫无例外遭遇破产的厄运,陷入生活的贫困与潦倒。与此同时,以男权为中心、将男性与女性对立起来的父权制还加重了对女性的戕害,成为其悲剧的重要根源。在这种父权制的影响下,女性被视作"属于自然和物质领域的存在物",而男性则被视作"属于人类和心灵领域的存在物,属于自然和物质领域的存在物劣于属于人类和心灵领域的存在物,或反过来说,后者优于前者,男人优于女人"②。这种将男性视为第一性,女性视为第二性的观点使得这一时期的女性遭遇等级制与父权制的双重压迫。哈代笔下的威塞克斯地区,父权制与等级制在社会中占据着中心的文化主导地位,男性在对待环境和自然的方式上也与对待女性的方式上有着相似之处,"即把二者皆视为可掠夺、可占有的资源"③。这些不平等的社会体制与意识一同作用,不仅将自然与女性驱逐到"他者"与"边缘"的地位,共同沦为父权制社会的牺牲品④,也导致了威塞克斯地区农民不可避免地遭遇各种生态悲剧。

在《远离尘嚣》中,不公平的社会体制导致了人与人之间财富分配的不均以及等级的严重分化,因此巴斯教堂的牧师可以戴上金光闪闪的戒

---

① Murray Bookchin,"What is Social Ecology?",in *Environmental Ethics*,Michael Boylan (ed.),New Jersey:Prentice Hall,2001,p. 62.

② 何怀宏:《生态伦理——精神资源与哲学基础》,河北人民出版社 2002 年版,第 227—228 页。

③ 林树明:《多维视野中的女性主义文学批评》,中国社会科学出版社 2004 年版,第 2 页。

④ 陈茂林:《生态女性主义文学批评概述》,《齐鲁学刊》2006 年第 4 期。

指,而可怜的塞尔德利牧师却"搞不到钱买那样的金戒指,甚至连用锌或铜做的那种最低级的都没有"(267);芭思希芭可以肆意挥霍浪费,购买各种各样的新奇玩意儿,而塞尔德利牧师却穷得"连一个土豆都没有,又没有钱去买"(342)。由于"人与自然之间的关系归根到底要由人与人之间的关系决定",因此不公平的社会体制造成的人与人之间财富分配不均和等级分化还影响到人们对自然的态度,尤其是在不同人类群体的需求与自然处于矛盾之时,其结果常常导致人们对自然资源的争夺①。在《远离尘嚣》中,芭思希芭从一所小农舍入居深宅大院成为一名女农场主之后,为了追求财富的最大化,不惜违背自然规律,破坏自然生态平衡,雇用普格拉斯在播种季节负责打白嘴鸭和麻雀(90),聘请两位女工专职给草捆搓箍带(92)。为了攫取更多的金钱满足物欲,芭思希芭还要求工人赶走公鸡、母鸡,不准它们吃谷种(92)。她指使雇工不顾羊的恐惧贴着皮剪毛,吓得绵羊浑身发抖(171);还命令雇工在所有的羊身上都烙上"B.E."两个字母,以此向周围整个地区表明,从此这些羊就是自己的财产,"不属于别的任何一个人了"(132)。芭思希芭对金钱、物质的需求使得她与动植物的生存权利产生了冲突,但是作为社会上层人士的女庄主芭思希芭在解决这一冲突的时候,根本没有考虑动植物的利益,而是利用自己的社会地位,命令雇工们违背生态伦理,剥夺这些生物的生存权利,一味地追求经济利益。而在哈代看来,赋予芭思希芭这种剥夺权利的正是威塞克斯地区不公平的等级制。

在《卡斯特桥市长》中,社会体制的不公平也导致了卡斯特桥市社会生态的紊乱,并进一步带来了这一地区人们精神生态的失衡。社会体制的不公平首先体现在人们等级分化严重这一方面。三水手客店那里最下层的人虽然在某些方面与"彼得手指里最顶尖的那些人是挨得上的",他

---

① 杨丽娟、刘建军:《关于文学生态批评的几个重要问题》,《当代外国文学》2009 年第 4 期。

们在社会地位方面的明显差距却使得各式各样无家可归和四处流浪的人选择去"彼得手指消磨时光",而略有身份的人则会去三水手客店消遣(319)。这种人统治人的压迫性社会结构使卡斯特桥市出现富人"可以擂鼓吹号,大嚷大叫,胡吃海塞",穷人却得"受穷受苦,连一块像样的面包都找不到"的贫富差距现象(35)。这种贫富之间的悬殊也从一定程度上导致了人与人之间关系的冷漠、疏远,以至于人们在对于露塞塔居住的楼上那些附属东西都尚未弄清楚之时,仅仅出于直觉就会认为:"穷人血汗盖起来,富人有钱去享受。(171)"而小说中的男主人公法夫瑞也是因为"当上了市长又成了有钱人,一心想着男女之事,而且野心勃勃,所以在比较穷苦的居民眼里",他也就"失去了往日那种令人惊奇的魅力"(332)。此外,由于一个人的生理或精神的自然需要如果过分压抑,就会用其他方式来发泄,有时甚至还会表现为离经叛道的激烈行为①,因此卡斯特桥社会体制的不公平也在很大程度上导致了人们的精神压抑,并由此引发了他们在精神生态方面的失衡。小说中的捆草工亨察德就是这样一个人物。社会体制的不公平使得他与家人长期处于穷困潦倒之中,这种贫穷不仅令他感到非常羞耻、痛恨,也使得他长期精神压抑,失去了应有的平衡,所以他在寻找工作的一路上都不愿与妻子说话,进而在醉酒之后因为一时冲动将妻子卖掉(395)。亨察德的妻子苏珊由于受到这种不公平社会体制的束缚,尽管她为了女儿千方百计地"寻求摆脱",最终却因为总是一筹莫展而陷入了行为的无能化状态(30)。

在《林地居民》中,不合理的社会体制不仅扭曲了人们的人性,也造成了他们精神生态的失衡。在当时的小辛托克盛行一种租借权制度,这种制度规定:地主封地上的农民如果放弃自己在封地上的"不动产所有权和其他权力",那么"作为对他们的补偿",这块地的地主将帮助他们重建破旧的房子以供他们居住;但是他们不再拥有原来的"不动产所有

---

① 颜燕:《哈代创作思想论析》,《韶关学院学报》2007年第1期。

权"，而只能拥有以当事人的寿命为期限的租借权。这种不公平的社会体制将苏斯、基尔斯以及另外一些在过去一百年里为林地居民所拥有、但现在却属于基尔斯的房子都悬在了这块封地的最后一位当事人苏斯的寿命之上，这种压力让苏斯感到无比的焦虑和烦恼，进而出现了精神失常。所以他老是觉得门前那棵树在刮风的时候会被风吹倒，老是觉得那棵树无时无刻不在威胁着自己的生命，认为那棵树会砸到自己身上，将自己和女儿都砸死，从而会造成自己和基尔斯的所有财产付之东流（120）。而小说中的查曼德夫人因为社会体制的不公平拥有了巨额的财富，但是巨额的财富所导致的贫富悬殊却割裂了她与自然、社会的联系，"她感到社会上那些可怕的清规戒律——它们是多么严厉，又是多么冷酷、无情——它那么可怕地对待那些明明是用蜡而不是用石头做成的人，那种假惺惺地制定出来的惩治改造措施和种种的规则使她不得不受到压抑，不得不忍受着饥渴的煎熬"（263）。最终被扭曲人性的查曼德夫人陷入了一种行为无能化、精神真空化的状态。

在《德伯家的苔丝》中，不公平的社会体制首先造成了人与人之间等级分化的严重以及人与人之间关系的疏远。安玑的两个哥哥就"坦然承认，文明社会里有几千万无关重要的化外之人，这班人既不在教会里，也不在大学里，这班人只可容忍，却不应该一视同仁，更不值得尊重钦敬"（230），他俩一致认为："即便在牛奶厂里，和厂里的人平起平坐，称兄道弟，像他们那样又酸又臭，也一定要觉得不舒服。（302）"小说中的男主人公安玑也曾将自己与牛奶厂里的工人平起平坐视作是"一种有失尊严的举动"，因为工人们的"见解、习惯、环境，都是开倒车的，毫无意义"（171）。牛奶厂的老板娘克里克太太也为了区别自己与其他女工的等级差异，而在暖和的天气里"老穿怪热的毛料"而不是女工穿的印花布（164）。因此，在哈代笔下，社会体制的不公平是威塞克斯地区人与人之间等级分化严重、人际关系疏远的重要原因。

其次，不公平的社会体制也是小说女主人公苔丝的悲剧根源。由于当时的威塞克斯正在经历社会体制的变革,这种变革使得农村的自然经济走向解体,也造成了苔丝一家的破产。破产后的苔丝一家穷得"没有办法",只有"把第二匹马也卖了",她的父亲约翰也成为了一个把篮子挎在胳膊上步行做买卖的小贩(362),她的家人甚至"把当种子用的土豆也都吃了——这真是毫无打算的人山穷水尽的末路了"(482)。由于身陷这种极端贫穷的困境,苔丝听从了母亲的劝告,远走他乡去认亲,结果却不幸遭遇"远房亲戚"德伯的奸污,从此"身陷泥沼"。不公平的社会体制所引起的毫无根基的流动和贫穷是造成苔丝悲惨命运的重要原因。后来,苔丝在牛奶厂遇到了自己喜欢的安玑,他们两人的恋爱却再次因为社会体制所强调的等级差异而演变成"一种高下悬殊的恋爱"(199)。从当时的社会文明来看,他们两人的高下悬殊就在于:

> (安玑到牛奶厂里挤牛奶)这种情况却和彼得大帝跑到造船厂里一样,只是因为他要学他愿意会的本事啊。他挤牛奶,并不是因为他非挤牛奶不可,却是因为,他想学会了怎样做一个财源茂盛家道兴旺的牛奶厂老板、地主、农业家和畜牧家啊。他将来要做美国或者澳洲的亚伯拉罕,像一个国主一样,管领他的牛群和羊群,他的斑牛和纹羊,他的男仆和女仆啊(181)。

安玑到牛奶厂挤牛奶完全是出于他自愿,而不是为生计所逼迫,他到牛奶厂学挤牛奶完全是为他以后如何管理牛奶厂做准备;而苔丝却是为生计所逼迫到牛奶厂挤牛奶,完全是以此来谋生。所以他们两人无论是在从事劳动的目的方面,还是他们在社会中所处的地位方面,都有着高下之别。这种高下悬殊给本来就身陷困境的苔丝带来了更多的愁烦。她清楚地知道自己生活在这样一个社会财富分配不均、等级制度森严,一个即便空着一些房子、自己也"没有一个栖身的地方"的时代(536),因此即便安玑暂时脱离阶级束缚喜欢自己,也愿意和自己在一起,但凭他那样"一个绅士的儿子,眼看就要到外国去种大片的地,经营大规模的农业了",他最终决不会要自己(199)。苔丝也明白,无论从自己的身份地位来看,还是从社会文明来看,自己的痴情都"决不会有什么结果",这件事的前途根本就没有任何希望。但是"冷酷的自然法律"却硬是将情感塞给了苔丝,使她深深地爱上了安玑,使她"在那种情感残暴酷虐的压制之下",变得"像害热病一样,辗转反侧"(212)。苔丝的苦恼有很大一部分是因为"她有了世俗的谬见而来",而并非因为"她天生本有的感觉而起"(135)。不公平的社会体制是导致安玑与苔丝恋爱悲剧的重要因素。而被安玑抛弃后的苔丝变得非常"害怕市镇和大户,害怕富于财产、深于世故的人家,以及礼貌和乡下人不同的人家,因为她那种种忧郁烦恼就是由那方面那种文明优雅而来",所以"她自然而然连对这种社会的四围边鄙,也要避而远之的了"(385)。在哈代看来,纯洁、善良的苔丝之所以会变得颓废、丧气"不过是因为她觉得自己触犯了一条纯系人为、毫无自然基础的社会法律",因而"是一个礼法的罪人就是了"(391)。不公平的社会体制、残酷的社会现实扭曲了苔丝的本性,将她一步一步置于痛苦的深渊,从而导致她最终忍无可忍,一怒之下杀死了欺骗她、后来又强迫她与其同居的德伯。

在《无名的裘德》中,不公平的社会体制也是基督寺人际关系疏远、人与人之间等级分化严重的重要原因。小说中的裘德一心渴望到基督寺大学城学习,以提高自己的身份,结果却因无钱而被百万富翁的子女挤出大门(118)。裘德的老姑太太也一再告诫裘德:"我们这儿的人,从来没有跟基督寺打过交道的;基督寺那儿的人,也从来没有跟我们这个地方打过交道的。(12)"甚至连玛丽格伦赶车的车夫也对裘德说道:"你要是想念他们那儿的人念的那些书,那你的脑袋瓜儿可得改改装——可得倒一个个儿才成","像我们这种人能懂得的东西,他们是从来连正眼都不瞧的",因为"他们那儿,只说外国话,还都是洪水以前、没有两家人说话一样的时候说的那些外国话。(19)"哈代笔下的基督寺的社会等级制不仅造成了这座城市人与人之间关系的疏远,也造成了人与人之间的严重等级分化。他们之间的等级分化是如此严重,以至于他们平常所使用的语言都已截然不同。不公平的社会体制也导致了社会中不同阶级与地位的人有着不同的生活和命运。小说中的裘德在遭遇了种种挫折和失败之后,发现尽管基督寺存在着"各式各样的尖阁、厅厦、山墙、街道、圣堂、花园和方庭",这些东西合起来组成了"一片无与伦比的景致",但是这些都与自己无关;基督寺"那些高楼大厦的本身、与它们有关联的种种事物、它们所赋予的种种特权",也都不是为他预备的,与他有关的只是那些"跟自己一样住在市区边界上的劳苦大众"(120)。尽管如果没有市区边界上的劳苦大众,"那么用功的学生就没法读书,有高尚思想的学者也没法生活",那些游览基督寺和颂仰基督寺的人也从来都不会承认劳苦大众住的那种破烂地方是"这个城市的一部分"(120)。因此,裘德发现自己与基督寺的大学生之间"远得好像各自站在地球的对面那样","因为自己不过是一个工人,穿着白布褂子,衣服的褶子里都堆满了石头末儿,所以他们从自己身旁走过的时候,甚至于都看不见有他这样一个人"(86—87)。小说中的基督寺的社会体制不仅造成了人与人之间的阶级差别,也造成了他们之间不同的生活方式与命运。这种不公平的社会体制还扭曲了人们美好纯真的心灵。因此小说中的小时光老人年龄虽小,但是心里却"罩上了那样的一片云雾"(312),生活的困顿给他一种非常深刻的印象,从而使得一种深入内心却"不露外形的恐怖,好像盘踞了他的心头"(346)。小说中的淑也认为,社会的文明硬要把她和裘德"按在一种社会的模子里",这种模子跟他们实际的样子却没有关系;"这就好像星座在肉眼里看来的形状,跟星星实际的形状并没有关系"(213),再加上他们家的男男女女,"做起事来,总得自己情愿,才侠义、大方",因此当文明一逼他们,他们就老想反抗,以至于最终对法律的义务不知不觉产生出一种"害怕"的情感(282)。小说中的裘德也对此感叹万分,认为其"对于某一部分受造之物仁爱,就是对于另一部分受造之物残酷"(12),

所以他对淑这样说道:"我总觉得,咱们这个社会机构里不知道哪儿有毛病。至于究竟是什么毛病,只有比我见识更高的男男女女才能发现"(340),"咱们并不是反抗上帝,咱们只是反抗人,反抗不合情理的环境就是了"(356)。在裘德眼中,不是别的,正是种种人为的制度将"正常的两性冲动变成了魔鬼一般的家庭陷阱和网罗",将美好的人性压抑,因而使得"那班想要前进的人"从此再也无法向前挪步(226)。总之,在《无名的裘德》中,基督寺的社会体制不仅给小时光老人的心灵留下了不可磨灭的阴影,也严重束缚了淑与裘德的个性发展,不公平的社会体制是导致基督寺社会生态、精神生态失衡的重要原因。

此外,在哈代的"性格与环境"小说中,威塞克斯地区的生态困境不仅源于财富分配的不均与社会阶级的不平等,也源于父权制影响下男性与女性的不同地位。在维多利亚时代的英国仍然盛行父权制的社会体制,处于主导地位的意识仍然是男权意识,整个社会的文明发展历程也仍然以男性为中心。在这个以男性为中心的父权制社会中,"男性占据着绝对的统治",女性却"没有能力决定自己的命运"①。由于男性常常将征服自然的隐喻引入征服女性的话语体系,将女性与"由身体所代表的自然世界联系在了一起",因此父权制社会中的女性常常"被认为是属于从属地位的、劣等的",而"男性则代表着精神、思想和灵魂","通过这样的灵魂/身体、精神/自然、男性/女性的二分法,通过对身体、自然和女性的贬低,男性获得了压制女性力量的权力"②。在《绿荫下》中,杰弗里·黛眼中的妻子这一角色无足轻重,"妻子只是社会上令人发指的一群人,她们从来就没有做过什么正确的事情,当然她们也不会错到哪里去"(80);而《卡斯特桥市长》中的亨察德也认为妻子苏珊"头脑简单得成了

---

① 王黎:《解读〈德伯家的苔丝〉中的女性意识》,《新疆师范大学学报》2005 年第4 期。

② Marie Richmond-Abbott, *Masculine and Feminine: Sex Roles Over the Life Cycle*, New York: McGraw-Hill Publishing Company, 1983, pp. 16–9.

白痴"（19），情人露塞塔则是个"诡计多端的小女人"（182），女儿也"只配去给猪槽倒泔水"（157），甚至认为"这些可恨的女人——浑身上下没有一处没长刺"（183）。在《林地居民》中，菲茨比尔斯虽然日益接近格雷丝，但却并非真心喜欢格雷丝，仅仅是为了"控制住她可能出现的反悔冲动"以及"使她的意志完全驯顺地和他的愿望相一致"（227），所以尽管他也勉强向格雷丝求婚，但这也只不过是为了使他自己的灵魂"保持活力，从单调的生活中解脱出来、得到宽慰"的一种做法，这种做法还是他在格雷丝父亲承诺给他们几百个金镑的陪嫁之后才勉强做出的决定（177）。当菲茨比尔斯一旦勉强决定要娶格雷丝之后，他就马上非常着急地像其他男性那样想要"占有格雷丝"，以至于格雷丝悲哀地感叹道："制度就是为了将女性给男性（227）。"菲茨比尔斯对待情人查曼德夫人的态度也仍然是一种男性中心主义的态度，当他征服了查曼德夫人，看到她因为对自己的爱恋而陷入痛苦之时，他不是感到怜悯、同情，反而觉得一阵狂喜，因为他看到"那颗别人纷纷为之而流血的心，此刻却在为我而流血呀"（285）。因此，小说中的菲茨比尔斯正如波伏娃（Simone de Beauvoir）所说："男人期望，通过占有一个女人，能够获得有别于满足本能欲望的东西：她是一个他借以征服大自然的，有特权的客体。"①通过占有格雷丝与查曼德夫人的身体，菲茨比尔斯获得了这种成功的喜悦；通过占有女性的身体，菲茨比尔斯将她们变作自己借以征服自然的客体，并以此为契机在林区生存了下来。

　　哈代"性格与环境"小说中的男性通常扮演着象征权威、尊严与力量的主体角色，而其笔下的女性则通常是为男性而活着的客体，处于附庸的地位。所以，哈代笔下的她们不管多么勇敢、多么无畏，也仍然不过是男性中心主义者眼中传统意义上受人支配的弱者、客体与他者，也仍然必须

---

　　①　［法］西蒙娜·德·波伏娃：《第二性》，陶铁柱译，中国书籍出版社 1998 年版，第183 页。

依从与服务于扮演主体角色的男性,并遵从以男性为参照物拟定的法则行事。在《德伯家的苔丝》中,由于德伯在社会中处于中心的地位,所以他可以随意玩弄苔丝,将她招之即来、挥之即去,先将其诱奸继而又抛弃,接着又在与苔丝不期而遇时,贪婪地对她咆哮:"你记住了,我的夫人,你从前没逃出我的手心儿去!你这回还是逃不出我的手心儿去。你只要做太太,你就得做我的太太!(462)"最终在他的威逼利诱下苔丝屈从地做了他的情人。这正印证了波伏娃的评述:"在男人看来,没有什么比从未属于过任何人的东西更值得向往的了,所以征服仿佛是唯一的、绝对的事情","他以破坏处女贞操这一必然行为,把那个身体毫不含糊地变成了被动的客体,证实了他对它的获取。"①哈代笔下的德伯通过破坏苔丝的处女贞操,将苔丝变作自己的被动客体,也借以实现了自己对苔丝的占有。小说中的另一男主人公安玑原本"有先进的思想,善良的用意,是最近二十五年以来这个时代里出产的典型人物",甚至也极力想过"要以独立的见解判断事物,但是一旦事出非常",触及父权制男性话语的禁区之时,他就"不知不觉地还是信从小时候所受的训教,还是成为习俗的奴隶"(372)。所以尽管安玑无视世俗的等级观念,娶苔丝为妻,但是在得知苔丝的过去之后,他的本来面目就暴露无遗,愤怒地呵斥苔丝道:"我总想——无论谁都要这么想——我不娶有身份,有财产,通达世务的女人,我把那种野心一概放弃了,那我就不但可以得到一个天然美丽的女人,也一定可以得到一个质朴纯洁的女人了。(335)"由于安玑潜意识中仍然存在着抹不掉的男性中心主义思想,他意识中的完美女性也仍然是"天真可爱、感情细腻、纯洁无瑕、顺从温驯、宗教上虔诚笃信,心理上依赖男性,绝对服从命运安排的婚姻的"②,在这种思想的影响下,安玑内心

---

① [法]西蒙娜·德·波伏娃:《第二性》,陶铁柱译,中国书籍出版社1998年版,第181页。

② 康响英:《〈远离尘嚣〉:一部反映"弱者"生存状态的史书》,《邵阳学院学报(社会科学版)》2001年第1期。

深处仍然非常看重苔丝肉体的"纯洁"性,并且也与其他男性一样对苔丝是否处女,以及自己是否完全占有她这一问题非常地敏感。安玑对这种问题是如此敏感,以至于他在向苔丝求婚时所说的也是:"除了我把你当作我所独有,把你带走了以外,还有其他更可心,更方便的办法吗?(289)"小说中的安玑也正是在这种男性中心主义思想的影响下,在得知苔丝因涉世未深而失身之后,觉得自己已经丧失了对苔丝的绝对占有权,因而断然拂袖而去,全然不顾苔丝的死活。在《德伯家的苔丝》中,无论是花花公子德伯,还是有着先进思想的安玑,他们在威塞克斯的社会中都仍然扮演着社会主体的角色。

在《德伯家的苔丝》中,不仅男性将女性视作受人支配的弱者、客体和他者,女性也常常因为受到这种思想的影响而不自觉地默认了男性强加给自己的不公平待遇。小说中的玛琳、伊茨等女工虽然与其他男工一样在葛露卓的农场上做着高强度、长时间的体力活,但是她们却毫无怨言地领着比男工少得多的工钱(397)。小说中的另一位女工苔丝美丽、纯洁、隐忍、善良,"对于昏夜,并不害怕"(126),但是对于安玑因为自己不幸失身所给予的惩罚却"非常认可,决定一定像他一个卑微可怜的奴隶一样,绝对地服从他"(325),甚至"觉得一切加到她身上的都是她应当受的,所以她几乎连口都不开"(340)。

> 苔丝看到安玑有那种意志,一定要把粗鄙的感情,化为精妙的感情,把有形的实体,化为无形的想象,把肉欲化为性灵——她仍旧跟从前一样心惊胆寒。他那种支配一切的想象,仿佛是狂暴的风,一切本性、倾向、习惯,遇到了它,都要像枯萎的树叶一样(346)。

小说中的苔丝不惧怕黑夜,也不惧怕自然,但却非常惧怕安玑改变对自己的看法,这说明安玑在她的生活中拥有着话语的主导权,而她却只是被客体化与对象化的他者,是安玑可以随意操纵的对象。而导致这种现象出现的原因就在于哈代笔下的威塞克斯仍然是一个以男性为中心和主流的社会,在这个社会中男性与女性之间仍然是一种二元对立的关系:男性被认为是文明、理性、客观的主体,而女性则是感性、主观、被动的客体。尽管这个社会在对待男性与女性时经常采用不同的衡量标准——认可男性的放荡胡为,却严厉责难与惩罚女性的被迫失身,女性还是常常不自觉地默认了自己在社会中的边缘与他者地位。尽管苔丝明白安玑在处理他们两人关系时采用的是双重衡量标准,尽管安玑那种支配一切的想象与做法像狂风扫落叶一样令她胆战心寒,她还是无怨无悔地默认了这种以父权制文化为基础的权力秩序,不自觉地认可了自己在社会中的客体地位,黯然神伤地承受着安玑对自己的无情惩罚,也心甘情愿地接受了安玑的双重衡量标准。从上面的分析我们可以发现,在哈代的小说中不仅不公平的社会体制造成了苔丝一生的贫穷和流离失所以及她与安玑恋爱的高下悬殊,而且父权制倡导的男性对女性的物化与边缘化也对她的身心造成了巨大伤害,这种肉体与精神的双重摧残使得苔丝疲惫不堪、濒临崩溃,进而一时冲动做出杀人行凶的疯狂举动来,最终导致她的一生以悲剧告终。

此外,在威塞克斯的父权制社会中,为了将女性从自然中分离出来接受男性的奴役与统治,男性还专门制定了各种规章制度、道德习俗用以约束与规范女性的行为,而女性也只有遵循这些规章制度、道德习俗,始终服从其束缚才能具有做人的尊严。在《无名的裘德》中,那个满脸肥肉的女人就不得不委身于一个囚犯,这“不是几点钟的事儿”,而是必须像她愿意的那样“是一辈子的事儿”;那位“一时没有主意而做了所谓见不得人的事”的女性“为了掩盖这样的耻辱,就自贬身价,不顾真正的耻辱,给一个看不起她的暴君做奴隶”(297);并且,“按照公祷书上所载的礼文”,新娘也都是“新郎自动并且自主选择的”,但是新郎却不是新娘选择的,得另外有一个人替她做主,把她给他,就好像新娘是“一头草驴,或者一只母羊,或者任何别的畜类似的”(177)。此外,由于在威塞克斯男权社会中一直都是男性拥有话语权,男性"操纵着整个语义系统,根据自己的好恶和想象力来塑造女性,把敢于逾越传统妇德规范的妇女加以漫画、丑化,并且将她们幻化为种种恶妇、女魔形象",因此男权社会中的女性即便作为一个整体,在社会生活中也只能处于从属的地位①。在《无名的裘德》中也不乏这样的评价:摩西说,"男人就为无罪,妇人必担当自己的罪孽"(331);而当淑被逼无奈,勉强同意嫁给费劳孙之时,费劳孙与吉令恩也都默默地承认,"那个女性(淑)应该在她自以为是那个原则的祭坛上,牺牲自己"(386);就连追求独立、渴望自由的新女性淑也认为:"新娘子手里拿的花儿,真令人悲伤地觉得和古代要作牺牲的小牛身上装饰的花圈一样!(299)"在哈代笔下,淑虽然一心一意追求独立自由、渴望获得平等地位,但是在费劳孙、吉令恩等男性控制的话语权影响下,淑的见解和行为也发生了很大的变化,她再也没有勇气照着以前的见解行事了(251),而是万般无奈地强迫自己按照男权社会中制定的各种规章制度做事,所以深爱她的裘德对淑曾经这样叹息道:"你虽然外表上假装着见解跟别人不同,你实在可跟任何别的女人一样,是社会制度的奴隶(251)。"在哈代的小说中,不仅普通的女性成为受男性支配的弱者、客体,就连最初不屈从于男性统治的淑也沦落成为父权制的牺牲品。父权制的"成规习俗"成为压抑与禁锢威塞克斯女性生命与意志的工具。

综上所述,哈代在"性格与环境"小说中深刻揭露了早期资本主义社会体制中的各种规章制度以及道德习俗对于自然与女性的残害与束缚,其笔下的自然与女性在男权社会中遭受的统治与压迫是一致的。在父权制中心文化占主导地位的威塞克斯社会中,自然与女性一同被置于"他者"和"边缘"的地位。人们理所当然地认为只有人类才具有"有意识地改变生存于其中的共同体的能力",人类对自然的统治"在道德上是合理

①　王新春、许阳:《女性·自然——生态女性主义批评视角下的〈德伯家的苔丝〉》,《黑龙江教育学院学报》2008 年第 1 期。

的"①。由于父权制文化中的女性也被视作"属于自然和物质领域的存在物",是第二性的,因此在菲茨比尔斯、德伯、安玑以及费劳孙等男性中心主义代言人的意识中男性对女性的统治也是"合情合理、天经地义的"②。哈代笔下的这些男性中心主义的代言人正是通过自己的霸权话语对自然与女性进行着规定与约束,他们通过各种规章制度与道德习俗物化了自然和女性,要么将自然与女性贬低为以男性为中心的客体,要么将自然与女性抬高为男性理想的他者模式和男性眼中二元对立的形象,以此压抑她们的自由意志,将她们变作西蒙娜·德·波伏娃所说的"对象性存在",而"没有自由意志"③。因此,哈代小说中与早期机械工业文明相适应的威塞克斯社会体制不仅没有将自然与女性从原有的束缚中解放出来,反而对自然与女性进行了规定与束缚。这种从身体到精神的全方位规定与束缚不仅对威塞克斯地区的自然与女性造成了双重压迫与禁锢,也破坏了她们的生态平衡。哈代在小说中凭借着自己对身处困境中的女性的深切关注、对自然的一片痴爱以及对自然与女性关系的独特领悟,通过自然化的女性与女性化的自然所遭受的生态悲剧说明了这样一个道理:"在男权社会中,自然和女性一样是作为他者而存在,她们一同受着社会的压迫。④"此外,在哈代的"性格与环境"小说中不仅自然、女性遭受着束缚与压迫,人与人之间也存在着严重的等级差异与财富分配不均。表面上看这些问题的根源似乎在于自然环境、人物性格以及命运的影响,但是从更深层面来看,却是因为维多利亚时期英国社会体制的不公与黑暗。正如社会生态学家布克钦所说,人类"首要的生态问题根源于社会问题"⑤,人类对自然的征服及由此带来的生态危机根本上反映的却是人

① 陈茂林:《生态女性主义文学批评概述》,《齐鲁学刊》2006 年第 4 期。

② 陈茂林:《生态女性主义文学批评概述》,《齐鲁学刊》2006 年第 4 期。

③ 转引自张岩冰,《女权主义文论》,山东教育出版社 2001 年版,第 66 页。

④ 宁晓燕:《从〈苔丝〉管窥哈代的生态女性主义意识》,《聊城大学学报》2008 年第 2 期。

⑤ Murray Bookchin,*The Philosophy of Social Ecology: Essays on Dialectical Naturalism*, Sydney:Black Rose Books,1990,p. 47.

与人之间的争夺和斗争①。在哈代的"性格与环境"小说中,导致其笔下威塞克斯生态系统失衡的根本原因也在于不公平的等级制度所导致的财富分配不均、社会阶级分化以及父权制影响下的男性、女性的社会地位差异。而哈代小说中所揭示的威塞克斯人面临的生态危机在本质上也意味着生态学之外的更大、更紧迫的社会危机,即等级的、统治与被统治的、家长制的和阶级的矛盾加剧和发展。人们如果不清楚地认识到威塞克斯的社会问题,也就无法正确地认识其生态问题;而要解决其生态问题,首先就要"解决人类自身的问题"②。哈代通过"性格与环境"小说的创作说明了这样一个问题:威塞克斯地区生态危机的最首要根源就在于社会问题,而早期资本主义社会体制的腐朽与堕落则是造成这一地区各种生态悲剧的根本原因;因此要消除这些生态悲剧,就必须解决人类自身的问题。

二、人类中心主义的束缚

在哈代的"性格与环境"小说中,人类中心主义的束缚是威塞克斯地区陷入生态困境的思想文化根源。人类中心主义"是一种认为人是宇宙中心的观点",这种观点将人视作自然界唯一具有内在价值的存在物③,却将自然视作与女性一样的被动客体,被置于社会的底层或边缘。由于人类中心主义强调"一切以人为中心,一切以人为尺度,为人的利益服务,一切从人的利益出发"④,受这一思想的影响,威塞克斯人不仅养成了将人与自然相互分离、相互对立的二元论思维模式,而且他们在生产与生活中的欲望常常超越生理的本能,进入心理的层次,演变为一种无限的要

---

① Murray Bookchin, *The Ecology of Freedom: The Emergence and Dissolution of Hierarchy*, Oakland: AK Press, 2005, p. 1.

② 杨丽娟、刘建军:《关于文学生态批评的几个重要问题》,《当代外国文学》2009 年第 4 期。

③ 余谋昌:《生态哲学》,陕西人民教育出版社 2000 年版,第 140 页。

④ 余谋昌:《生态哲学》,陕西人民教育出版社 2000 年版,第 140 页。

求。为了满足这种无限的欲求，威塞克斯人在生产与生活中还经常将发展视作自己的唯一中心、第一要务，将发展视作自己的唯一目的，在生产、生活中盲目运用科学技术对自然进程进行干扰、对自然规律进行改变。这种征服与控制自然的做法不仅割裂了人与自然之间的紧密纽带，将人与万物摆在了对立的位置，也破坏了人与自然之间的和谐关系，导致了各种生态系统的失衡。卡逊曾经指出，现代人之所以会采用竭泽而渔的方式来对待自然，其最主要的根源就在于支配了人类意识和行为达数千年之久的人类中心主义①。正是由于"人类将自己视为地球上所有物质的主宰，认为地球上的一切——有生命的和无生命的，动物、植物和矿物——甚至就连地球本身都是专门为人类创造的"②，他们才会在对待自然时以统治者的身份自居，对自然横征暴敛，甚至狂妄地想要征服自然、统治自然。

在《绿荫下》中，虽然梅尔斯托克地区的人与自然在总体上还勉强保持着和谐的关系，早期机械工业文明也并未真正侵入这一地区的社会内部。但是，小说中的一部分人由于受潜意识中人类中心主义思想的影响，他们对物质财富、功名地位的追求已经开始不断增长，这种不断增长的欲望既导致了他们生活方式的明显改变，也导致了他们对于自然态度的转变。小说中的梅尔斯托克村民为了获取蜂蜜，得到更多金钱，不惜破坏两个很大的蜂房，赶走成千上万只蜜蜂，造成无数只蜜蜂的死亡（119）。而林场管理员杰弗里·黛一家尽管生活已经比较富有，但是为了赚取更多钱财，他们也不顾被蜜蜂蜇的危险，冒险在夜晚采集蜂蜜。在这些梅尔斯托克村民的意识中，"蜂蜜就是钱啊"，"没有钱是万万不能的"（119）。小说中的女主人公芳茜·黛因为家庭条件比较富裕，已经拥有各式各样的礼服。即便如此，她还是必须再做一件所谓的"最合身"的礼服去参加

---

① Carol B.Gartner，*Rachel Carson*，New York：Frederick Ungar Publishing，1983，p. 120.

② Carol B.Gartner，*Rachel Carson*，New York：Frederick Ungar Publishing，1983，p. 120.

礼拜天的活动,因为在她的意识中"最重要的东西首先是她的头发、容貌,其次是她的礼服和帽子,最后或许才是她的恋人狄克"(115)。由于芳茜对于物质与地位的无限欲望,当梅博德牧师向她求婚并承诺婚后给她管风琴、马车、花鸟和舒适的生活之时,尽管芳茜深爱狄克,她却抵制不住物质的诱惑,答应了梅博德的求婚(142)。因此,在《绿荫下》中,一部分梅尔斯托克人潜意识中的人类中心主义思想以及日益增长的膨胀欲望已经开始改变他们的传统生产、生活方式,推动着他们为了满足欲求,不惜违背自然规律、打破自然生态平衡而盲目攫取财富。他们对于物质财富、功名地位的需求已经远远超越自己的生理本能,演变成为一种无限的欲求。

在《远离尘嚣》中,人们意识中的人类中心主义思想则首先导致了他们对植物内在价值与生态系统价值的忽视。在诺科姆,人们为了建造新房将以前那棵"能结够造两大桶酒的果子"的老苹果树连根拔起,他们对老苹果树的残暴使得麦芽老人在听到这样的消息后不由得感叹世道变了(126)。小说中的军士特洛伊也根本不在乎植物的生命价值:为了挑逗芭思希芭,不惜在草地上肆意舞剑,随意践踏青葱的苔藓、小草(219);为了纪念芳丽,又不惜将一束束幼小的花苗栽种在其坟墓边,但是当大雨冲刷损毁花苗之后,又毫不在意地一走了之,根本就没有想过挽救那些濒死的花苗(378)。威塞克斯人在对待植物时所采取的态度就是,当他们觉得这种植物具有某种直接用途时,他们就种植它;但是如果出于某种原因,人们认为"这种植物的存在不合心意或者没有必要时,人们就立刻判它死刑"①。在一部分威塞克斯人看来,所有自然存在物都是为自己存在的,自然是他们"可蹂躏的俘获物"而不是"被爱护的合作者",因此他们

----

① [美]蕾切尔·卡逊:《寂静的春天》,吕瑞兰等译,吉林人民出版社1997年版,第53页。

在生活中常常将自己视作自然的绝对主人，而不是与自然是同等重要的主体①。农场主博尔伍德在举办宴会时，为了生火，丝毫没有考虑槲寄生树的内在生命价值与其相对于其他生物的生态系统价值，从树林中砍来一棵巨大的槲寄生树枝就悬在厅堂，甚至还将整棵树的树干都砍伐来生火。由于树干太大，"无法挪入生火的地方"，他又用铁链捆着树干，通过前面一个人拉，后面另一个人用杠杆撬的方式"才把它弄了进来"（425）。博尔伍德潜意识中的人类中心主义思想使得他对自然采取了这种不屑一顾的态度，也正是这种"自己是自然主人"的想法导致了他对自然内在价值与生态系统价值的漠视。

威塞克斯人意识中的人类中心主义思想也导致了他们违背生态伦理、践踏动物生命的行为。在牧羊人奥克的心中，羊是为了人类而存在的，羊的生命价值远远低于他与芭思希芭的爱情价值，所以当他的羊群摔下山崖而死光时，奥克首先想到的不是羊的生命价值，而是幸好自己没和芭思希芭结婚（41）。小说中的农场主芭思希芭为了攫取更多的金钱，也违背生态伦理，专门安排人赶走鸟和鸡，不准它们偷吃谷物（92）；后来又命令雇工们贴着肉剪羊毛，将绵羊们吓得瑟瑟发抖也在所不惜（171）。芭思希芭意识中的动物没有自身的内在目的性与生命价值，她可以漠视动物的苦乐，也可以任意处置它们的生死。小说中的芭思希芭为了早日解除自己对恋人的思念之苦，她深夜驾马狂奔，一心前往遥远的城市寻找自己的恋人，压根没有考虑马受伤后长途奔徙的痛苦（257）；而当她农庄上的羊因误食三叶草而撑破肚皮、痛苦不堪时，她也顾忌自己的面子，宁愿羊被活活撑死，也不愿找奥克来治疗（163）。在芭思希芭的雇工普格拉斯眼中，动物也是没有内在目的性与生命价值的。为了挣得自己的工钱，他无视动物的生存权利，专门在播种季节从事打白嘴鸦和麻雀、帮着

---

① John Passmore, *Man's Responsibility for Nature : Ecological Problems and Western Traditions*, London : Gerald Duckworth & Co.Ltd. , 1980, pp. 13,5.

杀猪的工作(90);为了日后向人们炫耀自己的阅历,他还在观看马戏团的黑贝斯表演时特意冲上前去摸摸马的蹄子,看它是否真死了,而在他内心深处根本不关心马的死活(409)。小说中的其他威塞克斯人也在每年赶羊集到来之际赶着自己的"羊"长途跋涉来市场交易,全然不顾羊的疲惫不堪与痛苦,只想着怎样早日赚取更多的金钱(401)。威塞克斯人心中的人类中心主义思想将人类置于等级金字塔的最顶层,认为"植物的存在就是为了动物的降生,其他一些动物又是为了人类而生存,驯养动物是为了便于使用和作为人们的食品,野生动物,虽非全部,但其绝大部分都是作为人们的美味,为人们提供食物以及各类器具而存在"①,动物失去了自身的内在目的性与生命价值,成为等级金字塔底层的人类附属品。因此,尽管羊毛之于羊,原本"就像衣服之于人;强行脱光人的衣服,是对人的不尊重;而强行剪去羊毛,则是对动物的不尊重,是有违动物道德伦理的"②,但是威塞克斯人在剪羊毛时那种霍霍的声音却从村庄的每个角落响入云霄,就像快要打仗的时候从军械库里发出的声音一样(155)。这种响彻云霄的声音使得羊群不由自主地感到恐惧与害怕,以至于"被抓住的羊躺在他们手下喘着气,随着疑虑转为恐惧,喘息也越来越快,最后像外面酷热的景色那样发起抖来"(171)。人类中心主义思想使他们将个人感受置于动物的感受之上,这种将人视作万物之主的思想导致了他们在生活中对于动物苦乐与生命的忽视。

在《还乡》中,威塞克斯人意识中的人类中心主义思想则使得人们将自己视作"自然的主人和所有者",认为他们有权利"让自然和她的所有儿女"成为自己的奴隶。因此,为了让自己的腰包鼓起来,他们在埃格敦荒原络绎不绝地挖掘红土四处兜售(70),破坏了这里的自然生态平衡。

---

① 苗力田编:《亚里士多德全集》(第9卷),中国人民大学出版社1994年版,第17页。

② 丁世忠:《〈远离尘嚣〉中的生态伦理思想及其矛盾性》,《外国文学研究》2008年第3期。

为了娱乐,他们又经常在荒原草地上狂欢跳舞,结果荒原的青草被他们踩光了,变硬的草皮在月光的照耀下"像光滑的桌面一样光亮"(235)。人类中心主义思想还造成了他们在生产、生活中的盲目发展模式,使得他们的发展不仅没有受到理性与智慧的约束,也常常以不负责任为标志。受这一发展模式的影响,威塞克斯人在生产、生活中经常与"空间、大地,甚至他所赖以生存的空气发生冲突",从而导致这一地区的自然地盘变得"越来越少",生态环境也越来越恶劣①:

> 怀尔狄夫住所附近的那个山谷,有白头鹞出没。这座小山本来有一只米色走鸻常来光顾。这种鸟儿非常稀少,就是全英国,目击过的也不到一打。但有一个野蛮人,却夜以继日地算计这只逃出非洲的鸟儿,最后把它打死了事。不过此后,米色走鸻就认为,埃格敦不再适宜进来了(78)。

哈代笔下的威塞克斯人为了发展,不仅疯狂采挖埃格敦荒原上的自然资源,造成荒原自然资源的匮乏,也滥捕滥杀野生动物,造成动物生存空间的缺失。因此正如戴利(Herman E. Daly)、汤森(Kenneth N. Townsend)所说:"目前威胁这群动物的不仅仅是猎人——还有树木被伐光、耕地的增多,一句话,人类的进步!"②此外,人类中心主义思想也强化了这样一个信念,即借助技术,他们可以日趋无所不能;借助科学,他们可以"日趋无所不知"③,因此他们常常将自己视作神,认为通过技术,可以"创造一个第二世界,在那个世界里,大自然只需为我们的新创造提供材

---

① [法]罗曼·加里:《天根》,宋维洲译,北京师范大学出版社1996年版,第74页。

② [美]赫尔曼·E.戴利、肯尼思·N.汤森编:《珍惜地球——经济学、生态学、伦理学》,马杰等译,商务印书馆2001年版,第266页。

③ [美]埃·弗罗姆:《占有或存在——一个新型社会的心灵基础》,杨慧译,国际文化出版公司1989年版,第1—2页。

料而已"。在埃格敦荒原,将自己神化的威塞克斯人运用技术人为地修建了十个由绞盘和齿轮控制的大闸,截住了沙德洼附近的河流,使这一地区出现了一个直径为五十英尺的圆形大潭(329)。他们以为征服了自然,事实却正好与他们的意图相反,"对大自然的征服的结果不是提高了人类文明而是阻碍了人类文明的发展——对土地进行掠夺性开发的政策正同对大自然怀有敌意的倾向一样,最终将导致城市走向灭亡"[①]。威塞克斯人通过技术破坏沙德洼自然生态环境的行为打破了这一地区的生态平衡,导致这里出现罕见的恶劣自然气候,狂风暴雨中的圆形水潭变成一个"除了浪头白沫,什么也看不见"的可怕地方(329)。最终,威塞克斯人破坏生态平衡所造成的恶劣的生态状况使得游苔莎与怀尔狄夫在雨夜私奔时失足落入了水潭,最后溺水身亡(331)。威塞克斯人在人类中心主义思想的影响下为发展而发展、企图征服自然的行为不仅造成荒原自然资源的匮乏和气候的极度恶劣,也造成了自然生物生存空间的缺失。他们所走的这条征服自然、盲目发展的道路在本质上就是一条绝路,在"把自然界贬成了统治的对象与统治的原料"的同时,实际上也把自己贬成了统治的对象与原料[②]。

《还乡》中的人类中心主义思想也导致威塞克斯人在生活中变得喜欢追逐名利,将占有金钱和物质财富等视作推动社会发展的巨大动力。小说中的女主人公游苔莎一生中最大的愿望就是离开自己厌恶的荒原,去巴黎那样的繁华都市享受生活(182);而约布赖特太太心目中的理想就是希望儿子将来能够在巴黎出人头地、大展宏图(159)。其他以割荆棘、挖草皮、编扫帚为生的荒原人无法理解克林放弃巴黎珠宝行经理职位、返乡做教师的行为(98);约布赖特太太则宁愿托马辛嫁给花心的有

----

① ［加］玛格丽特·阿特伍德:《生存——加拿大文学主题指南》,秦明利译,中国文联出版公司1991年版,第53页。

② ［德］马克斯·霍克海默、特奥多·阿多尔诺:《启蒙辩证法》,洪佩郁等译,重庆出版社1990年版,第35页。

钱人,也不愿她嫁给贫穷的红土贩(89)。在威塞克斯人的心目中,欲望是推动社会发展的巨大动力,"没有它们,人类的一切自然才能将永远沉睡,得不到发展"①,"假如没有热情(欲望),世界上一切伟大的事业"②。因此,小说中的约布赖特太太以及其他威塞克斯人无法理解克林放弃荣华富贵的行为,在生产、生活中他们也不愿放弃对金钱、物质的索取。然而,"在允许贪欲肆虐的社会里,前途是没有希望的。没有自制的贪欲将导致自灭"③。威塞克斯人这种没有自制的欲望不仅破坏了这一地区的自然生态平衡,也导致了这一地区社会生态的紊乱与精神生态的失衡。游苔莎为满足欲望所做的每一次努力不仅使得她面临与自然疏离的困境:身处荒原,却厌恶荒原,在荒原长大,却与埃格敦荒原格格不入;而且她的膨胀欲望也导致她与其他荒原人频频冲突:因为与怀尔狄夫约会,破坏了托马辛的幸福,也因此激怒了爱恋托马辛的维恩;因为与克林的结合,引发了约布赖特太太对她的不满,也激起了怀尔狄夫对她的愤恨。最终,与其他人关系疏离的游苔莎感到像被流放了一般的孤寂,荒原成为了她苦难的深渊、生活的"冥土"(60),她的精神生态也陷入了一种真空化的状态。小说中的约布赖特太太的膨胀欲望则使得她与儿子克林分道扬镳,与游苔莎冲突不断。而她与克林、游苔莎等人的紧张关系也使得她陷入一种行为无能化的状态,最终行为无能化的约布赖特太太因为被蛇咬伤,悲惨去世(270)。哈代笔下的威塞克斯人在人类中心主义思想的影响下,物欲日益增长,不仅伤害了自然,也伤害了人自身,使他们丧失了自己的"天真纯洁和美好的心灵"④。

在《卡斯特桥市长》中,威塞克斯人的人类中心主义思想则首先导致

---

① 李泽厚:《批判哲学的批判——康德述评》,人民出版社 1979 年版,第 333 页。
② [德]黑格尔:《历史哲学》,王造时译,商务印书馆 1963 年版,第 62 页。
③ [英]汤因比、[日]池田大作:《展望 21 世纪》,荀春生等译,国际文化出版公司 1984 年版,第 57 页。
④ 王诺:《欧美生态文学》,北京大学出版社 2011 年版,第 246 页。

了他们在生产中无视自然的承载能力,盲目发展,破坏了这一地区的生态平衡。在小说开篇,韦敦·普瑞厄兹还是一个贸易兴盛、市场上一切都明码标价的传统乡村集市(4)。然而,经过威塞克斯人十八年非理性的发展,韦敦集市却变成了一个贸易、生意明显衰败,钻营、投机倒把大行其道的现代乡村集市,以至于在集市上做了三十九年生意的卖粥老婆子都感叹道:"可是说句老实话——世界可不是老样子啦;正正派派做生意赚不了钱——这年头哇,只有耍滑头,搞欺骗,那才能上得去呀!(26)"小说中的威塞克斯人自以为运用自己的力量可以创造世界,但是实际上他们所创造的世界却反过来主宰了他们,他们辛勤劳作十八年换来的发展结果却是昔日生机勃勃的韦敦集市如今却沦落成为人迹罕至的荒野之地:"集市上真正的买卖却大大衰落了","羊圈和拴马绳比以前减少了一半","那些缝衣服的、卖袜子的、修桶的、卖布的和做各种生意的小摊子,几乎已经见不到了,车辆也少多了"(23)。威塞克斯人无视自然承载能力的发展模式不仅导致了韦敦集市的由盛变衰,通到韦敦·普瑞厄兹村的大道"铺上了一层厚厚的尘土"(22),而且也造成了这一地区人们精神生态的失衡,导致了人们一些重要品质的丧失。在他们"为发展而发展"的生产、生活模式影响下,昔日一贯有之的古朴民风如今演化成为每日对进出账目与生意盈亏的斤斤计较,过去淳朴善良的道德、情感以及理想如今却演变成为不断增长的冰冷数字和干瘪的经济单位。这种发展中的不平衡现象也导致了卡斯特桥地区社会生态的紊乱,使得曾经一度人丁兴旺的世代租户或契约租户等濒于灭绝,"他们被迫离开了自己世代相传"的家园,"为贫困的铁掌所迫",自然而然地流落或者被迫无奈地来到米克森巷,使得米克森巷"在几年以前也许还设有一座驱魔祛病的神坛",但是如今神坛却已踪影全无,取而代之以"许多悲惨的,许多下贱的,还有一些招灾惹祸的事物":

　　罪恶下流在附近一些特定的门户随随便便地进进出出;肆无忌

惮就在那些伸出歪歪扭扭烟筒的屋顶下安家落户;寡廉鲜耻就在某些凸窗里;偷盗扒窃(在缺少衣食的时候)就在柳林旁的草顶泥墙之中;即使杀人害命在此地也并非完全无有(316—318)。

小说中的威塞克斯人不惜一切代价换来的现代文明实际上却是"人性发展所达到的最外在、最不自然的状态",它是一个终结,是紧跟在生命之后的死亡,是扩张之后的僵硬,是取代了大地母亲的理智时代和用石头堆砌而成的呆板的城市①。而他们不受制约、盲目发展所导致的结果就是使自己走到了"没落的时刻,从活生生的文化走向垂死的文明"②。

卡斯特桥市人们意识中的人类中心主义思想导致了他们对物质财富、功名地位的强烈需求,这种强烈需求往往超越了生理本能,进入了心理的层次,因此哈代笔下卡斯特桥市人的欲望实际上也演变成为一种无限的要求。小说中原本是捆草工的亨察德在成为市长后,不仅自己穿着"阔人的装束",还给妻子苏珊的屋子置办了各种各样"富丽堂皇,豪华奢侈的"家具(99);不仅在苏珊再次嫁给他之后,将自己大宅中的所有铁栏杆"漆成鲜亮的绿色",还将大宅中"框子结实、格子窄小的乔治式活动窗油上三层白漆",仅仅就是为了让它们显得富有一点生气而已(104)。哈代笔下的亨察德"总是满足不了自己的欲望",他的欲求已经"远远超出其生理需要"而表现出"贪得无厌、永不满足"的特点,他对居住环境的欲求也变得"缺乏理智了"③。亨察德的女儿伊丽莎白在得知自己是市长女儿之后:

①　[德]奥斯瓦尔德·斯宾格勒:《西方的没落》,陈晓林译,黑龙江教育出版社1988年版,第29页。

②　[德]奥斯瓦尔德·斯宾格勒:《西方的没落》,陈晓林译,黑龙江教育出版社1988年版,第29页。

③　[意]奥尔利欧·佩奇:《世界的未来——关于未来问题一百页》,王肖萍等译,中国对外翻译出版社1985年版,第20—21页。

　　在穿着之类上面,她下了有悖常情的决心,要制止放荡轻浮的癖好,因为一旦有了钱就打扮得花枝招展,这和她过去的生活格格不入。但是仅只幻想就会发展成希望,仅只希望就会发展成要求,没有任何东西比这种发展变化更阴毒的了。春天里有一天亨察德给了伊丽莎白·简一盒色彩娇艳的手套。她想戴上它们对他的慈爱表示感激,但是她没有和手套相配的帽子。出于艺术的趣味,她想她得有一顶这样的帽子。等她有了可以配得上手套的帽子,她又缺可以配帽子的衣服。现在非得一配到底不可了;她订购了她不需要的这种衣服,然后又发现她没有阳伞同这身衣服相配。花了一个便士,就得再花一个英镑。她买了阳伞,最后全套装备才算齐全了(115)。

　　伊丽莎白的无限欲望使她难以制止自己铺张浪费的恶习,也不再保持昔日艰苦简朴的生活作风。当她成为市长女儿、拥有金钱之后,尽管她知道有了钱就打扮这种做法是不对的,是和自己过去的生活格格不入的,但她还是不能自已地花费不少钱财购买了许多并不需要的服饰,最终一配到底,置齐了全身上下的"全套装备"。卡斯特桥人不断增长的膨胀欲望也导致了他们的人性异化,将他们意识中的"我"逐渐变为"我所占有和我所消费的一切"。这种无止境的占有欲望还导致了他们"无视这样一个事实:即自然宝藏是有限的,终有一天会消耗殆尽的"①。

　　在《卡斯特桥市长》中,人类中心主义思想不仅使得人们在生产中忽视自然的承载能力、"为发展而发展",在生活中追名逐利、欲望膨胀,而且他们还在生产、生活中大肆推广与滥用科学技术,以此满足他们在生产与生活两个方面的需求。这种做法虽然从一定程度上增加了物质财富,但是在很多情况下也破坏了这一地区的自然美与生态和谐。卡斯特桥市

---

　　① 〔美〕埃·弗罗姆:《占有或存在——一个新型社会的心灵基础》,杨慧译,国际文化出版公司1989年版,第25、8页。

原本是一个洋溢着自然之美，民风淳朴、社会生态和谐的地方，它"干净利落，线条分明"，位于大片麦地中间，"就像一个棋盘摆在一块绿色的台布上面"，这里"没有现代意义的郊区"，也"没有城镇与乡村之间过渡性的中间地带"（110）：

> 城市尽上头麦地里的蜜蜂和蝴蝶，想要飞往城市尽下头的草地，根本不必绕路，只要径直飞过城市的主大街就行，丝毫也不会感到是在越过什么生疏的地带。而在秋天，蓟花绒毛团团的飞舞，随风飘进这条大街，落在商店门脸上，吹进路旁沟渠里。还有无数黄色、褐色的落叶，沿着铺砌过的街道轻轻掠过，偷偷穿过人家的大门，溜进走道，宛如畏缩不前的客人，衣裙擦在地上，窸窣作响（68）。

小说中的卡斯特桥市人与自然是一种和谐共处的关系，展现出一种原始的、未受人类破坏和修整的自然之美。而卡斯特桥市的人们也原本淳朴厚道：

> 农家的小男孩儿可以坐在麦堆下，把一块石头扔进市政府办事员办公室的窗户。割麦子的人可以在麦捆丛中干活儿，同时向站在石铺路拐角上的熟人点头招呼；穿着红袍的法官在宣判一个偷羊贼的时候，小偷剩下没有偷走的羊群还在附近吃草，从窗口传进来的咩咩叫声，与他宣读判决的声音相互呼应；执行死刑的时候，等着观看的人群站在绞刑架活动踏板前的草地上，这块地盘就是为了让给观众而把牛从中临时赶开的（110）。

卡斯特桥市人在相当长的一段时间内都还保持着古老淳朴的民风，在相当长的一段时间内都与自然和谐地共处着，因此这一地区常年树木葱茏、风景如画，与"广阔无垠的麦地和林木繁茂的溪谷"紧密相连（32）。

但是,随着人类社会的盲目发展,铁路已经逐渐修建到这一地区,而通过铁路运输过来的漆着耀眼绿色、黄色和红色的马拉播种机则破坏了这一地区昔日那种原生态自然之美与社会生态和谐,在这个长期使用古老播种篓播种的地方掀起了轩然大波。在卡斯特桥市传统守旧的人们看来,马拉播种机这个庞然大物"就像把一只大黄蜂、一只蚱蜢和一只虾放在一起放大了许多许多倍"一般(205),它们发出的震耳欲聋的轰鸣声不仅打破了卡斯特桥市往日的静谧与安宁,也如同怪兽一般破坏了这片古老大地的古朴与和谐,它们引起的轰动正如"一架飞行器在查灵十字街所引起的轰动一样大"(205)。此外,卡斯特桥市人在科技至上信念的影响下,还纷纷使用明晃晃的铁链将粮食扣住,"在锚架上快速地吊上吊下";不时将螺丝转得"吱扭吱扭地响",忙个不停地使用磅秤和钢秤(274)。他们不再使用以前那种带有稚拙情趣的目测心算的办法了,而是将一切都视作为可以通过技术予以操作解决的理性问题。这种信念不考虑任何个人因素的介入,也将人视作为一种"被理解、被操纵的客体","忽视了人的存在的神秘",因而在生产、生活中从一定程度上导致人的个性丧失以及地区差异、地方特色的抹杀①。哈代笔下的卡斯特桥市的"机械世界永远是有机的世界的对头,死板板的自然永远是活生生的自然的敌人"②,而人们为了满足欲望而滥用的科学技术则是一把双刃剑,"一方面,它们所产生的发明把人从精疲力竭的体力劳动中解放出来,使生活更加舒适和富裕;另一方面,给人的生活带来严重的不安,使人成为技术环境的奴隶"③。

在《林地居民》的小辛托克,受人类中心主义思想的影响,人们对小

---

① Gabriel Marcel, "The Sacred in the Technology Age", *Theology Today*, No. 19(1962), pp. 27-38.

② [德]奥斯瓦尔德·斯宾格勒:《西方的没落》,陈晓林译,黑龙江教育出版社1988年版,第24页。

③ [美]爱因斯坦:《爱因斯坦文集》第1卷,许良英、范岱年译,商务印书馆1976年版,第260页。

辛托克的森林植被进行了疯狂的砍伐与掠夺,因此海斯托依山旁那块原本"自成格局"、树木葱茏的地方现在却被砍伐殆尽、被开垦成一块耕种用的凹地,在凹地的表面则静静地耸立着"不少高高的烟囱"(5)。而格雷丝熟悉的小辛托克森林现在也"发生了很大变化,不再是原来那副样子了"(52):一棵棵粗大的橡木被人砍倒,然后被强行用铁链捆着从木垛上放到笨重的红色车轮的运材马车上,送到相当远的城市建筑师那里(126);人们在贩卖木材的同时,也经常从事橡树树皮的买卖,每到剥树皮的季节,就会听到人们用剥树皮的工具在树干和树皮之间划开树木那层黏性结构时所发出的撕裂声(178);而一旦橡树被人放倒,"剥树皮的人们就像一群蝗虫一拥而上,向它发起进攻,在很短的时间内,在树干和比较大的树杈上就一点树皮的碎渣子也不剩了"(179)。在他们看来,"整个世界一起为人服务,没有任何东西人不能拿来使用并结出果实","各种动物和植物创造出来"都是为了给他们"提供住所、衣服、食物或药品的"①,所以他们在对待自然植物时态度非常肆无忌惮;但哈代对此有着清醒的认识,他将他们剥树皮的行为比作为"刽子手对于附生于大树的这些小小的装饰物的屠杀"(179)。此外,在一部分林地居民看来,让"植物按自己的天性好端端地长成的样子"是荒谬可笑的,因此在生活中他们常常不顾及树木的感受,剥掉它们的树皮,让它们"光着腿儿站在那儿,似乎羞羞答答的"(179)。这种潜意识中的人类中心主义思想也使得木材商麦尔布礼在驱车经过小辛托克时,不仅毫不在意地一路辗碎"细小的苔藓、风信子、樱草、斑叶阿若母",以及其他常见或不常见的植物,就连横在车道上的小树枝他也毫不怜悯地辗压过去(182)。小辛托克人"技术统治的客体性迅速、无情、完全地扩张到整个大地",他们的人性与物的物性也"逐渐分解成可以算计的市场价值"。由于这种观点已经"笼

---

① 何怀宏编:《生态伦理——精神资源与哲学基础》,河北大学出版社2002年版,第274—275页。

罩了整个大地",也促成了人们"将自然的存在作为交换的对象,于是所有的存在都变成隶属于功于算计的交易,那些不需要量化的领域也都被牢牢地控制起来"①。在《林地居民》中,小辛托克人的人类中心主义思想使得他们将"整个自然界(包括人在内)都被当作满足人的永不知足的欲望的材料来理解和占用",然而奢望征服自然的人类自己最终也被这种"人性中的精神本性所奴役"②。

小辛托克林区人的人类中心主义思想不仅导致他们将自然排除在自己的道德关怀范围之外,也使得他们将自己的欲望满足视作为经济和社会发展的动力,从而导致他们的欲望膨胀。在《林地居民》中,格雷丝由于物欲膨胀,逐渐走上了爱慕虚荣、崇尚享乐的生活道路。她眼中的约翰苹果树与农场的房屋变成了上流人士钟爱的城市近郊(52),而一封来自城市的邀请函就让她异常兴奋,扬扬自得地反复打扮自己(73)。最终,格雷丝抛弃对她满怀忠诚的破产农民基尔斯,为了荣耀和特权而嫁给了轻浮、不切实际的花花公子菲茨比尔斯(236)。她与菲茨比尔斯的结合"非但没有给她带来任何社交活动或新相识",反而切断了她与自然以及其他林地居民之间的紧密联系,使与自然和他人疏离的格雷丝感到非常"孤独和寂寞"(380),陷入了社会生态与精神生态失衡的困境。而格雷丝自己无限增长的欲望是她陷入物质享乐、道德沦丧、感情幻灭泥沼的重要原因。小说中的查曼德夫人的欲望也是一种无限膨胀的欲望,各种无休止的欲望导致了她不断玩弄男性、游戏人生的行为。在哈代笔下,风流成性的查曼德夫人先是为了拥有财富,抛弃情人,嫁给自己并不喜欢的查曼德;在查曼德去世后,又在外地旅行的时候与旅途中偶遇的一名男性寻欢作乐;回到小辛托克后,她又故意撩拨菲茨比尔斯对自己的感情,破坏菲茨比尔斯与格雷丝的幸福;最终,在与菲茨比尔斯私奔的途中,查曼德

① Peter Marshall, *Nature's Web: An Exploration of Ecological Thinking*, London: Simon & Schuster Ltd., 1992, p. 370.

② William Leiss, *The Domination of Nature*, Boston: Beacon Press, 1974, pp.xiii-xvi.

夫人被另一位狂热追求她的男性开枪打死。查曼德夫人的膨胀欲望不仅导致查曼德夫人自己陷入生态困境,表现出行为无能化的症状,而且也是扰乱小辛托克地区社会生态的重要原因之一。

小辛托克林区人的人类中心主义思想也使得一部分人在生活中将科学研究神化,进而由于完全依赖技术理性而遭遇"人的经验的减缩、人的想象力和情感生活的枯竭、人的存在的贫乏"等问题①。在《林地居民》中,小辛托克原本是一个人与自然和谐共处的诗意栖居地,这里的每一次日夜变化、每一次四季更迭几乎"都是地球转动的直接结果"(59),而当地的居民也由于懂得和理解"森林的象形文字"而掌握了许多森林细微、难查的秘密(445)。然而,这种诗意的生活却因为现代科技的代表人物菲茨比尔斯医生的到来而发生了很大变化。菲茨比尔斯每晚深夜在房屋中点亮的灯光破坏了小辛托克林区夜晚的静谧与和谐(59),他所从事的科学研究也常常与林区的正常事物发展相背离:他不仅指使基尔斯违背自然规律、砍倒老苏斯门前那棵大树,使得老苏斯因为这件事气得两眼翻白、面色白里透青,当晚就绝望而死(137);还毫无人性地要求格莱媭卖掉自己那个大脑袋以方便他进行科学研究(160)。他这种不带任何感情色彩的科学研究不仅将整天走来走去、忙个不停的格莱媭吓得心烦意乱、卧床不起,与昔日主持一切家务的她判若两人(160),也造成了妻子格雷丝内心中的惶恐与不安。因为格雷丝意识到菲茨比尔斯这种失去监督、批判与制约的科学研究正在破坏林区长期以来形成的人与自然的和谐关系,以至于这一地区的空气中都"弥漫着一种即将发生不幸的气氛"(214)。因此,在哈代笔下,菲茨比尔斯从事的这种现代化科学研究在小辛托克林区产生了"一种社会和知识的影响力"(214):对于格莱媭而言,菲茨比尔斯"简直就是一个残忍的科学界主宰,他绝不会怜悯,而只要求献身和牺牲"(162);对于格雷丝而言,"如果不是为了受人之托,她宁愿

---

① 胡志红:《西方生态批评研究》,中国社会科学出版社 2006 年版,第 78 页。

永远不去认识他"（162）；而对于其他林地居民而言,菲茨比尔斯从事的科学研究则完全就是一种让人陌生而难以理解的事情（59）。事实上,小说中的菲茨比尔斯在林区从事的科学研究在科学与良心之间、技术与道德行为之间的这种不平衡已经达到如此地步,以至于他在这方面取得的进步已经"可能给每一项文明,甚至可能给每一个人带来末日"①。

在《德伯家的苔丝》中,威塞克斯人也"习惯于根据对自己的有用性来评价事物",习惯于认为自己是"大自然至高无上的造物"。在他们的潜意识中,人类很自然地成为了大自然的终极目的。当他们"认为植物实际上不应该存在"时,他们就把植物称作杂草,当他们"碰到地里妨碍自己干活的蓟属植物"时,很容易地就"把它们的存在归因于仁慈精神或邪恶精神的愤怒诅咒,而不会仅仅把它们看成万有自然的孩子"②。他们这种对待植物的恶劣态度所造成的后果就是:白鹿苑的林苑虽然在以前"并且一直到离现在比较近的时候,还到处都是葱茏茂密的树林",但现在却只是在山坡上还残存着一些"参差的乔木地带"（22）；牛奶厂的柳树丛的枝条也被斫了下来,"只剩下了矮矮的秃干"（354）,"那一丛秃头的柳树,因不断遭受砍伐的戕贼,都失去了天然的形状,现在叫那个月亮一衬托,好像是一个头发就是棘刺做成的怪物"（257）；而棱窟槐的树木原本就"非常稀少,或者可以说没有,但是即便如此,在树篱中间生长起来的仅有的那几棵树也都被那些佃户们把它们和作树篱的活树狠狠地盘结在一块儿了",仿佛佃户这种人原本就是"乔木、灌木和丛林天生的对头"（394）似的。人类中心主义不仅使得他们心目中的植物只具有工具性的使用价值,没有自身的内在价值与生态系统价值,也直接影响与决定着人们对植物生命的取舍,使得威塞克斯人完全依据植物的有用性来决定其

① ［美］埃·弗罗姆:《占有或存在——一个新型社会的心灵基础》,杨慧译,国际文化出版公司1989年版,第1—2页。
② ［美］戴维·埃伦费尔德:《人道主义的僭妄》,李云龙译,国际文化出版公司1988年版,第149页。

生与死。在小说中的马勒村,每当五朔节时参加游行的每位女性都会从柳树上折下一根柳条儿装饰自己,全然不顾这些柳条自身的内在价值与生态系统价值(24);而牛奶厂的老板为了满足顾客的喜好、除掉牛奶的异味,也可以兴师动众地命令全厂工人每人拿一把尖刀在丰茂的草场上进行地毯式搜索,执意要除掉那几棵细小的蒜苗,因为他们眼中的蒜苗成为"害群"之草,可能会破坏自己厂的牛奶的味道(200);而苔丝分派地附近的那些长命草和卷心菜菜梗儿等也由于对人来说没有用处,还在分派地里时就被人们烧毁了,太阳刚一落下,烧毁植物"那种疏忽不定的火光就把那些分派地照得一阵一阵地忽明忽暗"(482)。在哈代笔下,威塞克斯人严重地滥用与错误地操作了自然的生命保障系统,将所有植物都视作专门给人类提供欢乐和舒适的创造之物,而不是具有内在生命价值与生命目的性的自在之物,他们的愚蠢和狂妄导致了这一地区自然生态系统的失衡。

威塞克斯人的人类中心主义思想不仅导致他们对植物内在生命价值与生命目的性的无视,也使他们将自己拔高到凌驾万物之上的地位,进而导致他们对于动物生命的漠视与残害。德北家的老马王子原本就很衰弱无力,"跟那辆老车比起来,摇晃的程度,也好不了多少"(48)。但是,即便是这样一匹老马,德北家也仍然强迫它天不见亮就去拉蜂窝,以至于那可怜的畜生莫名其妙地"看看夜色,看看灯笼,再看看苔丝姐儿俩的形影,好像不能相信,在这一切有生之物都应该隐身休息的时候,却要叫它去到外面,从事劳动"(48)。不知安静为何物的威塞克斯人也"总是凶狠倔强地想把大自然驾驭、征服"①,因此当他们用收割机在马勒村收割时:

大兔子、小兔子、大耗子、小耗子,还有长虫,都一齐往地的内部

① [苏]维·阿斯塔菲耶夫:《鱼王》,夏仲翼等译,上海译文出版社1982年版,第379页。

退却,好像那就是最后的防地一般;却不知道,它们的庇身之所,是不会持久的,它们命中注定的死亡,是无法逃避的;因为等到午后,它们避难的地方,更令人可怕地越缩越小了,它们无论从前是朋友还是仇敌,更越挤越紧了,最后那直立地上的麦子,只占几码地了,也都叫那架毫不通融的机器割断了,于是那些收拾庄稼的工人们,就拿起棍子和石头,把它们一个一个都打死完事(129)。

威塞克斯人将自己视作为"万物的尺度:是存在物存在的尺度,也是不存在物不存在的尺度"①,他们眼中的自己有权力无道德、不负责任地对待"大兔子、小兔子、大耗子、小耗子,还有长虫",也有权力任意处置它们的生死。而那些穿戴怪模怪样的威塞克斯猎人也常常在"灌木丛里窥探",疯狂地叫嚣着要捕食各种山鸡,"他们把鸟枪比划,满眼含着杀生害命的凶气,他们所杀害的全是与人无害的羽毛动物"。由于他们潜意识中的这些动物只是"跟他们同生天地之间而比他们弱小的动物",是"专为满足他们这种天性"而预先用人工繁殖出来的,因此他们对于这些动物"丝毫不顾礼貌,不讲侠义了",拔出猎枪将山鸡从树上打了下来,使得所有鸟儿"没有一只不是扭捩抽搐、痛苦万状的,只有几只早就无力支持,夜里死去了的,还算运气好",没有遭受更多的痛苦(390)。

人类中心主义思想也使威塞克斯人无视自然的承载能力,盲目发展,导致了该地区自然生态环境的破坏。人类的发展原本应该以"保证当代人安全、健康的生活,保证子孙后代基本的生存条件"作为其不可缺少的前提,所有的发展都"只能是在此制约下的发展"②。然而,在《德伯家的苔丝》中,人们却忽视了这一发展前提,超越了发展的极限。小说中位于棱窟槐的那些田地"原本是一片白垩质地层里的一道矽石岩脉,突出到

① [美]大卫·戈伊科奇等:《人道主义问题》,杜丽燕等译,东方出版社1997年版,第17—18页。

② 王诺:《欧美生态批评——生态学研究概论》,学林出版社2008年版,第172页。

砂石混杂的地面所形成",非常贫瘠,上面净是松松的白色棱石(399)。然而,即便这样贫瘠的土地也仍然被热衷发展的棱窟槐人开垦出来种上了萝卜。尽管他们养殖的牲畜早已将露在地上的半截萝卜吃得干干净净,但是将"发展视作一切"的人们在对待埋在地下的那半截萝卜时也仍然不肯放过,专门用带钩儿的铁耙将剩下的半截刨了出来,以便喂养牛羊,赚取更多的钱财(399)。小说中棱窟槐人的过度开发使这一地区荒凉得几乎到了超绝的程度,气候也变得非常地异常。棱窟槐的发展正如哲学家霍克海默所说:"不可阻挡的进步的厄运就是不可阻挡的退步"①,这个昔日的原生态地区就这样在早期机械工业文明的发展进程中被人为地破坏了,如同一条破败不堪的大船,在盛行于 19 世纪的"为发展而发展"的浪潮中风雨飘摇,最终被人们发展的惊涛骇浪冲刷得只剩下一副残骸。

在《德伯家的苔丝》中,人类中心主义思想是威塞克斯人以自我为中心、欲望膨胀的重要原因。为了满足他们膨胀的物欲,他们还在生产、生活中滥用科学技术,将人变作"高速运转的机器的零件",使人沦落为"机器的奴隶"②,从而破坏了这一地区的生态平衡。小说中的马勒村一到秋天,田野上原本是一片漂亮的金黄色;然而,在科技至上信念的驱使下,威塞克斯人却在这片金色的麦地上耸立起一架有着"一个转动马尔他式十字架"的收割机(127)。"那个十字架,原本涂的就是红色,现在叫太阳一映射,红色显得更加浓重,好像是在液体的火里蘸过似的"在割剩下来的麦秆上面升起(128),显得非常地突兀,破坏了麦地的整体和谐美。而作为人类科技成果象征之一的铁路的发明与应用,使得城市居民因为铁路的便利喝上了从偏远牛奶厂运来的牛奶;但是铁路的发明与应用也导致城市居民连奶牛都未见过,对挤牛奶的雇工更是一无所知,从而切断了他

---

① [德]马克斯·霍克海默、特奥多·阿多尔诺:《启蒙辩证法》,洪佩郁等译,重庆出版社 1990 年版,第 31 页。

② 胡志红:《西方生态批评研究》,中国社会科学出版社 2006 年版,第 76 页。

们之间的紧密联系。威塞克斯人虽然充分感受到了铁路技术革新给他们带来的便利,但是也失去了与自然亲密接触的机会,常常因此在内心中产生一种孤独感与落寞感。而小说中耸立在棱窟槐农田中的蒸汽脱粒机更是剥夺了农业劳动者的个性,将他们变作工具的工具。一旦这台机器开启。

> 所有的工人,没有一个不腰酸背痛,汗流气喘的。往机器里填麦子的工人累得身疲手懒,苔丝只看见他那块红色的后脖子上满粘着尘土和麦糠。苔丝自己仍旧站在她那岗位上,她那发红出汗的脸上满是麦子的碎屑,她那白色的布帽子上也让碎屑弄得变成了棕色……机器老颤动不歇,她全身上没有一条神经不受震动的,把她弄得简直怔了一般,自己两只手的活动,自己都全觉不出来。连她自己在什么地方,她都不大知道。伊茨在下面告诉她,说她的头发散了,她也没听见……原先脸色顶鲜明的人,现在也都渐渐变得面无人色,两只眼睛也都显得眍瞜了(463—464)。

蒸汽脱粒机原本是为农民提供便利的一种技术发明,但是棱窟槐的农场主为了追求更高的效率,在生产中一刻也不愿停止使用这台机器,让操作这台机器的工人和用它来脱粒的雇工一直处于一种高速、高强度的工作状态之中,不能按正常的劳动节奏干活。这种非理性的滥用脱粒机的做法不仅使得操作它的工人因为"身上满是黑灰、乌煤"而在态度与衣着方面与当地的农民格格不入,自己的神情"好像灵魂出窍"一般(452),而且其高速运转也使操作它来脱粒的雇工身心疲惫、精疲力竭,使得他们中的每个人没有一个不累得腰酸背痛,没有一个不感到神经"异常地紧张,非坚忍不拔,就不能支持下去"(452)。当这台机器偶尔因为故障停顿了一两下时,"那些仇恨机器的人心里就都痛快起来"(453)。人类滥用科技不仅对威塞克斯的自然生态造成了巨大冲击,也改变了这一地区的生产、生活方式,进而导致了在这一地区劳作的人们精神生态的失衡。

在《无名的裘德》中,人类中心主义思想使威塞克斯人将自己视作为自然的君主,他们在生产、生活中为了发展而发展,置自然的利益于不顾,造成了这一地区自然生态系统的失衡。在玛丽格伦,由于人们的盲目开发,这里的青草濒于灭绝,连牧羊人都抱怨说,"草贵得不得了,赶明儿也许用瓷盘子当瓦盖房,比用草还要便宜哪"(141);而艾拉白拉门前那几棵杉树也被人们折磨得"半死不活"的(41)。小说中的农夫晁坦尽管比较富有,请鸟儿"吃一顿,并不是请不起",但为了多收谷物,他违背生态伦理,专门雇佣裘德在地里用哗啦板儿轰鸟儿,使得"那些鸟儿屡次想啄食而屡次受挫折"(8)。后来,心地善良的裘德因为同情鸟儿而扔掉了吓唬它们用的哗啦板儿,"因为那是一件卑鄙、龌龊的工具,不但让那些鸟儿不舒服,让他这个鸟儿的朋友,看着也不舒服",但是他这种爱护动物的行为却遭到了晁坦的嗤笑和暴打,甚至因此而被解聘(9)。小说中的女主人公艾拉白拉在杀猪时,为了方便自己收拾肠子,不管猪叫得多么可怜,都不准裘德给它喂食,让它饿上一两天(62);而为了让猪肉不带血、多卖钱,艾拉白拉又强行要求裘德的刀不要扎得太深,以便让猪慢慢死,这样可以将猪血放干净(63)。在艾拉白拉的心目中,金钱与自己的便利才是最重要的,她根本就不知道,"所有生物都跟她一样有生存的权利"①。她在做事的时候全然不会顾及猪的苦乐与生存权利,在杀猪时是如此残忍,以至于一只落在离猪圈最近的树上的知更雀在看到这种杀猪的准备工作之后,"觉得太阴惨了,就饿着肚子飞开了"(62)。威塞克斯的猎人在对待动物时,也以自己为中心,毫不在意动物的生存权利与感受。他们在兔子常出没的地方摆上夹子,使那些被夹住的兔子要么拼命"死拖硬拽,拖到夹子的齿儿把它腿上的肉完全给夹掉了完事";要么虽然能逃出去,但是因为被夹伤的部位变成坏疽而"在地里死去";要么"它

---

① Henry David Thoreau, *Walden*, Princeton: Princeton University Press, 1971, p. 212.

的骨头就要夹碎了,它的腿在它逃不掉而却硬要逃的时候,就差不多要折成两截儿了"(222)。在哈代的"性格与环境"小说中,受人类中心主义思想影响的威塞克斯人已经"习惯于认定人无处不在,每一个地方都有人的影响"①,他们意识中的动植物虽然也有生命,但是这些生命却是以人的感受和需要为出发点的。因此他们常常很冷漠、很残忍地对待动植物,以至于淑感叹地说道:"哦,互相屠杀,为什么必须是自然的法令哪!(321)"

《无名的裘德》中威塞克斯人的人类中心主义思想还使得他们因为心中无所畏惧,而导致欲望无限增长。"欲望包含各种各样的强烈需求,但主要是指人对物质财富、功名地位的强烈需求和作为物质的人在生理上的种种需要"②。在《无名的裘德》中,"追寻饱暖的心灵"的裘德专程去拜访一位才华横溢的音乐家,希望好好探讨高雅的音乐问题,但这位音乐家却告诉裘德:"不过音乐这碗饭很不吃香——我这儿正要不干这个玩意儿啦。现在这个年头儿,你想发财,就得做买卖。我这儿正琢磨着要吃卖酒那一行。(202)"在这位音乐家心目中,财富和地位已经远远重于他对于音乐的兴趣,尽管他在音乐方面已经建树颇深,他还是毫不犹豫地选择了改行去做赚钱的卖酒工作。当他发现裘德只是一个穷人之后,对待裘德的态度也立刻变得非常冷漠了(203)。是音乐家内心中的膨胀欲望导致了他与裘德的疏离。小说中的艾拉白拉也是一位欲望无限增长的人物。她为了过富裕奢靡的生活,故意将猪鞭扔到可能帮助她实现欲望的裘德的脸上,有意撩拨他对自己的爱。在成功引诱裘德并靠欺骗与他结了婚后,她发现裘德无法满足自己的欲望,于是独自一人跑到澳洲,违背伦理与他人结婚。返回英国后,为了继续寻欢作乐,艾拉白拉狠心将自己与裘德所生的孩子小时光老人丢给了裘德,自己回静女酒店继续做侍

---

① 　[美]罗伯特·塞尔编:《梭罗集》下册,陈凯等译,生活·读书·新知三联书店1996年版,第715—716页。

② 　王诺:《欧美生态文学》,北京大学出版社2011年版,第107页。

女。而当她在"经济和名誉都受到窘迫"时,再次设计引诱裘德与自己结了婚(397)。后来,不幸的裘德悲惨去世,但这并没有阻止艾拉白拉对欲望的无限追求,她依然我行我素,只顾自己快乐,甚至与一个年老败坏的郎中勾搭上了。艾拉白拉的膨胀欲望不仅导致她自己的精神生态失衡,表现出心灵拜物化的症状,她的这种疯狂纵欲的行为也破坏了其他基督城人的精神生态平衡与社会生态平衡:不仅瓦解了裘德"经过多年的思索和努力而订出来的完美计划"(61),也使得小时光老人年纪轻轻,心里就罩上了一种深入内心但又不露外形的"一片云雾"(312);不仅使得淑与裘德的婚姻陷入经济与精神的困境,甚至也从某种程度上导致了裘德三个孩子的死亡;不仅使得身体原本就已危机四伏的裘德变得更加软弱,也使得精神萎靡的裘德一点儿志气都没了,以至于与她再婚后的裘德很快就万念俱灰、病逝了。哈代笔下威塞克斯人无止境的欲望不仅导致了人与自然、人与人之间的关系因生存竞争、精神空虚而逐渐异化,也导致了整个社会秩序的失衡;威塞克斯人的欲望是如此膨胀,以至于作家本人都情不自禁地感叹道:"人类在满足其身体需要方面的发展走向了极端……这个星球不能为这种高等动物追求不断增高生活需要的幸福提供足够的物质了。①"

综上所述,随着哈代在"性格与环境"小说中对威塞克斯地区生态困境的刻画的逐渐深入,其笔下揭示的人与自然之间这种主宰与被主宰、掠夺与被掠夺的不平等关系所带来的种种弊端也越来越清晰地暴露了出来。由于人与自然是密切联系的整体,"它们的区分只具有有限的相对的意义";生态系统中"没有绝对的主体,也没有绝对的客体";人也"只是生态系统的一个环节",因此虽然人在这个世界上有着生存的权利,但是这个世界却并非只为人而存在,地球上其他动植物也有生存的权利②。

---

① Laurence Coupe(ed.), *The Green Studies Reader: From Romanticism to Ecocriticism*, London: Routledge, 2000, p. 269.

② 陈望衡:《生态美学及其哲学基础》,《陕西师范大学学报》2001 年第 2 期。

因此,"人类过分地扩张自己的生存权,就会影响其他生物的生存权"①,而这种做法反过来又会影响人的生存权①。哈代在小说中通过对威塞克斯地区生态困境的刻画也从一个侧面揭示了这样一种后果。大多数威塞克斯人在人类中心主义思想的影响下,将自己视作这个世界的中心,在对待自然界的动植物时常常看重它们的工具性价值,却忽视其非工具性价值;常常重视人的感受,却忽视动植物的感受。他们这种以人为中心、妄图征服自然的做法不仅导致他们在生产中为发展而发展,在生活中欲望极度膨胀,也导致他们为了实现发展目标、满足无休止的欲望而在生产、生活中大肆滥用现代科学技术。最终,这种非理性的生产、生活方式也成为威塞克斯地区自然生态系统严重失衡的重要原因。由于自然是一个神圣的储藏室,它为后代人的生命提供保障,"破坏了自然的平衡,就同时毁掉了当代的和未来的自然与人类生活"②,因此威塞克斯人这种破坏自然生态系统的行为也必然引发一系列的连锁反应:原有社会生态的和谐被破坏了,曾经真诚与纯洁的人际关系消失殆尽;人们拼命追求物质享乐,他们道德沦丧、感情幻灭,迷失了前进方向,陷入了精神异化的境地;与此同时,还在为追求发展和满足欲望而不负责任地滥用科学技术。威塞克斯人这种以人为中心、妄图征服自然的做法不仅导致了威塞克斯地区自然生态系统的失衡,也从一定程度上导致了这一地区社会生态的紊乱与精神生态的失衡。然而,自然是坚忍顽强的,总是为那些遵守她的法则的子女保持着世界的温暖与舒适,也总是"残酷地摧毁那些胆大妄为者"③。因此威塞克斯人这种妄图征服自然的做法完全是一种痴心妄想,不仅根本无法实现,也直接导致了自然对他们的惩罚,使他们陷入了自然、社会、

---

① 陈望衡:《生态美学及其哲学基础》,《陕西师范大学学报》2001 年第 2 期。

② Lisa M.Benton & John R.Short(ed.) ,*Environmental Discourse and Practice:A Reader*,Malden,MA:Blackwell Publishers Inc.,2000,p. 14.

③ James Lovelock,*The Ages of Gaia:A Biography of Our Living Earth*,Oxford:Oxford University Press,1989,p. 212.

精神生态的困境。在哈代的"性格与环境"小说中,人类"对自然的征服在其功德圆满的时候却是自然对人类的征服"①,威塞克斯人狂妄"征服自然的最终代价就是埋葬自己"②。

　　总之,作为一位长期居住在农村、始终坚持现实主义创作原则的优秀作家,哈代敏锐地感受到了自然在工业化进程中的沧桑变化,因而在其"性格与环境"小说中为人们勾勒出一幅幅威塞克斯地区生态困境的画卷,揭露了其早期机械工业文明发展中的种种矛盾。哈代笔下的威塞克斯地区随着工业化程度的加剧,人与自然关系也日渐疏离,因而这一地区出现的自然生态困境是其早期机械工业文明发展所付出的惨痛代价;而这一地区自然生态的异化又常常导致人们由于资源匮乏、生存竞争而人际关系异化,引发社会生态的紊乱;同时威塞克斯人与自然、与他人关系的异化又在很大程度上威胁着他们自身精神状态的和谐,常常导致他们产生孤独感、无助感与空虚感,进而最终导致他们精神生态的失衡。由此看来,"现代工业同他本阶级田园式的农村生活相比显而易见地有害"③。哈代正是通过细腻的文笔在小说中向人们展现了人类破坏自然后所造成的种种生态困境,通过探究导致这些生态困境的根源向人们形象地揭示了资本主义社会体制的弊病、人类中心主义思想的束缚以及由此导致的人们在生产中的盲目发展和生活中的无止境欲望,同时还有科技至上信念等对人类自然、社会、精神生态造成的惨痛后果。哈代不愧为一位具有超前生态意识的杰出小说家。

---

　　①　[美]赫尔曼·E.戴利、肯尼思·N.汤森:《珍惜地球——经济学、生态学、伦理学》,马杰等译,商务印书馆2001年版,第266页。

　　②　Rachel Carson,"Of Man and the Stream of Time",*Literature and the Environment:A Reader on Nature and Culture*,Anderson,Lorraine & Scoa Slovic & John P.O'Gradys(eds.),New York:Longman,1999,p. 478.

　　③　A.C.Ward,*Illustrated History of English Literature:Volume Three*(3)*Blake to Bernard Shaw*,London:Longmans Green and Co.,1955,p. 261.

第三章 哈代"性格与环境" 小说中的生态理想

哈代在"性格与环境"小说中不仅表达了自己对早期机械工业文明的批判,也抒发了自己对返璞归真、重返人与自然和谐的热切向往,还书写了人类如何在自然中诗意地栖居的生态理想。哈代生活的时代正值工业革命不断冲击传统农耕生活之际,对新旧社会面貌有着深刻体验的他在小说创作中运用悲剧的形式,通过描写威塞克斯地区美丽自然的无情毁灭以及人类遭受的"自掘坟墓"式的惩罚,再现了人与自然冲突给人类带来的种种灾难,揭示了人与自然关系的危机本质,表达了自己对早期机械工业文明的批判。与此同时,哈代也在作品中运用优美、流畅的笔调,通过对昔日威塞克斯地区人与自然和谐共处美好生活的刻画,表达了他回归自然、融入自然、在自然中诗意地栖居的生态主张。由是,在哈代的"性格与环境"小说,尤其是其早期"性格与环境"小说中,人们不仅可以充分领略工业革命以前威塞克斯地区的美丽田园风光,也可以深刻体会到哈代在小说中所表达的对于人类回归自然、重返人与自然和谐的强烈愿望。

第一节 回归自然

"回归自然"这一生态主张最初是由 18 世纪伟大思想家卢梭提出

的。卢梭之所以率先提出这样的倡导，是因为"在他看来，自然状态能够恢复人的本性，唤回人的德行，而理性状态却使人虚伪奸诈、残忍好恶"①。而对于小说家哈代而言，其笔下铁的机器也"是冷酷无情的"，乡村则是感情之花盛开的田园②；他同生态文学家梭罗一样，热爱田野中的鲜花，痛恨时代文明硬塞给他的工厂里的钢锭③。哈代这种对自然的敬畏与热爱之情在其"性格与环境"小说的创作中也有着深刻的体现。人们在阅读这些作品时不仅可以充分感受到他对人类破坏自然后陷入各种困境的忧患，也能悉心品味他对昔日人与自然和谐共处生活的深深眷恋。通过在作品中对今昔生活进行的强烈对比以及对这两种生活所持有的不同态度，作家表达了自己对于回归自然、回归人类本性的渴望，其"性格与环境"小说也因此被赋予了深刻的生态内涵。

在哈代笔下，城市都被描绘成为"闹哄哄"的地方。与草场植物界熙熙攘攘、紧张奋发、挺拔茁壮、郁郁葱葱的景象相比，"城市里那些起重机呀滑车呀纵然能拔山举鼎，相形之下也不过是些侏儒行径罢了"④。哈代笔下的生命与美往往存在于大自然之中，而"喧嚣的都市里往往缺失真正的生命与美"⑤。在《远离尘嚣》中，作家运用细腻的笔触勾勒出一幅与韦特伯里地区静谧与和谐相对应的喧嚣嘈杂的卡斯特桥城市形象：那里不仅有"一排排灰色的商店窗板"、"一段段狭长的白色铺路"（450）、一年一度的雇工集市、闹哄哄的粮食交易市场，也有阴森恐怖的监狱以及

---

① 曾建平：《自然之思：西方生态伦理思想探究》，中国社会科学出版社2004年版，第14页。

② 参见张中载：《托马斯·哈代——思想和创作》，外语教学与研究出版社1987年版，第160页。

③ 参见[美]罗伯特·米尔德：《重塑梭罗》，马会娟、管兴忠译，东方出版社2002年版，第293页。

④ [英]托马斯·哈代：《远离尘嚣》，傅绚宁等译，人民文学出版社2004年版，第144页。

⑤ 丁世忠：《〈远离尘嚣〉中的生态伦理思想及其矛盾性》，《外国文学研究》2008年第3期。

"狰狞面貌全都透过外壳显露出来"的救济院(320)。卡斯特桥成为一个洋溢着现代都市气息,但却与韦特伯里原生态自然文明格格不入的世界。在那里,人与动植物一样被交易,芭思希芭因为"文明"的洗礼变得异常冷漠,牧羊人奥克无家可归,雇工芳丽则更是命丧黄泉。威塞克斯人离开韦特伯里这个自己曾经诗意栖居的地方就宛如失去自己的根一般茫然、困惑,不仅失去了淳朴的心性和生活目标,甚至还失去了自己宝贵的生命。

在《还乡》中,哈代也借游苔莎之口塑造了一个与埃格敦荒原相对应的巴黎城市形象。游苔莎意识中的巴黎既有绿树成荫的大街小巷,也有装饰一新的漂亮小屋;既有繁华喧闹的奢靡生活,也有风流少年的百般簇拥。这种奢靡浮华的城市生活意象在游苔莎的心灵中烙上了深深的印记,也从一定程度上造成了她与荒原的疏离,所以她无法忍受与古朴苍茫的埃格敦荒原和谐共处,而且对荒原充满厌恶、仇恨,以至于她情不自禁地对人们说道,"你指的是大自然?我早就厌恶了","我无法忍受荒原的寂寞,除了姹紫嫣红的季节。对我来说,荒原就是残暴的督工"(171)。最终,与荒原日渐疏离的游苔莎执意离开这片养育她的土地,孤注一掷地想要摆脱自然,摆脱与埃格敦这个生态共同体的关系。由于脱离了与自然的联系也就等于否认了自己的自然特征,而"否认人的自然特征,不仅熟练地支配自然的目的",甚至"人自己生活的目的也变得迷惑和看不清了",所以当游苔莎去掉她"本身作为自然的意识时",她在生活中"所维持的一切目的、社会进步、一切物质和精神力量的提高,以及意识本身,都成为没有意义的了"①。与自然失去紧密联系、否认自己自然特征的游苔莎很快就遭到自然的惩罚,被自然永远地埋葬在了埃格敦荒原。

在《林地居民》中,哈代笔下的谢尔顿·阿巴斯是一个贫富差距明

① [德]马克斯·霍克海默、特奥多·阿多尔诺:《启蒙辩证法》,洪佩郁等译,重庆出版社1990年版,第222页。

显、人际关系淡漠的城市形象。在阿巴斯这座古老的城市,有钱人入住的饭店常常是"用坚固的汉姆山石建造"起来的"威塞克斯伯爵"饭店,不仅拥有豪华、舒服的起居室,"敞着大口的后院",甚至连马厩都非常宽敞,饭店四周萦绕的则是一座座漂亮的花园、果园饭店(231)。而贫穷的工人、屠夫以及诸如此类的人居住的地方则是一些勉强安身的小屋(43),即便在他们境况最好的时候,也只能入住那家"供下等人吃喝的、价格低廉的馆子"。馆子中仅有的一间饭厅也是由"一间很长的低矮的房间"临时改建而成,饭厅中间仅仅摆放着一条狭长的桌子,在墙上"贴着卖小公牛的广告招贴画"(380—381)。阿巴斯的有钱人与贫穷的人之间有着一条不可逾越的鸿沟,他们居住的地方不同,生活的环境不同,而且生活的境况也不同。在这里,贫穷的玛蒂被迫卖掉自己的头发,有钱的查曼德夫人则为了时尚而佩戴假发(44);贫穷的人只有周六才能到后街寒碜的小铺子中花两个便士理发,而有钱的人则在周日到周五的时间内都可以在"前街上装饰得富丽堂皇的铺面"里理发(44)。这里的人际关系也非常疏远与淡漠。一些有钱人尽管曾经让理发师给他们做过假发,但是他们在生活中却经常忽视理发师的存在(43);而理发师波考姆伯为了做假发赚钱,很勉强地到了一次小辛托克,却对这次小辛托克之行始终耿耿于怀,三年后偶然遇见小辛托克的麦尔布礼时所说的也仍然是:"你们怎么能在那个蹩脚的地方住得下去? 大辛托克就够差劲的了——可小辛托克呀——那些蝙蝠和猫头鹰简直要把我逼得郁闷发疯了! 那天晚上我到那儿去了以后,我花了两天工夫才算缓过气儿来(487)。"阿巴斯的有钱人不愿与低于自己身份的理发师交往,身份与经济条件不是很好的理发师又鄙视那些长期生活在林地的居民,阿巴斯的人与人之间由于社会地位和贫富的巨大差距始终处于一种疏远、淡漠的状态。哈代在《林地居民》中用细腻的文笔刻画了一个人际关系异化、社会生态不和谐的阿巴斯城市形象。

在《德伯家的苔丝》中,哈代则刻画了沙埠这个时髦的海滨城市形象。在这里各种新奇建筑林立,那些宅第的屋顶、烟囱、望阁、塔楼在树木中间和星光之下巍然高峙。然而,这样一座由各占一方的巨宅构成的新兴城市在安玑眼中却"好像一个神仙世界,在神杖一指之下忽然出现,出现之后稍稍蒙上了一层尘土",因而与古老苍茫的爱顿荒原截然分离(520)。小说中的女主人公苔丝在情人德伯的威逼利诱下,离开人与自然和谐共处的布蕾谷,来到沙埠这个与自然疏离、隔绝的地方,失去了与自然的紧密联系,一步一步陷入孤独、迷茫、困惑的境地,失去任何反抗的能力,只能完全听凭德伯的摆布。当安玑回心转意来沙埠寻找苔丝时,陷入行为无能化状态的苔丝无法解决这些令人头痛的感情纠葛:她感到异常地痛苦,却又孤独无助,她的嘴唇"连续不断地低声呻吟","跟一个绑在伊赛昂轮上的鬼魂喊的一样",甚至连嘴唇都气得咬流了血(527)。最终,对生活彻底绝望的苔丝愤怒地杀了毁掉自己的情人德伯,她也为此失去了自己宝贵的生命。哈代笔下的繁华都市不仅缺乏真正的生命活力,也割断了人与自然的紧密纽带,这种失去紧密联系后的孤独与无助感将苔丝置入了万劫不复生的痛苦境地。

在《无名的裘德》中,裘德心目中的基督寺原本也是一座象征着光明的城市。这里不仅有各式各样的厅厦、街道、花园、方庭,也有着高大的尖阁、山墙、圣堂,"这些东西合起来,组成一片无与伦比的景致"(20)。与此同时,裘德想象中的居住在基督寺的人也都过着高尚文雅的生活,这里的居民"只凭大声把心里的话说出来,就一年能挣好几百"(19)。由于一心向往去基督寺上大学,所以裘德不怕别人嗤笑、不顾任何阻挠地来到了这座城市,结果却发现这里的"高楼大厦的本身、它们有关联的种种事物、它们所赋予的种种特权,都不是为他预备的"(20)。裘德脱离了生他、养他的玛丽格伦大地,失去了与自然的紧密联系,而基督寺的等级分化体制又将他与基督寺里的那些大学生以及其他城市居民分隔开来,他感到自己和他们"远得好像各自站在地球的对面那样"(86)。因此,与自然、他人、社会都日渐疏离的裘德逐渐陷入身心疲惫的绝境,他的心灵变得"非常干枯"(121),身体也变得异常地虚弱,年纪轻轻就失去了自己的性命。因此,哈代笔下的基督寺成了扼杀裘德梦想与生命的地方。

总之,在哈代的"性格与环境"小说中,其笔下的城市与自然的蓬勃生机相比,常常缺乏真正的生命活力与美。哈代清楚地认识到不仅人类的无穷欲望会吞噬整个自然,社会的盲目工业化更会带来史无前例的灾难,毁掉人类赖以生存的自然。因此他对破坏自然、违背自然的早期机械工业文明持批判的态度,对象征早期机械工业文明的城市充满了愤懑与不屑,他在作品中辛辣地写道:"上帝已降临在乡间,魔鬼已和尘凡一起滚到城市里去了。"①在哈代心目中,自然静谧而又和谐,充满生气与活力,不仅是人们心灵的栖息地,也是万物存在之本性,连上帝也眷恋美丽的自然;而城市则是渺小的、拙劣的,只有魔鬼才愿意到城市里居住。哈代通过在小说创作中对自然的价值进行全面阐释,通过将威塞克斯地区的"城市文明"与"美好自然"进行鲜明对比,向人们指出,既然自然是人的存在本性,那么被工业化折磨得形神憔悴、迷茫困惑的人们唯有回归自然,重返与自然的和谐生活,才能实现身心的全面康复。

然而,人类回归不是一种机械的"倒退",也并非意味着回到过去的农耕社会,而是一种被赋予了新的含义的回归。这种回归,就其本质而言,就是哈代为深陷生存危机的现代人类所指明的一条新的生存之路。随着科学技术的日新月异,过度消费越来越成为人类生活的主导方式,接踵而至的生态危机、社会危机、精神危机也越来越频繁地侵扰着现代人类。为了化解危机、消除烦扰,具有前瞻意识的哈代在小说中借芳茜·黛、克林、格雷丝、菲茨比尔斯、安玑、苔丝等人的回归为人类指出了远离尘嚣、回归自然的生存之路。这条回归自然的生存之路并非要求人类从来路退回到原点,退回到原初时期那种"未受伤害的乡村风貌",更不是

---

① [英]托马斯·哈代:《远离尘嚣》,傅绚宁等译,人民文学出版社 2004 年版,第169 页。

要求人类"退回到那个时期的有限的自然知识"①，而是要求人类端正自己对自然的态度，在生产、生活中兼顾人类与生态整体的利益，回归简朴节制的生活，回归人类与自然和谐共处的那个"有机统一的天地"。这个天地虽然早已被现代文明搅得颠倒破裂，但神圣的原则始终在历史的缥缈处赫然高悬②。

在《绿荫下》中，曾经受金钱、物欲诱惑而对自己的择偶对象犹豫不决的芳茜·黛最终幡然醒悟，拒绝梅博德牧师的求婚，嫁给了朴实无华的农民狄克·杜伊，从此过上了欢乐淳朴的乡村生活。而在《远离尘嚣》中，被早期机械工业文明倡导的膨胀欲望折磨得形神憔悴的芭思希芭在经过血与泪的洗礼之后，也逐渐意识到与自然长期和谐相处的牧羊人奥克的重要性以及他对自己那份忠贞不渝的爱。她对人生与社会有了更深刻的领悟，因而决定回归自然，回到奥克的身边。最终她也获得了真正的幸福，她的面颊重又"恢复了红润的色泽"，她的身上也重新焕发出青春的气息——"仿佛玫瑰花瓣收缩了又重新"（475）。

在《还乡》中，男主人公克林不顾母亲与妻子的反对，离开喧闹繁华的城市巴黎，回到荒凉偏僻的埃格敦荒原，心甘情愿地做了一名荒原割荆人。他割荆棘时所穿的简朴装束"连最亲密的朋友都会认不出来"，因为荒原上的克林俨然只是"一大片橄榄绿荆豆棘丛中的一个褐色小点，仅此而已"（247）。他平时也从不"享受山珍海味"，认为美味佳肴对他而言"简直就是浪费"（160）。他在物质方面的要求也不多，甚至觉得"别人必要的，我不要也照样可以过"（160）。他这种全力干活、没有野心、心情平和的生产、生活态度使他忘却了所有的烦恼，生活非常愉快，连单调乏味的割荆劳作也没有让他痛苦，反而给他带来身心的愉悦（227）。小说中的克林虽然在物质生活方面可能比别人简单，但是在精神生活方面却比

①　[德]冈特·绍伊博尔德:《海德格尔分析新时代的科技》，宋祖良译，中国社会科学出版社 1993 年版，第 239 页。

②　鲁枢元:《生态批评的空间》，华东师范大学出版社 2006 年版，第 36 页。

任何人都丰富。他与荒原融为了一体,浑身上下都"浸透着那儿的景致,那儿的物质和旷野的气息",荒原上的动植物也就自然而然把他接纳到自己的队伍中来(158):

> 蜜蜂带着亲密的神情在耳边嗡嗡叫,成群结队往他身旁那些石南花和荆豆花上爬,都把花儿拖到地上去了。别处永远见不到的埃格敦特产——琥珀色的怪蝴蝶,都随着他的呼吸而振翅,往他弯着的背脊上落,跟着那上下挥动的钩刀发亮的刀尖飞舞。翡翠绿的蚂蚱,三三两两地跳过他的脚背,像技术不精的杂技演员,笨拙地翻跟头,有的背着地,有的倒栽葱,有的屁股朝下,看机缘凑巧;还有一些,就在蕨草底下沙沙地叫着,忙着跟那些不作声的素色蚂蚱调情。大个的苍蝇从来没见过食品房和铁丝网纱,还处于蛮荒状态,也就围着他嗡嗡乱飞,不知道他是人蕨草低地上爬进爬出的蛇,都披着最华丽的黄蓝服装,那个季节刚蜕了皮,颜色最鲜艳。一窝一窝的小兔都从窟里跳出来,蹲在小山冈上晒太阳,烈日照透了薄薄的耳朵上那纤细的组织,形成一种血红的透明体,血管毕露。动物没有怕他的(227)。

小说中的克林与地上爬的、空中飞的小动物结为了朋友,他与埃格敦荒原的自然景物也和谐地长期共处,每当他从高处俯视眼前的荒原景致时,都会"禁不住感到一阵野性的满足,痛快极了"(159)。回归自然的克林在荒原上长期过着心旷神怡的生活,因此那张曾经"留下岁月和忧思的痕迹"、无比灰白的脸如今皱纹变少了,他在巴黎曾经受损的体质、精力和体魄"也恢复了大半"(189)。

在《卡斯特桥市长》中,伊丽莎白在成为市长女儿后,虽然也曾物欲膨胀,奢侈地购买了全套时尚装备,将自己打扮得花枝招展的,但她这种炫耀外貌、欲望无限增长的做法却并没有给她带来太多的欢乐,反而给她增加了许多恐惧与忧愁:不仅导致卡斯特桥人认为她颇有"手腕心计",

"她那已成为过去的简单朴素,属于那种深藏不露的机谋技巧",而且她自己也始终觉得"整个这件事总有点什么不对头"(116)。于是,伊丽莎白很快意识到这种做法与自己过去简单朴素的生活格格不入,"在卡斯特桥下层社会受到尊敬与在上流社会安享荣华",就她个人来说,"这之间并没有什么重大区别"(413),于是她很快就下了有悖常情的决心,要制止放荡轻浮的癖好,重又恢复自己非常节俭的生活。在母亲去世后,她自觉地搬到一间并不比先知以利沙的"那间小屋子更大的房间里,把她得意时期的丝绸穿戴收进了箱子",还在"专心致志地钻研所能弄到的那些书籍的间隙,勤奋地做着编织活儿"(280—281)。伊丽莎白这种回归自然、重又回归简朴节制的生活态度深深地打动了法夫瑞,使他充分意识到再没有谁能够"像伊丽莎白那样讨人喜欢,那样节俭有度,又在一切方面都那样令人满意"了(193),因此伊丽莎白在回归自然之后,终于获得了自己一直都非常渴望得到的幸福——与法夫瑞快乐地生活在一起了。

在《林地居民》中,接受文明教育后的格雷丝内心发生了巨大的变化,抛弃了自己的乡下恋人基尔斯,嫁给了轻浮、不切实际的菲茨比尔斯医生,她也因此陷入了人际关系疏远、精神生态失衡、行为无能化的困境。这种令人举步维艰的困境让格雷丝逐渐意识到"生活中什么是真正的伟大,什么是渺小"(293),于是她开始厌恶崇尚虚荣、倡导物欲的社会法则,迫切希望回归昔日与小辛托克自然和谐共处的静谧生活。为此,她将"那种因为自己丈夫的职业而认为自己必然是上流社会一员的意识,那种她在时髦学校沾染的不自然的虚饰"全部抛到了九霄云外,结果发现小辛托克的"大自然是慷慨、宽厚的"(274),自己早年对于基尔斯的那种炽热感情也逐渐苏醒了,

> 而且这种感情在增长着。他的那种淳朴,不再使她那通过后天培养起来的趣味感到反感,他的那种和他的所谓文化相适应的要求,现在也不再使她的理智感到不快了。他的乡村打扮甚至使她感到赏

心悦目,他那种表面的粗鲁也使她着迷。现在在她看来,老实、善良、男子气概、温柔、献身的忠诚,只有当这些品质是纯洁的时候才能存在,它们只存在于像基尔斯一样的质朴、天真的男人的胸怀之中(293)。

哈代笔下的格雷丝抛弃对金钱、物欲的盲目追求,回归林区的自然生活之后,她的内心"由于突然回到了这朴素的大自然的怀抱",而感到一阵狂喜(274)。她与林区自然以及其他人之间的关系也恢复了和谐,她的内心从以前的"悲哀中舒展开了,就好像一枝被束缚的树枝一下子被放松了似的",她也重新变成了一个淳朴善良、幸福快乐的乡村姑娘了(274)。哈代通过格雷丝的回归,向人们表达了这样一种看法:像格雷丝一样忽略自然存在、内心失去和谐的现代人,在遭受自然惩罚、陷入各种困境之后,唯有回归自然,才可以重新找回生命的意义;唯有重返与自然的和谐生活,才能实现身心的全面康复。

《林地居民》中的男主人公菲茨比尔斯原本是一位出身名门,只是因为偶然原因才到小辛托克行医的医生。他的思想观念、性格气质都是在早期机械工业文明的影响与教化下形成的。受这种文明思想的影响,菲茨比尔斯对于老式的林区自然生活感到非常厌倦,在度完蜜月后返回林区的当天晚上就因为对这里的环境不满而不停地喝掺水的烈酒,以此"排除自己的疑虑和烦恼"(243)。然而,有一天当菲茨比尔斯在林区散步时,由于他的知觉自然而然地"融合进了周围整个林区的空间",他在小辛托克林区感受到了一种平时从未感受到的快乐,他发现林区:

简直没有不合谱的景象和声音妨碍他与这个地方的感情实现精神上的结合。抛弃掉所有那些世俗功利的目标,在这里平静满足地生活下去,再也不去带着无限的痛苦煞费苦心地探究各种新观念,而是按照最古老的本能,最朴实、亲切的观念,去接受一种平静的家庭生活——这种念头又回到他的心头。由于这些想法,他流连忘返,直到森林被正在降临的夜色变成了深褐色,而日暮时分那些害羞的归鸟在离他不远的灌木丛里噪叫不停时为止(184)。

小说中的菲茨比尔斯在这一刻抛弃掉了所有世俗功利的目标,决定不再煞费苦心地探究各种新观念,而是按照最古老的本能,用最朴实、亲切的观念去接受一种与自然和谐相处的、平静幸福的家庭生活。他意识到既然"幸福的奥秘就在于有限的渴望",那么"为什么他一定要超越自己所处的这个世界呢?"(180)既然林区的人们"对于幸福的想法都与小辛托克林区的边界联系在一起,不超出这片林区的边界。为什么他就不能限制自己的抱负,为什么他就不能在周围的这些人们当中操持一个小规模的行医业务,把这作为自己理想的天地呢?"(180)菲茨比尔斯决心回归自然,与小辛托克的自然和谐相处,与林区的其他居民和睦共处。他对林区逐渐产生了一种浓厚的兴趣,也在这种兴趣中获得一种梦幻般的快乐感觉;他开始在林中流连忘返,直到夜幕降临都迟迟不愿回到诊所中去。

《德伯家的苔丝》中的安玑出身于一个牧师家庭。比较富裕的家庭背景以及他在伦敦大城市的一番经历使得他觉得和远在芙仑谷的塔布篱牛奶厂的工人平起平坐是一种有失尊严的举动,因此在他刚来牛奶厂的那段时间,他经常一个人在那间空闲多年、无其他人居住的阁楼待着,"成天价看书",每天的生活都显得单调而压抑(171)。然而,随着他与芙仑谷工人的接触日益频繁,随着他回归自然、淳朴生活的步伐的加速,眼光锐敏的安玑发现这里的世界别有了一番"新异的地方了"(171)。他开始热爱户外的自然生活了,这种热爱"并不是因为户外生活和他自己拟定的前途有关,却是因为户外生活本身,和户外生活所带来的东西"(172):

他和旧日的联系,越来越疏远了,在人生与人类里,看到了一些新鲜的事物了。除此而外,他对于外界的现象,像季节流转、情态之不同;大块嘘吸、气势之各异,暮暮与朝朝,子夜与亭午,水之浩荡,雾之迷蒙,草之滋蔓与黄落,木之盛衰与枯荣,寂寂与悄悄,昏昏与暝暝,以及本来无生之物,却能听之有声——所有这一切,从前只模模糊糊地知道一点点,现在也都有了亲切细致的认识了(173)。

在哈代笔下,安玑由于远离城市,回归芙仑谷,沉浸在自然的"浓郁之中,含其英而咀其华",因此他在这里感受到了以前"极为生疏的东西"。如今他"在这儿能够从人生内部观察人生了"(242),他近来所看见的人生也逐渐变成了"活泼的人生",所感觉到的事物也逐渐变成了"生命热烈的搏动"(229)。而在哈代看来,使得他获得这种生命的活力在很大程度上则是"他跟塔布篱那些溪仙林神、狡童牧竖同住同食,耳濡目染的结果"(230)。因此,哈代在小说中借安玑的回归向人们阐明了回归自然的重要性。

《德伯家的苔丝》中的女主人公苔丝出生在群山环抱、幽深僻静的马勒村。为了帮助家人摆脱贫困,苔丝背井离乡来到了纯瑞脊。她在纯瑞脊人生地不熟,为了摆脱在这里单调乏味的生活,她常常随同其他村民前往围场堡参加那里的周末乡村舞会。然而,在一次参加舞会返回纯瑞脊的途中,苔丝无意之间与其他村民发生了争执,从而"惹起了一片滔滔不绝的怒骂之声"(101)。陷入困境后的"苔丝又愤怒,又羞愧","一心一意只是想要越快越好离开那一群人",她没加思索地就坐上冒牌本家德伯的马离开了村民,结果却"从锅里掉到火里去啦",遭到德伯的欺凌,失去了贞洁(102)。由于在这一时期苔丝离开了自己熟悉的家乡,从某种意义上她失去了与家乡自然的紧密联系,再加上她与纯瑞脊当地的村民发生争执,使她在这里陷入了一种人际关系冲突的境地。所以,与纯瑞脊的自然和他人关系都日渐疏离的苔丝逐渐陷入孤独无助的境地,常常因为得不到别人的宽慰与帮助而变得异常地忧郁愁闷。后来,苔丝重又回到了马勒村,在天黑后常常"跑到树林子里面去",就在这种时候她"在世为人这种窘迫,才减少到最低的可能限度",就是在那一会儿"她才好像最不孤独"(125)。回到自然怀抱的苔丝重新振作了起来,她逐渐恢复了自己的美貌:

> 她的嘴唇儿像花朵一般;一双柔媚的大眼睛,说它黑也不是,说它蓝也不是,说它灰,说它紫,都不是,不如说这些深浅不一的颜色,样样都有,还夹着一百样别的;你只要一直瞅着她的虹彩,就能看出一层一层深浅不同的颜色,一道一道浓淡各异的明暗,围在瞳仁四周,瞳仁自己却又深又远,看不见底(132—133)。

小说中回归马勒村、回归自然的苔丝重又恢复了自己的美貌,她是如此美丽动人,以至于"假使她的家族没遗传给她那种稍微不懂小心谨慎的毛病,她简直就是女性中的完人了"(133)。在自然力量的诱导下,苔丝重又"穿戴得和从前一样地干净整齐,出了门儿",去到地里干活(134)。那些在地里干活的女伴见她重又出门干活儿,非常高兴,唱起了歌儿,极力表示她们对她的欢迎,她们那种亲热劲儿使苔丝"把自己的往事更撂开一些,她们那种活泼的精神把苔丝也感染了,所以她也几乎快活起来了"(135)。回归家乡自然的苔丝逐渐恢复了自己的青春活力,也恢复了与他人的和谐关系,摆脱了自己以前那种孤独感,变得快活起来了。

综上所述,哈代在"性格与环境"小说的创作中通过将"城市文明"与"美好自然"进行鲜明对比,为处于生态困境中的人类指明了回归自然的生存之路。其笔下的城市文明不仅导致威塞克斯人为了发展而发展,滥用科学技术、不择手段地追求物欲满足和感官享受,破坏了他们与自然之间的和谐关系,也使得威塞克斯人为追求效益,无法沉淀自己的心绪,更无法像古代先哲那样感受自然的韵律。而其笔下的自然却是万物存在之本性,是人类心灵的栖息地,不仅使人的感官"变得敏锐和协调"①,也使人获得"一种神奇的自由"②。由于人类不是宇宙的局外人,也不是超自然的漂泊者,"而是自然整体的一部分",因此人类如果不能缔结与自然的亲密关系,人的存在就会失去意义③。在哈代的"性格与环境"小说中,那些背离自然、与自然失去联系的威塞克斯人常常就像无源之水、无本之木一样失去了自己的生存基础;而他们回归自然、重新实现与自然的亲和与和谐之后却常常暂时或永远地恢复了自己的生机。哈代通过将他们的两种不同生活进行形象对比,通过展现自然对受城市文明侵蚀的人类产生的影响,表达了自己主张人类回归自然的心声。在哈代看来,人类的心灵在面对"格格不入的貌似阴郁的外界景物"时,"也许会觉得越来越协调","山海原野那种洗练的崇高,将会时来运转,绝对地符合那些更有思想的人的情绪"④,因此哈代笔下的自然不仅对受城市文明侵蚀的人类的思想观念、性格气质等产生重大影响,也会推动那些与自然疏离、陷入困境的人重新回到自然的怀抱。而那些与自然疏离、陷入困境的人的回归则形象反映了哈代的生态主张:备受欲望膨胀毒害的现代人类唯有回归自然、重返与自然的和谐,才能实现身心的全面康复。正如鲍尔·谢尔曼所说,"在上帝的荒野里蕴藏着这个世界的希望",人们只有回归自然的荒野中才可以"获得新生、重新开始"⑤。哈代笔下的威塞克斯人也只有回归自然、重返与自然的和谐,才可以获得新生、重新开始。在这里,哈代所主张的回归本质上就是要求"人类不应以金钱、财富、奢侈生活为荣,

---

① Robert Finch & John Elder(eds.), *The Norton Book of Nature Writing*, New York: W. W. Norton & Company, Inc., 1990, pp. 273-7.

② Henry David Thoreau, *Walden*, Princeton: Princeton University Press, 1971, p. 129.

③ 参见宁云中:《成长中的自然回归——〈麦田里的守望者〉生态批评解读》,《名作欣赏》2010 年第 3 期。

④ [英]托马斯·哈代:《还乡》,王之光译,中国书籍出版社 2006 年版,第 4 页。

⑤ Sherman Paul, *For Love of the World: Essays on Nature Writers*, Iowa: University of Iowa Press, 1992, pp. 40, 245.

而应以过多消耗自然资源为耻,不应以牺牲自然与后代幸福的经济高增长为乐,而应以生态欠账为悲";就是要求人类节制物质需求,回归自然,"拒绝欲望的诱惑,尽可能简化物质生活,减轻对生态承载的压力,以腾出更多的时间与精力丰富精神生活"①。简言之,哈代在小说中所主张的回归就是要求人们顺应自然规律,节制物质需求,兼顾人与生态整体的利益,与自然有机地融为一体。正如梭罗在《瓦尔登湖》中反复呼吁的那样"简单,简单,简单吧!……简单些吧,再简单些吧!"②哈代在"性格与环境"小说中也主张人们回归简朴节制、与自然和谐相处的生活,他也主张现代人类参照原点做一次全新探索,并且认为人类凭借这种探索,或许可以在技术世界不受损害地存在。

第二节　融入自然

　　哈代在"性格与环境"小说中不仅表达了敬畏自然、回归自然的生态理念,而且也书写了人类融入自然、在自然诗意地栖居的生态理想。"栖居"一词出自海德格尔的言说。就其含义而言,栖居就是指筑造居处,"并以此方式使人在世间得以持留居住"③。"筑造"是一种劳作,但这种劳作是本真意义上的劳作,一种尚且没有经过异化的"自由劳作",就像大自然本身,像日出东海、月沉西山、风动水上、春绿枝头一样,那是一种出于天然的劳作④。海德格尔同时又特别强调:"栖居的基本特征乃是保护。"⑤"保护"意味着"和平",所以"栖居"就意味着与自然万物保持一种

---

① 许丽芹、陈萍:《哈代小说的生态整体主义思想解读》,《开封教育学院学报》2011年第1期。

② Henry David Thoreau, *Walden*, Princeton: Princeton University Press, 1971, p. 91.

③ 孙周兴编:《海德格尔选集》(下册),上海三联书店1996年版,第1193页。

④ 参见鲁枢元:《生态文艺学》,陕西人民教育出版社2000年版,第168页。

⑤ 孙周兴编:《海德格尔选集》(下册),上海三联书店1996年版,第1193页。

"和平共处"的姿态。而"诗意"则是人存在的根基,是一种"自在的境界、自由的境界"①。因此,人类诗意地栖居就是指人融入自然,与自然自由自在地相处,与自然保持和谐关系的一种状态,这种状态正是哈代理想中的一种生存状态。在哈代创作的"性格与环境"小说中,奥克、维恩、基尔斯、苔丝、裘德等人在生产、生活中也与自然保持着密切的联系,不仅与自然自由自在地一起相处,也与自然保持着和谐的状态。他们之间的这种和谐不仅体现在了人与植物、动物之间的相互协调、相互融合方面,也体现在了人与土地、自然现象之间的水乳交融、相得益彰方面,他们就这样诗意地栖居在了威塞克斯地区,为人们展现了一种如诗如画的美好生活。

在哈代笔下,威塞克斯地区与自然和谐相处的人首先与植物保持着一种融合的关系。在《绿荫下》中,男主人公狄克·杜伊生活在街道两旁长着灰白相间的桦树、浅灰色的山毛榉树和黑魆魆的榆树的梅尔斯托克教区,这些树木在圣诞的夜晚不仅线条分明地映衬出天空的轮廓,也与那些在树荫中行进的唱诗班成员和谐地融合在了一起(6)。而与自然和谐共处的狄克·杜伊一家平时则居住在四面环绕着不少黄杨树与棉毛荚蒾的茅屋中,茅屋的围墙上爬着许多四季常青的藤蔓植物。那些藤蔓植物由于与狄克家的门有机地融为了一体,远远望去,那扇门就宛如一个"古老的钥匙孔"一般(9)。在《远离尘嚣》中,牧羊人奥克也深深地植根于当地的生态系统中,与牧草青青、树木繁茂的自然融为了一体。他在诺科姆山居住的小木屋位于林地的树篱下面,与自然的树林融为了一体,小屋内"几个随随便便扔在一起的谷袋"就是他的床(12);而他在与芭思希芭结婚后居住的地方也仍然是一座与自然融为一体的古老楼房。房子的石瓦上是一层柔软的褐色苔藓,一簇簇长生草在"房檐下油然抽芽",甚至那条从前门一直通到公路上的碎石小径两边也镶满一层浓厚的银绿苔藓,

---

① 鲁枢元:《生态文艺学》,陕西人民教育出版社 2000 年版,第 166 页。

只是在中心部分才露出一二英尺宽的"石径的深橙色"（82）。《还乡》中的红土贩子维恩成年累月地在埃格敦荒原四处奔走,以天空为被,以大地为床。在这种奔走不定的迁移生活中,维恩与荒原浑然融为了一体,当他趴倒在荒原的地上,"拖过两块泥炭,一块盖住头部和肩膀,一块盖住脊背和两腿"时,人们即便在白天都很难发现他,因为那块贴在他身上、一面朝上的泥炭石南"看着和长在地上一样"（74）。维恩的篷车与烟囱也时常掩映在藤蔓纠缠的荒原棘丛之中。他与荒原的联系是如此紧密、如此交融,以至于每当人们寻找维恩时,人们的回答总是:"在埃格敦荒原（134）。"

在《林地居民》中,熟知自然的基尔斯与其他小辛托克林区的人一样对森林中的树木非常熟悉,与它们相处融洽。所以当他在黑暗的森林中穿行的时候,"从在脸上轻拂而过的嫩枝的轻轻抽打中,就能说出那里生长着什么树";"从风儿呜呜地吹过树杈发出的声音",他也同样能够讲出远处树的名字（445）。他只消把一棵树的树干扫上一眼,"就能知道它是实心的还是树心已经开始腐朽;而且,凭着树木上面嫩枝的形态,就能知道其树根所达地层的情况"（445）。哈代笔下的基尔斯也非常熟悉林区树木的生活特性。他用心地收集它们生长变化的各种信息,按照它们生长的特性种植那些树木,"他与那些正在栽种下去的枞树、橡树或山毛榉之间存在着一种和谐一致",他种的树苗"用不了几天便在泥土中扎下了根",而其他短工种下的树"却有四分之一的树苗活不下来"（81）。而当基尔斯被死神带走之时,他种下的小树苗为了表示"它们需要他","纷纷朝着他那灵巧的手给它们指出的方向,伸出了自己的根须"（438）。小说中的基尔斯与小辛托克的树木之间建立起了一种相互关联、相互作用的紧密联系。

在《卡斯特桥市长》中,男主人公法夫瑞虽然掌握了一些科学技术,但他从不滥用科学技术,也不会盲目改造自然,而是顺应自然,尽可能地按自然规律行事。他在生产、生活中虽然也会适当地运用科学技术,但从不超越自然的承受能力,因此小说中的法夫瑞也是一位与自然植物和谐共存的人物。法夫瑞最初到达卡斯特桥市时,面对亨察德提出的将坏小麦整治成好小麦的请求,并没有狂妄地认为自己可以随意改变自然规律,而是明确地告诉亨察德自己只能用复原技术将坏小麦处理加工成二级面粉,但是绝不可能违背自然规律将坏小麦处理加工成完完全全的好面粉(56)。法夫瑞清醒地意识到,人类只能按自然规律做事,顺应自然,对事物进行一定程度的提高,但绝不能违背自然意志,更不可能彻底征服自然,所以他在搭建游艺帐篷时,充分考虑了植物的生长特点。他那个大帐篷搭建得"十分巧妙,根本没用柱子和粗绳":先是顺其自然地利用枫树浓荫密布的树枝在帐篷上空紧密交叉,形成一个拱顶,然后因地制宜将帆布顺势"扯在这些树枝上,结果搭成了一个琵琶桶形的屋顶"(128)。法夫瑞顺应植物生长特性而搭建的这样一个与树木融为一体的帐篷不仅适应了狂风暴雨的洗礼,保证了游艺活动的顺利进行,也帮助他在卡斯特桥市进一步站稳了脚跟,并且为其后来在这里成为德高望重的市长奠定了重要的基础。

在《德伯家的苔丝》中,苔丝是一位鲜亮、纯洁的"自然女儿"(175)。她年幼时居住的马勒村"从前本是一座猎苑","树木和高篱都显得格外巍峨苍郁"(479)。而在她被德伯玩弄,然后又被抛弃的这段痛苦时期中,唯一疗伤的地方则是村头的那片小树林,只有在天黑以后跑到那片小树林,"她才好像最不孤独"(125)。她与自己的真爱安玑相遇的地方是一个几年没整治过,现在一片潮湿,并且"长满了富于汁液的牧草和花繁梗长的丛芜"的园子(178)。她从这一片繁茂丛杂的幽花野草间间"轻轻悄悄地走了过去"时,"裙子上沾上了杜鹃涎",裙边碰上了牧草,"飞起一片花粉,迷蒙似雾"(178)。哈代笔下的苔丝就这样与威塞克斯的植物融为了一体。而在《无名的裘德》中,心地善良的裘德呵护树木,"看见伐树的或者砍树枝儿的,就有些受不住,因为他觉得,树也会发疼"(10)。而自然中的树木也与他感同身受,能够体会他的心情:当他在基督寺求学被拒后,身旁的树木"发出深沉的喃喃之声",似乎在为心情郁闷的他抱不平(129)。小说中的裴德与自然界的植物紧密地联系在了一起。

其次,哈代小说中的人与动物之间也是紧密相连的主体间性关系,他意识中的"金规律"已从"只适用于人类调整到适用于整个动物王国"①。在《绿荫下》中,梅尔斯托克教区的人们与自然界中的大部分动物和睦相处。在唱诗班的成员圣诞夜巡演的途中,一路上他们走路的摩擦声、说话声与雅尔伯里林区的狐狸的嚎叫声遥相呼应,不时还有几只野兔从他们经过的草地上蹦跳而过(21)。而小说的女主人公芳茜·黛对那些为采集蜂蜜而杀死蜜蜂的村民行为也嗤之以鼻,声称"宁可不采集蜂蜜",也不愿伤害蜜蜂(119)。在哈代笔下,梅尔斯托克教区的人与自然总体上保持着和谐共存的良好关系。而在《远离尘嚣》中,当奥克无意中踢到一只横越路上的癞蛤蟆时,为了不让它受苦,他把它拿起来想杀死它,但是当他发现它没有受伤时,他又把它放回草里去了(290)。他和狗乔治之间是一种形影不离、亲密无间的关系,无论走到哪儿,他都带着它,在自己破产后生活稍有着落之际立刻将它从远乡接了过来。而乔治也在奥克差点在小木屋中闷死的关键时刻,奋力抓咬木门,惊动芭思希芭,拯救了濒死的奥克(22)。并且,在奥克为维护芭思希芭尊严而发怒之际,乔治善解人意地昂首嗥叫,为奥克发声助威(127)。奥克与羊群之间也是一种交融、和谐的关系:在产羊的季节,为了方便夜间亲自照料羊群,他住到了山上;在寒冷的冬日,为了让刚出生的小羊不被冻死,他不辞辛劳将它们抱到了房间的炉火旁取暖;当羊贪吃三叶草生命濒危时,他用扎针的办法挽救它们的性命;等等。他与羊群之间是如此交融、和谐,以至于哈代情不自禁地感叹道:"和谐是美的基础;谁也不至于否认奥克在羊群里面或羊群周围从从容容地转来转去时是相当优雅的(11)。"《还乡》中观察飞鸟的维恩与荒原的绿头鸭进行着默契交流:他眼中的绿头鸭满腹知识,从

---

① Florence Emily Hardy, *The Life of Thomas Hardy*, London: Macmillan, 1933, p. 349.

北方翩翩而来；而绿头鸭则像其他哲学家一样看着红土贩子，"仿佛在想，现实的片刻良辰美景，抵得上十年往事的回忆"（78）。《还乡》中生活在埃格敦荒原上的克林也与动物和谐地融为了一体。他对那些出没山野的毒蛇和驰骋荒原的野马了如指掌，对"地上爬的和空中飞的小动物"非常熟悉（227）；而荒原上的那些动物对他也非常友好，野兔与田鹨等常常在克林超前赶路时"纷纷驻足向他观望"（165），蜜蜂、蝴蝶、蚂蚱、苍蝇等则在他四周萦绕，仿佛"不知道他是人"似的（227）。

在《林地居民》中，松鼠和小鸟们好像都认识基尔斯，它们在小辛托克森林中基尔斯那间孤立的小木屋周边不受干扰地居住着，"那些地下的节肢类动物和有翅类动物"也在基尔斯的这幢小屋周围巡行着，"用好奇的眼睛看着它，为的是要寻找一个过冬的住所"（410）；而基尔斯也非常熟悉林区的动物，他可以根据野鸽翅膀扑打树枝的声音，寻找自己要找的对象，也可以凭借泥泞地上的马蹄印毫不费力地追踪自己寻找的人物。哈代笔下的基尔斯与小辛托克的自然融为了一体，他也因此被誉为了森林的"农牧之神"（388）。而《德伯家的苔丝》中的苔丝与奶牛也和谐相处，以至于奶牛认出苔丝之后，就会"从鼻子里呼呼地喷出一股热气"，和她打招呼，"在一大片薄薄的雾气里，这一股热气成了一小团浓浓的雾气"（190）。那只破音粗嗓的芦雀则在苔丝伤感的时候，从河边上一片小树林子里"对她吱吱喳喳地打招呼，叫的声音，哀愁、板滞，好像一个早已和她绝了交的旧朋友那样"（196）。而苔丝生活的围场的"树上栖着轻柔的鸟儿，打那夜最后的一个盹儿"；她的周围不时"有蹦跳的大小野兔，偷偷地往来"（109）。苔丝与安玑散步时，与动物长期和谐相处的他们可以走到跟水鸟很接近的地方，"大胆的苍鹭，嘎嘎地高鸣，像一阵开门开窗的声音，从草场旁边它们常常栖息的树林子里飞了出来"；有时候它们则早就飞了出来，在水里毅然站立，"一点儿也不怕人，把长长的脖子平伸着，不动声色地四周慢慢移动，像靠机关活动的傀儡一般，看着他们这一对情人，从旁边走过"（190）。

在《无名的裘德》中，裘德更是将自己视作鸟的同类，认为"一种共生天地间的同感，像一道富有魔力的丝线一样，把他自己的生命"与鸟儿的生命贯穿起来了，所以"他把哗啦板儿扔到一边儿去了，因为那是一件卑鄙、龌龊的工具，不但让那些鸟儿看着不舒服，让他这个鸟儿的朋友，看着也不舒服"（9）。而裘德在回家时发现路上"到处都是成对儿的蚯蚓"，"躺在潮湿的地面上"，尽管当时裘德因为放任鸟儿啄食而被农夫晃坦"作践了一顿，但是让他去作践任何别的东西，他却都不忍得"。所以他没有用平常的走法，而是"用脚尖小心在意地拣着路走，连一条蚯蚓都没踩死"（10）。在裘德小的时候，每一次他把一窝鸟儿捉回家来以后，"总要难过得半夜睡不着觉，往往第二天又把小鸟和鸟窝送回原地"（10）。裘德对动物的这种关爱之情也换来了动物对他的理解与感情，所以当裘德非常渴望读书之际，他所驾驭的那头送面包用的老马很快就通人性地"认得了它都要在哪些路上走，都要在哪些人家门口停一下了"（27）。这样一来，马既然不用人照管了，裘德就可以坐在车前读书了。而当裘德从棕房子旁边那片高原的边上经过时，他那时的心完全沉浸在自己反复吟诵的那首《娱神颂》里；他所骑的马则受裘德这份执着情感的影响，善解人意地"静静地站着，听他把那首赞美诗念完"（30）。哈代笔下的裘德与动物之间建立起了一种相互关联、相互作用的紧密关系。

再次，哈代小说中的人与自然现象之间也保持着水乳交融、相得益彰的联系。"大自然这个繁忙的母亲似乎也从她那永不休止的劳动中抽出了一点时间来逗她的孩子们欢笑"，而生活在自然中的人们则是她的孩子①。在《远离尘嚣》中，奥克与各种自然现象之间相互关联、紧密联系。他可以根据星星、太阳的高度准确判断时间，也可以根据癞蛤蟆、鼻涕虫、黑蜘蛛等异常行为知道暴风雨就要来临；他懂得自然母亲所发出的各种

---

① 参见［英］托马斯·哈代:《远离尘嚣》,傅绚宁等译,人民文学出版社 2004 年版,第 15 页。

信息,他与各种自然现象之间和谐融洽地相处。他在晴空万里的午夜驻足山头、远眺太空,不知不觉与自然忘我地交融在一起,他欣喜地体验到一种真实而历久不逝的乘着地球飞翔的感觉,他那颗敏感的心因与自然星空交融而生出一种超越尘世的感觉,渐渐地他几乎都能"察觉到地球在向东旋转"了(9)。而《还乡》中的维恩在追逐怀尔狄夫时,熟悉埃格敦荒原夜晚特点的他在很晚的时候也仍然能快速地"冲下灌莽丛杂的山坡,而不至于一头跌进山坑里,或者一脚陷在兔子窝里拧折了"(239)。而当他在沙德洼水潭救人时,熟悉潭水水流特点的他也可以"靠脚的推动,在水潭里转来转去,每次都随着回流上升,在潮水中下降",最后从水势最猛的水渠中成功救起怀尔狄夫和克林(331)。哈代笔下的维恩与埃格敦荒原的自然现象之间也彼此交融、相互熟悉。

《林地居民》中的基尔斯与小辛托克的自然现象融为了一体。在格雷丝看来,基尔斯无论是看起来,"还是闻起来都正像这秋天的亲兄弟":

> 他的脸被晒成了小麦的颜色,他的眼睛蓝得好像矢车菊的花朵,袖子和护脚上满是水果的污渍,手上黏乎乎的尽是甜苹果汁,帽子上沾着许多苹果籽儿,他全身上下都是苹果酒的气味(274)。

哈代笔下的基尔斯在外表形象方面与小辛托克森林的秋天景色非常协调一致,他的脸像收割的小麦的颜色,眼睛则像秋天盛开的花朵,而他的浑身上下则散发着秋天酿酒时所特有的苹果酒气味。基尔斯意识中的四季现象也并不神秘、并不疏远,因为他"是用魔术师那样的眼光,而不是用一般人的眼光,来看待这些说明四季现象的技巧与智慧的"(445)。基尔斯熟知森林的许多"细微难查的秘密",而这些秘密在他以及其他熟悉小辛托克森林的人看来不过是"一般的常识":

> 他们能够像读通俗读物一样阅读和理解大森林的象形文字。深

夜,严冬,狂风大作的时候,暴风雨来临的时候,在那密密匝匝的树枝之间的种种景象和声音,对于格雷丝来说具有一种神秘可怖的,甚至是超自然的力量;而对于他们来说,这些不过是一些简单的日常事件而已。伴着如流岁月,他们用心地收集着种种大森林变化的迹象和征候,这些现象零星地存在时,看起来好像古老的北欧象形文字一样模糊难懂,但是,把一代代人的积累都放在一起,就构成了对大森林的基本认识(445)。

小说中的基尔斯以及其他熟悉小辛托克森林的人熟知小辛托克的自然现象,他们能充分理解林区的各种景象与声音,他们也用心地收集着种种自然变化的迹象与征候。他们将掌握的这些现象一点一点地累积起来,一起构成了他们对小辛托克自然的基本认识。

在《德伯家的苔丝》中,苔丝以及与她同行的一群女性"和周围的大自然,合成了一个有机体,各部分都快乐和谐地互相贯彻串联。她们和天上的星星月亮一样地高远,星星月亮也和她们一样地热烈"(98)。苔丝去跳舞的地方那种昏暗模糊的自然光景将苔丝与村民"变成了一群林神,和一群仙女拥抱;一大群盘恩,和一大群随林回旋;一些娄提,想躲开一些蒲来,却永远办不到"(95)。而他们跳完舞后回村的路上,

月光把一片闪烁的露水,映成一圈一圈半透明的亮光,围着每人头部的影子,跟着他们往前。每一个人只能看见自己的圆光,无论他们的头怎样东倒西歪,鄙陋粗俗,圆光却始终不离头部的影子,反倒老跟着他们,一刻也不放松,把他们弄得非常美丽;等到后来,好像这种左右乱晃的光景,成了圆光固有的动作,他们喘的气,也成了夜间雾气的一部分;而景物的精神,月光的精神,大自然的精神,也好像协调和谐地和酒的精神,氤氲成混沌一气(103)。

哈代笔下的苔丝与月光、夜间雾气融为了一体。月光将苔丝映衬得非常美丽,而苔丝走路喘出的气体则成为夜间雾气的一部分,两者协调和谐地融合在一起,氤氲成一片混沌。而当苔丝独自在旷山之上和空谷之中行走时,

> 她那悄悄冥冥的凌虚细步,和她所活动于其中的大气,成为一片。她那袅袅婷婷、潜潜等等的娇软腰肢,也和那片景物融为一体。有的时候,她那想让丰富的绮思深念,使她周围自然界的消息盈虚,深深含上感情,一直到它变得好像是她个人身世的一部分。或者不如说,她周围自然界的消息盈虚,就是她那身世的一部分;因为世界只是心理的现象,自然的消息盈虚,看起来怎么样,也就是怎么样。半夜的暴风和寒气,在苞芽紧裹的枯林枝干中间呜噎哽咽,就是一篇告诫,对她苦苦责问。淋漓的雨天,就是一个模糊飘渺的道德神灵,对她那无可挽救的百年长恨痛痛哀悼(126)。

苔丝的步伐与周围的大气成为了一片,她的娇软腰肢也与自然景物融为一体,而她的丰富情感则与自然界的消息盈虚遥相呼应。她就这样与周围的自然相互关联、相互作用,有机地融合在了一起。

总之,哈代在"性格与环境"小说中刻画的自然高深莫测、千变万化,但是无论其如何千变万化,其笔下的自然常常都与人的行为活动交织一体,相互作用、相互联系,共同融合成一个不可分割的有机整体。在这个有机整体中各个部分彼此关联、相互渗透,"那山谷、那台地、那古冢,还有古冢上那个人形",都一起构成了一个"统一体",因此"要是观察这群体,只看这一部分,或者只看那一部分,那都是见木不见林"①。而哈代小

---

① [英]托马斯·哈代:《还乡》,王之光译,中国书籍出版社 2006 年版,第 10 页。

说中取得成功的幸福人士也"往往都是那些能够和自然环境和谐相处的人"①。他们在生产、生活中长期与自然和谐相处,自觉遵循自然规律,努力适应自然、亲近自然,过着日出而作、日落而息的简单节制生活,因此在哈代笔下他们常常获得了自己的幸福。在《绿荫下》中,狄克·杜伊与自然接近,他的爱情与风光秀丽的自然融为了一体,他与芳茜·黛在隆冬埋下爱情的"种子,春天萌发新芽,盛夏开出鲜花,秋后结成佳果,春华秋实,终于缔结良缘"②。而在《远离尘嚣》中,奥克始终秉承自然规律劳作,从不在乎自然的灰土,也不和自然斗争,靠观察太阳和星星判断时间,靠观察自然现象判断天气状况。奥克不仅敬畏自然,也深深地植根于当地的生态系统中,与羊群和谐相处,与牧草青青、树木繁茂的自然融为一体,他与自然存在物之间形成了一种亲密无间的关系。他在劳动中也从不违背自然规律,更不让社会的功利玷污纯洁的自然规则,自始至终都过着简朴、勤劳但却精神丰富的生活。他这种与自然、社会和睦相处的生活态度不仅帮助他获得了更多的物质财富,也使他赢得了更多村民的尊重与信任,最终他与心爱的芭思希芭有情人终成眷属,一起过上了幸福的生活。在《还乡》中,熟知自然、了解自然的维恩对埃格敦荒原有着自然、毫无矫饰的感情,自始至终都维护它的尊严,一直都服从它的意志,也是其温顺的子民。他与荒原这种和谐的关系使他最终获得了自己的幸福,与淳朴善良的托马辛结为了夫妇。《林地居民》中亲近自然、融入自然的基尔斯与小辛托克的动植物和睦相处。他与玛蒂之间可以用"树木、水果和鲜花本身的语言来交流"(445),他种的苹果树全部都能存活。他懂得自然的语言和符号,他在格雷丝记忆中的形象是"作为水果之神和森林之神"交替出现的(373)。他与自然相互关联、相互交融,最终不仅获得

---

① Elizabeth R.Nelson, Lu Wei Trans.*Thomas Hardy's Far from the Madding Crowd*, Beijing: Foreign Language Teaching and Research Press, 1994, p. 5.

② 张中载:《托马斯·哈代——思想和创作》,外语教学与研究出版社 1987 年版,第181 页。

了小女孩玛蒂矢志不渝的爱,也获得了格雷丝的一片真心。在《德伯家的苔丝》中,纯洁、善良的苔丝常常"以户外大自然的形体和力量作为主要伙伴"(152),一旦在户外劳作,她就"成了户外自然界的重要部分,不像平素只是一件普通物品放在那儿",她就如同"吸收了四周景物的要素"一般,"和它融化而形成一体","失去了自身的轮廓","生出一种令人着迷动情的神情"(129)。生出迷人神情的苔丝在安玑眼中成为鲜亮、纯洁的"自然女儿"形象(175),她的这种形象帮助她击败另外两位女工,赢得了安玑的爱。她与自然和谐相处的这种态度也使得她在很坏的天气状况下也仍然能"照旧往前跋涉,因为大自然这种与人为敌的情况"并不会使她感到烦忧(393)。

综上所述,在哈代的"性格与环境"小说中,回归自然、融入自然的威塞克斯人常常过着幸福的诗意栖居生活。他们这种幸福的生活不只是海德格尔提出的"诗意地栖居"生存观的体现,更是哈代意识中人类生活的一种理想状态。哈代笔下的他们不仅不断通过自身改进与调节,努力改善自己与自然万物的关系,而且在生产、生活中也总是自觉遵循自然规律,竭力发掘自己的生存智慧。他们重视维持生态的平衡与发展,强调兼顾人类利益与生态整体的利益;他们亲近自然、适应自然,长期与自然和谐相处,时常过着日出而作、日落而息的简单节制生活。他们这种返璞归真、融入自然的生活不仅帮助他们领悟到不少自然的奥秘,帮助他们建立与自然亲密、和谐的主体间性关系,而且也常常使得他们能够诗意地栖居于世界。通过在小说创作中高度颂扬与讴歌他们这种诗意地栖居生活,哈代表达了自己主张人们回归简单节制的自然生活、在日常劳作中建立与自然的和谐关系的生态理想。这种理想与老庄哲学中所倡导的"平易恬淡""乃合天德"[1],顺应自然、融入自然的思想如出一辙[2]。由此可见,

---

[1] 刘建生编:《庄子精解》,海潮出版社 2012 年版,第 193—194 页。

[2] 参见乐黛云、[法]李比雄编:《跨文化对话》,生活·读书·新知三联书店 2010 年版,第 48 页。

哈代在小说中对诗意栖居生活理想的勾勒就其本质而言并非是其思想的一种倒退,也并非是他对自然所做的一种简单认可,而是其对人与自然关系的一次重新修正,是他对诗意如何切入生存方式的一次探索,是他对人与自然如何美好共处的一种思考。

第四章 哈代"性格与环境"小说生态意识的内蕴与动态转变

文学就是人学,"文学的作用在很大程度上是矫正人们的灵魂与观念,并呼吁人们创造出对自然更为合理的空间,以保持现代人与自然之间的平衡,从而使自然环境和社会环境达到高度的协调和统一"①。哈代是一位热爱自然、敬畏自然的小说家,虽然其一生的大部分时间都生活在维多利亚的"黄金时代",但是他在自己的小说创作中却超越人与自然、女性与男性的二元对立模式,通过表现人与自然的冲突,生动揭示了威塞克斯地区的自然生态、社会生态与精神生态困境,与此同时他在这些作品中也表达了主张人们回归自然、融入自然,实现诗意地栖居的生态理想。由于"自然生态、社会生态、精神生态同属于广义的'自然'",而"从人类的角度而言,'自然'又可以分为外部自然(自然生态和社会生态)和内部自然(人类的精神生态)"②,因此哈代在小说中所揭示的生态困境以及所表达的生态理想就其实质而言是对人与内、外部自然关系的一次讨论。并且,由于哈代在小说中所表达的生态意识既非完全以人为中心,也非完全以生态为中心,而是兼顾了人之为人的利益与生态整体的利益,并且强调两者的有机统一,因此哈代在小说中所表达的生态意识就其本质而言也是一种相对人类中心主义,而非彻底的人类中心主义抑或是生态中心

---

① 温阜敏、饶坚:《中国生态文学概说》,《韶关学院学报(社会科学版)》2004年第1期。

② 刘文良:《范畴与方法——生态批评论》,人民出版社2009年版,第46页。

主义。此外,哈代在小说中所表达的生态意识也不是始终如一的,而是经历了动态转变的过程。在哈代的早期小说中,他对宗法制社会遭受的外来冲击有所刻画,但是出于他对诗意栖居理想的热切向往与对传统生活的无比眷恋,哈代笔下更多书写的是对威塞克斯田园风光的赞美以及对威塞克斯人远离城市喧嚣、充满诗情画意生活的歌吟。在哈代的中、晚期小说中,受叔本华内在意志论、哈特曼无意识哲学、埃斯库勒斯、莎士比亚等人的创作影响,以及随着自身创作经验的积累,哈代早期创作中所洋溢的田园色彩、牧歌情调与喜剧风格荡然无存,取而代之以动人心怀的悲剧色彩。哈代这种动态转变的生态意识是对前人思想的延续与升华,也直接或间接影响了后来罗尔斯顿、卡逊等生态学者的思想形成。

第一节 哈代"性格与环境"小说 生态意识的内蕴

作为一位先知先觉的现实主义小说家,哈代凭着自己与众不同的敏锐洞察力,在"性格与环境"小说中突破人与自然、女性与男性的传统二元思维模式,对自然的多种价值进行了重新考量,对人与自然的冲突进行了生动再现,对由此引发的自然、社会、精神生态失衡问题进行了揭示,对造成这些生态困境的根源进行了剖析和反思,进而表达了他回归自然、融入自然,实现诗意地栖居的生态理想。因此哈代也是一位生活在社会转型时期、有着前瞻生态意识的小说家。他的生态意识不仅对自然的价值进行了比较全面的认识,对作为生态思想核心的自然生态、社会生态、精神生态三要素之间的相互关系、相互作用进行了形象阐释①,也对造成威塞克斯自然生态、社会生态、精神生态失衡的社会体制、人类中心主义思

---

① 参见鲁枢元:《生态批评的空间》,华东师范大学出版社 2006 年版,第 205 页。

想等根源进行了深入剖析。

在"性格与环境"小说中,哈代首先表现了威塞克斯地区自然的多种价值。其笔下刻画的自然首先具有相对于人的工具性价值,例如经济价值、支撑生命的价值、消遣价值、历史价值、宗教价值,等等。与此同时,威塞克斯地区的自然也有着自身的内在价值,不仅拥有属于它们自己独一无二的自然美,也拥有自己内在的生命目的性。这一地区的自然还具有相对于生态系统的系统价值。这里分布的各种自然物种都是生命演化形成中不同的组织层次,所有生命体在生态系统中都占有特定的生态位,"利用特定的空间和资源","在生态系统的物质循环、能量转化和信息传输中起着特定的作用"①。哈代在小说中肯定人的价值,也承认自然的价值,而且反对主客两分;其笔下的人与自然界的各种生命体之间彼此关联、相互作用,一起构成了威塞克斯生态共同体。在这个生态共同体中,"任何一种生物都与某些特定的其他生物、与其生存的环境有着密切的不可人为阻断的关系;破坏了其中任何一个环节的关系,必将导致一系列关系的损坏,甚至整个系统的紊乱"②。因此,哈代笔下刻画的自然价值实际上是扩大了意义的价值,既包括自然的工具性价值、内在价值,也包括超越工具性价值和内在价值的生态系统价值。而哈代在小说中对自然多种价值的承认也并非是对自然工具性价值的一种否定,而是希望借此强调自然所具有的、不以人的意志为转移的内在价值与相对于生态系统而言的系统价值。此外,哈代对自然多种价值的强调也不是他在意识方面的倒退,而是其意识超前的一种体现。这种观点与后来生态学家罗尔斯顿关于自然具有多种价值的观点相一致,也突破了传统二元论将人与自然视作两个相互疏离的本原的看法,而将人与自然之间视作一种相互关联、相互交融的生态整体关系。

---

① 雷毅:《生态伦理学》,陕西人民教育出版社 2000 年版,第 239 页。

② Rachel Carson, "Undersea", *Atlantic Monthly*, No. 78 (September 1937), p. 325.

其次,哈代在小说中对威塞克斯地区的自然生态、社会生态和精神生态之间的关系进行了阐释。其笔下的威塞克斯世界是一个自然生态、社会生态和精神生态相互关联、相互作用而形成的生态整体。由于人类毕竟身处自然之中,永远不能离开自然而超然地生存下来,因此在威塞克斯这个生态整体中,自然生态的状况直接影响与制约着其社会生态和精神生态的状况。与此同时,由于人类又是自然生物链上的十分特殊的一环,因此威塞克斯地区的社会生态和精神生态的状况反过来又对自然生态的演进起到很重要的能动作用。这个地区所存在着的社会化掠夺、人性扭曲等问题不仅常常导致人与人之间的矛盾关系和冲突以及人自身精神生态的失衡,也常常会加剧自然生态的破坏。因此,哈代笔下的威塞克斯地区自然生态、社会生态与精神生态是不可分割的,三者间始终保持着相互独立、相互依赖、相互转化的紧密关系。

哈代在"性格与环境"小说中也对威塞克斯地区自然生态、社会生态、精神生态失衡的种种困境进行了形象展示。其笔下的不公平社会体制、人类中心主义等早期机械工业文明思想在给威塞克斯地区的自然环境、社会秩序造成巨大破坏的同时,也给威塞克斯人的心灵留下了难以磨灭的阴影:不仅导致威塞克斯人与自然相互冲突,使该地区自然资源枯竭,可怕的自然灾难频频出现,昔日和谐、稳定的自然生态系统遭到空前破坏;也使威塞克斯人与他人之间因为生存竞争而激化矛盾、发生冲突,进而出现生活风格整一化、人际关系异化、人物行为无能化等社会生态紊乱的现象;还使那些与自然、与他人关系疏远的威塞克斯人因为与内心自我冲突而导致心灵拜物化、精神"真空化"等精神生态失衡现象的出现。由于"自然生态、社会生态、精神生态同属于广义的'自然'",而"从人类的角度而言,'自然'又可以分为外部自然(自然生态和社会生态)和内部自然(人类的精神生态)"①,因此哈代在"性格与环境"小说中揭示的威

---

① 刘文良:《范畴与方法——生态批评论》,人民出版社 2009 年版,第 46 页。

塞克斯人与自然、与他人以及自我的冲突就其实质而言就是人与内、外在自然的冲突，而他在小说中所展现的威塞克斯人遭受的自然生态、社会生态、精神生态方面的困境就其本质而言则是他们在内、外在自然方面所遭受的困境。

哈代在"性格与环境"小说中不仅对人与内、外部自然的冲突进行了生动刻画，以此表达了自己对早期机械工业文明的不满与鞭笞，与此同时他也借助威塞克斯地区今昔生活的鲜明对比表达了自己对昔日美好田园生活的向往。其笔下的威塞克斯地区在尚未遭受早期机械工业文明侵蚀之时原本是一个"自然存在，社会存在和精神存在相互作用的统一整体"①，这里既有沉静安详的韦特伯里大地、绿草青青的埃格敦荒原、郁郁葱葱的小辛托克森林、土壤肥沃的芙仑谷、古朴苍茫的玛丽格伦大地，也生活着一群与世无争、人际关系和谐、精神充实的威塞克斯人。这群淳朴善良的威塞克斯人与自然和谐相处，与他人也友好合作，过着精神生活充实，与自然、与他人融为一体的诗意栖居生活。然而，早期机械工业文明的到来却破坏了这一地区的自然生态、社会生态和精神生态的和谐，使不少威塞克斯人陷入了各种生态困境。而导致这些生态困境的根源绝不仅仅限于狭义的自然生态危机，与此同时的还有社会生态危机以及精神生态危机②；威塞克斯地区的生态和谐也既包括自然生态的和谐，也包括社会生态和精神生态的和谐。通过在小说中对威塞克斯人今昔生活的强烈对比，通过刻画一部分威塞克斯人的回归，哈代形象地表达了自己主张现代人类回归自然、融入自然、与自然和谐相处，以实现人与自然的诗意栖居，实现人与内、外部自然和谐的生态理想。总之，无论是哈代在小说中表现的基本冲突还是其书写的生态理想，就其本质而言都是围绕人与内、外部自然关系所展开的一次深入讨论，都是其围绕生态问题核心和关键

---

① 鲁枢元：《生态批评的空间》，华东师范大学出版社 2006 年版，第 205 页。

② 参见刘文良：《范畴与方法——生态批评论》，人民出版社 2009 年版，第 46 页。

所进行的一次全新探寻。

此外,哈代在"性格与环境"小说中也对自然的神秘力量进行了描述。其笔下的自然充满了力量,不可控制,"像支配蚂蚁与蚁冢那样支配人类与社会"①。能改变人类的命运,对他们"或者同情,或者嘲笑,或者无动于衷地袖手旁观"②;也能摧毁社会的秩序,破坏社会的和谐安宁。虽然哈代认为人类根本无法控制与支配自然,但是他却从未放弃对人与自然和谐相处的追求,自始至终都"在寻找一种能正确地解释自然现象和社会现象的理论",以帮助人类实现与自然的和谐相处③。因此,哈代在达尔文生物进化论、斯宾塞社会进化论和叔本华、哈特曼的内在意志力论等理论思想的影响下,逐步形成了自己的进化向善论思想(Meliorism)。这种思想主要包括:"社会同宇宙间的万物一样,都在不断变化,不断向高级阶段发展,日趋完善";"人要求生存和发展必须遵循'适者生存'的规律,努力适应环境";人生道路是艰难的,"要生存和发展,必须像达尔文主义所宣传的那样:'在丛林中开辟前进的道路'";人们应该"靠顽强的奋斗改善自己的命运和处境,不要消极等待"④。哈代将以上进化向善论思想称作"进化向善论",意思是说,"社会的改善像生物的进化那样,有一个长期演变的过程"⑤。在随后发表的《晚期和早期的抒情诗》的前言《辩解》中,哈代进一步提出了改善人类不利处境所需要的三个条件:第一,"人类要看到现实的丑恶,这是改善现实的出发点";第二,"造物主对人类的疾苦无动于衷","要改善世界,只有靠人类自己努力奋斗";第

---

① 陈焘宇编:《哈代创作论集》,中国社会科学出版社 1992 年版,第 75 页。

② 瞿世镜编:《伍尔夫研究》,中国社会科学出版社 1992 年版,第 594 页。

③ 参见张中载:《托马斯·哈代——思想和创作》,外语教学与研究出版社 1987 年版,第 170 页。

④ 张中载:《托马斯·哈代——思想和创作》,外语教学与研究出版社 1987 年版,第 164—166 页。

⑤ 张中载:《托马斯·哈代——思想和创作》,外语教学与研究出版社 1987 年版,第 166 页。

三,"为改善世界,人类必须从某种信仰中得到启示和指导"①。哈代的进化向善论思想并非一蹴而就,而是逐步形成的,大致经历了三个阶段:第一阶段是 1862 年前后至 1886 年,这一阶段哈代主要"从消极的角度出发,深感无情的自然法则统治着世界";第二阶段是 1886 年至 1908 年,这一阶段他"开始用内在意志力来解释世界巧合和悲剧","认为内在意志力终将觉醒,人的努力将会促使内在意志力转变";第三阶段是 1908 年至 1928 年,这一阶段他在自己"所写的日记、书信、论文和文学著作中明确提出了进化向善论的观点"②。哈代创作"性格与环境"小说的时期正值其进化向善论思想逐步形成的前两个阶段,其进化向善论思想在其创作的"性格与环境"小说中也有所体现。

哈代并不主张盲目乐观地粉饰现实,也不主张对萎靡颓废的社会闭目不看,而是倡导忠实地再现社会的本来面目,以便诊断现存社会的"疾患"。他的这一思想使得他在创作"性格与环境"小说时首先淋漓尽致地再现了威塞克斯地区的自然、社会、精神生态困境,以此为现代人类与社会诊断出"疾患"。在哈代笔下,在早期机械工业文明的侵蚀下,威塞克斯人不仅遭遇了自然资源枯竭、可怕灾难频频出现、自然生态系统被破坏的自然生态困境,也陷入了生活风格整一化、人际关系异化、人物行为无能化等社会生态紊乱的艰难境地。威塞克斯人无休止的膨胀欲望以及他们价值观念的根本变化还导致了他们精神生态的失衡,这些困境就是哈代为现代人类与社会诊断出的"疾患"。

其次,哈代笔下的威塞克斯人长期以来在基督教上帝造人的思想指导下,一直将改善世界的希望寄托于拯救人类的造物主身上。在《绿荫下》中,梅尔斯托克唱诗班的成员非常虔诚地吟唱赞美诗,将他们过上幸

① 张中载:《托马斯·哈代——思想和创作》,外语教学与研究出版社 1987 年版,第 168 页。
② 张中载:《托马斯·哈代——思想和创作》,外语教学与研究出版社 1987 年版,第 166 页。

福生活的希望寄托于拯救人类的上帝。而在《远离尘嚣》中,韦特伯里地区的村民则经常上教堂做礼拜,以此祈祷自己的幸福生活。在《还乡》中,珠宝商克林更是放弃自己的珠宝生意,回乡做了一名牧师,在自己的整个后半生中都在从事传教的工作。但是,哈代逐渐地意识到,造物主对威塞克斯人的疾苦是无动于衷的,上帝既不能成全他们的事业,也不能解脱他们的痛苦,人们"不能再寄希望于未来和天堂了"①。所以他在后期的"性格与环境"小说的创作中逐渐改变了对基督教的看法,开始走向了与基督教的决裂。在《德伯家的苔丝》中,苔丝心目中的道德神灵已并非她"童年所信仰的上帝了"(126),她最初工作的牛奶厂女工在礼拜天"口头上说的是去做'性灵'一方面的事,实际却是'肉'出去和'肉'调情"(204),她们心里所保持的也"多半是她们邈远的祖宗所有的那种异教幻想,很少是后世教给她们的那种系统化了的宗教"了(152)。苔丝的丈夫安玑更是对于前人所讲的宗教毫不信服,宁愿放弃父亲与兄长从事的"光荣"的牧师职业,屈身前往牛奶厂当学徒(475),也不愿听从牧师父亲的谆谆教导做一名牧师。在《无名的裘德》中,"原先那座供奉基督教圣贤的古庙"以及"那片由太古以来就用作教堂坟地的青绿草坪"现在都已湮没无踪;而小说的男主人公裘德甚至愤怒地将所有基督教的书籍焚烧了,心灰意冷地告诉淑说道:"我对于教会,因为和它是老朋友了,本来还剩下一点点敬爱的意思,现在你这样一来,把我那一点点的敬爱,也都连根拔掉了"(366)。通过对苔丝、牛奶厂女工、安玑、裘德等人亵渎宗教行为的生动描述,哈代从一个侧面表达了自己对基督教的失望与决裂。其笔下的基督教神圣光环正在逐渐消逝,人们心目中对宗教的敬仰也日渐消退。

在为现代人类与社会诊断出"疾患"之后,哈代认为,还必须找出导

---

① 陈文娟:《哈代笔下的工业革命与价值观的变迁》,《外国文学研究》2002 年第4 期。

致疾患的原因,进而寻找治病的良药。虽然他在"性格与环境"小说中尚未明确提出系统或独立的思想来启示与指导人们的行为,却通过小说中不同人物的不同做法与不同结局间接表达了其改善世界的信仰主张,即人要生存和发展就必须遵循自然规律、努力适应环境。在哈代笔下,往往只有那些遵循自然规律,努力适应环境的人才能最终获得幸福,在威塞克斯世界快乐地生活与发展。无论是《绿荫下》的乡下人狄克·杜伊,还是《远离尘嚣》中的牧羊人奥克,无论是《还乡》中的红土贩子维恩,还是《林地居民》中的种树人基尔斯,他们都是热爱自然、始终与自然融为一体的人,他们不断遵循自然规律,调整自己的生产、生活方式,努力适应环境,因而最终都获得了幸福。而那些厌恶自然、与自然疏离,不适应自然环境的威塞克斯人在哈代小说中却常常遭遇难以想象的挫折与失败,甚至最终失去自己的性命。在《卡斯特桥市长》中,哈代塑造的男主人公亨察德与法夫瑞就是一个典型的例子。作为一位既不懂科学技术知识,又没有先进经济管理才能的粮食商人,亨察德做事完全凭感情和经验;但是懂得科学技术知识,也具有先进经济管理才能的雇工法夫瑞却是一位自觉遵循自然规律、努力适应环境的人。面对变质的麦粒,亨察德怨天尤人,不采取任何办法来处理;而法夫瑞则运用科学知识对变质麦粒的味道进行处理,从而将其味道变得和二等面粉差不多。而在面对多变的气候变化时,法夫瑞专门从亨察德那里借了几块皮毡来搭建舞会场所,以适应多变的气候;亨察德却根本不考虑天气,决定在露天的场所举行宴会,最终使市里的大多数人,甚至亨察德自己的妻子和女儿都去参加法夫瑞的舞会而没有参加亨察德的宴会。在管理自己的粮食业务时,亨察德更是通过简单的估算来结账,而法夫瑞却通过精确的计量来处理财务。此外,亨察德还通过巫师算命的方式来决定自己是否买卖谷物,而法夫瑞则根据天气的具体状况进行买卖。最终,适应环境的法夫瑞战胜了不适应环境的亨察德,获得了亨察德的所有商号和财产,也赢得了亨察德情人和女儿的芳心,甚至夺走了亨察德的市长职位。由于亨察德因循守旧、顽固保守,不能适应迅速变化的自然环境,因此他很快就被自觉适应自然规律、代表先进生产方式的青年法夫瑞击败。

哈代在"性格与环境"小说中还表达了这样一个观点,即人生的道路很艰难,人要生存和发展不仅必须遵循自然规律、努力适应环境,还要靠顽强的奋斗来改善自己的命运和处境,而不能一味消极等待。在《远离尘嚣》中,奥克最初没有经验,没有为羊群买保险,结果一次意外就使得他的羊群摔死过半,奥克因而破产。但是,奥克没有气馁,而是从失败中吸取经验教训,想方设法地适应环境:先是试着找管家的工作,遭遇失败后,又努力寻找牧羊人的工作,后来又在芭思希芭的农庄上勤勉、任劳任怨地劳作,最终他战胜逆境,接管了博尔伍德和芭思希芭的农庄,获得了不菲的收入,也俘获了芭思希芭的芳心,与她有情人终成眷属。《卡斯特桥市长》中的伊丽莎白也是一位通过顽强奋斗改变自己命运和处境的人物。无论她是在成为市长女儿前,还是在成为市长女儿后,伊丽莎白都非常强烈地渴望着,而且一直在奋力地争取着,成为"一个知识较广,名望较高——用她自己的话则是'比较优秀'的女人"(30)。她"孜孜不倦地读书、记笔记,刻苦勤奋掌握种种事实,在自己定下的任务面前,从不畏缩退避"(162),她的房间里面都摆满了书籍、草稿、地图和为了欣赏而陈列的小摆设。在母亲去世后,伊丽莎白由于养父亨察德意外发现自己的真实身份而陷入了举目无亲的困境。但是,她却毫不气馁,坚持呕心沥血地不断提高自己,努力适应着自己所处的环境。她的持之以恒、不断奋斗使她逐渐改变了自己所处的艰难困境,也帮助她赢得了心上人法夫瑞的关注,让他觉得再没有任何人比伊丽莎白更讨人喜欢、更节俭有度、更在一切方面都令人满意了(193)。最终,伊丽莎白与新任的卡斯特桥市长法夫瑞幸福地生活在了一起。在哈代笔下,奥克、伊丽莎白等人正是因为不断地顽强奋斗,才改善了自己的不幸命运与处境,从而获得了自己向往已久的幸福。

哈代在"性格与环境"小说中所体现出来的"进化向善论"思想不仅

强调人类遵循自然规律,努力适应环境,也主张人类通过顽强的奋斗改善目前环境中的种种弊病,以改善自己的命运和处境。他的这种思想既考虑了人之为人的利益,又充分考虑了生态整体的利益,实现了人类利益与生态整体利益的有机统一,因此这种思想就其本质而言是一种相对人类中心主义思想。作为生态批评的理论立足点,作为人对自己在自然界中位置的一次重新定位,相对人类中心主义认为,作为社会存在物的人类"不可能完全脱离自身的利益和目的而存在","从终极意义上讲,人类不可能为了保护任何一种动物而彻底地牺牲自己",因此人类"保护生命与自然是以维护人类自身利益为前提的,如果连整个人类自身的利益与生存都受到威胁,那么,保护生命与自然界就成为无稽之谈"①。另一方面,虽然相对人类中心主义肯定人类的中心地位,但同时又"充分考虑人类以外的'他者'的利益",它"反对片面强调人类的利益,而是既强调人类利益的整体性、共同性、长期性,坚持以人类的根本利益为环境伦理的中心,又突出人与自然的休戚相关性,主张以尊重自然规律及其价值为环境伦理的原则"②。因此,相对人类中心主义解决人与自然关系的原则与哈代在进化向善论中所提出的原则有着共同之处。

哈代在自己的小说创作中虽然主张人类在考虑整个生态环境和谐的基础上约束自己的利己本能,勤劳节俭,回归自然、融入自然,实现人与自然的和谐相处,为社会、为人类谋福利,但是他也并不因为热爱自然就完全排斥技术进步,也并不因为强调维持生命共同体的完整、稳定与审美,就完全否定人的利益。哈代认为,顾及人类利益与顾及非人类生命的利益并不绝对矛盾,自然规律可以应用于人类社会。所以在"性格与环境"小说中,作家尽管对人类滥用科学技术的行为进行了批判,尽管其内心深处更喜欢传统的英国田园生活,但是他对人类按照自然规律合理运用科

---

① 刘文良:《范畴与方法——生态批评论》,人民出版社 2009 年版,第 20 页。
② 刘文良:《范畴与方法——生态批评论》,人民出版社 2009 年版,第 20 页。

学技术的做法却持一种积极赞成的态度。他在小说创作中表现出对科学的尊重,并且将人类适当运用科学技术视作人类进步与发展的必然趋势。在《绿荫下》中,传统的"梅尔斯托克唱诗伴奏乐器"(Mellstock Quire)被更为先进的乐器管风琴所取代,象征着古老传统的梅尔斯托克唱诗班也将逐渐消失。但是在哈代看来,这些变化并没有影响这一地区的"荷兰派的乡村画"①风光,因此他将"Mellstock Quire"与"荷兰派的乡村画"一起作为小说的副标题,以此向人们表明科技产物管风琴的运用并没有破坏这里的风景。通过在小说创作中让管风琴成功地取代"Mellstock Quire",哈代为人们展现了一个技术进步前提下"得以享受自然生活的完美模型"②。在另一部小说《远离尘嚣》中,牧羊人奥克遵循自然规律,运用掌握的科学知识在大火与风暴中保住了芭思希芭的干草垛与羊群,也运用先进的科学方法为羊群治病疗伤。他这种适当运用科学技术以适应环境的做法不仅帮助他从破产后一贫如洗变得重新富有,也让他可以经常利用帮助芭思希芭的机会接近她,从而最终俘获她的芳心。在《卡斯特桥市长》中,哈代塑造的法夫瑞与亨察德则分别代表新、旧两种不同的生产方式,他们的竞争也象征着新、旧两个时代的矛盾与冲突,还体现了哈代内心深处"理智与情感的斗争"③。然而,最终合理运用先进科学技术与管理方法以适应环境的法夫瑞获得了胜利,因循守旧、传统落后、不懂得先进科学技术与管理方法的亨察德却遭遇了失败。哈代通过在小说中描写人们合理运用科学技术后取得的成功说明了这样一个道理:科学技术并不一定总是破坏威塞克斯地区人与自然的和谐,人们遵循自然规律、适当运用科学技术以适应环境也不失为一条追求诗意栖居生活的重

---

① [苏]阿尼克斯特:《英国文学史纲》,戴镏龄、吴志谦、桂诗春等译,人民文学出版社1959年版,第488页。

② 汪沛:《托玛斯·哈代的"威塞克斯"图景:人与自然的和谐整体》,《外语教学》2009年第4期。

③ 汪沛:《托玛斯·哈代的"威塞克斯"图景:人与自然的和谐整体》,《外语教学》2009年第4期。

要途径。因此,哈代提出的进化向善论思想和培根的观点有着相似之处,即"我们只是在思想中掌握了自然界,而实际上却不得不服从自然界的束缚,但是,如果我们愿在发明中受自然界的指挥,那么我们在实践中就可以指挥自然界"①。

总之,哈代在"性格与环境"小说中所表现的进化向善论思想在强调人类利用自然、改造自然的同时,也强调考虑对自然生态系统的适应,考虑保护人类的基本生活条件,保护整个生态系统;认为一旦人与自然发生了实际的冲突,人就有责任迅速地对自己的行为进行反省、控制和调节。作家虽然强调维持生命整体的完整、稳定与审美,但并不否定人的利益;虽然关注动植物与其他自然存在物的利益,但也并不否定人类生态伦理意识中对人的关注。他在小说中所表达的对生态整体性的强调、对人与自然和谐共生理想的追求、对动物的尊重与关爱、对女性命运与自然命运的共同关注,"都在一定程度上超越了人类中心主义和男性中心主义"②;而其小说中所表现的对人与对动植物及其他自然存在物的不同关注也只是说明了两者间可能存在的孰先孰后的问题而已,并非因为两者间存在着本质上的矛盾。在哈代的进化向善论思想中,人的利益与自然的利益是一个有机的统一体,两者的有机结合是人类道德、伦理意识提升发展的表现。一方面,自然有其内在价值、生态系统价值,也具有工具性价值;另一方面,作家这种自然界有多种价值的观点却并非与罗尔斯顿的生态伦理思想相互矛盾,因为很显然哈代意识到了自然的多种价值,他在小说中对自然工具性价值的刻画往往只是出于对人的生存状态的关注,而并非对自然内在价值与生态系统价值的摈弃。可以说,哈代既不是彻底的非人类中心主义者,也不是激进的生态中心主义者,其提出的进化向善论思想也不是绝对的生态中心主义,更不是彻底的人类中心主义,而是一种温

---

① [德]马克斯·霍克海默、特奥多·阿多尔诺:《启蒙辩证法》,洪佩郁等译,重庆出版社 1990 年版,第 2 页。

② 方玲、方英:《哈代小说中的生态伦理叙事》,《宁波教育学院学报》2011 年第 1 期。

和的、理智的相对人类中心主义。

第二节　哈代"性格与环境"小说
生态意识的动态转变

　　哈代生活在英国农业社会向工业社会转型的时期,其时的英国受19世纪早期机械工业革命的影响,昔日以耕种土地为生的农民逐渐失去赖以为生的土地,沦落为四处奔波流浪的雇工;而农村资本主义势力的不断扩展、渗透则使得过去乡间沿袭而成的和谐民俗风情、宁静生活方式等遭受巨大冲击。作为一位优秀的现实主义小说家,哈代在自己的"性格与环境"小说中以"威塞克斯"这片古老土地为写作背景,运用栩栩如生的文笔再现了这一时期的盛衰隆替与社会变迁,因而其小说"表现出明显的阶段性和逻辑连贯性"[1],经历了从农村田园生活的诗意描写到人类社会生态、精神生态的悲情再现这一动态变化过程。哈代小说中所表现的生态意识也并非始终如一,而是经历了由早期注重对人与外在自然关系的探讨到中晚期注重对人与内在自然关系的探讨这一动态转变过程。这些变化从一个侧面反映了哈代从早期眷恋家乡故土到中后期忧心人们命运前途的心绪转变。

　　1872年,哈代发表了"性格与环境"系列小说中的第一部小说《绿荫下》。这部小说以男主人公狄克·杜伊与女主人公芳茜·黛的爱情为线索勾勒了一幅英国农村静谧肃穆、村民生活淳朴安适的"荷兰派的乡村画"[2]。小说中的男主人公狄克·杜伊热爱自然,与自然交融,他与女教师芳茜·黛在隆冬埋下爱情的"种子,春天萌发新芽,盛夏开出鲜花,秋

---

　　① 聂珍钊:《论哈代小说悲剧主题的发展》,《华中师范大学学报》2001年第6期。
　　② ［苏］阿尼克斯特:《英国文学史纲》,戴镏龄、吴志谦、桂诗春等译,人民文学出版社1959年版,第488页。

后结成佳果,春华秋实,终于缔结良缘"①。通过在《绿荫下》中将男女主人公的爱情与风光秀丽的自然有机地融为一体,哈代在自己的小说中成功地刻画出一种人与自然和谐共存,从而在世界上诗意栖居的理想生活状态。

继《绿荫下》之后,哈代又出版了《远离尘嚣》(1874)这部小说。在这部小说中,作家运用细腻的文笔继续谱写着一首首绿草如茵、风景如画的威塞克斯田园诗篇。小河在韦特伯里大地上无声无息地欢快流淌,风儿也在"发着忙碌的营营声"(225);鸟儿在寂静的天空自由歌唱,安静的家兔或野兔则与人们"隔墙而居",而牲畜则是这里过往的客人(225);农场主芭思希芭的住所是一座与苔藓、长生草等植物融为一体的古老楼房,而雇工们聚会的华伦麦芽作坊则是一个爬满常春藤、"四墙向上拢成人字形的茅草房",一片烟雾隐约从房子的"孔隙逸入天空",与天空融为了一体(59)。哈代笔下的韦特伯里人多年来就这样怡然自得地生活着,过着简单朴实但又劳有所得的安宁生活。小说中的男主人公奥克则乐观旷达,"一笑起来,两个嘴角就一直快咧到了耳朵根儿上",眼角周围也漾出树杈似的皱纹(1)。在邻人眼中他从未换过样子,总是身穿一件旧外套,脚蹬一双巨大、结实的靴子辛勤地劳作,自始至终都过着勤劳、节俭却又精神丰富的朴实生活。了解自然、熟知自然、敬畏自然的奥克从不计较自然的灰土,也从不和自然作斗争。靠观察星星、太阳判断时间,靠观察自然异常判断天气,他与自然结成了亲密和谐的关系,与葱茏、美丽的自然融为了一体。多年来奥克一直无怨无悔地关心、呵护着芭思希芭,每当她遭遇困难之际,他都毫不犹豫地伸出了援助之手,从不求任何回报。他的真诚与智慧最终打动芭思希芭,她心甘情愿地与奥克远离尘嚣结为了夫妇。在《远离尘嚣》中,哈代继续沿袭他在《绿荫下》中所运用的创作手

---

① 张中载:《托马斯·哈代——思想和创作》,外语教学与研究出版社1987年版,第181页。

法,形象地描绘了韦特伯里人与自然紧密联系,远离都市、亲近自然的理想诗意生活。

《还乡》是哈代于1878年发表的"性格与环境"系列小说中的第三部小说。在这部小说中,哈代笔下的红土贩子维恩身披草皮、趴在地上,与古老苍茫的埃格敦荒原融为一体,分不出彼此;他的篷车与烟囱也时常掩映在了藤蔓纠缠的荒原棘丛之中。此外,维恩也与荒原上的动物进行着默契的交流。他眼中的绿头鸭满腹知识,从北方翩翩而来;而绿头鸭也像其他哲学家一样看着红土贩子,"仿佛在想,现实的片刻良辰美景,抵得上十年往事的回忆"(78)。小说中从巴黎回归埃格敦荒原的珠宝商克林也与威塞克斯的自然和谐地融为了一体。他对那些出没山野的毒蛇与驰骋荒原的野马了如指掌,对"地上爬的与空中飞的小动物"非常熟悉(227);而荒原上那些活蹦乱跳的野兔和田鹬则常常在他赶路时纷纷向他"驻足观望"(165),蜜蜂、蝴蝶、蚂蚱、苍蝇等则在他四周萦绕,仿佛"不知道他是人"似的(227)。克林与荒原上的动植物之间保持着一种相互关联、相互影响的密切关系。从上面的分析可以看出,哈代在《还乡》中继续在惟妙惟肖地刻画威塞克斯人熟知自然、了解自然的诗意栖居生活,他笔下那些与埃格敦荒原关系密切、和谐相处的人笃志不移地维护着荒原的尊严、服从着它的意志,他们最终常常都获得了自己的幸福。

继《还乡》之后,哈代又出版了《卡斯特桥市长》(1886)这部小说。在这部小说中,哈代精心刻画了一个与周边农村仅有一墙之隔的卡斯特桥城市形象。然而,哈代笔下的卡斯特桥市却与许多工业城市不一样。因为这些工业城市常常"像异类一样坐落在一片绿色世界之中,宛如落在平原上的巨大石块,与这片世界毫无共同之处",而卡斯特桥市却在很多方面都与周边的农村密切相关。不仅这座城市是"周围农村地区生活的磁极、焦点或神经节",而且这座城市里的居民"对乡村状况的每一次波动都了解,因为这种波动对他们收入的影响,和对下地干活儿的人一样大";"他们和方圆三十里地以内的贵族家庭由于同样的理由,也是同忧患,共欢乐";即便在卡斯特桥市专门的职业人士家庭晚宴上,人们谈话的话题也仍然"是小麦、牲口病、播种收割、围篱植树";而"他们看待政治,也较少有他们自己那种看重权利和特权的市民观点,而更多的是他们本郡乡里乡亲的观点"(73)。卡斯特桥市的人们与自然之间也是一种和谐的关系:

> 农家的小男孩儿可以坐在麦堆下,把一块石头扔进市政府办事员办公室的窗户。割麦子的人可以在麦捆丛中干活儿,同时向站在石铺路拐角上的熟人点头招呼;穿着红袍的法官在宣判一个偷羊贼的时候,小偷剩下没有偷走的羊群还在附近吃草,从窗口传进来的咩咩叫声,与他宣读判决的声音相互呼应;执行死刑的时候,等着观看的人群站在绞刑架活动踏板前的草地上,这块地盘就是为了让给观众而把牛从中临时赶开的(110)。

哈代笔下的卡斯特桥市的人与自然之间保持着一种相互关联、相互交融的关系,这里堆放小麦的田地与市政府的办公室只有一墙之隔,在田地里干活儿的人们可以与城市街道上的熟人点头打招呼,而法院法官宣读判决的声音则与自然界羊群的咩咩声相互呼应,城市里人们集会活动的场所也是放牧牛羊的草地临时改建而成。哈代在小说中刻画的卡斯特桥市是一个以农业为主要生产方式的农业城市形象,城市中的卡斯特桥人在与自然的长期耳鬓厮磨、相互作用中与自然相互交融、密切合作,俨然成为一座"没有城市风貌"的城市(111)。

此外,哈代还在《绿荫下》《远离尘嚣》《还乡》与《卡斯特桥市长》这几部小说中对外部世界给英国农村的宗法制社会造成的外来冲击进行了一定的刻画。在他笔下,尽管《绿荫下》中的梅尔斯托克唱诗班成员们反对使用不熟悉的新乐器,但是新式管风琴还是进入了乡村教堂,取代了传统的旧乐器;尽管唱诗班的成员习惯于聆听古老教堂的简单和弦声,但是他们最终还是勉强地承认了芳茜·黛演奏的管风琴音乐更加充满生活的乐趣。因此,在《绿荫下》中,早期机械工业文明的触角已经延伸到这片古老的区域,梅尔斯托克地区的原有社会经济秩序也有所瓦解。而在《远离尘嚣》中,哈代则刻画了一位从卡斯特桥市回到韦特伯里农庄的"花花公子"形象——特洛伊(196)。在哈代笔下,欲望膨胀的特洛伊是外来利己势力的代表,他的出现破坏了韦特伯里地区的自然生态秩序:他随意践踏青葱的苔藓、小草,不时以鞭打马匹耳朵为乐;他厌恶古朴的房屋,鼓吹将其改造得摩登、时尚。特洛伊也扰乱了韦特伯里的社会生态与精神生态和谐:他欺骗农家女子芳丽,害得她怀孕惨死;玩弄女农场主芭思希芭,使她坠入痛苦的深渊;嘲讽情敌博尔伍德,逼得他精神崩溃;强迫雇工们喝白兰地,使他们醉酒误事;他从不帮助芭思希芭经营农场,却将辛苦赚取的钱财挥霍一空;甚至策划了全农场的狂欢暴饮活动,号召人们得欢乐时且欢乐。在这部小说中,一方面作家对英国农村的美丽田园风光与人们远离城市喧嚣、与自然和谐相处、充满诗情画意的生活进行了深情赞美与歌吟;另一方面,他对这一地区所遭受的外来冲击也有所刻画。

在《还乡》中,游苔莎与怀尔狄夫的出现对埃格敦荒原的自然生态和社会生态也造成了一定的破坏。在哈代笔下,游苔莎是从海滨城市蓓蕾嘴迁移过来的老船长的孙女。她在生活方面的不节制导致她将家里"宝贵的山楂根儿"差不多都烧光了(51),她与旅店老板怀尔狄夫的频频约会则破坏了威塞克斯地区社会的平衡,让青梅竹马的克林与托马辛分道扬镳,使克林与母亲发生争执,令托马辛狂躁不安、无法忍受,也使得维恩与怀尔狄夫在石板上拼死赌博。游苔莎与怀尔狄夫这种崇尚物欲、追求享乐的行为在一定程度上破坏了埃格敦荒原的自然生态平衡,也在很大程度上影响了这一地区的人际关系,从而扰乱了这里的社会生态和谐。在随后出版的《卡斯特桥市长》中,尽管卡斯特桥市只是威塞克斯的一个边远地方,它仍然没有逃脱早期机械工业文明的侵蚀:"当时铁路已经有一条线向卡斯特桥铺过来了",只是还差几英里没有到达(328),而新型的马拉播种机也在这一地区逐渐推广。随着卡斯特桥铁路的不断延伸,随着这些新型机器的逐渐推广,震耳欲聋的机器轰鸣声开始破坏这里的安宁与和谐,早期机械工业文明的铁蹄也开始践踏这片苍茫大地的古朴寂寥。哈代笔下的早期机械工业文明不仅造成了威塞克斯地区自然的异化,也将韦敦集市从昔日生机勃勃的农贸集市变为了人迹罕至的荒野之地。如果说在《卡斯特桥市长》的前半部分,哈代用细腻的文笔谱写了一曲美丽欢快的田园牧歌,那么在这部小说的后半部分,哈代则通过卡斯特桥工业化进程中的自然沧桑变化,黯然神伤地吟唱了一曲令人叹惋的田园挽歌。

由于《绿荫下》《远离尘嚣》《还乡》与《卡斯特桥市长》这几部小说在题材、主题和艺术风格上都"以抒发美丽的田园理想、描写宗法制社会的自然文明与农村的传统风习为主"[1],都惟妙惟肖地再现了英国农村自然生态美以及人与自然和谐相处、充满诗情画意的自然生态生活,都表达了哈代对传统生活的无比眷恋以及他对诗意栖居生活的热切向往;与此同时,这几部小说也都对这一地区遭受的外来冲击、人与外在自然的冲突进行了淋漓尽致的刻画,对外部世界给英国农村自然环境与传统社会秩序造成的破坏状况进行了一定程度的描写,因此这些小说一起构成了哈代"性格与环境"小说创作的第一个阶段,即早期创作阶段。在这一阶段,哈代小说中刻画的自然高深莫测、不可变化,本身就是"威塞克斯生活的规范和基础";而"那些承认大自然不可变的人,他们驯服地遵照生活中的规则和礼仪来适应大自然,不背叛它,不企图采取粗暴的普罗米修斯式的手法",与自然之间保持着最亲密的关系[2]。这一阶段哈代小说中描写的乡村也"社会气氛宽松,生活不乏独特的乐趣":

---

① 聂珍钊:《论哈代小说悲剧主题的发展》,《华中师范大学学报》2001 年第 6 期。
② 参见陈焘宇编:《哈代创作论集》,中国社会科学出版社 1992 年版,第 135 页。

人们世世代代耕耘、放牧在这片土地,人与人之间,甚至祖祖辈辈,都彼此了解,没有什么隐私,两口儿的恩爱或龃龉,都会成为众人善意的谈资;人们读书识字不多,却谈吐幽默风趣,相互尊重,不失分寸。①

在早期"性格与环境"小说中,威塞克斯人与自然总体上保持着亲密、和谐的关系,生活在这一地区的人们则常常团结互助,人际关系比较融洽、和谐。人与外在自然的密切关系成为这一阶段哈代小说创作的重要主题。与此同时,哈代也描写了一些外部世界给英国农村地区造成的破坏情况,但出于对传统生活的无比眷恋,出于对诗意栖居生活的热切向往,也出于他自己的社会体验,作家仍然坚信人类有着自己的优越性,仍然坚信自己笔下的人类能够战胜外部世界。在这些早期的"性格与环境"小说中,哈代书写得更多的是英国农村地区自然生态的生机盎然以及人与自然和谐共处、富有诗情画意的生活状况。通过对这些诗意生活的书写,哈代歌颂了没有遭受早期机械工业文明侵蚀的自然生态之美,歌颂了农村宗法制社会中人民的勤劳、淳朴、乐观、豁达等优秀品质,歌颂了他们与自然和谐共处、怡然自得的诗意栖居方式。因此,这些小说在情调方面总体上是轻松愉快的,表现了一种不畏险阻、积极向上的生活信念。通过这些早期"性格与环境"小说的创作,哈代集中表达了这样一种思想:只要人们回归自然、与自然和谐共处,人们就可以与自己相爱的人幸福地生活在一起,从而诗意地栖居在世界上。

然而,从 1887 年哈代出版《林地居民》开始,由于深受叔本华内在意志论、哈特曼无意识哲学、埃斯库勒斯、莎士比亚、易卜生等人思想的影

---

① 蓝仁哲:《哈代小说〈远离尘嚣〉中的人与自然》,《四川外语学院学报》1998 年第 2 期。

响,以及随着自身生活经历与创作经验的积累,哈代越来越发现"个人的意志难以实现,理想无法和社会现存秩序求得和谐统一,人不能主宰自己和客观世界,而客观世界却主宰了人,最后毁灭了人"[1];哈代意识中导致人类悲剧出现的根源也由最初古希腊人所说的神秘、抽象的命运,到受莎士比亚戏剧影响而认为是人物性格,到后来受易卜生戏剧的影响而认为是"客观环境和社会制度两方面"[2]。在哈代创作的中后期"性格与环境"小说中,其早期创作所洋溢的田园色彩、牧歌情调与喜剧风格逐渐消失殆尽,取而代之以动人心怀的悲剧色彩。在《林地居民》中,高耸林立的烟囱破坏了小辛托克地区的自然之美;人们为攫取金钱,砍伐树木到城里修建房屋,导致林区出现坟墓式的死寂,自然生态遭到破坏;追求名利的查曼德夫人功利地嫁给了查曼德,又凭借结婚得到的大笔财产玩弄男性,害得菲茨比尔斯与格雷丝婚姻破裂,其他追求者为她大动干戈,扰乱了林区的社会、精神生态和谐;菲茨比尔斯医生的出现不仅使格雷丝忧心忡忡,使格雷丝倍感恐惧,远走他乡,也使得格雷丝的父亲怒火中烧,使得基尔斯失去了格雷丝,从而导致小辛托克地区社会、精神生态的失衡。因此,可以说《林地居民》是哈代小说创作风格的转折点。在这本小说之前,哈代创作的小说结局大多是与自然和谐相处的人最终获取了幸福,表达的是一种积极向上的乐观态度与人类必胜的信念。但在《林地居民》中,热爱自然的林地居民基尔斯与来自城市的菲茨比尔斯医生之间的冲突却使得基尔斯在早期遭受挫折,失去了格雷丝的爱;后来基尔斯虽然赢得了格雷丝的爱,但也付出了生命的代价。基尔斯去世后,格雷丝重新回到了回归自然的菲茨比尔斯身边。通过《林地居民》的创作,哈代向人们传递了两点信息:一是迷失方向的现代人在回归自然之后可以像格雷丝

---

① 聂珍钊:《托玛斯·哈代小说研究——悲戚而刚毅的艺术家》,华中师范大学出版社 1992 年版,第 312 页。

② 聂珍钊:《托玛斯·哈代小说研究——悲戚而刚毅的艺术家》,华中师范大学出版社 1992 年版,第 367 页。

与菲茨比尔斯一样重新获得幸福,二是现代文明给自然和人类造成的破坏力是如此之大,以至于小辛托克林区陷入一片死寂,林地居民基尔斯也付出了生命的代价。在《林地居民》之后,哈代的写作风格发生了明显的变化,其小说中的人们虽然也始终想不卑不亢、百折不挠地适应环境生存下去,但最终常常都因为威塞克斯地区自然生态、社会生态、精神生态的严重失衡而失去了自己的生命。

在1891年发表的《德伯家的苔丝》中,由于威塞克斯人与自然的日渐疏离,哈代笔下昔日美丽和谐的威塞克斯逐渐出现了自然生态的日渐恶化以及资源的不断枯竭,纯瑞脊以前那片"莽莽苍苍的密林"现在已经消失了,古老尊严的猎苑现在也"已经寥寥无几"(59),隧石顶村在隧石层之上的地全变成了白色隧石,棱窟槐那个地方荒凉得"连一棵树都瞧不见"(397)。威塞克斯地区的社会生态也遭到前所未有的破坏,人们的生活风格整一化了,"树篱被盘结得高低一律","年纪大一点儿的女人都穿着棕色粗布'连根倒'",年纪轻一点儿的女人都穿着"粗布工人服",劳动时也"动作划一,不声不响","非常一律"(201)。这里的人际关系也日渐疏离了,老板娘克里克太太为了显示自己的身家,从不到外面亲自挤牛奶,安玑"觉得和牛奶厂的工人平起平坐是有失尊严的举动"(171),而他的两个哥哥则认为"文明社会里有几千万无关重要的化外之人,这班人不应该一视同仁,更不值得尊重钦敬"(230)。人际关系的异化也导致了苔丝因为经济窘困而百般无奈地做了德伯的俘虏,表现出行为的无能化,最终因与德伯之间矛盾激化彻底绝望而手刃德伯。早期机械工业文明还扰乱了威塞克斯地区的精神生态,导致苔丝、安玑等人内心的物欲化、真空化。苔丝的母亲希望苔丝找个有钱有势的贵族少爷结婚,而安玑自己早就不信仰宗教了;苔丝也不信仰上帝,还用尖刻的言语讥讽一下子变成牧师的德伯,甚至为了追求时髦,到海滨胜地沙埠做了德伯的情人。在《德伯家的苔丝》中,无论是纯瑞脊,还是隧石顶村,都在早期机械工业文明的侵蚀下失去了自然生态、社会生态和精神生态的和谐。在《林地居民》中,热爱自然的基尔斯虽然在最初追求格雷丝时遭受了挫折,但是他通过不懈努力,通过对环境的不断适应,最终赢得了格雷丝与玛蒂的爱;而小说中与自然疏离的菲茨比尔斯也在回归自然之后与格雷丝重归于好。由此我们可以推论出,哈代在创作《林地居民》这部小说时,仍然保持着积极向上的乐观情绪与人类必胜的信念。然而,他的这种乐观情绪在创作《德伯家的苔丝》时却发生了重大改变。虽然女主人公苔丝几经拼死挣扎,不断努力适应环境,但是由于她所处地区的自然生态、社会生态以及精神生态环境的严重失衡,最终原本纯洁善良的苔丝还是被绞死在了悬石坛。由此我们不难发现,在《德伯家的苔丝》中,哈代早期小说中所具有的那些田园色彩、牧歌情调与喜剧风格几乎荡然无存,整部小说被蒙上了一层浓厚的悲剧色彩。

在《无名的裘德》中,哈代笔下的梅勒寨郊外更是人烟荒芜,自然生态遭到严重的破坏。小说中描写的基督寺的社会生态也失去了原有的和谐:牧师们都被栽培成一个样,"闹得有时连他自己的妈都不认得他啦"(19);男主人公裘德的微薄收入则无法养家糊口,更不用说拥有自己的房屋;女主人公淑无家可归,被迫嫁给自己根本不爱的人;人与人之间的关系也日渐隔膜、疏离,工人们彼此瞧不起对方,妻子与丈夫之间则尔虞我诈。小说中的人们的精神生态也失去了平衡,表现出心灵的拜物化与精神真空化的症状。裘德的妻子艾拉白拉心灵拜物化,虚荣势利、看重金钱,为获取金钱不惜在酒馆中低俗卖笑。而男主人公裘德也逐渐失去了自己的信仰,与上帝彻底决裂了,他的心灵也因此而变得"非常干枯"(121)。哈代笔下的基督寺人的精神生态在工业文明的物欲冲击下迅速瓦解了,他们逐渐丧失了对基督教的信仰,这一地区"原先那座供奉基督教圣贤的古庙"以及"那片由太古以来就用作教堂坟地的青绿草坪"现在都湮没无踪(5)。在《林地居民》中,基尔斯最终赢得了格雷丝与玛蒂的爱,回归自然的菲茨比尔斯也与格雷丝重归于好。在《德伯家的苔丝》中,安玑也在苔丝被绞死之后遵照苔丝的遗愿与她的妹妹开始了新的生活,他们携手向前的脚步仍然透露出了"一息生机和希望"①。但是,在《无名的裘德》中,一直想方设法适应环境的裘德与淑却有着与基尔斯和苔丝妹妹完全不同的悲惨结局:裘德身心疲惫、万念俱灰,孤寂地死在了家中;而淑也凄凄惨惨地嫁给了自己厌恶痛恨的费劳孙,过着苦不堪言的生活。因此,在哈代的后期小说中,人们虽然也不断地努力,不懈地适应身边的环境,试图保持与自然的和谐,但是常常都因为整个社会大环境的自然生态遭受严重破坏,社会生态紊乱、精神生态失衡,而不可避免地遭遇失败。

综观哈代的"性格与环境"小说,不难看出,从《林地居民》开始,作家的创作内容、创作风格以及基调都逐渐发生了转变。从最初主要描写秀丽的田园风光到后来对人间苦难地狱的刻画,从最初小说体现的喜剧风格转变为中后期小说所体现的悲剧风格,从最初表现的牧歌情调到中后期小说所表现的悲剧情调,哈代的小说在不同的阶段表现出了不同的内容、风格和情调。在《林地居民》之前,哈代小说中刻画的环境主要包括自然环境与社会环境两个方面,其早期小说如《绿荫下》《远离尘嚣》《还乡》与《卡斯特桥市长》中所刻画的人与环境的关系也集中体现为人与自然环境、社会环境之间的关系,即人与外在自然的关系。这些小说的结局也大多以人与自然和谐相处,最终获得幸福为结局。通过这些小说哈代形象地表达了自己积极向上的乐观主义态度与人类必胜的信念。然而,在《林地居民》之后,特别是在《德伯家的苔丝》《无名的裘德》这两部小说中,哈代则着重描写了"人与社会的冲突"②,描写了由此而引发的一系列人与自我意识的冲突。在这些小说中,男女主人公在艰难的世事中进行着不懈的努力与奋争,却仍然过着非常艰辛、压抑的悲惨生活。他们的结局时常令人扼腕长叹,小说中常常弥漫着催人泪下、感人至深的悲剧气

① 吕志颖:《试论苔丝形象塑造中的绘画和音乐效果》,《阜阳师范学院学报》1995 年第 1 期。

② 丁世忠:《哈代小说伦理思想研究》,四川出版集团、巴蜀书社 2008 年版,第 5 页。

氛。这一阶段哈代小说中刻画的环境也从早期的自然环境、社会环境,逐渐扩展到包括人类自身精神环境的更为广阔的范畴,人与环境的关系集中体现为人与自然环境、社会环境、精神环境之间的关系,即人与内、外在自然的关系。特别是在《无名的裘德》中,哈代笔下的威塞克斯人与社会环境、精神环境的冲突到达了极致,整部小说中弥漫着一种人间地狱般的痛苦与压抑,淋漓尽致地再现了威塞克斯人在自然生态遭受破坏后所面临的社会生态与精神生态失衡的艰难困境。因此,哈代在"性格与环境"小说中的生态意识并非一成不变的。其早期小说"以抒发美丽的田园理想、描写宗法制社会的自然文明与农村的传统风习为主"①,集中阐释了威塞克斯人与外在自然之间的关系,通过惟妙惟肖地再现英国农村的自然生态美以及人与自然和谐相处、充满诗情画意的生活,形象表达了哈代对传统生活的无比眷恋与对诗意栖居生活的热切向往;而后期的几部小说则对这一地区遭受的外来冲击,人与内、外在自然的激烈冲突进行了栩栩如生的刻画,通过对外部世界给英国农村自然环境与传统社会秩序以及人的精神生态造成的破坏的具体形象的书写,深刻反映了哈代对人类破坏生态环境这种自掘坟墓式行为的强烈不满,以及他对早期机械工业文明的犀利鞭笞与厌恶。

当然,哈代后期小说的创作也并非完全悲观失望,其小说的悲剧尾声常常也透露出希望的曙光。《林地居民》中的基尔斯虽然付出了生命的代价,但最终还是赢得了格雷丝与玛蒂的爱;菲茨比尔斯在回归自然之后,也与格雷丝重新和好。《德伯家的苔丝》中的苔丝被绞死,但是安玑却遵照其遗愿,带着忏悔的心情和她的妹妹开始了新的生活,他们携手向前的脚步中透露出了"生机和希望"②。甚至在《无名的裘德》中,裘德临死前也仍然对淑说,他们两人只是早生了五十年而已(421),他总觉得这

---

① 聂珍钊:《论哈代小说悲剧主题的发展》,《华中师范大学学报》2001 年第 6 期。
② 吕志颖:《试论苔丝形象塑造中的绘画和音乐效果》,《阜阳师范学院学报》1995 年第 1 期。

个社会有什么弊病,虽然他不知道,但是一定会有更有见识的人把这个社会的弊病找出来(340)。裘德临死前说的这些话消极、伤感,但是"却也透露出希望","他把希望留给后人,留给了明天"①。因此,在哈代的后期小说创作中,尽管威塞克斯人因为整个地区的自然生态遭受严重破坏,社会生态紊乱、精神生态失衡,从而不可避免地遭遇各种失败,甚至大多付出了生命的代价,但是哈代却仍然常常在小说的尾声给人们留下一丝人与自然和谐共存、诗意栖居的希望曙光。因此,哈代并非一名对生活完全悲观失望的悲观主义者,而是一位向善论者。他之所以惟妙惟肖地刻画威塞克斯的种种生态困境,就是为了帮助现代人类与社会诊断"疾病",找出病因,寻找治病的良方,从而达到进化向善的目的。正如英国哲学家 A.N.怀特海(A.N.Whitehead)所说:"假如人类能善处难局的话,在我们的面前确实存在着一个有益于创造的黄金时代。但物力本身在伦理上来讲是中性的。它也能向错误的方向发展。现在的问题不是怎样产生伟大的人物,而是怎样产生伟大的社会。伟大的社会将使人知道如何应付这局面。"②在"性格与环境"小说中,哈代所揭示的资本主义社会体制的弊病、人类中心主义的束缚等就其本质而言是他为人类指出的导致他们破坏自然恶行的病因,小说中所刻画的自然生态失衡以及由此引发的各种生态困境则是哈代为现代人类和社会诊断的"疾病",小说中所颂扬的回归自然、融入自然,与自然和谐共处的诗意栖居生活则是哈代为现代人类和社会开出的治病良方。在哈代看来:"既然世界有一部分已经觉悟并获得了意识,那就可以相信整个宇宙有一天也会获得意识……因此我才得出这一结论。"③哈代在中后期小说中刻画了很多威塞克斯人的

①　张中载:《托马斯·哈代——思想和创作》,外语教学与研究出版社 1987 年版,第 171 页。

②　[英]A.N.怀特海:《科学与近代世界》,何钦译,商务印书馆 1959 年版,第 198 页。

③　Florence Emily Hardy, *The Life of Thomas Hardy*, Vol. Ⅱ（ 1892–1928）, London: Macmillan and Co., 1933, p. 125.

悲剧,通过这些悲剧揭示了早期机械工业文明的弊端与不足,旨在唤醒人们对这些问题的意识与觉悟。哈代的小说中也有一部分威塞克斯人在历经各种困难之后意识到与自然和谐共处的重要性,因而回归自然、融入自然,从而诗意栖居于世上。通过两个方面的对比,哈代向人们表达了这样一个观点:既然自己与一部分人已经觉悟和获得了回归自然、与自然和谐相处的生态意识,那么通过自己的创作必将唤醒更多人的生态意识,因此最终全人类都可以获得这样的意识。

综上所述,哈代在"性格与环境"小说中对自然的多种价值进行了重新考量,对威塞克斯地区的生态困境进行了细腻刻画,并且抒写了自己希望人类回归自然、融入自然,实现诗意栖居的生态理想。他的这些生态意识就其本质而言是对人物"性格与环境"关系的一种阐释,是对人与内、外部自然关系的一种探讨。他的生态意识也并非一成不变的,而是经历了从最初主要对人与外部自然关系的探讨到后期对人与内、外部自然关系的剖析这一动态转变过程。此外,哈代在小说中所体现出来的生态意识不是一种绝对的生态中心主义,更不是彻底的人类中心主义,而是既考虑人之为人的利益,又充分考虑生态整体的利益,实现人类利益与生态整体利益有机统一的相对人类中心主义。哈代通过自己的小说创作所表达的对主客二分传统二元论的批判、对现代人征服自然、控制自然行为的声讨,以及对生态整体、系统价值的强调"直接或间接地影响了罗尔斯顿的生态整体主义、卡逊的生态作品《寂静的春天》(1962)的问世"①,对后世生态文学的出现也产生了一定的促进作用。

---

① 陶久胜:《体验自然的伤残,呼吁整体的和谐——哈代自然诗歌生态思想揭示》,《重庆邮电学院学报》2005 年第 5 期。

第五章　哈代"性格与环境"小说 生态意识的形成原因

哈代在"性格与环境"小说中所体现出来的生态意识不仅对后世生态批评的产生以及生态文学的出现有着积极的促进作用,而且其生态意识的形成也并非一种自然而然的现象,而是有着特定的形成根源。多塞特郡的自然美、历史民俗文化构成了哈代心灵的源泉,陶冶了他的自然情趣,形成了他的"地缘感";现代工业对自然生态的破坏、他外出学习、打工、旅游所见到的生态难民问题,以及19世纪末20世纪初早期机械工业文明给英格兰带来的现实生态困境,如美丽田园风光的消失、可怕自然灾难的出现、人际关系的异化、人物行为的无能化、生活风格的整一化、人的心灵拜物化以及精神真空化等更是加深了他对生态问题的思考,为哈代思想的形成提供了现实依据。此外,达尔文进化理论、孔德实证哲学、穆勒功利主义、叔本华的唯意志论等学说以及希腊悲剧、莎士比亚、易卜生作品的多重影响还构成了哈代小说生态意识形成的基石。这些因素与哈代具有的"特殊天才",即比其他人更迅速准确地对现实生活作出深刻反映,一起共同促成了哈代小说生态意识由早期主要对人与外部自然关系的探讨到后期对人与内、外部自然关系的剖析的动态转变。

第一节　上博克汉普屯与哈代的"地缘感"

哈代的家乡上博克汉普屯村位于英国西南部多塞特郡的多尔切斯特

市。上博克汉普屯虽然古老、偏远,但却有着美丽的田园风光与牧歌情调。这里不仅山川秀丽、环境优美,林地绿树成荫,荒原石南丛生,牧场农田起伏连绵,海岸港湾崎岖险峻,而且一年四季气候温和、鸟语花香,不时有野马、小鹿、蛇、蜥蜴等野生动物在村落附近出没。哈代一生除早年在伦敦学习和从事五年建筑行业以及间或外出旅游参观外,其余大部分时间都是在上博克汉普屯这个美丽、宁静、和谐的小村庄度过的。小时候他还时常随父亲去荒原游玩,领略大自然的美。这种长期乡村生活的熏陶,使哈代不仅对乡村生活有着非常深刻的认识,也使得他对自然有了非常敏锐的体验,从而促成了他对乡村生活、对自然的热情关注与喜爱。由于哈代一生中绝大多数时间都是在家乡多塞特郡度过的,他对这里的一山一水、一草一木都非常熟悉,所以他在刻画这些山山水水、花草树木时常常能够得心应手、运用自如,他在早年经历的这种美丽、宁静、和谐的乡村生活也成为他日后创作"性格与环境"小说的重要背景蓝图。

哈代的家乡上博克汉普屯不仅自然风光优美,而且历史古迹众多,"充满了古代的遗物和掌故,无论是赛尔特时代,抑是罗马统治时代,抑是撒克逊时代的古迹和逸事,都可以看到或听到"[1],例如布莱谷(或布蕾谷)、汉敦山、野牛冢、奈岗堵、达格堡、亥司陶、勃布砀、魔鬼厨房、十字手、长槐路、奔飞路、巨人山、克利末利路、悬石坛等。这些风景和古迹蕴藏着非常深厚的历史文化底蕴,常常能引发人们的思古幽情,因此哈代在小说中不时直接采用这些地名命名威塞克斯的地形地貌,从而使其小说具有浓厚的地方历史文化气息。哈代本人也对家乡的历史文化渊源非常感兴趣。童年时期就经常聆听祖母给他讲拿破仑等人的历史典故,少年时期还阅读了大量这方面的书籍,这些都大大激发了哈代对家乡历史文化渊源的研究兴趣,"仿佛他脚下的土地仍然留着罗马征服和盎格鲁—

---

① 李田意:《哈代评传》,商务印书馆 1937 年版,第 17 页。

撒克逊入侵时的痕迹,对于过去时代怀有一种说不清道不明的情怀"①。此外,青年时期的哈代从事的工作也主要是四处修缮教堂,凭借这份四处游走的工作,他拥有更多机会去接触与熟悉多塞特郡的历史文化古迹,从而也就获得更多机会去感受家乡的这种历史文化底蕴。

此外,上博克汉普屯人非常热爱民间歌舞,且民风淳朴,整个教区时常会定期举行各种演出活动。哈代的祖父就是教堂里有名的大提琴手,哈代的父亲和叔父也都是教堂音乐队的成员,而哈代自己也从四岁开始就学习小提琴,十岁的时候就已经能登台表演了。他常常和父亲一起,用小提琴为乡村舞会伴奏。在哈代的第一部"性格与环境"小说《绿荫下》中,梅尔斯托克唱诗班就是以上博克汉普屯的教堂唱诗班为原型刻画的。上博克汉普屯的节日活动也很丰富多彩,如瓦伦丁节、五朔节、仲夏节、圣诞节等。每个节日都与人们的生产、生活密切相关,而且还承载着深厚的文化内涵,因此这些都为哈代日后在小说中原汁原味地再现威塞克斯的乡村生活打下了坚实基础。在上博克汉普屯流传的各种民谣、传说等对哈代的小说创作也产生了重要的影响。哈代年幼时身体虚弱,直到八岁才入学读书,在此之前则一直由母亲教他读书、写字。哈代的母亲、祖母常常将她们熟悉的民谣、传说等以讲故事的形式讲给他听,这些故事在哈代幼小的心灵中播下了智慧的种子,为其日后的小说创作提供了丰富的民俗素材;也正是这份童年时期被培养出的对家乡的热爱,对家乡居民习俗、物质生活条件的透彻了解,孕育了哈代小说创作的"基本问题","尔后作家将它简练地概括为性格与环境问题"②。总之,上博克汉普屯保留的诸如民间歌舞、传统节日、民间传说等古老民俗风情为哈代日后的小说创作提供了原始的素材,也为其小说创作注入了新鲜的活力,并且还在一定程度上促成了哈代独具一格的写作风格的形成。正如英国学者 C.惠

---

① 高继海:《英国小说史》,中国社会科学出版社 2003 年版,第 195 页。
② 聂珍钊:《托玛斯·哈代小说研究——悲戚而刚毅的艺术家》,华中师范大学出版社 1992 年版,第 378 页。

布莱所说,在哈代笔下,"住在山谷和高原、农庄和麦芽作坊的男男女女,他们的习俗和探讨都很古老,就像他们栖身的农舍和遮阴的树木一样"①,上博克汉普屯的历史民俗文化为哈代小说中的民俗文化提供了原型。

在《地方和政治:国家和社会的地理关联》一书中,耶鲁大学教授约翰·阿格纽(John Agnew)曾经指出,每个地方都具有"地理性""社会性"与"地缘性"②。"地理性"是指构成一个地方的各种自然因素;"社会性"则是指包括阶级、性别在内的一个地方的各种社会关系的总和;而"地缘性"则是指地方的文化意义,有关当地的神话传说、文学描述、历史记忆都是地缘性的一部分③。以此为基础,布伊尔则进一步指出,一个作家的"地缘感"源于其自身对所在地的地理性、社会性以及地缘性的体验④。对哈代而言,上博克汉普屯的自然风光无疑构成了其独特的地理性,而上博克汉普屯的各种社会关系、风土人情则是其丰富社会性的体现,上博克汉普屯的各种神话传说、历史文化记忆等则构成了哈代思维中的"地缘性"。这些地理性、社会性与地缘性的共同作用则形成了哈代对上博克汉普屯的地缘感。事实上,哈代对上博克汉普屯的这种地缘感是其在家乡"亲身体验"所产生的一种经验性感觉⑤,是哈代个体对四周环境的主观感受。虽然只有部分经验性感觉进入了哈代的意识,还有相当部分

---

① [英]C.惠布莱:《托马斯·哈代》,转引自陈焘宇编:《哈代创作论集》,中国社会科学出版社 1992 年版,第 33 页。

② John Agnew, *Place and Politics: The Geographical Mediation of State and Society*, Boston: Allen & Unwin, 1987, p. 28.

③ John Agnew, *Place and Politics: The Geographical Mediation of State and Society*, Boston: Allen & Unwin, 1987, p. 28.

④ Laurence Buell, *Writing for an Endangered World*, Cambridge: Belknap Press of Harvard UP, 2001, p. 64.

⑤ Laurence Buell, *The Environmental Imagination: Thoreau, Nature Writing, and the Formation of American Culture*, Cambridge: Belknap Press of Harvard UP, 1995, p. 61.

"环境无意识"未进入其意识,也无法通过语言完全、确切地表达出来①,但是这种地缘感却对哈代日后的小说创作产生了重要影响,直接决定着哈代对世界的观察、行为与认同,也为哈代在"性格与环境"小说中对威塞克斯地区自然景物、民俗语言、文化历史进行形象刻画埋下了重要伏笔,甚至还为其小说人物形象的个体与群体的身份构建提供了丰富的人物原型。因此,正如聂珍钊所言,"哈代对威塞克斯农村即多塞特郡有一种天然的感情,这种感情根深蒂固",不仅体现在哈代塑造的忠于威塞克斯王国的子民身上,也贯穿于哈代的全部作品之中②。正是由于哈代十分注重情感的地方性特点,认为"感情的一定的乡土味是极为重要的。它具有个性的本质,主要由天然的热情组成,没有它伟大的思想不成其为思想,也不会产生伟大的行动"③,所以从《远离尘嚣》开始他就虚拟了"威塞克斯"这片"北起泰晤士河,南抵英吉利海峡,东以海灵岛至温莎一线为界,西以科尼什海岸为边"的地域作为小说与人物活动的自然环境④,其笔下的昔日威塞克斯不仅是一个如上博克汉普屯一样远离工业喧嚣、保持传统宗法制社会生活的乡土世界,也是哈代心目中一片洋溢着古朴生活情调、充满了和谐与安宁的净土。哈代对于上博克汉普屯的这种地缘感促使他在"性格与环境"小说中以栩栩如生的文笔精心勾勒出一幅独具特色的威塞克斯风俗风情画,这幅风情画不仅流露出他对多塞特郡乡村生活的热情眷恋,也蕴含着他对人与自然和谐共处、诗意栖居的浓情赞美。

---

① Laurence Buell, *The Environmental Imagination: Thoreau, Nature Writing, and the Formation of American Culture*, Cambridge: Belknap Press of Harvard UP, 1995, p. 22.

② 参见聂珍钊:《托玛斯·哈代小说研究——悲戚而刚毅的艺术家》,华中师范大学出版社 1992 年版,第 344 页。

③ Florence Emily Hardy, *The Life of Thomas Hardy, Vol. I (1840－1891)*, London: Macmillan and Co., 1933, p. 189.

④ 参见[英]托玛斯·哈代:《小说与诗歌集总序》,张扬译,中国文联出版公司 1985 年版,第 291 页。

第二节　社会转型期的现实生态困境

　　由于哈代生活在英国由农业社会向工业社会转型的时期,他的家乡多塞特郡以及附近地区虽然在最初因为思想闭塞、经济落后尚未遭受早期机械工业文明的冲击,传统的宗法制社会秩序也依然存在,但是从 19 世纪 60 年代开始这种状况就发生了变化。作为早期机械工业文明象征的铁路、电报、《伦敦日报》等逐渐进入了这一地区,对人们的生产、生活以及思想产生了巨大影响。

　　哈代的家乡多塞特郡以及附近地区原本是一个充满自然美与诗情画意、具有宗法制特点的古老地区,这里的人民大多过着平凡、自给自足的简朴生活,"一般的农村居民穿着兽皮、麻布或帆布制的衣服,穿着打了平头钉的鞋子,用木制的盘子进餐,主要的食品是黑面包"①。哈代的第一位夫人爱玛在其回忆录中也曾对有着 19 世纪六七十年代宗法制特点的圣・朱利叶教区做过这样的记载:"圣・朱利叶教区的确是北康沃尔的一个富有浪漫色彩的地点。它离那时的一个车站十六英里。在那个地区,现存习俗中巫术的信仰在原始居民中风行。那些与世隔绝的本地居民所热衷的共同话题,都是传说和奇怪的闲话……但是他们保留着某些优秀的特点和美好的习俗。"②生活在这样一个历史悠久的古英格兰传说中,哈代对这种传统的宗法制社会生活有着深刻的感同身受。然而,随着公路、铁路的不断延伸和工厂里对机器的频繁使用,多塞特郡昔日的诗情画意般的美好生活也随着早期机械工业革命的到来遗失殆尽:无数森林惨遭砍伐,各种花草植被也被无情铲除。人类对自然生态的恶劣破坏行

---

① 王觉非编:《近代英国史》,南京大学出版社 1997 年版,第 1 页。
② Florence Emily Hardy, *The Life of Thomas Hardy*, Vol. I (1840 - 1891), London: Macmillan and Co.,1933,p. 89.

为导致了英国农村大量水土的流失与田地的荒芜;火车的鸣笛声与机器的马达声也破坏了这里的宁静;大量煤炭的使用还使得英国上空常年灰尘弥漫,使伦敦成为气候极端的"雾都"。而英国向工业社会转型过程中频频遭遇的各种自然灾害也让哈代目睹了英国转变成弥尔顿笔下的"失乐园"这一可怕的历程。这些令人震惊的社会变化扰乱了哈代长期以来在心目中保持的那份恬淡与静谧,也使得他对社会转型时期的英国自然生态困境有了更为深刻的认识。

早期机械工业革命不仅造成了英国自然生态的种种困境,也带来了英国社会、经济结构的巨大改变。短短百年间,英国由过去的一个以农业、手工劳动为主的国家一跃而成一个工业的大国,"'典型的英国人变成了城市人',英国成了一个城市国家,中世纪那种田园诗般的农业社会被一个发达的工业社会所取代"①。为了满足工业生产中所需要的大量劳动力,英国还开始了大规模的"圈地运动",将靠土地为生的农民从他们自己的土地上赶走,将大量的农场变成了机械化管理的牧场,剥夺了大批农民的生产与生活资料,迫使他们背井离乡,"成为流浪者和乞丐"。对此卡尔·马克思(Karl Heinrich Marx)曾经这样写道:"在 17 世纪最后几十年,自耕农即独立农民比租地农民阶级的人数多。大约在 1750 年,自耕农消灭了,而在 18 世纪最后几十年,农民共有地的最后痕迹也消灭了。"②社会经济结构的根本改变导致人与人之间的贫富差距日渐变大,富裕的资本家住在豪门别墅中肆意挥霍浪费,而贫困不堪的无产者却生活得无比拮据困难。"工业革命使英国成为经济最发达的国家",同时也使英国成为"贫民窟最大、最多的国家"③。随着贫富差距的逐渐拉大,人与人之间的关系也开始出现异化,"人们的积极性和创造性主要都被吸

---

① 王觉非编:《近代英国史》,南京大学出版社 1997 年版,第 260 页。
② [德]卡尔·马克思:《马克思恩格斯全集》第 23 卷,中共中央马克思恩格斯列宁斯大林著作编译局译,人民出版社 1972 年版,第 790—791 页。
③ 林举岱:《英国工业革命史》,上海人民出版社 1979 年版,第 82 页。

引到追逐物质财富上去了,物欲横流,金钱第一,连友谊、安闲、艺术、时间都要用金钱来衡量"①。生活在这种环境中的哈代对于这种人际关系的异化有着非常深刻的体会,他在《多塞特郡的劳工》中这样写道,"所有这些被流放的人,都对现有的一切秩序抱有不共戴天的仇恨。并不是几个人,也远远不只是最忠实的激进分子变成了无政府主义者","多塞特人关注的问题已逐渐让位于没有房屋、土地等一切穷困的问题,让位于人权这个广泛的话题"②。在 1902 年答复里德·哈加德的信中,哈代也再次提及当时英国农村的不平等社会现象:"我认为,也的确知道,直到 1850年或 1855 年中,他们的条件总的来说是极为艰苦的。……我在童年时代认识的一个牧童,不幸得很,后来不久他就被饿死了——在解剖时,胃里的东西只是一点生萝卜。他父亲一星期的工资只有六先令,一个收割期大约是两镑。"③

　　此外,哈代一生中虽然也曾数次到伦敦等地求学、旅游、工作,但绝大多数时间都是在家乡度过的,因此作家对多塞特郡的诗意栖居生活非常地眷恋,对破坏乡村自然、社会、精神生态的早期机械工业文明非常地反感。由于在哈代生活的时代,英国资本主义工业化大生产的发展使得资本主义社会固有的弊端日趋明显,资产阶级鼓吹的无情竞争不仅破坏了多塞特郡的自然美与诗意生存,导致了难以想象的自然灾难、社会秩序混乱与人际关系的异化,而其倡导的以金钱为最终目标的价值取向也压抑与摧残了现代人类的人性,给他们的生存造成巨大的痛苦,使他们常常因为人与人之间难以正常交流而出现心灵的拜物化、精神的真空化等现代精神病症。对于笃信基督教的英国社会而言,拯救世界的"上帝"原本是他们精神生活中不可缺失的支柱,但是,随着

① 王觉非编:《近代英国史》,南京大学出版社 1997 年版,第 263 页。
② Harold Orel(ed.), *Thomas Hardy's Personal Writings*, London:Macmillan,1990, p. 189.
③ Florence Emily Hardy, *The Life of Thomas Hardy*, Vol. Ⅱ (1892-1928), London:Macmillan and Co.,1933,p. 93.

英国资本主义工业化的大发展,昔日无所不在、无所不能的"上帝"却在早期机械工业文明的狂热进程中"死了"。因此,哈代曾经这样失望地说道:"我已经寻找上帝 50 年,我想假使上帝存在的话,我应该找到它了。"①英国资本主义工业化大生产之后的各种现实困境摧毁了人们心目中对"上帝"根深蒂固的信仰,使得他们因为信仰缺失而陷入一片迷茫。在哈代的"性格与环境"小说中,掠夺性的资本主义的影响也"普遍地反映在小农场主、牧人和乡村农工为生存而毫无希望地挣扎于不可见的工业化势力之中"②,异己的社会处处压抑着他们的自然感情,使得他们在外部社会与自己内心世界的激烈冲突中迷失了自己的方向,失去了自己的人性,最终丧失了独立的自我。而导致哈代在小说中刻画人类精神生态失衡现象的一个重要原因就是英国资本主义工业化大生产后所出现的各种现实困境。

总之,身处英国社会转型时期的哈代目睹了资本主义工业化大生产所带来的各种现实生态困境,亲身体验到早期机械工业文明所造成的自然资源的枯竭、社会生活的颠沛流离、动荡不安,以及人类美好天性的沦丧。他耳闻目睹的这些现实生态困境不仅促使他在"性格与环境"小说的创作中对这些生态困境进行生动形象的展示,也促使他在小说中对导致这些生态困境的人类文明岔路进行了深刻而透彻的剖析。此外,哈代亲身经历的现实生态困境也激发了他对昔日田园牧歌生活的深深眷念,以及对未来人类回归自然、实现人与自然和谐共存这一诗意栖居生活的热切展望。因此,早期机械工业文明给英格兰带来的现实生态困境是促成哈代思考生态问题、形成生态意识的重要现实因素。

---

① Florence Emily Hardy, *The Life of Thomas Hardy*, *Vol. I* (*1840 - 1891*), London: Macmillan and Co., 1933, p. 293.

② Annette.T. Rubinstein, *The Great Tradition in English Literature from Shakespeare to Shaw*, New York and London: Modern Reader Paperbacks, 1969, p. 841.

第三节 达尔文进化理论等学说的多重影响

19世纪后半叶和20世纪初是英国各种思潮不断涌现的时期。尽管哈代曾在日记中说道,"我研究了多种多样的哲学体系,它们的矛盾和无用给我留下了深刻印象。我已得出如下结论:让每一个人按照自己的亲身体验为自己建立哲学吧"①,但是这一时期的多种理论、思潮对哈代"性格与环境"小说中生态意识的形成却产生了重大影响。在众多的理论、思潮中,对哈代小说生态意识的形成影响最大的是达尔文等人提出的进化理论。还是青年时哈代就非常崇拜达尔文,"作为青年时期的哈代,他是《物种的起源》的最早的拥护者之一"②。哈代两次列出的对其思想产生过重大影响的人物名单中最先列出的人物都是达尔文及其他进化论者③。由此可见,达尔文等人的进化论思想对哈代小说生态意识的形成有着重要意义,"在哈代的全部创作和思想发展过程中,进化论学说都贯穿始终,是哈代的社会观念、伦理道德观念和文艺思想的基础"④。

作为"第一个、也许是最伟大的生态学家",达尔文(C.R.Darwin)等人运用大量翔实材料证明现存生物(包括人)都是由原始的共同祖先演化而来的,从而揭示出人与其他生物在生物意义上的同根性⑤。进化理论不仅强调人与其他生物的同根性,主张人类不能超越自然,应将人类视

① Florence Emily Hardy, *The Life of Thomas Hardy*, Vol. II (*1892-1928*), London: Macmillan and Co., 1933, p. 91.

② Florence Emily Hardy, *The Life of Thomas Hardy*, Vol. I (*1840 - 1891*), London: Macmillan and Co., 1933, p. 198.

③ Peter R. Morton, "Tess of the D'Urbervilles: A Neo-Darwinism Reading", *Southern Review*, No. 7.(1974), p. 50.

④ 聂珍钊:《哈代的小说创作与达尔文主义》,《外国文学评论》2002年第2期。

⑤ Lewis Mumford, "The Myth of Machine", *Harcourt Brace Jovanovich*, Vol. 2.(1970), p. 388.

作自然的一部分,而且也强调人与其他生物的亲密性,主张包括人在内的所有生命与自然和谐共处。在《物种起源》中,达尔文明确指出,"我必须对自然的和谐有所发现"①,"植物和动物,哪怕在自然形态上有巨大的差异,都被一个复杂的关系网包在一起",并且他还使用"生命树"一词来描述生态整体②。受达尔文进化论生态整体观的影响,哈代在"性格与环境"小说的创作中也将人类的伦理扩大到所有的生物,将对人类的道德关怀扩大到所有的生命,其小说所蕴含的生态伦理囊括了更为宽泛的范畴。在他的笔下,无论是植物还是动物,无论是人类还是社会,都是威塞克斯生态整体的重要组成部分,它们共同构成了一个不可分割的生态整体,不分优劣,不分高低,都具有维持自己生存的权利,都遵循自然选择与适者生存的道德原则。《还乡》中的芦苇为了表明自己的存在,"互相摩擦",发出凄惨的声音(36);《林地居民》中的常春藤则为了得到阳光,在屋檐上拼命推进,"仿佛想从它们的支撑者上凌然飞起"(29);更多的树为了生存进行着残酷斗争,它们紧紧地挤在一起,那损坏了外形的树杈"由于相互摩擦和敲打而伤疤累累"(418)。在《远离尘嚣》中,博尔伍德的马为了维持热气和肥壮,大口大口地咀嚼大麦和稻草(142);《德伯家的苔丝》中一年前不过是尚未成形的胚胎和渺小微细的无机体的"花、叶、夜莺、画眉、交喙以及这类命若蜉蝣的有生之物",一年之后纷纷出现了,占据了原本属于其他事物的所有岗位(187)。受进化论思想的影响,哈代在小说中将敬畏生命这一概念延伸到更为广泛的范畴,其笔下的动植物常常被赋予了和人一样重要的生命价值和道德情感。哈代"坚决认为狩猎活动是邪恶的行为,曾一度联合别人采取具体措施来唤醒公众对

---

①　Donald Worster, *Nature's Economy: A History of Ecological Ideas*, New York: Cambridge University Press, 1994, p. 114.

②　Donald Worster, *Nature's Economy: A History of Ecological Ideas*, New York: Cambridge University Press, 1994, p. 133.

这一问题的认识"①。在哈代看来,自然界的山谷、台地、古冢以及古冢上的人形都是当地生态整体中不可缺乏的组成部分,当人们看到景物中的这一部分或那一部分时,都只看到了整体的一部分而已②。

"自然选择"与"适者生存"是达尔文、斯宾塞(Herbert Spencer)进化理论的核心观点。受这一观点的影响,哈代笔下的人类也不分高低、男女,与动植物一样遵循着自然选择与适者生存的原则。只是哈代笔下人类"适者生存"所指的适应对象并非简单的某人或某物,而是指当地的生态系统。在《远离尘嚣》中,特洛伊厌恶韦特伯里的古朴,企图以"文明"改造韦特伯里生态系统,却破坏了人与自然的和谐,因而遭受自然法则的惩罚,成为当地生态、社会系统的局外人,年纪轻轻就死于非命。《远离尘嚣》中的奥克乐观旷达,靠观察星星、太阳判断时间,靠观察自然异常判断天气,与自然、社会和谐相处,与韦特伯里村庄的人们过着亲密无间的生活。他无怨无悔地关心、呵护着芭思希芭,在她遭遇困难之际,总是毫不犹豫地伸出援助之手,最终打动她的芳心,与她结为夫妇,也得到了整个村庄的祝福。《还乡》中的游苔莎厌恶荒原、憎恨荒原,一心想离开埃格敦荒原,前往城市巴黎去享受奢靡的生活,最终却在逃离荒原的路上被滂沱大雨中散乱的荆棘藤蔓绊住,落入水渠,溺水身亡。而《还乡》中的维恩则热爱荒原,与荒原以及荒原上的人们和谐相处,始终默默照顾心仪的托马辛,最终与她有情人终成眷属。雄心勃勃一心想改造埃格敦荒原的克林,由于其教育计划过于空想、不适宜当时环境,因而无法得到荒原人的支持,个人也遭遇眼睛失明、妻亡母死的悲惨结局。最终重新回归自然的克林整日在埃格敦荒原巡回布道,与埃格敦荒原和谐地融为一体,他重又获得了新生。受达尔文等人进化论思想的影响,哈代笔下塑造的

① [美]W.弗尔普斯:《论托马斯·哈代(1910年前)》,转引自陈焘宇编:《哈代创作论集》,中国社会科学出版社1992年版,第25页。

② 参见[英]托马斯·哈代:《还乡》,王之光译,中国书籍出版社2006年版,第10页。

男女主人公常常因为积极适应当地的生态系统而幸福地生存下来,如奥克、维恩等;也不时因为违背、改变当地的生态系统而惨遭遗弃甚至落得死亡的悲剧,如特洛伊、游苔莎等。

在哈代的"性格与环境"小说中,社会也是按照生存竞争与适者生存的规律演绎进化的。在《卡斯特桥市长》中,男主人公亨察德是传统宗法制农村社会的代言人,另一男主人公法夫瑞则是掌握了一定科学技术的现代社会的代表人物,因此他们之间的生存竞争不仅体现着个人之间的竞争,更是两大社会之间的竞争①。小说中的亨察德完全不懂科学知识,也没有掌握先进的管理理念,盲目靠预报天气的先知来决定是否买进货物,靠手抓来判断货物多少与好坏,因循守旧,缺乏适应恶劣天气的应变能力,难以顺应自然的发展规律,最终遭受事业的惨败。法夫瑞则不仅适当运用科学知识灵活地处理了亨察德的变质小麦,通过改变口感来获得亨察德的信任和资助,而且充分尊重自然规律,未雨绸缪,在准备娱乐活动时积极想办法适应恶劣天气的变化。因而,最终法夫瑞举办的娱乐活动获得了巨大成功,亨察德筹划的露天游乐活动却惨遭失败;法夫瑞使自己的买卖立于不败之地,亨察德则倾家荡产,并且失去了自己的市长职位。长期在农村生活的哈代非常眷恋美丽、古朴、充满田园风光的传统宗法制社会生活,但是受达尔文等人进化论思想的影响,他还是先知先觉地意识到威塞克斯地区的社会进步是历史发展的必然趋势,人类社会的先进生产方式必将淘汰昔日因循守旧的落后生产方式。哈代并不反对人类社会的进步与发展,他对威塞克斯人在顺应自然规律的前提下适当运用科学技术进行有节制的发展持肯定态度,因此他笔下的宗法制社会的代言人亨察德不可避免地被代表先进生产方式的青年法夫瑞所击败,而落后守旧的宗法制社会也不可避免地被适当运用科学技术有节制地发展的

---

①　参见聂珍钊:《托玛斯·哈代小说研究——悲戚而刚毅的艺术家》,华中师范大学出版社 1992 年版,第 282 页。

现代社会所替代。在哈代的"性格与环境"小说中,植物、动物、人类与社会都遵循"适者生存"的规律生存和发展,其笔下那些努力适应环境的事物常常获得生存与发展的空间,而那些不能迅速适应变化环境的事物则通常会遭到人类历史的淘汰。

奥古斯特·孔德(Isidore Marie Auguste François Xavier Comte)实证哲学中所主张的利他主义伦理观对哈代生态意识的形成也有着重要影响。孔德认为,"起初人的利己本能比利他的感情强烈,社会的存在依赖于对利己本能的约束";而道德则是"约束利己本能,建立利他原则,为社会、为人类谋福利,从而达到人类的最高理想:仁爱"①。孔德的伦理观以功利主义为基础,认为人的本能是利己主义的,但同时也认为"利他主义是人具有的感情,是一种高尚的仁爱冲动"②。受这种观点的影响,哈代一方面承认利己主义是人的本能冲动,另一方面也宣扬利他主义这种高尚的仁爱思想。为了阐释宣扬这种利他主义仁爱思想,哈代在"性格与环境"小说中塑造了三类人物形象:一类是芳茜·黛、芭思希芭、游苔莎、格雷丝等新型女性形象,这些女性为了追求自己的爱情与幸福,往往忽略其他人物的利益,只考虑自己的利益。对于她们的利己主义本能,哈代没有过多的批判,而是予以了理解、包容,肯定了她们追求幸福的合理性。另一类人物则是特洛伊、怀尔狄夫、德伯、艾拉白拉等极端利己主义形象,这些人物形象为了满足自己的利益,常常不择手段、损人利己,不惜给周围的人造成巨大伤害。对于这些极端利己主义者损人利己的行为,哈代则进行了猛烈抨击,并且常常在小说结局之时让他们以死亡终结一生。第三类人物则是奥克、维恩、基尔斯等仁爱、高尚的人物形象。这些人物形象在融入当地生态整体的同时也常常约束自己的本能,为他人的幸福

① 聂珍钊:《托玛斯·哈代小说研究——悲戚而刚毅的艺术家》,华中师范大学出版社 1992 年版,第 287—288 页。

② 聂珍钊:《托玛斯·哈代小说研究——悲戚而刚毅的艺术家》,华中师范大学出版社 1992 年版,第 287 页。

牺牲自己的幸福,表现出了崇高的仁爱思想。对于这类人物,哈代常常让他们的理想最终得以实现,对他们的仁爱行为都进行了热情的讴歌与赞扬。在哈代笔下,奥克是芭思希芭最狂热和最忠诚的追求者。当他的羊意外摔死之后,他没有过多考虑自己的得失,而是为芭思希芭的幸福暗自庆幸:"感谢上帝我没有结婚,不然的话,眼看我就要成为一个穷光蛋,她会怎么样啊!"(41)当他被飞扬跋扈的芭思希芭赶走,以及在得知芭思希芭的羊患病之际,仍然不计前嫌、想方设法挽救了芭思希芭的羊群。而在芭思希芭结婚后的狂欢之夜,奥克仍然在暴风雨来临之际,不顾生命的危险全心全意地帮助芭思希芭拯救她的麦垛。在《林地居民》中,基尔斯也一心一意地关心、爱护着格雷丝,为了她不惜高价买木材,精心筹备晚会,在得知格雷丝移情别恋之后,也仍然将一匹昂贵的母马送给格雷丝,甚至在格雷丝婚姻遭受重挫离家出走之时,仍然不顾个人安危在暴风雨中精心呵护格雷丝,照顾她的起居,以至于最终付出了生命的代价。在哈代笔下,无论是勤劳、节俭的奥克,还是淳朴、善良的基尔斯,在他们身上,个人主义都只处于极小的位置,个人利益总是让位于他人的利益,他们的利他主义精神极大地体现了哈代意识中的仁爱原则,抒发了哈代心目中美好的道德理想,因此哈代在小说中对他们进行了热情的讴歌与赞扬。通过对这三类人物的不同刻画,哈代表达了自己对人作为社会存在物的利益和目的的充分考虑,肯定了个人的利己利益,但同时也充分考虑了他人的利益,并且对人类的利他主义仁爱思想进行了高度颂扬。

受孔德伦理观中社会道德约束利己本能这一思想的影响,哈代笔下的威塞克斯人虽然在最初其利己本能常常强于自己的利他感情,但是在社会道德的约束下,他们可以遵循利他原则,约束自己的利己本能,为社会、为人类谋福利,从而实现人类的最高理想:仁爱。《远离尘嚣》中的奥克与特洛伊都是狂热追求芭思希芭的人物,他们对芭思希芭的追求最初都是建立在满足个人感情欲望这一利己本能之上的。但是,特洛伊不顾社会道德的约束,随意玩弄芭思希芭与芳丽的感情,最终害得芳丽惨死,芭思希芭再也不愿和他一起生活。而奥克却遵从社会道德,在芭思希芭结婚嫁人之后本着利他原则,仍然在暴风雨来临之际,冒着生命危险全心全意帮助芭思希芭;后来为了保全芭思希芭的名节,甚至不惜放弃高额薪酬,打算移居国外。奥克在为芭思希芭谋福利的同时,也为博尔伍德农场主谋福利,甚至为整个农庄、整个韦特伯里地区谋福利。他和身边的动植物和谐相处,不践踏这里的每一棵麦苗,不伤害一只普通的蛤蟆;和周围的人们和谐共处,随时随地热心地帮助遭遇困境的人们,体现出仁爱的高尚道德境界。他的这种利他主义行为一方面促成了他与芭思希芭的结合,另一方面也帮助他赢得村民的信任与尊重,从而使他与芭思希芭的婚姻得到了全体村民的祝福。《林地居民》中的基尔斯、《还乡》中的维恩也是哈代精心塑造的和奥克一样遵循利他原则的道德人物,他们在面临自己的利己本能与利他原则的冲突之际,常常将自己的个人利益让位于他人的利益,表现出极强的利他主义精神,他们也成为哈代在小说中加以肯定与赞美的对象。通过对他们的肯定与赞美,哈代向人们表明了自己伦理意识中对仁爱思想的重视与向往。

约翰·斯图亚特·穆勒(John Stuart Mill)的功利主义思想对哈代生态意识的形成也产生了重要影响。哈代曾经这样写道,他和其他穆勒的功利主义思想信徒几乎能把穆勒的代表作《论自由》"背下来"①。穆勒的功利主义思想主要秉承传统英国快乐论学派的观点,将幸福或大多数人的最大幸福作为至善和道德标准,认为"凡是能促成最大多数人的最大幸福的行为就是正义的行为"②。穆勒认为,幸福就是快乐的获得和痛苦的免除,而不幸福就是痛苦的遭受和快乐的丧失,因此功利主义的"人生原理"或"人生观"就是:"快乐和痛苦的免除乃是目的,因而是唯一可

---

① Florence Emily Hardy, *The Life of Thomas Hardy*, Vol. Ⅱ (1892–1928), London: Macmillan and Co., 1933, pp. 138-9.

② [英]约翰·斯图亚特·穆勒:《功利主义》,叶建新译,九州出版社 2007 年版,第29 页。

欲求者;并且一切可欲求的事物……其所以可欲求,乃因为其自身以内便具有快乐,或者因为是增进快乐防止痛苦的手段。"①与此同时,穆勒也一再强调,"构成功利主义的行为对错标准的幸福,不是行为者本人的幸福,而是所有相关人员的幸福",功利主义要求"行为者在他自己的幸福与他人的幸福之间,应当像一个公正无私的仁慈的旁观者那样,做到严格的不偏不倚"②。受穆勒功利主义思想的影响,哈代在"性格与环境"小说中的生态善恶标准也不再取决于行为者自身的幸福,而是生态整体的幸福。因此,哈代笔下的特洛伊虽然娶了农场主芭思希芭,获得了自身幸福,但是却因为破坏了韦特伯里公众的和睦、幸福——欺骗芳丽,害得她怀孕惨死;玩弄芭思希芭,使她痛不欲生;戏弄博尔伍德,让他寝食难眠;不准雇工们有节制地饮用淡果汁酒,却强迫他们喝高浓度的酒,使他们醉酒误事——而成为哈代小说中生态恶的象征,成为哈代小说批判、唾弃的对象。而牧羊人奥克则因为不仅关心、呵护芭思希芭,帮助打理博尔伍德的农庄,而且与雇工们和睦相处,维护整个韦特伯里地区的和睦与幸福,从而成为哈代小说中生态善的象征,成为哈代热情讴歌、赞美的对象。《林地居民》中的菲茨比尔斯、《卡斯特桥市长》中的亨察德、《还乡》中的怀尔狄夫虽然在物质上拥有金钱,社会方面拥有地位,但是由于他们没能给最大多数人带来幸福,在哈代笔下他们也成为生态恶的象征;而狄克、基尔斯、法夫瑞、维恩等人则因为能给最大多数人带来幸福而成为哈代笔下颂扬的生态善的象征。通过在小说中对生态善恶标准的不同书写,哈代表达了自己对生态道德问题的态度与判断,即判断人们行为对错的标准不是行为者本人的幸福,而是所有相关人员的幸福,而是生态整体的幸福;行为者在他自己的幸福与他人以及生态整体的幸福之间,应当像一个公正无私的仁慈的旁观者那样,做到严格的不偏不倚。

---

① ［英］约翰·穆勒:《功利主义》,唐钺译,商务印书馆2014年版,第7页。

② John Stuart Mill, *Utilitarianism*, Garden City, N.Y.: Dolphin, 1961, p. 418.

实际上,孔德的利他主义伦理观和穆勒的功利主义思想是哈代进化向善论思想形成的重要依据。孔德的利他主义伦理观为哈代生态意识的形成提供了可行的伦理支持,不仅促成哈代承认人的利己本能,同时也使哈代认为人具有并且完全可能在社会道德的约束下遵循利他原则处理问题的能力。而穆勒的功利主义思想则为哈代就如何解决生态正义问题提供了现实的解决办法。它使哈代认为,只要通过小说揭示各种生态危机的根源,让人们意识到生态整体的重要性,人类是可以遵循"适者生存"的规律,努力适应环境,通过顽强的奋斗来改善目前社会中的种种弊病,改善自己的命运和处境的。人类可以尊重自然规律及其价值,追求最大多数人的最大幸福、追求生态整体的最大幸福作为社会的道德准绳,约束自己的利己本能,遵循利他原则,在考虑整个生态环境和谐的基础上,为社会、为人类谋福利,从而实现人与自然关系的日渐和谐,最终实现人类诗意地栖居。孔德的利他主义伦理观和穆勒的功利主义思想促使哈代既考虑人之为人的利益,又充分考虑生态整体的利益,使哈代意识到了人类利益与生态整体利益有机统一的重要性。

亚瑟·叔本华(Arthur Schopenhauer)的唯意志论也对哈代生态意识的形成有着重要影响。叔本华认为,"世界和人一样,彻头彻尾是意志,又彻头彻尾是表象"①。世上的每一个人都是一个主体,"认识一切而不被任何事物所认识";"客体则是个人通过先验的时空范畴去认识的事物";"主体和客体共同构成作为表象的世界"虽然不可分离,但是由于"任何表象都只是意志的客体化",因此表现为某种无法满足又无所不在的欲求的意志才是"决定性的"②,意志成为"永无止境的全部苦难和痛

---

① [德]叔本华:《作为意志和表象的世界》,石冲白译,商务印书馆1982年版,第233页。

② 丁世忠:《哈代小说伦理思想研究》,四川出版集团、巴蜀书社2008年版,第30页。

苦的源泉","我们越少运用意志,我们就越少苦难"①。叔本华提倡"唯意志论","认为意志是一种既不满足又不停止的、盲目的冲动"。既然意志是人类苦难与痛苦的根源,那么人类要摆脱苦难,就应该"从自身存在本质即欲望之中解放出来"②。受叔本华唯意志论的影响,哈代笔下的主人公的痛苦也常常源于自身内在意志与宇宙意志的冲突。在这里,内在意志"主要指一种意志力,指一种精神力量,其中包括人的思想、感情、理想、欲望、追求等"③,而宇宙意志则"主要指自然和社会环境、客观规律"④。在《远离尘嚣》中,芳丽希望与特洛伊结婚的内在意志,与特洛伊的移情别恋这一外部环境的变化相互冲突,因而遭遇失败,最终凄惨死去。《还乡》中的游苔莎也一直渴望离开荒原,她的这种内在意志也因为与埃格敦荒原的宇宙意志(即滂沱的暴雨)冲突而遭遇挫折,因而她在与韦狄私奔的过程中溺水身亡。在《林地居民》中,基尔斯狂热追求格雷丝的内在意志与他所处社会环境的变化(即基尔斯失去自己的家产)以及恶劣的自然环境(即罕见的暴风雨)相冲突,这种冲突导致基尔斯失去了格雷丝,也导致他在暴风雨中生病去世。而《卡斯特桥市长》中的亨察德立志教训法夫瑞的内在意志也因为与当时的社会环境(即社会的变革)以及自然环境(即异常天气)相冲突,因而一败涂地,最终死去。在《德伯家的苔丝》中,苔丝为了维持生计,深夜驱车贩卖蜂窝,不幸将拉车的老马撞死;为摆脱困境外出打工,却又被德伯奸污;后来遇到安玑,却又因安玑对真善美的完美追求而被遗弃,最终狂怒杀人、死于绞刑。而造成苔丝悲剧的原因也在于她追求自由与幸福的内在意志与她所处的社会环境

---

① Arthur Kenyon Rogers, *A Student's History of Philosophy*, New York and London: Macmillan, 1908, pp. 426–428.

② 丁世忠:《哈代小说伦理思想研究》,四川出版集团、巴蜀书社 2008 年版,第 30 页。

③ 聂珍钊:《托玛斯·哈代小说研究——悲戚而刚毅的艺术家》,华中师范大学出版社 1992 年版,第 312 页。

④ 聂珍钊:《托玛斯·哈代小说研究——悲戚而刚毅的艺术家》,华中师范大学出版社 1992 年版,第 312 页。

（即父权制的社会束缚）发生了激烈冲突。在《无名的裘德》中，裘德希望到基督寺学习以摆脱愚昧和贫穷，渴望与淑过上幸福生活的内在意志也因为与当时的社会环境（即不公平的社会体制）相冲突，而最终遭遇失败，裘德被迫与淑分手，悲惨地死去。在哈代的"性格与环境"小说中，这些主人公因为自身的内在意志与宇宙意志（即自然、社会环境）相冲突而难以获得自由、实现理想，因而常常最终以失败，甚至毁灭告终。

哈代曾经反复强调，"我的作品同达尔文、休谟、穆勒等人的思想是一致的，我读这些人的著作比读叔本华的著作多"①，"我的哲学是通过后来的哲学家们从叔本华发展起来的"②，但是在伦纳特·布约克（Lennart A.Bjork）编辑的《托马斯·哈代的文学笔记》中却有多条关于哈代直接或间接摘录叔本华基本观点的记载。哈代自己也曾经这样说道："必须记住叔本华哲学中意志的非理性。它包括一切过程，从吸引力、万有引力到动机……"③在《今昔诗集》的序言中，哈代还把叔本华与哈特曼列为他所尊敬的哲学家。在哈代的"性格与环境"小说中也不乏有着叔本华"唯意志论"思想的影子。哈代笔下广泛存在着一种无所不在、控制宇宙一切的"内在意志力"，其小说的基本冲突——人与环境之间的冲突——本质上也就是人的"内在意志与宇宙意志的冲突"④，叔本华的"唯意志论"思想为哈代在小说中对于人与环境之间的关系进行阐释提供了合理的理论依据。哈代认为，要解决人与环境之间的冲突，就必须处理好人的内在意志与宇宙意志的关系，而只有"当宇宙意志刚好处于静态时，自由才起

① Carl J.Weber, *Hardy of Wessex: His Life and Literary Career*, New York: Columbia University Press, 1940, p. 203.

② Pierre D'Exideuil, Felix W.Crosse Trans, *The Human Pairin the Works of Thomas Hardy: An Essay on the Sexual Problem as Treated in the Wessex Novels, Tales, and Poems*, London: Humphrey Toulmin, 1930, p. 41.

③ Lennart A.Bjork, ed., *The Literary Notes of Thomas Hardy*, New York: New York UP, 1985, p. 2083.

④ 聂珍钊：《托玛斯·哈代小说研究——悲戚而刚毅的艺术家》，华中师范大学出版社 1992 年版，第 312 页。

作用,所谓的个人的内在意志这个小部分才是自由的"①,并且"当整体中的每一部分中都有一部分宇宙意志时,每一部分才会有一些自由"②,所以也只有当宇宙意志(自然、社会、精神生态系统)保持和谐,个人的内在意志与宇宙意志保持一致,不与自然、社会、精神生态系统发生冲突时,人才会有自由。在哈代笔下,奥克、基尔斯、法夫瑞等人正是因为始终使自己的个人内在意志与宇宙意志保持和谐一致,主动去适应威塞克斯地区的自然、社会、精神生态系统,因而可以在这一地区自由自在地幸福生活。而特洛伊、亨察德、德伯、苔丝、裘德等人则因为个人内在意志与宇宙意志相冲突而遭遇失败,最终丢掉性命。因此正如裘德对淑所说,他们这些人物的悲剧就在于他们自己早出生了50年,就在于其个人内在意志远远走在了宇宙意志的前面。

虽然哈代一再声明"我没有哲学,只有一堆我经常说过的混乱印象"③,但是从他的"性格与环境"小说中我们仍能看出,达尔文等人的进化理论、穆勒的功利主义、孔德的实证哲学成为其整个小说创作的重要思想基础。而希腊悲剧、莎士比亚、易卜生作品的多重影响也为哈代生态意识的形成埋下了重要伏笔。事实上,哈代从《还乡》到《无名的裘德》的系列"性格与环境"小说的创作也客观地反映了哈代对人类生态悲剧根源的不断探索过程,这个过程就是从自然生态系统失衡导致的悲剧到自然与精神生态系统失衡导致的悲剧再到自然、精神与社会生态失衡导致的悲剧的逐渐变化过程。希腊悲剧、莎士比亚、易卜生作品的多重影响为哈代在"性格与环境"小说中探索各种生态困境的根源提供了形式上和思维上的借鉴。

---

①　Florence Emily Hardy,*The Life of Thomas Hardy*,*Vol. II* (*1892-1928*),London:Macmillan and Co.,1933,p. 125.

②　Florence Emily Hardy,*The Life of Thomas Hardy*,*Vol. II* (*1892-1928*),London:Macmillan and Co.,1933,pp. 269-270.

③　Florence Emily Hardy,*The Life of Thomas Hardy*,*Vol. II* (*1892-1928*),London:Macmillan and Co.,1933,p. 219.

命运观念是希腊悲剧的基础①。著名希腊悲剧作家埃斯库勒斯（Aeschylus）曾经这样评析悲剧的内涵，"一切冲突的根源，乃是不依存于人又不依存于神的一种因素——命运——命运不但是人甚至神也不能克服的，个人的意志与这个不可克服的因素——命运——的障碍发生冲突"②。作为一种强调命运对人生起着重要作用的悲剧类型，希腊悲剧对哈代"性格与环境"小说创作的影响是显著的。哈代曾明确指出，"除了莎士比亚，总的说来，希腊戏剧，特别是埃斯库勒斯是他的美学和文学艺术道德标准的主要来源"③。受希腊悲剧的影响，哈代创作的《还乡》主要是按照希腊人的命运观念来表现悲剧的，只是在哈代笔下导致人类悲剧命运的本质就是失衡的自然生态环境，而其小说中的主人公游苔莎的人生悲剧本质上也就是其渴望幸福、追求享乐的个人内在意志与失衡的自然生态环境之间激烈冲突的结果。最终，被命运之神（失衡的自然生态环境）捉弄得走投无路的游苔莎这样谴责命运道："把我弄到这样一个构思恶劣的世界上来，有多残酷哇！我能干很多事情，就是一些我控制不了的事情把我损害了，摧残了，压垮了！哎呀，老天哪，我对你一点坏事都没做，却想出这么些刑罚来折磨我，你有多冷酷啊！"（318）由于受希腊悲剧强调个人意志与无法抗拒的命运之间的激烈冲突必将造成悲剧性灾难这一思想的影响，哈代对人与自然生态环境冲突必将造成无可抗拒的生态灾难这一问题有了充分的认识。希腊的悲剧意识还为哈代在小说中批判人们为发展而发展、盲目运用科学技术的行为作出了重要的铺垫。哈代在《还乡》中曾经这样明确指出："由于自然法则的缺陷不断得到揭示，我们都明白自然法则的运作使人类处于窘境，以往对于人类生活总体形

---

① 参见［俄］车尔尼雪夫斯基：《论崇高与滑稽》，陈洪文、水建馥选编：《古希腊三大悲剧家研究》，中国社会科学出版社 1986 年版，第 182 页。

② ［苏］B.C.塞尔格叶夫：《古希腊史》，缪灵珠译，高等教育出版社 1955 年版，第 319 页。

③ 聂珍钊：《托玛斯·哈代小说研究——悲戚而刚毅的艺术家》，华中师范大学出版社 1992 年版，第 350 页。

势所抱有的旧式陶醉变得越来越无法施行了"(153),因此我们越来越意识到盲目发展的危害。

　　莎士比亚对哈代的影响也是深刻的,在哈代的全部创作中,几乎都可以找到莎士比亚悲剧的影子。卡彭特(Richard Carpenter)曾经这样评价:"《卡斯特桥市长》的结尾使我们回忆起李尔的死。"[1]莎士比亚擅长刻画人物性格,其笔下创作的主人公常因无法控制自己的激情、偏见、野心、欲望等性格原因而遭受系列灾难,最终走向毁灭,如哈姆雷特、奥赛罗、麦克白、李尔王等。受莎士比亚创作手法的影响,哈代在"性格与环境"小说对生态困境根源的探索也由最初完全对自然生态环境失衡的探索转向了对人物自身性格(即精神生态)与自然生态环境失衡的拷问,因此在哈代笔下,人物自身精神生态的失衡也成为导致人类生态悲剧的重要因素。如果说在《还乡》中,哈代还将主人公的悲剧主要归咎于失衡的自然生态环境对人的戏弄,那么在《卡斯特桥市长》中,哈代刻画的亨察德的人生悲剧则除了失衡的自然生态环境对其的戏弄之外,其自身性格的缺陷对其造成的伤害也是显而易见的。小说中的亨察德性格暴躁易怒,对自己的雇工卫特粗鲁残暴,对自己的妻女、情人也非常暴虐。亨察德对问题的看法也比较偏颇,常常非此即彼,看法固执任性。因此最初他对法夫瑞的想法盲目地言听计从,而当法夫瑞取得成功之后,他又突然因为嫉妒,而对法夫瑞恨之入骨。此外,亨察德对待妻子、女儿也很专横跋扈。所以在妻子去世后他不顾其再三叮嘱,偏执地公开了伊丽莎白的"真实身份",从而造成他与伊丽莎白彼此间的内心隔阂。因此,在哈代的小说中,情感、欲望、野心、偏见、固执等性格方面的因素也是造成亨察德痛苦和生态悲剧的重要根源。正如西塞尔(Lord David Cecil)所说,亨察德的悲剧就在于"他天生一种不幸的性格,但是又真诚地渴望做得好些,当他做错了

---

① Richard Carpenter, *Thomas Hardy*, London: Macmillan, 1979, p. 112.

事时,就受到悔恨的折磨,总是在不幸命运的打击下失败"①。所以也有学者认为,《卡斯特桥市长》"没有迈克尔·亨察德这个杰出的人物,就很难具有悲剧性,正是他使小说变成了一个伟大的探索寓言"②。总之,莎士比亚的悲剧不仅使哈代认识到了人的激情、偏见、野心、欲望等性格因素与环境冲突给人类带来的灾难,也对哈代批判人类的无节制发展,主张回归自然、重返与自然的和谐这一生态意识的形成起到了重要的促进作用。

随着哈代思维意识的日渐成熟以及这一时期大量易卜生戏剧特别是社会问题剧的译介入国,哈代小说创作中对导致生态悲剧的社会因素的剖析所占的比重也越来越大。易卜生(Henrik Johan Ibsen)的戏剧常常将"人类的众多问题同社会联系起来,在社会中寻找悲剧根源"③。受这种创作风格的影响,哈代在后期小说的创作中开始注重表现社会生态失衡对于人类生态悲剧所造成的影响,其后期小说创作也经历了从性格与自然生态环境失衡所导致的生态悲剧到性格与自然生态以及社会生态环境(即外在自然)失衡所导致的生态悲剧的转变。在《德伯家的苔丝》中,导致女主人公苔丝悲剧的真正根源不在于其性格,而在于她的贫穷、社会的虚伪以及不公正的法律制度。通过在小说中揭示苔丝无辜地被逼早逝的原因,哈代将人类悲剧的根源由归咎于性格与自然生态环境的失衡转向了归咎于性格与外在自然(即自然生态与社会生态环境)的失衡,对生态悲剧的社会性根源进行了探讨。在《无名的裘德》中,导致裘德生态悲剧的也并非仅仅包括裘德的怪异性格与自然生态环境的失衡,还包括腐朽的教育制度、婚姻制度与道德观念,因为在裘德的意识中,"只要有希望支持他,不喝酒并不是什么难事"(130),只要有他自己的精神支柱,条件再艰苦,他也能克

① Lord David Cecil, *Hardy the Novelist*, London: Constable and Co.Ltd., 1943, p. 27.

② Richard Carpenter, *Thomas Hardy*, London: Macmillan, 1979, p. 104.

③ 聂珍钊:《托玛斯·哈代小说研究——悲戚而刚毅的艺术家》,华中师范大学出版社 1992 年版,第 354 页。

服。但是,基督寺的教育制度、婚姻制度与道德观念却剥夺了他"求知的对象和恋爱的对象"(122),使他遭受"壮志和恋爱"的双重失败,"他的希望堡垒外围"与"第二道防线"都被攻破了(129),他所处于的社会中不公平的教育制度、婚姻制度与道德观念成为压垮他的最后一根稻草。由此可见,在哈代的后期小说中,哈代着力表现的不是人们与上帝或者外在神秘力量的抗争,而是主人公同不合理的社会力量之间的殊死搏斗。正如裘德所说:"咱们并不是反抗上帝,咱们只是反抗人,反抗不合情理的环境就是了(356)。"作为"莎士比亚之后最伟大的戏剧大师",易卜生在《玩偶之家》《人民公敌》中对欧洲传统戏剧进行了大胆改革,"把戏剧用作表现社会生活、讨论社会问题的手段,对社会制度及伦理道德进行了揭露和批判"①。他所创作的社会问题剧对当时及以后的剧作家(包括哈代)产生了重要影响,它使哈代逐渐意识到,"悲剧既可以因为反对宇宙内万物的环境而发生,也可以因为反对人类制度的环境而发生"②。在哈代的最后两部"性格与环境"小说中,主人公苔丝与裘德的生态悲剧已经并非完全根源于其自身的性格问题与失衡的自然生态环境,而更主要归咎于当时的各种社会生态因素,如伦理道德、法律、社会偏见、不合理的政治制度等。易卜生戏剧中蕴含的丰富社会性是导致哈代更加充分地认识不合理社会体制必将给人类造成难以抗拒的生态困境这一现实的一个重要原因。

哈代曾经指出,一位小说家尤其需要"一种对人类更为细微的特点的敏感认识","对所有生活现象的富有同情心的评价",从而"精细地描写人生"③。哈代本人就是这样一位具有"特殊天才"的小说家。他具有一种异乎寻常的敏感性与前瞻性,"能比其他人更敏锐、更深刻地了解整个历史的发展过程,认识纷纭复杂的社会生活",也能更好地"体验敏感细微的

---

①　周凌枫:《易卜生社会问题剧的现实意义》,《当代戏剧》2007 年第 2 期。

②　Florence Emily Hardy, *The Life of Thomas Hardy*, Vol. II (1892–1928), London:Macmillan and Co., 1933,p. 44.

③　Harold Orel(ed.), *Thomas Hardy's Personal Writings*, London:Macmillan, 1990, p. 137.

感情,迅速准确地对现实生活作出深刻反映"①。他生活在维多利亚女王统治的黄金时期,这一时期英国的自然生态、社会生态与精神生态系统尚未极端恶化,他也从未听说过生态保护、生态批评等术语,但是这一时期他的家乡多塞特郡已经开始遭受早期机械工业文明的侵袭,以蒸汽机为代表的早期机械工业革命正在全国逐渐蔓延,而火车、蒸汽船等科技发明也陆续进入了人们的生活领域。对生活与社会有着极其深刻观察力的哈代从这些普通的社会生活现象中发现了"它们的本质特征"②,并且从英国社会的巨大变迁中洞悉出人类社会面临的种种生态困境。他以生动细腻的文笔在"性格与环境"小说中形象传神地再现了这些生态困境,并且凭着他这种"能够透过任何笑剧的表面去观察看到'悲剧'"③的敏感性与前瞻性,对导致这些困境的根源进行了认真的思考与定位。因此,哈代小说生态意识的形成与他具有的与众不同的敏感性和前瞻性是分不开的。

哈代对大自然也有着不同寻常的领悟力。他能从一般人眼中极其普通的事件中挖掘出乡土的特定内涵,能从乡间的景色、乡间的声音中感受那些天赋较差的人所全然感觉不到的东西;他是一位真正的土著,能对自己熟悉与热爱的家乡看得比别人清楚,能"从威塞克斯的景色中不仅看到它的现在,还看到它的过去"④。他与自然之间往往能达到一种"心灵相通的境界"⑤,他眼中的新奇景色有着"精美的诗"⑥。他的小说创作再

---

① 聂珍钊:《托玛斯·哈代小说研究——悲戚而刚毅的艺术家》,华中师范大学出版社 1992 年版,第 341 页。

② 聂珍钊:《托玛斯·哈代小说研究——悲戚而刚毅的艺术家》,华中师范大学出版社 1992 年版,第 370 页。

③ Florence Emily Hardy, *The Life of Thomas Hardy*, Vol. Ⅰ (*1840–1891*), London: Macmillan and Co., 1933, p. 282.

④ [英]C.惠布莱:《托马斯·哈代》,转引自陈焘宇编:《哈代创作论集》,中国社会科学出版社 1992 年版,第 27 页。

⑤ [英]C.惠布莱:《托马斯·哈代》,转引自陈焘宇编:《哈代创作论集》,中国社会科学出版社 1992 年版,第 24 页。

⑥ Florence Emily Hardy, *The Life of Thomas Hardy*, Vol. Ⅰ (*1840–1891*), London: Macmillan and Co., 1933, p. 215.

现了这些新奇的自然景色,而他在"性格与环境"小说中对家乡地形地貌的细腻刻画则倾注着他对家乡故土的满腔热情。哈代曾经在《小说与诗歌集总序》中这样评价:"在威塞克斯的穷乡僻壤,一如在欧洲的皇室王宫一样,普通家庭感情的搏动,也可以达到同样紧张的程度;而且无论如何,在威塞克斯也有十分丰富的人类本性,足够一个人用于文学。我对这种想法一直坚持不舍。所以,即使有时本来比较容易超越国界,使故事叙述带有更多的世界性色彩,我还是固守在威塞克斯界限之内,不越雷池一步。"①哈代对故土的这份执着以及他对自然的这种细腻、敏锐、独特的感受使得他在小说中极尽笔墨地描绘出一幅幅生气勃勃的乡村自然美景,他的小说生态意识的形成与其对自然的特殊感受密切相关。他对自然这种超乎寻常的感悟力使得他成为一位描写自然的高手,他就像一位出神入化的风景画家一般,用惟妙惟肖的文笔赋予了自然以无限的生命力。

综上所述,多塞特郡的自然美和历史民俗文化构成了哈代"性格与环境"小说的心灵源泉,形成了他的"地缘感"。而19世纪末20世纪初出现的早期机械工业文明给英格兰带来的现实生态困境更是促使了哈代对生态问题的思考,为其生态意识的形成提供了现实依据。此外,达尔文进化理论、孔德实证哲学、穆勒功利主义、叔本华唯意志论等学说以及希腊悲剧、莎士比亚、易卜生作品的多重影响还为哈代"性格与环境"小说中生态意识的形成作出了重要铺垫。这些因素与哈代特有的对现实、对自然与众不同的洞察力一起,共同促成了哈代"性格与环境"小说中生态意识由早期主要对人与外部自然关系的探讨到后期对人与内、外部自然关系的剖析的动态转变。

---

① [英]托马斯·哈代:《小说与诗歌集总序》,转引自中国社会科学院外国文学所编:《文艺理论译丛》(3),中国文联出版公司1985年版,第291页。

第六章 哈代"性格与环境"小说
生态意识的再现艺术

　　哈代的"性格与环境"小说中不仅蕴含着丰富的前瞻性生态意识,也具有其独到的艺术感染力。通过在创作中大量运用各种艺术技巧,哈代真实地再现了威塞克斯地区昔日美丽的田园风光以及早期机械工业革命后人们遭受的种种生态困境和悲剧。作家深入地探究了导致这些困境和悲剧的根源,也揭示了其他人不敢正视的真理。卢那察尔斯基(Анатолий Васильевич Луначарский)曾经高度评价哈代,认为"他是描述普遍的重要历史现象的艺术家"①。哈代一生中接受正规教育的时间并不太多,但他却通过自身的不懈努力形成了自己独特的艺术风格,也取得了文学史上令人瞩目的辉煌成就。在"热爱自然的父亲和深知当地传奇、故事的母亲"的熏陶下②,哈代在小说中大量借鉴与运用各种英国传统民谣,这些民谣不仅成为其小说展现的重要民俗文化内容,也成为其叙事的一种重要策略,这种策略与其小说创作肌理有机地融为一体,一起构成了哈代小说的独特表现形式。与此同时,哈代在小说创作中也经常运用悲剧这一艺术形式,栩栩如生地再现了人类破坏自然生态环境后所造成的种种困境,借助对生态困境、生态悲剧的刻画淋漓尽致地表现了自己的生态意

---

　　① ［苏］卢那察尔斯基:《论文学》,蒋路译,人民文学出版社 1978 年版,第 468 页。
　　② 刘宁:《超越背景的艺术职能——评〈苔丝〉中的环境描写》,《湖南科技学院学报》2006 年第 2 期。

识。其次,哈代在"性格与环境"小说的创作中也通过自然人、文明人与生态难民的形象塑造表达了自己对早期机械工业文明弊端的思考与反省。通过对这三种人物形象不同结局的对比,哈代表达了自己关于人类应该敬畏自然、回归自然、融入自然的生态主张。再次,在小说中创造独特的绘画与音乐效果"以渲染环境、塑造人物性格的创作手法"也是哈代"性格与环境"小说独具匠心的特点之一①。通过在小说中将视觉与听觉融会贯通,哈代惟妙惟肖地再现出威塞克斯地区独特的"画面感"和"音乐美",其小说也因而获得"诗化小说"或"音乐化小说"的美誉②。此外,哈代在"性格与环境"小说的创作中还大量运用比拟的写作手法,通过将自然人化以及将人自然化的方式揭示了人与自然之间的紧密关系,凸显了两者之间的主体间性关系。通过在小说中恰如其分地运用这些写作技巧,哈代在"性格与环境"小说中生动形象地表现了自己的生态意识,也使得其小说具有了与其他小说所不同的艺术魅力。这种艺术魅力吸引与感染了一批又一批读者,其小说创作也因此成为英国文学史上一面独特的旗帜。

第一节　传统民谣的借鉴与生态文学的悲剧之维

哈代的家乡是英国多塞特郡一个非常偏僻的乡村,这里不仅民风淳朴、习俗传统,也是一个民谣汇聚的地方。受其影响,民谣不仅成为哈代本人生活,"尤其是童年与少年生活中实实在在的一部分,是他据以体认生活的一种方式,也成为他据以进行艺术构思的一种得心应手的方式,在很大程度上影响了他的小说表现形式"③。在哈代精心创作的系列"性格

---

①　吕志颖:《试论苔丝形象塑造中的绘画和音乐效果》,《阜阳师范学院学报》1995 年第 1 期。

②　吴笛:《文学与音乐的奇妙结合——论哈代文学作品中的音乐性》,《浙江大学学报》2001 年第 1 期。

③　陈庆勋:《吟唱着英国民谣的哈代作品》,《上海师范大学学报》2005 年第 5 期。

与环境"小说中到处传唱着古老的民间歌谣,如《绿荫下》中狄克唱的甜美牧歌、芳茜唱的抒情民谣《敢问你为何在此徘徊?》,《远离尘嚣》中奥克吹奏的《乔凯去赶集》,科根、普格拉斯和芭思希芭等轮番演唱的《我失去了爱人,我可不在乎》《我播下了爱情的种子》《在阿兰河两岸》,《还乡》中坎特尔大爷演唱的《爱琳王后的忏悔》《大麦垛》与《在丘比特的花园里》,《卡斯特桥市长》中法夫瑞在卡斯特桥演唱的《啊,南妮》《往昔》《健美的帕格》,《德伯家的苔丝》中苔丝母亲哄小孩睡觉或做家务时吟唱的《花牛曲》,苔丝在去塔布篱牛奶厂途中吟唱的民谣,等等。事实上,英国的传统民谣不仅成为哈代小说一个重要而独特的艺术特征,而且也成为深入哈代小说肌理之中的一种不可剥离的特殊叙事策略,在其小说的"情节结构、人物形象、环境背景、主题内涵、文体风格等方面,都发挥了极其重要的作用"①。

首先,民谣常常是哈代小说中塑造人物形象的一种手段,其笔下人物所演唱的不同风格的民谣往往从一个侧面影射出人物形象的不同地位与身份。在哈代创作的"性格与环境"小说中,其笔下"地位较高或者努力往上爬的妇女"唱的民谣常常都是"受艺术歌曲影响、相对比较高雅的民谣,或者本来就是艺术歌曲,只是曲调接近民谣"的曲目②,而那些地位较低或胸无大志的人物所吟唱的民谣则通常是内容与民众生活密切相关或相对比较庸俗的曲目。在《绿荫下》中,女教师芳茜演唱的《敢问你为何在此徘徊?》是一首比较新颖、高雅的抒情民谣,它与搬运工狄克演唱的古老牧歌《玫瑰花和百合花儿开》相比,清楚地标示出两人在社会地位、教养等方面的巨大差异。受早期机械工业文明熏陶、接受过现代教育的芳茜演唱的是比较新颖、高雅的抒情民谣;而狄克演唱的则是从父辈口头传到子辈的传统牧歌。《远离尘嚣》中的芭思希芭在剪羊毛节的晚宴上

① 蒋贤萍:《〈苔丝〉的民谣叙事》,《青海师专学报》2008 年第 5 期。
② 陈庆勋:《吟唱着英国民谣的哈代作品》,《上海师范大学学报》2005 年第 5 期。

表演的民谣是《在阿兰河两岸》,这首民谣的歌词是文人创作的,芭思希芭在演唱时还特意邀请奥克用长笛为她进行了伴奏;而科根自行演唱的却是雇工们非常熟悉的《我失去了爱人,我可不在乎》。他们两人演唱的民谣类型以及演唱方式之间的差异形象地说明了芭思希芭作为农场主与科根这名雇工之间在阶级与文化方面的差异。《卡斯特桥市长》中初出茅庐的法夫瑞在"三水手"客店里应顾客之邀演唱的赞美家乡和友谊的《啊,南妮》《往昔》与亨察德在客店中吟唱的基督教《诗篇》中那几节冷峻忧郁的曲目之间也形成鲜明的对比,这种对比形象地揭示出作为社会上层阶级代表的亨察德市长与作为普通民众的法夫瑞之间的身份差异。哈代小说中人物演唱的民谣也是其表现人物性格的一种重要媒介。《绿荫下》中狄克用生机勃勃的声音演唱的甜美牧歌栩栩如生地反映出他热情、乐观的性格特点,而《远离尘嚣》中的奥克在集市上用笛子伴奏演唱的那首欢快民谣《乔凯去赶集》则反映了他淳朴正直、乐观向上的优良品质。《林地居民》中两位被邀请来参加基尔斯举办的晚会的村民喝足了酒,迈着整齐有力的大步尽情地唱道:

　　那时她说:"从今以后我再也不是姑娘了,除非苹果在橘子树上生长!"(101)

　　这首散发着浓厚乡土气息的民谣活灵活现地表现出村民们豪放、粗俗的个性特征。而小说中的"假小子"苏柯在躲进稻草底下时,为了吸引追逐、寻找她的菲茨比尔斯,用尽量小的声音念起了一句当地民谣:"哎呀呀,你从那雾气蒙蒙、雾气蒙蒙的露水之中进来吧。"(197)这句恰如其分的民谣不仅将苏柯放荡轻浮的人物个性表露无遗,而且也间接表现了菲茨比尔斯的好色与虚伪。在《德伯家的苔丝》中,苔丝的母亲德北·昭安一边洗衣服,一边用脚踏摇篮,一边还吟唱着一首她特别心爱的《花牛曲》。哈代将这首民谣与昭安干活的场景很好地结合在一起,从而惟妙惟肖地表现出昭安不计利害、逆来顺受、头脑简单的生活品性。总之,在"性格与环境"小说中,哈代一方面通过不同人物吟唱不同的民谣这种方式从一个侧面生动、形象地表现出他们的不同身份与地位;另一方面也通过一首首暗含深意的民谣隐喻式投射,使得其小说的"人物画廊变得更加丰富多彩、栩栩如生"①。

其次,民谣在哈代的"性格与环境"小说中也时常起着营造气氛、烘托人物心境的作用。在《绿荫下》的第一页,狄克演唱的那句意境优美的牧歌:"玫瑰花和百合花儿,还有嫩黄的水仙花儿开,姑娘小伙们一起来剪羊毛"就很好地营造出一种田园牧歌似的文化氛围(1)。而小说中的其他人物如芳茜、西那等也都是吟唱民谣的能手,每当想表白自己的心意之时,其平时所熟知的民谣就会脱口而出,从而使得民谣成为哈代在"性格与环境"小说中表达人物心境的一种重要手段。在《远离尘嚣》中,雇工们在剪羊毛节的晚宴上唱起各种欢快的民谣,这些民谣烘托出人们在剪完羊毛之后那种如释重负的放松心情,也反映出农场主与雇工之间和谐融洽的友好关系。而约瑟夫将芳丽和孩子的尸体从济贫院运回韦特伯里农庄时,他在路上与一位村民在酒馆中相遇,那位村民当时唱起了一首名为《明天,明天!》的悲伤民谣。这首号召人们及时行乐的民谣将当时的气氛烘托得凄凉无比,催人泪下,令人情不自禁地对芳丽的悲剧人生扼腕长叹。在《卡斯特桥市长》中,刚刚到卡斯特桥市的法夫瑞在旅馆楼梯口遇见端庄明达、衣着朴素的伊丽莎白,歌兴正浓的法夫瑞"情不自禁地轻声哼出了一首似乎是因她而想起的古老小调":

> 我走进小屋的门扉,白日将尽觉得劳累,啊,是谁轻盈地走下楼来,是健美的帕格,我的宝贝(66)。

---

① 马弦、刘飞兵:《论哈代"性格与环境"小说的民谣艺术》,《外国文学研究》2007年第2期。

　　这首民谣是苏格兰民间诗人彭斯根据这一地区的古民谣改编而成的。民谣的歌词内容大胆而直率,所以保守、拘谨的伊丽莎白听了之后心慌意乱地急忙走开。哈代将这首民谣用于这种场合,一方面很好地营造出一种温馨浪漫的环境气氛,另一方面也暗示着法夫瑞与伊丽莎白两人的关系开始发生微妙的变化。后来,法夫瑞在与亨察德的交往中受挫时所演唱的《娣比·陶勒》也从一个侧面折射出他受亨察德排挤时闷闷不乐的心境。在《德伯家的苔丝》中遭受德伯凌辱而去教堂祷告的苔丝偶然听到的《郎顿二部合唱》是其悲苦心情的生动再现,因为郎顿谱写这首民谣时的根本目的就是反映一个痛苦的人向上帝祈求保护时的内心轨迹。而苔丝被安玑抛弃,孤苦伶仃地在棱窟槐干苦力活时也时常吟唱几首安玑最喜爱的歌谣,如《爱神的花园》《我有猎苑我有猎犬》,尤其是《天色刚破晓》。"她一面唱,一面还满心忧惧,恐怕她的爱人,也许终究还是不会回来,再听她唱。"(477)这些民谣的内容充满了温情与乐观向上的精神,它与苔丝工作环境的恶劣和阴冷形成一种鲜明的对比,从反面烘托出当时的凄凉,也从另一个侧面衬托出苔丝此刻的迷茫和痛苦的心境。

　　再次,民谣在哈代的"性格与环境"小说的创作中还经常起着铺垫情节、隐射小说结构的作用。美国学者戴维森(Donald Davidson)在《托马斯·哈代小说的传统基础》中曾经指出,"具有哈代特色的长篇小说是根据口述(或吟唱)的故事那样构思的,至少不是根据文学故事的要求构思的;它是传统的民谣或口头故事,以现代散文小说的形式扩大而成的"①。哈代创作的《远离尘嚣》就是他根据《在阿兰河两岸》这首民谣的构思所扩大而成的一部小说。这首民谣主要讲述了一个花言巧语的士兵追求他的新娘的故事。小说中在剪羊毛节的晚宴后所发生的事件在好几个月甚

---

① ［美］D.戴维森:《托马斯·哈代小说的传统基础》,转引自陈焘宇编:《哈代创作论集》,中国社会科学出版社 1992 年版,第 126—127 页。

至好几年里"都还使当时的好些人都回忆起歌词的一节"：

> 一个士兵求她做新娘，
> 句句话儿喜动她心怀，
> 在阿兰河两岸土地上，
> 谁个女孩儿有这般欢快！（186）

在小说中，年轻美丽的女农场主芭思希芭在剪羊毛节的晚宴上吟唱了这首民谣。哈代巧妙地运用她吟唱的这首民谣为后面特洛伊中士的出场埋下了深深的伏笔。在这场晚宴之后，返乡的特洛伊果然用自己的甜言蜜语打动了芭思希芭的心怀，娶了她做自己的新娘，而芭思希芭在婚后的奢靡舞会上与特洛伊翩翩起舞时又确实是感到无比快乐（288）。因此，这部小说随后的故事情节与歌词里的内容惊人地相似。在《还乡》中，哈代引用的民谣《爱琳王后的忏悔》则讲述的是国王率大臣扮成僧侣偷听王后与侍从大臣偷情并产下私生子的民间传说。这首民谣描写的内容不仅与《还乡》中怀尔狄夫、游苔莎、克林之间的三角恋结构相一致，而且也暗示着游苔莎在随后的情节发展中会像爱琳王后一样，在嫁给克林之后仍然因为以前和怀尔狄夫有过私情而害怕克林知道实情。在《林地居民》中，基尔斯的客人吟唱的民谣"从今以后我再也不是姑娘了"就不仅唱出了少女失去童贞后的哀愁，也从一个侧面隐射出格雷丝受菲茨比尔斯诱惑失身，迫使父亲麦尔布礼不得不硬着头皮面对社会这一故事情节。在《德伯家的苔丝》中，德伯纠缠苔丝时吹的《你把那嘴唇儿挪开》是一首要求对方还吻、富有挑逗性的英国古老民谣，这首民谣的歌词预示着家境贫困、外出谋生的苔丝即将面临的危险，为她随后在返家途中遭到德伯诱奸的故事情节做出了重要铺垫。而哈代在引用苔丝母亲吟唱的《花牛曲》时，虽然只引用了两句："我看见她躺在那边的绿树林子里；爱人啊，你快来！她在哪里，让我告诉你，"（32）但是熟悉这首民谣的人就会发现,这首民谣与后来苔丝在绿树林子中被德伯诱奸的故事情节如出一辙,因此哈代在小说中所引用的这首民谣是作为一种隐喻结构贯穿于小说全文的。虽然哈代从不引用完整的民谣,常常只是引用其中几句,有时甚至只是提及某人唱了某首民谣,但是这些部分引用或提及的民谣却常常是其小说情节序列的铺排与过渡,为其小说情节的发展与展开埋下了重要伏笔或提供了重要补充,甚至成为一些小说内在结构铺陈的重要隐射,从而预示着小说情节的发展与最终结局。

总之,哈代在"性格与环境"小说中将英国的传统民谣加以巧妙安排与运用,从而使得这些民谣一方面很好地增强了其小说的灵动与富于节奏的音乐美感,另一方面也使得它们在人物形象塑造、心境气氛烘托、情节结构隐射等方面发挥了极其重要的作用,加深了其小说的审美意蕴,增强了其小说的艺术感染力。由于每首民谣蕴含的意义常常各不相同,有时产生的意义也会出现交叉、重叠,因此哈代在小说中所安排与运用的民谣不时也会产生多重功效。此外,由于民谣是展现民俗风情不可或缺的一个部分,因此哈代在"性格与环境"小说中所引用的只有在相对偏远、闭塞的地方才能保存下来的民谣不仅生动地再现了威塞克斯地区历史的古老悠久与文化生态环境的保存完好,有助于勾起人们对于渐已消失的古老传统的记忆,有助于表现哈代浓厚的怀旧情绪与民族情感,而且这些民谣的恰当运用也在一定程度上增强了小说的乡村生活情趣与浓郁的乡土气息,有助于表现哈代对乡村生活的充分肯定与赞美之情,也有助于表现其对回归自然、重返与自然和谐的热切向往。

哈代不仅大量引用民谣来表达热爱家乡,渴望回归自然、重返与自然和谐的热切向往,而且也经常运用悲剧的形式,通过反思与批判人与自然的矛盾关系,通过将人的崇高与自然的崇高有机契合,来造就更加撼人心魄的悲壮慷慨氛围,以激发人们对生态问题的更多关注,唤醒人们的生态责任意识。由于"悲剧是将有价值的东西毁灭给人看",因此相对喜剧而言,悲剧可以激发人们更深层次的思考,引起人们的反省①。作为一位关注现存生态困境的优秀作家,哈代认为"最好的、最崇高的悲剧是有价值的东西为不可抗拒的力量所毁灭的悲剧"②。他在"性格与环境"小说中经常运用悲剧的形式,"通过展现美好事物和美丽自然的无情毁灭以及人类在征服自然的过程中所遭受的'自掘坟墓'式的惩罚",以此呼唤人们对人与自然的关系进行重新审视与思考,并以此为契机号召人们回归自然、重返与自然的和谐③。在他的"性格与环境"小说中,人类的过度开发不仅让一半诺科姆山变得光秃秃的,也让它的另一面因为无度挖掘而变成了白垩巨坑(38);埃格敦荒原上宝贵的山楂根儿差不多被烧光了(51),昔日风光的埃格敦荒原则变成了块块丰歉不同的庄稼地或树林子;小辛托克的森林因为人类的滥伐,变得触目惊心,天然的曲线被破坏了,一堆堆新近砍伐留下的木屑、碎片和树桩子在杂树丛中白闪闪的(67);而芙仑谷以前那片"莽莽苍苍的密林"现在业已消失,棱窟槐更是荒凉得连一棵树都瞧不见,甚至连一点儿青绿的草都没有。通过淋漓尽致地刻画美好事物与美丽自然的无情毁灭,哈代给尚未觉醒的现代人类敲响了一记警钟。而他笔下那些企图征服自然、控制自然的人类也遭到了"自掘坟墓"式的惩罚:无视自然的特洛伊死于非命,仇恨埃格敦荒原的游苔莎溺水身亡,企图与自然作斗争的亨察德身败名裂、凄然死去,藐视自然、狂欢纵欲的德伯被苔丝手刃而亡。通过形象地刻画这些狂妄自大的现代人类的悲剧人生,哈代向人们形象地证明了自然的内在价值与生态系统价值,向人们证实了尊重非人类自然物与各种生命存在权利的重要性,进而号召人们热爱自然、敬畏自然,摒弃对自然不负责任的态度,重新审视人与自然的关系。

---

① 刘文良:《范畴与方法——生态批评论》,人民出版社 2009 年版,第 87 页。

② Florence Emily Hardy, *The Life of Thomas Hardy*, Vol. II (*1892–1928*), London: Macmillan and Co., 1933, p. 14.

③ 刘文良:《范畴与方法——生态批评论》,人民出版社 2009 年版,第 88 页。

　　此外,为了能在更大程度上震撼人们的心灵,哈代还在"性格与环境"小说中常常将悲剧与崇高相结合,从而在这些小说中营造出更为"撼人心魄的悲壮慷慨的氛围"①。悲剧与崇高两者关系紧密,但并不等同,因为悲剧有崇高的悲剧,也有不崇高的悲剧。而崇高的悲剧则常常交织着高层次伦理意味的生命力量与痛苦,"它们一方面遭受压抑毁灭,另一方面又能在压抑毁灭中实现生命本质力量的对象化,引发新的生命、新的人格的诞生成长,促使欣赏主体更深沉地去思索人的生命活动的意义和作用,感受人的生命存在的价值和重量",因此与崇高相结合的悲剧更加具有震撼力,更能够体现深沉凝重的人的生命力量②。在《德伯家的苔丝》与《无名的裘德》中,裘德和苔丝一方面在自然、社会、精神生态困境中遭受压制迫害直至毁灭,但另一方面他们的生命本质力量却在压抑毁灭中实现了对象化,进而引发出新的生命、新的人格的诞生与成长。纯洁的苔丝被处以了绞刑,但是她的妹妹却和安玑幸福地走到了一块儿。裘德虽然死了,但是他临终前的遗言仍然坚定不移地向全世界传递着这样一条信息,即未来一定会有有识之士解决目前遭遇的困境,从而让失落的人们看到了希望的曙光。哈代笔下的苔丝与裘德虽然遭遇了悲惨的人生,但是他们的人生悲剧却仍然给人们留下了一线希望的曙光。因此,哈代的"性格与环境"小说中常常蕴含着人的生命活动的高层次伦理价值与深沉凝重的人的生命力量,因而是悲剧与崇高的有机结合。此外,哈代塑造的悲剧主人公也往往都是引人同情的高尚人物。无论是追求自由、爱情和幸福的苔丝,还是追求知识、人的权力和地位的裘德,他们都是哈代塑造的具有优秀品质、高尚情操、美好憧憬、热烈追求和顽强意志的高尚人物,他们的追求都是正当、合理的,因而他们的失败与毁灭更加具有

---

① 刘文良:《范畴与方法——生态批评论》,人民出版社 2009 年版,第 87 页。
② 刘文良:《范畴与方法——生态批评论》,人民出版社 2009 年版,第 92 页。

"美学意义上的悲剧性"①。

　　哈代在"性格与环境"小说中不仅将悲剧与崇高相结合,而且还将人的崇高与自然的崇高进行了有机契合。其笔下的自然是崇高的,自然的崇高就在于它的伟大力量与不可战胜性。无论是《远离尘嚣》中的电闪雷鸣,还是《还乡》中的滂沱大雨,哈代意识中的自然都表现出了不可征服的巨大力量。哈代小说中的人也是崇高的,人的崇高就在于他的智慧与理性,在于人类能够顺应自然,实现人与自然的和谐相处。哈代笔下的奥克如他的名字一般扎根于韦特伯里地区,与葱茏、美丽的自然和谐相处,《还乡》中的维恩则与埃格敦荒原融为一体,过着自由自在的幸福生活,而《林地居民》中的基尔斯也与果园绿茵茵的树冠、棕色的地面融合在一起,俨然成为了农牧之神的身影。哈代"性格与环境"小说中的自然的崇高与人的崇高并非两种对立的崇高,而是有机结合在一起的崇高,两者的有机结合使得人的崇高不再以征服自然为判断标准,而是以保护自然、实现与自然的和谐相处为标志。哈代通过特洛伊、游苔莎的人生悲剧与奥克、维恩等人的幸福生活的鲜明对比,向人们形象地说明了这样一个道理:人的崇高与自然的崇高是一种相契合的关系,人类如果失去与自然的和谐关系,其生存尴尬的悲剧将不可避免地发生,其"崇高"也将失去原有的意义;而如果人的崇高与自然的崇高相契合,则可以造就更为神圣的崇高。总之,哈代在小说中将悲剧与崇高相结合,将人的崇高与自然的崇高相契合,从而造就出更加撼人心魄的悲壮慷慨的艺术氛围,也使得悲慨成为其小说独特的鲜明艺术特色,成为其作品撼人心魄的力量之源。因此卡尔·韦伯(Carl J. Weber)曾经这样评价哈代,认为哈代"把英国小说变成了表现崇高悲剧的尽如人意的工具,而这是其他英国

---

　　①　聂珍钊:《托玛斯·哈代小说研究——悲戚而刚毅的艺术家》,华中师范大学出版社 1992 年版,第 369 页。

小说家没有做到的"①。

第二节　自然人、文明人与生态难民的形象塑造

哈代善于写景,也工于写人。D.戴维森认为,哈代最鲜明的特点是"寓于他的人物塑造中"②。W.特伦特也认为,刻画性格的才能是哈代的一大特点,他的女性画廊无与伦比,他的男性人物的创作也同样优秀③。英国著名小说家劳伦斯对哈代也推崇备至,甚至为他还专门撰写了《哈代研究》一书。而劳伦斯对哈代推崇备至的一个重要原因就在于哈代小说中塑造的人物形象常常具有一种与众不同的个性与魅力。通过将小说中塑造的人物形象置身于自然这个瞬息万变、神秘莫测的舞台之上,通过将小说中的人与自然重新建立起一种古老的神圣纽带,哈代笔下塑造的人物形象通常比传统现实主义作家塑造的人物形象更为复杂、多变,更加令人不可思议。哈代与劳伦斯等现代小说家一样,一直都在寻求一种能更加深入挖掘与表现人性的方法,他们在小说中所刻画的人物形象也通常比传统小说中刻画的人物形象更为复杂多变、更加丰满和有个性。根据哈代在"性格与环境"小说中所刻画的人物形象的不同生活方式以及所遭遇的不同结局,笔者在这里将其笔下刻画的人物形象大体分作三类:文明人、自然人与生态难民。哈代在"性格与环境"小说中通过精心塑造这些人物形象,通过演绎他们的不同人生,对人与自然的关系进行了新的思考与定位,对人的生活态度与方式也进行了彻底的反省,其小说表现出

①　Carl J.Weber,*Hardy of Wessex*:*His Life and Literary Career*,New York:Columbia University Press,1940,p. 184.

②　[美]D.戴维森:《托马斯·哈代小说的传统基础》,转引自陈焘宇编:《哈代创作论集》,中国社会科学出版社 1992 年版,第 133 页。

③　[美]W.特伦特:《托马斯·哈代的长篇小说》,转引自陈焘宇编:《哈代创作论集》,中国社会科学出版社 1992 年版,第 207 页。

了比较丰富的生态意识。

在哈代笔下刻画的第一类人物是"文明人"。他们大多受教育程度很高,有较高的社会地位;他们居于"文明"城市,热爱都市生活,远离大自然;他们或被物欲文化壅塞心灵,或被商品经济腐蚀美好情感,他们的膨胀欲望导致了他们对自然的掠夺和对人的灵魂与天性的扼杀。哈代笔下的文明人通常都是些"有教养"的人,并且往往过着富足的物质生活,举止优雅,说着符合自己身份的语言。但是,在他们丰富的物质生活表面之下,掩盖的却是他们与自然的疏离,与周围人际关系的恶化以及精神上的极度空虚与异化。他们经常因为远离自然,失去生活的朝气,也不时因为人际关系的恶化或精神空虚而感到困惑与迷茫,最终他们常常要么在与自然的激烈冲突中陷入绝境,要么在与人的冲突中死于非命。《远离尘嚣》中的特洛伊、《还乡》中的游苔莎和怀尔狄夫、《林地居民》中的菲茨比尔斯、《德伯家的苔丝》中的德伯都属于这一类型。

《远离尘嚣》中的特洛伊就是哈代塑造的一位深受早期机械工业文明思想浸染的"文明人"。他是一名医生的儿子,曾经在卡斯特桥文法学校上过多年学,他与芭思希芭的结合发生在巴斯这座现代的城市中。受人类中心主义思想影响的特洛伊非常藐视自然,从不重视自然的存在,对自然的价值也没有任何的感悟。他在与芭思希芭约会时肆意地践踏青葱的苔藓、小草,也不时以鞭打马匹耳朵为乐。另一方面,受消费文化的侵蚀,特洛伊也极度崇尚消费、追求享乐。他非常厌恶芭思希芭古朴的房屋,鼓吹将其改造得摩登、时尚,从不帮芭思希芭经营农场,却将她辛苦赚取的钱财挥霍一空,并策划了全农场的狂欢暴饮活动,号召人们得欢乐时且欢乐。被物欲文化壅塞了心灵、被商品经济腐蚀了美好情感的特洛伊不热爱自然,也不去适应环境,在暴风雨来临之际仍然喝得酩酊大醉,不采取任何措施保护麦垛。他与自然之间的这种疏离关系导致了自然对他的惩罚行为,自然毁掉了他拥有的所有东西:不仅让他遭到芭思希芭和韦特伯里农庄的遗弃,他自己也差点命丧大海(自然的代表之一),就连他为弥补对芳丽的伤害而在其坟前种植的鲜花也被象征着自然的大雨给全部冲走了。最终,特洛伊在与博尔伍德的激烈冲突中中枪而亡,年纪轻轻就离开了人世。

《还乡》中的游苔莎出生于繁华喧闹的海滨城市蓓蕾嘴,由于父母早亡,她不得不随外公迁移到偏远荒凉的埃格敦荒原。但是,游苔莎却厌恶荒原这种淳朴、自然的生活,认为生活在埃格敦荒原就跟被流放了一样(61),所以她日日夜夜都在祈祷:"啊! 快把我的心灵从这可怕的抑郁和孤独中拯救出来吧,"(62)自始至终都在尽力设法改变自己的命运,以离开自己憎恨的荒原,前往繁华奢靡的熙攘之地巴黎,去享受那里的"音乐、诗歌、激情、战争、世界大动脉里的一切跳动和搏动"(253)。由于游苔莎总是想方设法满足自己内心中的狂热激情与欲望,一心渴望去巴黎享受荣华富贵,她的这种过度的欲望折断了她内心的翅膀,也让她最终付出了生命的代价。《还乡》中的男主人公怀尔狄夫也是一位疏离自然、精神世界空虚的花花公子。他受过教育,是一位工程师,只是由于错过良机才开酒店谋生。但是,这位所谓的"怀才不遇"的酒店老板却崇尚享乐、厌恶自然,对荒原的厌恶之情溢于言表。他和游苔莎一样厌恶荒原,厌恶身边的风,觉得荒原的风刮得非常凄凉(76)。而他意识中的女性也总是低人一筹,是其可以随意捉弄的玩物,因此他在对待女性时总是喜欢舍近求远,"渴望难得之物,厌倦送上之物"(197)。他眼中的游苔莎也可有可无,其心目中的托马辛则更是如同一只家养的动物(311)。怀尔狄夫厌恶自然、藐视自然,切断了自己与自然的联系;与此同时,他也轻视女性、游戏婚姻,只想控制与占有她们,却丝毫不愿承担任何的责任。他成为了哈代笔下父权制社会中将人与自然、男性与女性对立起来的男性中心主义的形象代表。最终,与自然、女性二元对立的怀尔狄夫遭受到自然与社会的无情惩罚,与游苔莎一起在暴风雨中溺水而亡。

《林地居民》中的菲茨比尔斯也是一位受教育程度很高、喜欢从事科学研究的医生。他出身贵族,但是却品行拙劣,喜欢玩弄女性。他对格雷丝一见钟情、忘乎一切,却又在准备与格雷丝结婚的同时,与别的女性厮混。他的出现破坏了小辛托克林区的社会生态和谐,不仅使得老苏斯因发现自己关注的大树被砍而绝望致死,也使得整天走来走去、忙个不停的格莱媒吓得心烦意乱、卧床不起,还使得格雷丝以泪洗面,甚至使得麦尔布礼怒发冲冠,差点失去理智。此外,菲茨比尔斯在房间学习时点亮的灯光还破坏了小辛托克林区的自然之美,他的出现使得林区四周的空气中"弥漫着一种即将发生不幸的气氛"(214)。菲茨比尔斯所从事的科学研究也时常与林区正常事物的发展情况相互背离,他与自然之间的相互背离关系从一定程度上导致了其自身性格的扭曲,使其在大多数情况下都"是一位很不实际的人,他宁愿生活在理性的世界里,而不愿生活在现实的世界里,他宁愿致力于发现世界的各种法则,却不愿致力于应用这些法则";他头脑里想着那位小姐,但是他"在气质上却不是一位行动家,他宁愿在想象与推测中进行他的追求"(151)。在哈代笔下,与林区生活格格不入的菲茨比尔斯最初也是一位被欲望与科学扭曲了灵魂的文明人形象,他与自然、社会之间的这种冲突关系导致他在林区从事的行医工作陷入了艰难的困境。

《德伯家的苔丝》中的德伯原本是一位有钱的伪贵族,花费不少钱财才冒充德伯这个贵族世家,居住在"文明"城市的红色庄园中。作为社会上层人士的德伯疏离自然,过着腐朽奢华的生活。他的庄园被刷成了与四周自然绿色格格不入的红色,他在骑马时也丝毫不顾忌马匹的感受,肆意地挥鞭狂舞,迫使马像飞一般地往山下直奔。他对待女性也很轻视,玩弄了不少女性,却又在诱奸苔丝之后,成为了一名道貌岸然、表里不一的牧师。然而,在他内心深处隐藏的邪恶与欲望的驱使下,他最终放弃牧师这份神圣的职责,再次威逼利诱苔丝一起远离自然,到海滨胜地去追求奢侈享受,从而彻底失去了自己的灵魂与天性。与自然疏离、藐视女性的德伯切断了自己与自然、与社会的联系,最终在与苔丝的激烈冲突中被苔丝手刃而亡。

　　哈代在"性格与环境"小说中塑造的第二类人物形象是"生态难民"。这些"生态难民"原本在威塞克斯过着与自然密切关联,社会生态、精神生态和谐的生活。但是,随着早期机械工业文明的到来,随着这一地区自然生态、社会生态的失衡,他们逐渐失去了自己赖以生存的土地与财产,靠打工维持生计。并且,随着机械工业化的日渐推进,他们的精神也变得极度压抑,常常被异化成为了机器的工具。因此,在哈代笔下的"性格与环境"小说中,这些由于早期机械工业文明的侵蚀而失去生活保障的"生态难民"常常过着苦不堪言的生活。哈代在《卡斯特桥市长》中塑造的亨察德、《德伯家的苔丝》中塑造的苔丝以及《无名的裘德》中塑造的裘德都属于这一类人物。

　　在哈代创作的《卡斯特桥市长》中,亨察德是其精心刻画的一位生态难民。由于亨察德失去了自己的土地与居住的地方,体格健壮的他不得不沦落四处,成为一名流浪的打草工人。这种艰难而又毫无保障的迁徙生活让他感到非常地耻辱,以致他在醉酒后做出了卖妻送子的荒唐之事。后来,亨察德虽然靠自己的意志戒了二十一年的酒,并靠着"精力充沛"在粮食买卖上获得了一时的成功。但是,由于自然生态环境遭到破坏,气候环境变得非常恶劣,再加上资本主义大工业的挤压,亨察德习以为常的稳定社会秩序不复存在,最终无法适应环境的他重又失去了一切:妻子病逝,情人移情别恋,女儿被剥夺,家财散尽,事业败北,甚至连自己的生命也被夺走了。自然生态环境的失衡、动荡的社会生态环境以及亨察德自己不想方设法适应环境的态度导致他的所有努力与抗争都遭遇了不可避免的失败。在这部小说发表几年之后,哈代对亨察德做出了这样的评价,他认为人总是千态百面的,随着环境的不同,人就会浮现出相应的一面①。在《卡斯特桥市长》中,哈代通过细腻刻画亨察德与不同环境之间

---

　　①　Butler,Lance St. John, *Thomas Hardy*, Cambridge:Cambridge University Press, 1978, p. 62.

的关联与冲突,营造出一种动人心怀的悲剧震撼,也向人们提出了若干值得深思的重大乃至终极的思考问题。亨察德是哈代在"性格与环境"小说中精心塑造的一位由自然生态、社会生态、精神生态失衡而造就的生态难民,他的悲剧人生说明了人与各种生态环境冲突所带来的极大危害。

《德伯家的苔丝》中的苔丝原本是自然的女儿,充满了生命的活力与朝气。然而,对于苔丝这种农业劳动者来说,"土地这个词意味着她耕种的田地、几代人以来养活着全家的经营作物以及她从事的职业"①,所以早期机械工业革命的逐渐深入使得苔丝一家由于失去自己赖以生存的土地而一步一步走向破产。失去了自己居住多年的房屋,家里唯一的一匹老马也不幸被邮车撞死,连德伯送给她家的那匹马也因为她们生活的困顿而被卖掉了。最终靠卖蜂窝维持生计的苔丝一家被迫迁移到别的地方去做遁逃之客。在其父亲去世之后,一家人穷苦得只能在祖先的坟地过夜。年幼的苔丝为维持一家人的生计,先是被逼前往纯瑞脊攀亲,其间被冒牌本家德伯诱奸,失去自己的贞洁;后来在别处打工时,辛勤劳作的苔丝依然过着非常艰难的生活。她常常必须与男工们一样起早贪黑工作,手臂流血不止也不能休息,还不时遭受雇主的百般挑剔与折磨。收割机的使用更是丝毫不给她喘息的机会,让她疲惫不堪,逐渐沦落、异化为机器的工具,动作也变得像钟表一样单调。苔丝成为了哈代在小说中塑造的又一位因为自然生态、社会生态、精神生态失衡而出现的生态难民。小说中的苔丝也曾经不懈地努力适应环境,但是由于其身处的自然生态环境十分恶劣,其面临的社会阶级矛盾又如此不可调和,再加上她被安玑遗弃后所陷入的那种精神真空状态,这些因素共同造就了她的生态厄运,使得她年纪轻轻就命丧黄泉。

《无名的裘德》中的裘德也是哈代刻画的生态难民之一。小说中的

---

① [法]H.孟德拉斯:《农民的终结》,李培林译,社会科学文献出版社 2005 年版,第53 页。

裘德体格健壮、技艺皆通,但却失去了自己赖以生存的土地,也没有自己的房子,因而不得不四处流浪打工,靠帮人修房屋或教堂勉强维持生计,收入微薄、生活艰难。与此同时,裘德希望去基督寺求学的精神追求也因为教会的文明制度与崇尚享乐的艾拉白拉的轻浮勾引而彻底幻灭,"一种跟以前推动他的那种精神和影响完全不同的东西捉住了他,拽着他走"(41)。他的红颜知己淑那种易喜易怒的敏感气质、乖僻的脾气以及文明制度对裘德与淑的爱情的横加干预更是加深了裘德求学失意后的痛苦,"用了十年的苦工夫,却落到这样一个结果,他觉得好像脸上狠狠地挨了一巴掌一样"(121)。最终,裘德深爱的人淑完全屈从于文明制度的束缚,回到了费劳孙的身边,这件事彻底摧毁了裘德的精神支柱,使得在生活、理想、爱情几个方面都遭遇失败的他很快就凄然而逝。在哈代笔下,裘德的脸上比较红润,但是内心"却非常干枯"(121),他总觉得这个社会机构中不知道哪儿有毛病,醉酒后醒来的他时常感到异常痛苦,这是一种仿佛身在地狱中的痛苦,并且还不只是仿佛身在地狱,而是实际身在地狱般的痛苦,"那是自己感觉到一切都失败了——壮志和恋爱都失败了——以后那种万分苦恼的地狱"(129)一般的痛苦。这种锥心的痛苦以及现代人类心灵与社会中存在的"一种老不安定的倾向"(340)一起导致了裘德梦想的幻灭与生命的陨落,社会生态的压抑与精神生态的真空成为导致裘德遭受重创的致命原因。哈代在《无名的裘德》的序言中也专门指出,他创作这部小说的主旨就是为了"把一场用古代耶稣门徒拼却一切的精神对灵和肉作的生死斗争,毫不文饰地加以叙说;把一个壮志不遂的悲惨身世,剀切沉痛地加以诠释"(2),而裘德正是他在小说中所塑造的那位壮志不遂的耶稣门徒。

在"性格与环境"小说中,哈代刻画的第三类人物是"自然人"。他们大多远离人类的文明中心——城市,栖居偏远的农村,过着简单幸福的田园牧歌式生活。他们虽然文化水平不高,但对工业机械文明却保持着心灵的距离,绝少受到工业文明的"精神污染"。他们对物质的欲求不高,却敬畏自然、融入自然,与自然自由自在地相处,与自然保持和谐关系,并且常常生活得非常简朴、幸福、满足。他们遵循自然规律,不断调整自己与自然的关系,想方设法适应自己生存的环境;他们大多身强体壮,生机勃勃,从容不迫,充满着活力和生的气息,充满原始的自然美。《绿荫下》中的狄克、《远离尘嚣》中的奥克、《还乡》中的维恩、《林地居民》中的基尔斯就属于这类人物。

《绿荫下》中的狄克·杜伊是梅尔斯托克唱诗班的一名穷青年,虽然没有太多文化,但是粗犷憨直、思想淳朴、恬淡乐观。他在梅尔斯托克地区的生活简直就是"一幅荷兰派乡村画"的诗意栖居生活①:他居住在古老质朴的茅舍之中,茅舍四周是茂密的森林以及如诗如画般的原野;他的身边不时会飞舞着欢快的蜜蜂,也时常奔跑着一群与他和谐相处的活泼乱跳的羊。他与这一地区的自然融为了一体,也与幽默乐天的村民和睦共处(他经常帮助遇到困难的村民),与声情并茂的梅尔斯托克唱诗班成员也关系非常密切。哈代笔下掌握了自然规律、顺应自然的狄克乐观向上、内心和谐,他的体格非常健壮,浑身上下都洋溢着朝气蓬勃的生机,连他的嗓音都充满了自然的甜美。狄克·杜伊不仅自身精神和谐,而且与自然和谐,与社会和谐,与他人和谐,就连他的爱情也与风光秀丽的自然现象融为一体——在春季与心爱的芳茜·黛播下爱的种子,在夏季两人的爱情开花发芽,在收获的秋季两人缔结良缘,最终狄克通过努力,与情投意合的芳茜·黛过上了幸福的生活。狄克·杜伊成了哈代在"性格与环境"小说中刻意塑造的一位过着诗意栖居生活的自然人。

哈代笔下的奥克也与各种自然现象水乳交融、相得益彰。他可以根据自然事物准确判断时间,也可以根据异常自然现象知道暴风雨就要来临,他懂得自然母亲所发出的各种信息,他与各种自然现象之间融洽地相

---

① 聂珍钊:《托玛斯·哈代小说研究——悲戚而刚毅的艺术家》,华中师范大学出版社1992年版,第39页。

处。他在晴空万里的午夜驻足山头、远眺太空,不知不觉与自然忘我地交融一体。他的住所也与自然交融,先是住在诺科姆山上的简陋小木屋内,与林地的树林融为一体,结婚后居住的地方也仍然是一座与自然融为一体的古老楼房,房子的石瓦上是一层柔软的褐色苔藓,一簇簇长生草在房檐下油然抽芽。奥克与自然生物之间也是一种自由自在、彼此和谐的关系,他从不忍心踩坏小麦,也不愿意杀死癞蛤蟆;与自己的狗和羊群之间也是一种交融、和谐的关系,以至于哈代情不自禁地感叹道:"和谐是美的基础;谁也不至于否认奥克在羊群里面或羊群周围从从容容地转来转去时是相当优雅的。"①哈代笔下的奥克自始至终都生活简朴、热爱劳动、积极乐观,因此,他也是哈代所刻画的掌握了自然规律、顺应自然、内心和谐的自然人。由于他与自然和谐共处,不断适应环境,最终他与芭思希芭结为夫妇,获得自己的幸福,成为了一名享受着灿烂阳光的诗意栖居者。

《还乡》中的维恩是一位浑身红土色、行影无踪的红土贩子。他常常出没于古老苍茫的埃格敦荒原,甚至连夜晚也露宿在荒原的草丛之中。因此,每当人们问起红土贩子在什么地方时,得到的回答总是:"在埃格敦荒原。"(134)维恩以荒原为家,与野鸟相伴,与自然紧密相连,他与埃格敦荒原连为一体,成为荒原的一个重要组成部分。哈代笔下代表着自然精神、守护着自然和谐的维恩是自然温顺的子民,他拥抱自然、拥抱荒原,服从自然的意志。他与荒原的一草一木灵犀相通,也与自然的动物朝夕相处。他白天可以与荒原的绿头鸭进行默契交流,晚上则可以借萤火虫的亮光和怀尔狄夫比赛掷骰子,甚至还可以利用草皮作掩护偷听怀尔狄夫与游苔莎的谈话。他非常熟悉埃格敦荒原的夜晚,所以可以在追逐怀尔狄夫时快速冲下灌莽丛杂的山坡,而不至于一头跌进山坑里,或者一脚陷在兔子窝里拧折了(239);他也非常熟悉潭水的水流特点,可以从水

---

① ［英］托马斯·哈代:《远离尘嚣》,傅绚宁等译,人民文学出版社 2004 年版,第11 页。

势最猛的水潭中成功地救起已经溺水昏迷的怀尔狄夫和克林。维恩是哈代在"性格与环境"小说中所塑造的一位靠荒原赋予的性情与智慧获得幸福的诗意栖居生活的自然人。

《林地居民》中的基尔斯也是哈代在小说中精心塑造的一位与自然和谐相处的自然人。

> 他的脸被晒成了小麦的颜色,他的眼睛蓝得像矢车菊的花朵,袖子和护脚上满是水果的污渍,手上黏乎乎的尽是甜苹果汁,帽子上沾着许多苹果籽儿,全身上下都是苹果酒的气味(274)。

哈代笔下的基尔斯"看起来、闻起来都正像这秋天的亲兄弟"(274)。他不仅在形体方面与自然有着紧密联系,在心灵方面也与自然相通。他"懂得树木、水果和鲜花本身的语言"(445),他"具有一种使树茁壮生长起来的不可思议的力量"(81)。他看起来只是漫不经心地将铲子蹬入了大地,但他的这种种植行为实际上却仿佛"与那些正在被栽种的枞树、橡树和山毛榉之间存在着一种和谐一致"似的,"这些树用不了几天便在泥土中扎下了根"(81)。基尔斯与小辛托克的自然和谐相处,他总是想方设法地适应周围的生存环境,他的这种生活方式使得他在格雷丝的记忆中是作为"水果之神"和"森林之神"交替出现的。有时被树叶掩映,有时则"带着绿茸茸的地衣",哈代笔下的基尔斯俨然成为了农牧之神的形象(388)。最终,与自然和谐相处的基尔斯获得了格雷丝的爱,也获得了玛蒂的眷恋,甚至在他不幸患病去世之后玛蒂也仍然执着地爱恋着他。然而,由于基尔斯当时所处的自然生态、社会生态、精神生态环境已经开始变得更加恶劣,小辛托克森林已经今非昔比,这一地区的社会生态也已经相当混乱,林区人们的精神生态也出现了真空化等症状,因此这里的生态环境变化极大地影响了生活在这里的基尔斯以及其他林地居民的生产与生活方式。从塑造基尔斯这一人物形象开始,哈代在"性格与环境"小说中所刻画的人物形象逐渐发生了变化,由最初主要对自然人与文明人的形象塑造,转变为后期对文明人与生态难民形象的塑造。而在哈代创作的后期"性格与环境"小说中,哈代虽然也刻画了不少与自然和谐相处的个人,他们最初常常也付出了不少努力以适应环境,但是最终都常常因为生态环境的极度恶化而沦落为令人扼腕同情的生态难民。基尔斯成为了哈代在"性格与环境"小说中所刻画的最后一位与自然和谐相处的自然人。

总之,在哈代创作的"性格与环境"小说中,其笔下刻画的文明人常常由于与自然对立,背离自然、破坏自然,切断了自己与自然的紧密纽带,破坏了当地的社会生态和谐,而常常陷入精神的困惑、迷茫与无助,最终走向死亡。而其笔下的生态难民则通常是这些文明人或现代文明造成的生态失衡的悲剧产物。他们所处的生态环境极度恶劣,在日常生活中不时会遭遇各种不可避免的挫折或失败,他们最终也常常逃不出毁灭的厄运。在哈代塑造的这三类人物中,只有那些热爱自然、敬畏自然,与自然融为一体的自然人,由于与自然和谐相处,按照自然规律不断调适自己的行为,顺应自然,服从自然,从而能够自由自在地诗意栖居于威塞克斯地区,并最终大多能获得自己的幸福。在"性格与环境"小说的创作中,哈代通过对文明人、生态难民、自然人这三类人物形象的精心塑造,通过对这些不同人物形象的不同命运与结局的鲜明对比,向人们生动传神地表达了自己对早期机械工业文明弊端的厌恶与批判,表达了自己对人类背离自然、破坏自然行径的痛恨,以及对敬畏自然、融入自然的诗意栖居生活的热切向往与期盼。

第三节 视觉与听觉的融会贯通

哈代不仅是一位小说家、诗人,他本质上也是一位艺术家。其小说具有强烈的色彩性与浓郁的音乐性。哈代在"性格与环境"小说中所表现出来的色彩性和音乐性与其自身的建筑、音乐天赋也密切相关。哈代的父亲是一位建筑师,哈代最初从事的工作也是建筑工作,哈代虽然最终并没有选择走建筑行业的道路,但是建筑艺术的灵魂却常常渗透于他的小说创作之中,使得他的小说富有强烈的色彩性。亨利·查尔斯·达芬(H.C.Duffin)曾经这样评价哈代小说,他认为:

> 如果我们可以将生动的文字悬挂在墙上的话,那么就会有一间很大的画廊,里面挂满了哈代的描绘自然美景的作品。一幅大的油画作品,一幅精致的水彩画,还有蚀刻画①。

哈代对音乐也特别敏感。在他小的时候,其父亲经常在晚上演奏快乐舞曲、号角舞曲、苏格兰舞曲等乡村舞曲。每当这时,哈代都会在房屋中间随着舞曲节拍跳舞,有时还会被其中的一些旋律所感动,流下激动的眼泪。哈代对于建筑艺术与音乐的这种迷恋与感受,使得他在普通的自然景物中发现了它们的美丽与音乐节奏,从而在其"性格与环境"小说的书写中通过视觉与听觉的融会贯通、通过惟妙惟肖的生动刻画,再现了威塞克斯独具特色的声景风貌。哈代的小说具有强烈的"画面感"与"音乐美",比同一时代的其他作家的小说显得更为生动、更为形象、更加充满诗情画意。建筑艺术与音乐不仅成为哈代"性格与环境"小说创作的心灵源泉,也成为其小说创作的一大艺术特色。哈代的小说也常常被称作"诗化小说"或"音乐化小说"②。

哈代在"性格与环境"小说中对自然景物进行的生活描绘常常使人为之倾倒,也不时产生强烈的视觉效果。张中载曾经这样评价哈代,他认

---

① H.C.Duffin,*Thomas Hardy*,Manchester:Manchester University Press,1967,p. 127.

② 吴笛:《文学与音乐的奇妙结合——论哈代文学作品中的音乐性》,《浙江大学学报》2001 年第 1 期。

为在英国小说史上除了乔治·穆尔之外,再没有多少"小说家能用精湛的文字技巧来创造这样奇妙传神的视觉形象,创造如此深沉辽阔的音响、节奏和旋律了"①。哈代对欧洲文艺复兴以来六百多年的绘画艺术也有着非常透彻的理解,他在描写景物时常常"如画家作画,令人感到有一种欣赏绘画艺术的享受"②。在其创作的"性格与环境"小说中,哈代主要运用三方面的绘画要素来突出展现自己小说的视觉描写特点,即绘画术语、色彩和光线。哈代通常运用绘画术语来勾勒画面的轮廓与形体,增强文字表达的形象性与可视性;运用色彩的对比来强化物体的形象,以充分表达自己的思想感情③。此外,他也时常运用光线刻画人与物的空间方位,将光折射在他所描写的人与物上,用光线的强弱映衬人与物,通过"明暗对照,使读者在平面的文字绘画上获得立体的、深度的空间感"④。通过灵活运用这些写作技巧,哈代出神入化地营造出一些独特的视觉意象,这些"视觉意象和(那些超现实主义画家的)艺术如此接近,以至于我们经常把它们看作是这些画的描述文字,而实际上这些画当时还未创作出来"⑤。

哈代在"性格与环境"小说的创作中也喜欢运用绘画术语来勾勒画面的轮廓和形体,以此增加文字表达的形象性与可视性。在《卡斯特桥市长》中,为了生动再现卡斯特桥市的美丽黄昏景色,哈代运用"镶嵌画""镶在""画框"等绘画术语对卡斯特桥市黄昏的错落有致进行了栩栩如

---

① 张中载:《托马斯·哈代——思想和创作》,外语教学与研究出版社 1987 年版,第53 页。

② 张中载:《托马斯·哈代——思想和创作》,外语教学与研究出版社 1987 年版,第53 页。

③ 吕志颖:《试论苔丝形象塑造中的绘画和音乐效果》,《阜阳师范学院学报》1995 年第 1 期。

④ 吕志颖:《试论苔丝形象塑造中的绘画和音乐效果》,《阜阳师范学院学报》1995 年第 1 期。

⑤ Norman Page, "Art and Aesthetics", in *The Cambridge Companion to Thomas Hardy*, Dale Kramer(ed.), Cambridge:Cambridge University Press, 1999, p. 42.

生的刻画,其笔下的卡斯特桥市俨然成为了一幅镶嵌在长方形深绿色画框中的由淡红色、褐色、灰色和闪光玻璃组成的镶嵌画(32)。在其创作的《林地居民》中,小辛托克森林也在经历着"从美丽到古怪的巨大变化",它的总轮廓由于树叶飘落而出现尖角"取代原来曲线""取代森林表面由绿叶和缝隙组成的网状组织"这种现象(65)。通过运用"总轮廓""尖角""曲线""网状组织"等绘画术语,哈代栩栩如生地揭示了小辛托克生态破坏的严重程度,其笔下的小辛托克这幅自然画布也"经历了从绚丽多彩急转直下为原始质朴的突变,简直好像是从高等美术学院的绘画艺术水平一下子退化为太平洋岛屿上土著居民的艺术水平"一般(65)。在《德伯家的苔丝》中,运用"散布""点缀""凡·阿思露""沙雷尔"等绘画术语,哈代淋漓尽致地刻画出牸牛千百成群在草场吃草的壮观情景,其笔下的牸牛"从东边老远的地方,一直散布到西边老远的地方",密扎扎地点缀在青绿的草地上,就"和凡·阿思露或者沙雷尔的画上画的市民一样"(150)。

哈代也喜欢在"性格与环境"小说的创作中运用色彩的对比来强化物体的形象,表达自己的感情,其笔下的背景颜色常常成为其刻画人物心态及命运的一种折射。在《远离尘嚣》中,为了表现奥克陷入困境后重新遇到芭思希芭时的欣喜,哈代运用红色这一喜庆的颜色词来描写当时奥克眼中的房屋灯光,认为这种灯光不仅让人觉得很舒适,而且与铺满常春藤的墙垣的绿色形成一种明亮的颜色基调,因而形象地迎合了奥克当时快乐的心境。而在《还乡》中,为了展现埃格敦荒原的完美景象,哈代笔下的云彩被描写为红铜色和淡紫色的,天空是淡碧柔和的,雾霭则是紫色的,地面的物体是昏暗的,而地上的蠓虫则是发亮的,像火星一样上下飞舞着。通过五彩斑斓的颜色对比,哈代惟妙惟肖地勾勒出了埃格敦荒原的美丽。而其笔下"琥珀色的怪蝴蝶""翡翠绿或素色的蚂蚱""披着鲜艳黄蓝服装的蛇"以及"血管毕露、耳朵纤细组织像血红透明体的小兔"之间所形成的强烈色彩对比则从一个侧面栩栩如生地展现了埃格敦荒原的勃勃生机(227)。在《卡斯特桥市长》中,为了表现亨察德对马拉播种机的厌恶,哈代笔下的马拉播种机被描绘为对比度非常强烈的绿色、黄色和红色。这些对比反差强烈的色彩使得整个机器异常的耀眼刺目,从而给人留下一种令人生厌的视觉印象。而在《林地居民》中,为了揭示小辛托克森林砍伐后生态破坏的严重程度,哈代选用黑色这种暗淡的色调来描述腐烂的树桩颜色,将其比作直立在绿色牙床上的黑色牙齿,用"白闪闪"这个词来表现林地被砍伐后的触目惊心,用"粉红"这个词来描绘大树被剥皮后的惨状,营造出了一种大树被人类折磨得只剩皮下血淋淋的肌肉的意象。在《德伯家的苔丝》中,哈代笔下德伯的房屋是深红色的,房屋周围的蔓藤则是常青的,那所房子在四围柔和浅淡景色的衬托下就仿佛是一丛石蜡红一般。通过象征血腥的深红色与象征自然、生命的常青色的鲜明对比,哈代向读者形象地传达了德伯与当地自然、当地社会生态格格不入的信息,为之后揭示德伯对当地自然、当地社会生态秩序造成破坏埋下了重要的伏笔。而为了揭示当地人们生活风格的整一化,哈代笔下刻画的那些年纪大一点儿的捆麦子的女人穿的都是棕色粗布"连根倒",干农活时戴的护襟都是褐色的,而手上戴的则都是黄色的带着护腕背后有纽子的羊皮手套。"棕色""褐色""黄色"都是与泥土颜色接近的颜色,通过运用这些单调、暗淡的颜色词,哈代一方面借以表现了他们做农活的身份信息,另一方面也渲染出了他们生活的单调性与乏味性。黑格尔(Georg Wilhelm Friedrich Hegel)曾经指出:"人要有现实客观存在,就必须有一个周围的世界,正如神像不能没有庙宇来安顿一样,"[1]哈代笔下的景物描写也如他所说是"一片风景加一个人的灵魂"[2],这种"描写不但是彼时彼地人物情绪和心境的外化,而且呈现出一种内在的和流动着的美感,使主体和客体,人物和自然景物达到水乳交融,相得益彰",

---

① ［德］黑格尔:《美学》(第一卷),朱光潜译,商务印书馆1997年版,第312页。

② ［英］托马斯·哈代:《德伯家的苔丝》,孙法理译,译林出版社1993年版,第448页。

"人物的思索和情感在大自然的怀抱中得到平衡,交流和调整"①。

　　哈代还喜欢用光线刻画人与物的方位空间,将光折射在他所描写的人与物上,通过光线的强弱映衬人与物,通过明暗对照,使读者在平面的文字绘画上获得立体、深度的空间感②。在《远离尘嚣》中,为了表现韦特伯里大地雨后的美丽清新,哈代对这里的雷阵雨进行了生动的描述,其笔下的雷阵雨将空气洗刷得清清爽爽,将大地的外衣浸润得漂漂亮亮。哈代对这里云彩的光芒也进行了形象勾勒,认为其强烈光芒"形成一片围栅状的景象,有明有暗,互相间杂衬映着"(239)。通过将云彩光芒同雨后大地互相衬映,哈代惟妙惟肖地刻画出韦特伯里大地雨后天晴那种如诗如画的美丽景色。在《还乡》中,哈代则刻画了另一幅美丽的立体画面。其笔下的太阳贴在埃格敦荒原地平线上,云彩则以扁平的条带铺在天空,霞光从云彩中射出,射向大地,使得地面上"朝向太阳的所有昏暗物体,都笼罩在一片紫色的雾霭里",其中还飞舞着一群群可爱的蠓虫,它们像火星一样在朦胧的雾霭中闪着光亮(189)。通过将霞光折射在埃格敦荒原的自然景物之上,哈代笔下的埃格敦荒原被赋予了一种强烈的空间感和层次感。在《德伯家的苔丝》中,哈代也借助对光线出神入化的刻画栩栩如生地展现出牸牛的生态之美。他笔下的太阳光线将牸牛那卑不足道、陋无可称的形体精密细致地映射出来,光线对于每一道线条的投射之精密细致,无异于其在宫殿墙壁上映射出的"宫廷美人侧影"(155)。在哈代看来,太阳光线对牸牛的映衬是"那样用心致力,简直和远古时候在大理石殿宇前脸上映射奥林坡天神或者映射亚历山大、恺撒、法老们的形影,一样地竭诚尽力",而身上有白点的乳牛则"把日光反射出来,叫人看得晃眼地辉煌,它们犄角上那发亮的铜箍也闪闪放光,好像陈兵耀武的样子"(155)。通过对太阳光线映射在牸牛身上的明暗变化的描绘,哈代

---

　　① 罗晴:《论哈代小说中环境描写的象征手法》,《青年文学家》2013年第32期。
　　② 吕志颖:《试论苔丝形象塑造中的绘画和音乐效果》,《阜阳师范学院学报》1995年第1期。

传神地再现了牸牛自然、健壮的生态之美。而在描写苔丝被捕时的光线时，哈代也成功地运用光线的明暗对照淋漓尽致地渲染出了苔丝的悲剧形象。在他笔下，"所有的人都在越来越亮的曙色里等候，他们的手和脸都好像是涂了一层银色，他们形体上别的部分，却是黑乌乌的。石头柱子闪出绿灰色，大平原却仍旧是一片昏沉。待了不大的一会儿，亮光强烈起来，一道光线射到苔丝没有知觉的身上，透过她的眼皮，使她醒来"。透过这段文字的叙述，通过对光线的描写，哈代向读者形象地再现了苔丝被捕场面的空间比例与层次安排。在被捕画面的前景，苔丝躺在祭坛上，一道亮光照射在她疲惫不堪的柔软身上，光线是如此强烈，以至于因为太过刺眼，而将她从沉睡中惊醒。包围她的警察则位于被捕画面的中景，他们的手与脸在光线的映衬下就好像涂上了一层似亮非亮的银色，而身体的其他部分则因为模糊不清而被描绘为乌黑色。这幅画的远景则是黑漆漆的大平原与阴森森、冷冰冰的绿灰色石头柱子。通过借助银色、乌黑色、绿灰色这些冷色调颜色词对光线明暗、人物情感的暗示作用，哈代传神地渲染了苔丝被捕时那种悲壮凄惨、森然静穆的气氛，其笔下刻画的苔丝被捕场面俨然如同"一幅深邃、层次分明、明暗过渡和缓、有如音乐一般严谨的图画"①。总之，在哈代的"性格与环境"小说中，绘画术语、色彩和光线的结合构成"文字绘画的画面，它们贯穿故事空间始终，形成了一系列完整的运动轨迹"，而传达思想情感的画面基调则主要"由暖色调向冷色调过渡，即画面的色彩感基本上是由红向紫，按光诸色顺序移动，形成了一个由明朗到晦暗的悲剧性画面色调体"。通过在创作过程中恰如其分地运用绘画术语以及对色彩与光线进行的细腻刻画，哈代在自己的"性格与环境"小说中营造出一种独具匠心的视觉效果。

　　运用声音技巧营造听觉效果，以渲染环境、塑造人物性格的写作手法

---

①　吕志颖：《试论苔丝形象塑造中的绘画和音乐效果》，《阜阳师范学院学报》1995 年第 1 期。

也是哈代"性格与环境"小说创作的独特风格之一。哈代对声音非常敏感,他在其小说的创作活动中也竭尽全力将声音的艺术魅力展现得淋漓尽致。哈代在小说创作中经常借用一些声音技巧营造特别的听觉效果,从而将自己的小说创作与听觉有机地结为一体,既通过这种方式增强了小说的艺术感染力,又以此方式作为其小说艺术结构布局与情景渲染的重要手段。在哈代的"性格与环境"小说中,他用以营造特定听觉效果的声音技巧不仅在其小说总体结构中起着独特的作用,也成为其传达思想情感、表现主题,渲染人物情绪变化和环境特定氛围的重要手段。

在哈代的"性格与环境"小说的创作中,运用声音技巧营造特定的听觉效果首先对其小说的总体结构布局起着独特的作用。在《卡斯特桥市长》中,整部小说以"一只柔弱的小鸟在唱那古老陈旧的黄昏之曲"开篇(3),之后又以小歌唱家金翅雀生生饿死、成为一小团羽毛为结局,小说中所表现的声音旋律也由最初的柔弱小鸟唱黄昏之曲演变为最终的休止音符,从而营造出了一种戛然而止的听觉效果。这种听觉效果不仅在小说的总体布局中起到了前呼后应的作用,而且也与整部小说悲剧迭起的总体结构保持一致。在《德伯家的苔丝》中,哈代在小说的第一章中让人聆听到的是妇女开游行会时欢乐的铜管乐声,而在结尾一章中让人聆听到的则是预示死亡的教堂钟声。前后声音的强烈对比所产生的听觉效果在这部小说的总体结构中也发挥着前后照应的作用,同时也秉承了其小说由开头部分田园诗般的快乐转向结尾令人伤感的悲哀这一独特的表现模式。在《无名的裘德》中,传入裘德耳中的声音首先是基督寺那里飘来的阵阵钟声,这钟声轻缈悦耳,仿佛随风传来的盛情呼唤,呼唤他去追求、完成自己的快乐使命,而在小说结尾反复出现的声音则是裘德临死前耳旁嗡嗡回旋的悲壮的教堂钟声,以及教堂旁边欢乐的音乐会上弹奏的风琴声、河边赛船时敲击出的音乐声以及人们庆祝节日的欢呼声。这种声调音符的前后照应、这种悲壮与欢乐旋律的强烈对比不仅形象地揭示了裘德矢志不渝的精神追求,也更加突出了作品的悲剧气氛。

运用声音技巧营造适当的听觉效果也是哈代传达思想情感、表现主题的重要手段。作为一位具有前瞻生态意识的小说家,哈代一方面以超然物外的叙述与描写,着意美化与渲染了自然的生态之美,深切表达了自己对自然的崇敬与热爱之情;另一方面,哈代又通过生态悲剧的艺术形式形象揭示了"人类在自然面前的无助和痛苦"①,借以表达了自己对早期机械工业文明破坏自然的愤懑,以及自己对回归自然、融入自然,实现诗意栖居的热切向往。自然是哈代在"性格与环境"小说中所表达的重要主题,而哈代对这一主题的讨论又是非常复杂的,表现出了一种分裂的意识。这种分裂意识在其"性格与环境"小说中的集中体现就在于其笔下的自然存在着两种声音:一种是"痛苦、凄凉的声音",另一种则是"充满希望的乐观的声音"②。通过对自然声音的对比描述,哈代恰如其分地表现了自己对自然的分裂感受。

在哈代的"性格与环境"小说中,自然有时也如人一样,处于一种相互对抗、相互斗争的矛盾状态,所以其笔下的自然声音首先是一种"痛苦、凄凉的声音"③。在《远离尘嚣》中,韦特伯里农庄的树木"枝条拼命挣扎着,互相撞击得哗啦哗啦地响"(304),而《还乡》中的"每一棵树都连根扭曲,仿佛骨头在骨槽里活动,每逢风吹树动,都发出抽搐的声音,就像疼痛的呻吟"(191)。在《林地居民》中,小辛托克的树枝在风中相互摩擦以至断裂的响声、其他树枝发出的树木悲歌、猫头鹰的尖厉叫声与野鸭子失去平衡而拍打翅膀、翻腾的声音汇集一起(16)。《德伯家的苔丝》中的鸟儿歌唱的地方总是"有毒蛇嘶嘶地叫"(112),而《无名的裘德》中,那口被套住的猪临死前叫唤的声音,"起初是尖声叫,表示吃惊,跟着又连续高

---

① 李雪梅、舒容:《鲁迅与哈代乡土文学共异性研究》,《西北大学学报》2006 年第 5 期。

② 吴笛:《文学与音乐的奇妙结合——论哈代文学作品中的音乐性》,《浙江大学学报》2001 年第 1 期。

③ 吴笛:《文学与音乐的奇妙结合——论哈代文学作品中的音乐性》,《浙江大学学报》2001 年第 1 期。

声叫,表示愤怒",之后是绝望的叫声,"拖长了、慢下来、表示绝望的叫声,最后演变为一种痛苦的尖声喊叫"(63)。在哈代笔下,威塞克斯地区的自然常常是"灾难的承受者",与此同时它又是"痛苦的呻吟者"①。

哈代"性格与环境"小说中的另一种自然声音则是充满希望的乐观的声音。《远离尘嚣》中的韦特伯里草场"地上响着潺潺流水的悦耳乐曲,天空中响着云雀的美妙歌声",与这两种声音遥相呼应的还有"绵羊低沉的咩咩声",给人留下令人愉悦的听觉效果(144)。《卡斯特桥市长》中的水流也奏出新奇的"交响乐,仿佛发自一个没有灯光照明的乐队,从荒地的近处和远方,到处都奏出它们各式各样的音响":

> 在一个腐朽堤堰的窟窿里,水流发出宣叙调;在支流小溪越过一道石砌胸墙的地方,它们发出欢快的颤音;在拱门下面,它们奏出金属铙钹的声音;而在杜诺沃窟窿,它们则喳喳作响。在那个叫做十闸门的地方,它们的声音最响,而到了每年的仲春季节,这里就真像在演奏赋格曲了(367)。

在哈代笔下,自然的声音不仅有着痛苦、凄凉的一面,也具有原始、粗犷与神秘的一面,充满了希望与快乐。因此,评论家卡萨布兰德曾经这样评价哈代:"哈代笔下的自然总是具有两种风貌,一种是美好的欢笑的自然,另一种则是暗示悲剧可能性的阴沉的自然。"②通过将自然的两种声音进行对比刻画,哈代形象地表现了自己分裂的自然感受;其笔下的自然景物被赋予了"与人类情形相呼应的悲凉的基调",也展现出"与人类情形相对立的优美音乐和动人旋律"③。因而其小说获得了一种独特的文

---

① 吴笛:《文学与音乐的奇妙结合——论哈代文学作品中的音乐性》,《浙江大学学报》2001 年第 1 期。

② Peter J.Casagrande, *Hardy's Influence on the Modern Novel*, Houndmills:The Macmillan Press Ltd.,1987,p.211.

③ 吴笛:《文学与音乐的奇妙结合——论哈代文学作品中的音乐性》,《浙江大学学报》2001 年第 1 期。

字音乐效果。

　　哈代"性格与环境"小说中的声音也并不只是一种诗情画意的点缀，也具有一定的语义载荷，常常是其描写景物与"塑造主人公诗化形象的重要手段"①。在《远离尘器》中，为了表现人类过度开发对诺科姆山造成的破坏情景，哈代笔下的诺科姆山的树木像教堂合唱班一样"发出凄婉的鸣啸"，这种声音"被下风头的树篱和其他一些东西挡住之后，调子又变得低沉下来，成了隐隐约约的啜泣"，最终渐渐声息俱无了(9)。通过对山上树木凄婉鸣啸声音的刻画，哈代淋漓尽致地展现了诺科姆山的荒凉与破败。在《卡斯特桥市长》中，市长议事厅窗前的"咩咩叫声"与市长"宣读判决的声音"遥相呼应；农夫住家街道中"脱谷机脱谷的声音、风车簸麦粒的声音、牛奶倒进大木桶的声音"也与市长和城市当局管理时街道发出的声音一起回响荡漾(111)。通过对这些声音的细腻描述，哈代惟妙惟肖地表现了卡斯特桥杜诺沃区社会生态的和谐与安宁。哈代也特别擅长以声音"为描写对象或喻体，表现人物的情绪和景致"②。在《还乡》中，为了表现约布赖特太太难过的心情，哈代借用其头顶上的树木发出的声音来表现她的心情，他笔下那些树就好像老在那儿呜呜咽咽地响一样，一刻不停，"简直叫人难以相信那是由空气引起的"(248)。而在《德伯家的苔丝》中，为了表现苔丝等工人对机器的仇恨，哈代将打麦机在麦子供给不足时发出的声音比作"疯了一般地大声呼号"(454)。通过这个比喻，哈代向人们传神地表达了苔丝等人对早期机械工业文明的厌恶与痛恨。为了表现苔丝与安玑的耳鬓斯磨、幸福恩爱，哈代这样描写苔丝耳际的声音道："水堰潺潺的声音，老不离他们的耳边，渠水哗哗的声音，也和他们喁喁的情话互相应答。(277)"通过对水声的描写，哈代

---

　　①　吴笛：《文学与音乐的奇妙结合——论哈代文学作品中的音乐性》，《浙江大学学报》2001 年第 1 期。

　　②　吴笛：《文学与音乐的奇妙结合——论哈代文学作品中的音乐性》，《浙江大学学报》2001 年第 1 期。

生动地表现了苔丝当时那种幸福、陶醉的感觉。总之,在哈代笔下,情景的细微变化、人物的喜怒哀乐、情绪的起伏不定,甚至最微妙的波动、最隐蔽的心情都能由声音直接或间接地表达出来①。通过对声音的形象描述,哈代在小说中常常营造出一些特定的听觉效果,这些特定的听觉效果使得哈代的小说更加具有了艺术的感染力。

此外,哈代笔下的绘画描写与声音描写也并非截然分开的。音画交融、听觉与视觉的融会贯通是哈代"性格与环境"小说创作的一大特色。哈代在"性格与环境"小说中的绘画描写与声音描写有时也相互交融,从而使其作品从声音的角度看,它们好似色彩声音;从绘画的角度看,它们则好似"音响画"②。哈代创作的《绿荫下》最初被命名为《梅尔斯托克唱诗班———一幅荷兰派的田园画》。这部小说主要描写了威塞克斯乡村如诗如画般的田园风光,但在描写田园风光的同时哈代在这部小说中也谱写了一曲曲带着威塞克斯乡土风味的、气息芬芳清新的乡村音乐。在《远离尘嚣》中,哈代也惟妙惟肖地刻画了一幅画中有声、声中有画的声景图,其笔下的韦特伯里草场从视觉的角度看是"一块块凹面圆形牧场",上面盛开着金灿灿的金凤或雏菊,"茁壮的芦苇和蓑衣草在湿润的河岸上形成一圈柔软的栅栏",小河则"宛如一道阴影";从听觉的角度看,一条蜿蜒的小河正无声无息地流淌,与之对照的是空中一大片簇叶后传来的几声高昂的布谷鸟歌声,这歌声"在寂静的天空中震响"(148)。这种视觉与听觉效果的融会贯通使得哈代的小说从声音的角度看好似一种有色彩的声音,从绘画的角度看则好似一幅"音响画"。哈代在描写芭思希芭眼中的牲口形象时也运用了这一技巧。其笔下的牲口在从鼻子中发出洪亮呼吸声的同时,也会偶尔发出一声"傻里傻气的'哞'"(191);与此同时,与这些声音混杂一起的是芭思希芭由这些声音联想到的这些

① [法]丹纳:《艺术哲学》,傅雷译,人民文学出版社 1963 年版,第 30 页。
② 吕志颖:《试论苔丝形象塑造中的绘画和音乐效果》,《阜阳师范学院学报》1995 年第 1 期。

牲口的形象:"一群岩洞形的红白色鼻孔,表面又黏滑又潮湿",鼻子下面的嘴"只要舌头够得着,就会去舔舔衣裳的宽大下摆"等(191)。通过将这些牲口的声音与形象相互交融、相互补充、有机结合,哈代惟妙惟肖地展现了牲口的生态之美,同时也表达了自己对动物的敬畏之情,使其小说产生出独特的艺术表达效果。

在《还乡》中,哈代则勾勒了另外一幅埃格敦荒原声景图,他笔下的昏暗景物都"还之以音画":

> 长石南的地带从哪里起,到哪里止;荆豆棘在哪个地方长得又高又壮,哪儿新近割过;杉树丛长在哪一方向;长冬青的坑谷离开多远,都可以听出来。所有这些不同的特征,都各有各的声音和腔调,正如各有各的形状和颜色一样(77)。

在这幅声色俱备的美丽艺术作品中,哈代笔下的植物生长状况与它们在风中发出的声音、腔调交相呼应,视觉的效果与听觉的效果相辅相成、相互交融,生动形象地再现出埃格敦荒原上的自然和谐之美。而在《德伯家的苔丝》中,哈代在描写苔丝聆听克莱弹琴时也这样写道:

> 飘扬的花粉,好像就是曲调变成、目所能睹的东西。花园的湿气,好像就是花园受了感动而啼泣。夜色虽然就要来临,那气味难闻的丛芜开的花儿,却都放出光彩,仿佛聚精会神,不肯睡去;颜色的波浪和声音的波浪,也融合在一起(178)。

小说中的苔丝的身子随着竖琴的细弱曲调起伏,飘扬的花粉成为具体曲调的体现,花园的潮润则仿佛受了感动的哭泣一般,甚至颜色的波浪也与声音的波浪融为一体。哈代笔下的音画之间有时表现出了一种同步的关系,其"文字音乐严密地从属于文字绘画",音乐情绪则"与画面情绪

基本一致"①。对此，吕志颖曾经指出，哈代小说中的"暖色调的画面配的
是轻快的音乐，冷色调的画面对的是沉重的音乐，画面越鲜亮，节奏越轻
快，画面越晦暗，音调越低沉"；"如果我们把苔丝的悲剧看作是一部电
影，我们将看到一部完整的电影故事情节"，在这部电影中，"绘画好似电
影的背景摄影，构成了人物活动中的背景画面"，音乐则好似电影音乐，
起着"烘托影片的环境气氛、人物形象和主题思想"的作用，也可以"看作
是拍摄画面时进行的画外录音合成"②。

综上所述，哈代在"性格与环境"小说的创作中着意用文字描绘声音
和图画，通过听觉与视觉的融会贯通营造特定的故事环境，又通过人物与
环境之间的关联与契合，使两者有机地结合起来，成为小说中不可或缺的
重要部分。哈代笔下的声音描写与绘画描写常常与人物的命运变化密切
相关，当人物的命运由顺境转向逆境，逐步向悲剧结构发展时，其小说中
的绘画画面色彩常常由暖到冷，音乐的乐曲也由轻快转沉重③。这种声
音描写与绘画描写相互交融、相互补充、有机结合的写作方式不仅形象地
表现了哈代的生态意识，也充分地展示出其独特的艺术技巧和风格，为其
小说增添许多艺术的魅力。通过这种独特艺术技巧的运用，哈代在"性
格与环境"小说中对人物的内心感受进行了深刻而简洁的揭示，对其所
处的生存环境进行了诗意而别具一格的展现。他的小说"没有冗长的心
理分析和内心独白，但却通过另外的方式获得了心理分析和内心独白的
效果"④；没有华丽的诗篇乐章，却通过声音与画面的相互交融、相互补充

① 吕志颖：《试论苔丝形象塑造中的绘画和音乐效果》，《阜阳师范学院学报》1995 年
第 1 期。
② 吕志颖：《试论苔丝形象塑造中的绘画和音乐效果》，《阜阳师范学院学报》1995 年
第 1 期。
③ 吕志颖：《试论苔丝形象塑造中的绘画和音乐效果》，《阜阳师范学院学报》1995 年
第 1 期。
④ 聂珍钊：《托玛斯·哈代小说研究——悲戚而刚毅的艺术家》，华中师范大学出版
社 1992 年版，第 346 页。

而栩栩如生地勾勒出了一幅有声有色的"音响画"。

第四节　自然人化与人的自然化的合理运用

　　哈代在"性格与环境"小说的创作中通过对自然人、文明人与生态难民的形象刻画塑造了各式各样富有个性与魅力的人物形象，又通过视觉与听觉的融会贯通再现了威塞克斯地区独具特色的声景风貌，与此同时，他还通过自然人化与人的自然化这种比拟的写作方式在小说中重新建立起人与自然之间的神圣纽带。胡志红曾经指出，"人类与非人类的亲缘关系只有通过表示关联的意象才得以传达"，比拟的手法"是常见的文学手段之一，它赋予自然存在人的特征，以对抗人类中心主义的思想观念"；这种手法虽然有时"显得有点力不从心，但是没有它，自然更难以找到表达自己的声音"①。生态文学家艾比（Edward Abbey）也认为："在我看来，就是这种愚蠢的、简单的理性主义，否认了除人和狗以外其他动物能够体会各种形式的情感能力……对我来说，许多非人类的非家养的动物体验多种我们不知的情感是可能的。"②艾比虽然拒斥理性主义，但是他也与胡志红一样"坚持近乎拟人的手法，好像赋予动物尊严的唯一方法，是将他们看成是像我们一样的存在"。在"性格与环境"小说的创作中，哈代也是通过将自然人化的方式赋予自然存在以人的特征，赋予自然以和人一样的主体地位，借助这种写作方式在小说中表达了自然与人之间是一种主体间性关系的生态意识。

　　在哈代创作的"性格与环境"小说中，其笔下刻画的每一株植物都不是简单的生物存在，而是一种富有情感的存在，它们都像人一般能够感知

---

　　①　胡志红：《西方生态批评研究》，中国社会科学出版社 2006 年版，第 220 页。

　　②　Edward Abbey, *Desert Solitaire：A Season in the Wilderness*, New York：Simon & Schuster Inc.，1990，pp. 23−24.

情感,也如人一般充满了灵性与人性。《绿荫下》中的每一种树木都有着自己的语言和声音:枞树在微风中呜咽,冬青树则不停地发出啸啸声,水曲柳嘶嘶作响,山毛榉的宽阔枝条则随风摇曳,发出阵阵飒飒声(6)。而《远离尘嚣》中的一些树木则"以专心致志的姿态兀立着,好像在满怀热望地等待着刮来一阵风把它们摇晃一下"(337);一些树木则"像教堂合唱班一样在此唱彼和,发出凄婉的鸣啸","声音被下风头的树篱和其他一些东西挡住,调子就变得低沉下来,成了隐隐约约的啜泣"(9);而另一些树木则"连整个躯干都摇晃起来,枝条拼命挣扎着,互相撞击得哗啦哗啦地响"(304)。在《还乡》中,生长着的芦苇互相摩擦、发出声音,仿佛"礼拜的教众"在谦恭地祈祷似的表明着自己的存在(36);寒风中干枯的石南花"个体发出的声音非常低微",但是成百成千的石南花共同作用发出的声音则非常清晰,"刚刚能脱颖而出"(47);荒原上的"每一棵树都连根扭曲,仿佛骨头在骨槽里活动,每逢风吹树动,都发出抽搐的声音,就像疼痛的呻吟"(191);而约布赖特太太心情不好时,她头顶上的那些树也"老在那儿呜呜咽咽地响,一刻不停,简直叫人难以相信那是由空气引起的"(248)。在《林地居民》中,枞树的树枝在农夫们的头上高兴地伸展着,仿佛在向人们建议在市中心建立一些果园(44);其他粗壮结实的大树树干则布满了皱纹,"好像老太婆的面孔,在最狂暴的大风之下其树干也不曾动摇,只是以弯一弯大树枝作为回答"(262);更多的树则紧紧地挤在一起,为了生存进行着斗争,它们那"损坏了外形的树杈由于相互摩擦和敲打而伤疤累累"(418)。《林地居民》中的树还能够感知人的感情,所以当查曼德夫人的皮衣摩挲着冷冰冰的面孔时,那些阴森森的大树在"不停地摇晃着,唱着庄严而悲伤的歌"(324);而当基尔斯被死神带走时,那些灌木林似乎在表示它们需要他,都懂事地"朝着他那灵巧的手给它们指出的方向,伸出了自己的根须"(438)。《德伯家的苔丝》中那些"飘扬的花粉好像是曲调变成、目所能睹的东西;气味难闻的丛芜开的花儿在夜色中放出光彩,仿佛聚精会神,不肯睡去"(178);常春藤因为暗中挽留安玑，"满面现出赧颜"（221）；大叶子的大黄和卷心菜在烈日下仿佛都睡着了，它们那些宽阔发蔫的叶片，在日光下低垂，"好像半开半闭的伞"（243）。而《无名的裘德》中教堂墙壁上爬满的常春藤则把叶子都"轻巧地互相扑打"（129）。在哈代的"性格与环境"小说中，花草树木都是与人一样有着主体地位的、威塞克斯生物共同体中不可分割的有机组成部分，"体现的正是生态学意义上的自然物种的多样性与丰富性"①。

　　哈代"性格与环境"小说中的动物也具有人性与灵性，如人一般有着丰富的情感，如人一般有着喜怒哀乐。《绿荫下》中狄克和芳茜乘坐的那匹马仿佛受他们情感的浸染而陷入了沉思（99）。而《远离尘嚣》中的芭思希芭在难过时，她手里牵着的母马也好像被深深感动了似的，"不再啃草，抬起头来"（150）；芭思希芭喂养的母羊在剪了毛从羊毛中站起来时，由于失去了外衣，"显得十分地惊慌、羞怯"（174）；而乔治这条狗虽然不很懂英语，但是在奥克发出威胁后也心有灵犀地"昂首猁猁嗥叫起来了"（127）；博尔伍德在悲痛时骑着的那匹马仿佛也懂得他的心声，所以步履缓慢，"显示出难以摆脱的失望"（286）；那条救芳丽的狗在发现自己理解错了芳丽的意思时，便朝那边跑去，后来发现芳丽已经无力跟随，就转了回来悲哀地嚎叫，"痛苦得发狂"，总想"拖着她的衣服往前跑"（319）。《还乡》中埃格敦荒原上的绿头鸭从朔风的故乡到来之际，携带了有关北方的大量了不起的知识，它注视红土贩时就像哲人似的，"仿佛在想，现实的片刻良辰美景，抵得上十年往事的回忆"（78）；附近树林中的燕雀正要歌唱，却因为被大风刮乱了羽毛，因而生气地不唱了（191）；怀尔狄夫在荒原赌博时，荒原马悄然无声地站在一旁，似乎在纳闷，"夜深人静，人和烛光出现在它们时常出没的地点，到底是怎么一回事啊"（212）。而《卡斯特桥市长》中可以证明亨察德在酒醒之后非常懊悔自己卖妻行为

---

①　丁世忠：《〈远离尘嚣〉中的生态伦理思想及其矛盾性》，《外国文学研究》2008年第3期。

的则是一条小狗,"唯有这只小狗,确切无疑地看到了捆草工走出了韦敦集市"(18)。《林地居民》中小辛托克动物社会的各式各样的小成员们在认为基尔斯走了之后,便"绕着这幢小屋巡行",用好奇的眼睛看着它,高兴地寻找着过冬的住所(410)。而《德伯家的苔丝》中的苔丝半夜牵老马去送蜂箱时,"那个可怜的畜生,莫名其妙地看看夜色,看看灯笼,再看看他们姐儿俩的形影,好像不能相信,在这一切有生之物都应该隐身休息的时候,却要叫它去到外面,从事劳动"(48)。在芙仑谷,千百成群的牸牛点缀在一片青绿的草地上时,"密扎扎地和凡·阿思露或者沙雷尔的画上画的市民一般"(178);而苔丝伤感时那只破音粗嗓的芦雀从河边上的一片小树林子里对着她吱吱喳喳地打着招呼,"叫的声音,哀愁、板滞,仿佛一个早已和她绝了交的旧朋友那样"(196)。《无名的裘德》中裘德杀猪时,一只知更鸟看到这种准备工作后,"觉得太阴惨了,就饿着肚子飞开了";那口被套住的猪,"起初是尖声叫,表示吃惊,跟着又连续高声叫,表示愤怒",之后拖长了、慢下来、表示绝望的叫声,临死前则变成了"表示痛苦的尖声喊叫";"它那双定了神儿的眼睛,一直地盯在艾拉白拉身上,很明显地表示尖锐的责问,好像是说,它最后到底明白了,他们以前好像是它唯一的朋友,却原来这样阴险凶狠"(63)。在哈代的"性格与环境"小说中,其笔下刻画的动物情感变化细腻、会思考,有着和人一样的平等地位。通过对这些动物进行栩栩如生的人性刻画,哈代赋予它们以"道德上的、精神上的、象征意义上的、美学上的或文化上的重要性"[1],从而将爱的原则扩展到了动物。

哈代"性格与环境"小说中的大地也不是纯客观的物质形态,而是一种具有生命主体意识的灵动之物,充满了人性与灵性[2]。《还乡》中的埃

---

[1]　[美]戴斯·贾丁斯:《环境伦理学》,林官明等译,北京大学出版社2002年版,第150页。

[2]　丁世忠:《〈远离尘嚣〉中的生态伦理思想及其矛盾性》,《外国文学研究》2008年第3期。

格敦荒原如人一般有着表情与脾性,风暴是它的情人,狂风则是它的朋友(4)。而荒原的性格也如人一样——既不可怕,又不讨厌,也不丑陋;既不平庸,又不痴呆,也不沉闷;只是和人类一样备受冷落,任劳任怨;尽管它黑压压的很单调,却反而显得广大无比,神秘异常,就像某些离群索居的人,脸上似乎露出孤独的神情来而面容孤寂(5)。《德伯家的苔丝》中的棱窟槐那片土地全都披上使人感到凄凉的黄褐色,好像一副没有眉目口鼻的脸,从下巴颏到天灵盖,只是一片平铺的皮肤,除了苔丝她们两个女工,像苍蝇一般在那儿爬动,再就没有别的东西了(399)。而《无名的裘德》中的玛丽格伦大地新近耙过而留下的纹条则像新灯芯绒上面的纹条一样,一直伸展着,让这片大地显出一种鄙俗地追求实利的神气,使它的远近明暗完全消失,把它过去的历史,除了最近那几个月的而外,一概湮灭(8)。在哈代笔下,威塞克斯大地不再是人物活动的背景,而是生态系统中的重要角色,正如沃尔特·爱伦在《英国小说史》中所说,"如果没有埃格敦荒原,《还乡》是难以想象的"①。哈代在小说的创作中也常常运用细腻的文笔赋予大地以原始的野性和令人震撼的神秘力量,其笔下刻画的大地常常如人一般具有情感和欲望,也如人一般成为了哈代小说中的主要角色。

在"性格与环境"小说的创作中,哈代一方面通过将自然人化的方式惟妙惟肖地勾勒了一个神奇而充满生命活力的自然世界,这个世界中的动植物和大地与人一般有着浓厚的情感、和人一般有着重要的主体地位;另一方面,哈代也通过优美的文笔将人自然化,通过将人刻画为与自然一样的事物,以此对抗人们意识中根深蒂固的人类中心主义思想。在哈代创作的"性格与环境"小说中,他栩栩如生地刻画了一群与自然界中的动植物一般深深扎根于威塞克斯地区的人物。在《绿荫下》中,狄克的父亲在食用了一些醋与泡菜之后,顿时觉得自己像云雀一般精力充沛

---

①　[英]沃尔特·爱伦:《英国小说史》,转引自端传妹:《哈代小说中的自然艺术》,《南京师范大学学报》1999 年第 1 期。

(49)——哈代笔下的人物被比作了充满活力的鸟类。而在《远离尘嚣》中,小说中的男主人公奥克则像橡树一样深深植根于供他生存、馈其名字并给予他坚强性格的土地,成为自然的一部分;骑在马背上的芭思希芭则"像翠鸟一般敏捷,像苍鹰一样毫无声息"(17)。在《还乡》中,维恩像荒原上的石南一般,与荒原融为了一体(74);克林·姚伯一身黄褐色的割荆棘装扮却让他看起来像是一条毛虫,跟周围的景色难以分辨(247);托马辛在嫁给维恩时,心中充满了幸福和喜悦,于是她就像小鸟扑打着翅膀一样向前来祝贺的人群轻快地摆手(357);而游苔莎举止"婀娜多姿时,像鸟儿飞翔时多姿多彩;沉思默想时,则像红隼,张开翅膀,以无形的动作飘浮在空中;在风中,就像轻巧的苍鹭,向着树林和山坡飘动,任凭劲风吹荡;惊骇时,就像悄然疾飞的翠鸟;宁静时,恰似飞掠而过的燕子;现在,她行走时,就跟燕子一样"(193)。在《卡斯特桥市长》中,当法夫瑞和露塞塔在市内翩然来去时,"好像一对蝴蝶","或者更不如说像是同生死共患难的一只蜜蜂和一只蝴蝶"(291)。而《林地居民》中的玛蒂那缕缕长发舒展在松木板桌面上时则像一束束起伏的"粗硕的海藻浮在冲洗得发白的小河床"(22)。《德伯家的苔丝》中苔丝的精神"好像树枝里的汁液一般,老是自动涌现"(147);她的头发被雨淋湿时,"简直比海草强不了多少(266);她的嘴唇、气息则有着跟她吃的黄油、蜂蜜、牛奶、鸡蛋一样的味道"(341)。当苔丝一动不动地站在四面环山的碧绿平野上时,她就像一只"苍蝇"(154);当她站在安玑面前时,则"和植物在灼热的骄阳底下一样萎蔫抽缩"(245);当她从一片繁茂丛杂的幽花野草中间轻轻悄悄地走过去时,则像一只猫似的,裙子上沾上了杜鹃涎,脚底下踩碎了蜗牛壳,两只手染上了藓乳和蛞蝓的黏液,露着的两只胳膊也抹上了黏如胶液的树霉,变得像茜草染料的颜色了(178)。而这部小说中的其他牛奶厂女工则"大大方方,无拘无束,好像一群野兽那样勇猛威武"(250);挤在路旁土坡上面的几个女工则像一群鸽子,"并排蹲伏在屋脊上一般"(206)。在《无名的裘德》中,淑背诗时,"皱着小眉头,悲伤地四外看着,对着空气喊,好像真有一个鸟儿站在那儿似的,把那个吃死东西的脏老鸹表现得都活了,也好像老看见天空里有什么东西似的"(115);穿着轻飘飘的春装走进屋子的淑则"缥缈倏忽,好像一个幽灵,又好像一个蛾子一样飞了进来"(260);穿着夏天的服装时,"她就跟一只鸟儿一样地轻盈、活泼,往前走的时候,却好像脚不沾地似的,一阵稍为大一点的风就能把她从树篱上吹到那一面的地里"一般(304);甚至她的衣服上也始终散发着一种"植物的香气"(360)。在哈代的"性格与环境"小说中,其笔下刻画的人物并不比动植物高贵,其笔下塑造的人物与动植物一样只是巨大宇宙中的一个小小的部分。在哈代看来,威塞克斯人与动植物是相通的,"一种共生天地间的同感",像一道有魔力的丝线一样将人类自己的生命与动植物的生命贯穿了起来①。

　　总之,哈代在"性格与环境"小说中通过将自然人化以及人自然化的比拟方式,在人与自然之间重新建立起密切的纽带关系。其笔下的自然如人一般有着喜怒哀乐、和人一般有着重要的主体地位;其笔下的人也与其他自然物种一样只是威塞克斯这个生态整体的一个部分,他们既不比其他自然物种高贵,也不比其他物种更坏②,他们与自然之间是一种主体间性关系。哈代在小说创作中通过运用比拟这种写作方式,将自然的存在与人的存在紧密联系起来,其小说中所运用的这种将自然人化以及人自然化的写作方式不仅仅是一种简单的表现形式,更重要的是,这种比拟方式所暗示的"基础的伦理取向",正如环境伦理学者约翰·塔尔梅奇(John Talmadge)所说,"只有延伸或拟人",其意义远远不如不把非人类世界看成是"一个物体而看成是一个存在"的意义重大③。哈代在小说中

① ［英］托马斯·哈代:《无名的裘德》,张谷若译,人民文学出版社 1996 年版,第11 页。

② 参见雷毅:《生态伦理学》,陕西人民教育出版社 2000 年版,第 170 页。

③ Lawrence Buell,*The Environmental Imagination:Thoreau,Nature Writing,and the For-mation of American Culture*,Cambridge:Harvard University Press,1995,p. 217.

通过比拟这种写作方式所暗示的基础伦理取向,所赋予自然的主体存在地位的意义远远大于其字面的含义。实际上,通过这种写作技巧的运用,哈代将小说中的自然存在与人的存在紧密联系起来,它们一起相互关联、彼此作用,共同构成了威塞克斯这个生态整体。

总之,哈代在"性格与环境"小说中大量运用各种艺术技巧,生动形象地表现了自己的生态意识。他在小说中大量借鉴与运用各种英国传统民谣,这些民谣在其小说的人物形象塑造、心境气氛烘托、情节结构隐射等方面发挥了极其重要的作用。哈代也在创作中经常运用生态悲剧的形式,通过反思与批判人与自然的矛盾关系,通过将人的崇高与自然的崇高有机契合,造就出更为撼人心魄的悲壮慷慨氛围,以激发人们对生态问题的更多关注,以唤醒他们的更多生态意识。此外,哈代也在笔下精心塑造了文明人、生态难民、自然人这三类人物形象,通过对他们的不同命运和结局进行鲜明对比表现自己的生态意识。在"性格与环境"小说的创作中,哈代还大量运用比拟的写作手法,通过将自然人化以及将人自然化这种比拟的方式揭示人与自然之间的主体间性关系,以此对抗人们意识中的人类中心主义。这些写作技巧的灵活运用共同构成了哈代独具一格的小说写作风格,而这种写作风格一方面很好地表现了哈代丰富的生态意识,另一方面也使得其"性格与环境"小说在英国文学史上占据着重要的地位。正如 W.特伦特在《托马斯·哈代的长篇小说》中所说,哈代作为小说家所获得的成功使得他"在小说家中间有权利占据一个更高的地位,一个离我们给菲尔丁和司各特、萨克雷的崇高位置(这个位置连布尔沃和狄更斯、乔治·爱略特都正在争取)不远的地位",而他的杰出才能也使得他可以"和为人类造福者的名字写在一起"①。

---

① [美]W.特伦特:《托马斯·哈代的长篇小说》,转引自陈焘宇编:《哈代创作论集》,中国社会科学出版社 1992 年版,第 208 页。

结　语

　　作为一位具有前瞻生态意识的杰出小说家，哈代早在一个多世纪以前就运用自己善于观察的眼睛、敏于感受的心灵以及丰富的想象开拓了一个表现自然价值的新疆域。他笔下的自然美丽如画，被赋予了生命的灵性，既具有常人眼中的工具价值，也具有其自身的内在价值。哈代笔下的自然也是神秘莫测、错综复杂的，有着举足轻重、不可忽视的生态系统价值。虽然哈代生活在英国经济文化的全盛时期和工业革命的顶点——维多利亚时代，但是他并没有像常人那样对这一时期的科技发展与经济繁荣盲目乐观、沾沾自喜，他从这些表面的繁荣与发展下面洞悉到人类存在的问题，清醒地意识到人类对自然这种竭泽而渔的恶劣态度必然会导致自然对人类冒犯行为的惩罚，也会造成人类遭遇史无前例的生态危机，因此他在"性格与环境"小说中运用细腻的文笔对这些生态困境进行了生动描述。在他的小说中，威塞克斯地区昔日如诗如画的湖泊山川遭到人为的破坏污染，那些充满魔幻色彩的自然静谧则被机器与现代交通工具的轰鸣声所打破；现代工业文明的激烈竞争破坏了原有社会生态的和谐秩序，导致人们社会生活风格的整一化、人物行为的无能化和人际关系的异化，也造成现代人内心精神生态的失衡，使他们在焦虑的鼓噪声中出现心灵的物欲化、精神的真空化等症状。

　　哈代在"性格与环境"小说中不仅生动刻画了早期机械工业文明入侵给人类造成的自然、社会与精神生态困境，也通过其笔下演绎的一幕幕生态悲剧揭示了导致这些生态困境的根源。哈代笔下的自然与父权制社会中的女性一样是作为他者而存在的,一同遭受着社会的压迫。不平等的社会体制是自然受虐、女性被压迫的制度根源。哈代的这一观点同当今生态女性主义的主张几乎不谋而合,但是其形成时间却远远早于生态女性主义思想的出现时间。哈代在小说中也揭示了人们意识中根深蒂固的人类中心主义思想对威塞克斯地区生态环境造成的重要影响。在他笔下,人类的狂妄自大导致了人类对自然的残暴征服与控制,也致使他们欲望膨胀、将发展视为唯一目的以及滥用科学技术。人类这种只考虑人类利益、不顾及自然利益的做法破坏了威塞克斯地区的生态环境,也导致这一地区出现严重的生态失衡问题。

哈代在"性格与环境"小说中也表达了自己对人类回归自然、实现与自然和谐相处这种诗意栖居生活的热切向往。早在《绿荫下》《远离尘嚣》中他就以异乎寻常的想象力,通过对人与自然和谐美的刻画,抒发了人与自然和谐相处的田园理想。在哈代看来,回归自然、重返与自然的和谐是现代人类摆脱目前生态困境、挽回世道人心的希望。哈代笔下的一部分威塞克斯人为了重新捕捉人类美好的天性、恢复他们本真的心灵、凸显自然对人类灵魂的疗救作用,他们重新回到自然的怀抱,重新回归与自然的和谐诗意生存。哈代通过在早期"性格与环境"小说中对人类诗意栖居生活进行的形象勾勒,向人们表达了人类应该回归自然、融入自然,实现诗意栖居生活的这一生态主张,这是哈代在小说中所强调的拯救人类自身的关键。这种生态主张要求人们"在承认和尊重自然的主体地位和权利的前提之下,发挥着人的主体权利",保证生态整体的和谐性、稳定性和可持续发展性①;这种生态主张要求人们的物质生活尽可能简化,精神生活却最大限度地丰富多彩。这种诗意栖居的理想生活是哈代在

---

① 陈缘梅:《人与自然的和谐——浅析〈还乡〉的生态思想》,《莆田学院学报》2011年第3期。

"性格与环境"小说中所刻画的一种太阳底下一切生命平等的生活,这种生活从本质上颠覆了将人与自然、男性与女性二元对立的传统,将控制变作了对话,将冲突变作了和谐,从而从一个侧面勾勒出人类早期生态文明的雏形。

作为一位杰出的现实主义小说家,哈代在小说中经常从悲剧的角度揭示人类生存的困惑,其笔下的现代人类常常因与环境的冲突而沦为环境的牺牲品,抑或因为与环境的和谐而最终获得幸福。人与环境的关系成为哈代多部小说的基本关系,《绿荫下》《远离尘嚣》等七部长篇小说和两部短篇小说集也被称作"性格与环境"小说。由于哈代在这些小说中所展现的自然生态与社会生态问题同属于外部自然的范畴,所展现的精神生态问题属于内部自然的范畴①,因此哈代在"性格与环境"小说中围绕人与生态环境关系所进行的讨论本质上是对人与内、外部自然之间关系的一种揭示。与此同时,哈代在"性格与环境"小说中也为现代社会存在的生态"疾患"提供了诊治的良药,表明了改良社会的决心和信心。他所提出的进化向善论思想主张人类遵循自然的规律,努力适应环境,通过顽强的奋斗来改善目前社会中的种种弊病,改善自己的命运和处境。这种思想强调人类的利益与生态整体利益的有机统一,考虑了人之为人的利益,也顾及了生态整体的利益,这种思想究其本质而言是一种温和的、理智的相对人类中心主义。此外,哈代"性格与环境"小说中生态意识的形成也并非一成不变的。随着哈代对自然价值认识的日渐深入,随着宗法制社会内部矛盾的日益激化以及达尔文进化理论等多重学说的影响,哈代笔下的威塞克斯地区的人类生活由幸福欢快走向了困惑烦忧,由和谐安宁走向了动荡不安。但是,即便在最为艰难的时刻哈代也没有放弃对生态理想的执着追求,他仍然笃志不移地坚信,既然自己与一部分人已经觉悟并获得了人应该回归自然、与自然和谐相处的生态意识,那么通过

---

①　刘文良:《范畴与方法——生态批评论》,人民出版社 2009 年版,第 46 页。

自己的创作必将唤醒更多的人的意识,因此最终全人类都可以获得这样的意识①。

文学作品的本质就在于它可以通过一定的艺术形式超越个人的生活领域向全人类的心灵说话②。作为一位优秀的小说家,哈代在自己的"性格与环境"小说的创作中也大量借鉴与运用了一些独具特色的艺术形式揭示与表现自己对人与自然关系的思考。他的"性格与环境"小说首先借鉴与运用了诸多英国的传统民谣,借助这些民谣,他在小说中惟妙惟肖地勾勒出一个保留着淳朴古老民俗与记忆的乡村世界。他对悲剧形式的处理也达到了炉火纯青的地步,其笔下刻画的各种生态悲剧常常催人泪下,令人扼腕长叹。与此同时,哈代还在作品中精心塑造了一系列自然人、文明人与生态难民的形象,以此向人们表达了这样一种观点:那些敬畏自然、融入自然、与自然和谐相处的人常常内心安宁、生活愉快,可以在这个世界诗意地栖居;而那些既不掌握自然规律,又无法与他人以及自己的内心和谐相处的人则常常会遭受不可避免的失败,甚至最终遭遇灭亡。哈代在"性格与环境"小说中常常将视觉元素与听觉元素融会贯通,这种写作方式帮助他栩栩如生地勾勒出一幅幅威塞克斯声色图景,生动形象地再现出威塞克斯地区传统、自然、宁静、和谐的乡村生活景象。此外,哈代还在自己的小说中通过将自然人化以及人自然化的比拟方式,在人与自然之间重新建立起紧密的联系。其笔下的自然与人之间是一种主体间性关系,它们共同构成了威塞克斯这个生态整体。

总之,在哈代生活的维多利亚时代,环境危机尚未充分暴露,但是富有远见卓识的哈代却凭着自己敏锐的洞察力与感悟力在自己的小说中开始对人类远离自然后所遭遇的各种生态困境进行深度思考,并运用多种写作技巧谱写了一曲曲关于人与内、外部自然冲突的田园悲歌,以此向强

① Florence Emily Hardy, *The Life of Thomas Hardy*, Vol. II (*1892-1928*), London: Macmillan and Co., 1933, p. 125.

② 任宇红:《哈代小说中自然原型的生态启示》,《名作欣赏》2010 年第 15 期。

大的现代文明异质话语提出挑战与质疑。哈代的"性格与环境"小说对人与自然万物的关系也进行了思考,这种思考体现了他对人类自启蒙运动以来所缺失的"对自然复杂性的更深刻的理解",体现了他"对原始力量与稳定性的更彻底的意识",还体现了他"对我们所坚持的所谓文明社会价值观的更尖锐的质疑"①。从这个角度而言,他的小说具有了深刻的现代性,也表现出超前的生态意识。如今现代人类与自然的空间之争已经造成严重的生态问题,这些问题迫使人们不得不重视与思考解决办法,而哈代在"性格与环境"小说中所预先进行的关于人与自然空间之争的刻画与思考使其小说具有了深远的现实意义。此外,哈代在小说中所勾勒的人与自然和谐共处的生活蓝图,书写了人类实现诗意栖居生活的生态理想,这种理想为人们提供了"新田园"的恰当描述,也使得源远流长的田园思想逐渐"成为未来重要的文学与文化力量"②。哈代在小说中所提出的重构人与自然和谐关系的想法已经越来越得到人们的赞赏与共识,也逐渐成为人们心目中"绿色生活"与"生态生活"的标准。在英国,现在每一年都有不少哈代小说的爱好者依据小说所写,前往小说中描写的地方去体验哈代笔下那种远离尘嚣、远离都市的诗意栖居生活,也出现了很多类似"威塞克斯"协会(Wessex Society)这种以保护环境为目标的生态社团。这些体验活动与生态团体的出现直接或间接地受到哈代小说生态意识的影响。而哈代在"性格与环境"小说中所表现的生态意识既是同时代各种思潮影响的产物,也是超越时代局限的升华;既预示着当今生态理论的各种争论,也为我们今天面对的生态问题提供了启示。

---

① 任宇红:《哈代小说中自然原型的生态启示》,《名作欣赏》2010 年第 15 期。
② 任宇红:《哈代小说中自然原型的生态启示》,《名作欣赏》2010 年第 15 期。

参考文献

英文书目

1. Works by Thomas Hardy：

Hardy, Thomas, *Under the Greenwood Tree：A Rural Painting of the Dutch School*, London：Macmillan, 1966.

——, *Far from the Madding Crowd*, Robert C.Schweik(ed.) , New York：Norton, 1986.

——, *The Return of the Native*, James Gindin(ed.) , New York：Norton, 1969.

——, *The Mayor of Casterbridge：The Life and Death of a Man of Character*, London：Macmillan, 1916.

——, *The Woodlanders*, Dale Kramer(ed.) , Oxford：Clarendon Press, 1981.

——, *Tess of the d'Urbervilles：A Pure Woman*, New York：Penguin Signet Classic, 1964.

——, *Jude the Obscure*, New York：The New American Library, Inc. , 1961.

2. Secondary Sources：

Books：

Abbey, Edward, *The Monkey Wrench Gang*, Philadelphia：J. B. Lippincott Company, 1975.

——, *Desert Solitaire：A Season in the Wilderness*, New York：Simon & Schuster Inc. , 1990.

Agnew, John, *Place and Politics：The Geographical Mediation of State and Society*, Boston：Allen & Unwin, 1987.

Alcorn, J. , *The Nature Novel from Hardy to Lawrence*, London：Macmillan, 1977.

Anderson, Lorraine & Scoa Slovic & John P.O'Gradys(eds.) , *Literature and the Environment：A Reader on Nature and Culture*, New York：Longman, 1999.

Armbruster, Karla& Kathleen R. Wallace (eds.) , *Beyond Nature Writing：Expanding the Boundaries of Ecocriticism*, Charlottesville：UP of Virginia, 2001.

Asquith, Mark, *Thomas Hardy, Metaphysics and Music*, Basingstoke：Palgrave

Macmillan, 2005.

Bailey, John, *Far from the Madding Crowd*, London: Macmillan, 1974.

Baker, Carlos, *The Echoing Green*, Princeton, NJ: Princeton University, 1984.

Bate, Jonathan, *The Song of the Earth*, Cambridge, Mass: Harvard University Press, 2000.

Beach, Joseph Warren, *The Technique of Thomas Hardy*, New York: Russell & Russell, 1922.

Beal, Anthony(ed.), *Selected Literary Criticism*, London: Viking, 1956.

Benton, Lisa M. & John R. Short (eds.), *Environmental Discourse and Practice: A Reader*, Malden, MA: Blackwell Publishers Inc., 2000.

Bjork, Lennart A.(ed.), *The Literary Notes of Thomas Hardy*, New York: New York UP, 1985.

Bishop Jr., James, *Epitaph for a Desert Anarchist: The Life and Legacy of Edward Abbey*, New York: Maxwell Macmillan, 1994.

Bookchin, Murray, *The Philosophy of Social Ecology: Essays on Dialectical Naturalism*, Sydney: Black Rose Books, 1990.

——, *The Ecology of Freedom: The Emergence and Dissolution of Hierarchy*, Oakland: AK Press, 2005.

Boumelha, Penny, *Thomas Hardy and Women: Sexual Ideology and Narrative Form*, Brighton: Harvester Press, 1982.

Boylan, Michael(ed.), *Environmental Ethics*, New Jersey: Prentice Hall, 2001.

Branch, Michael P.& Rochelle Johnson & Daniel Patterson(eds.), *Reading the Earth: New Directions in the Study of Literature and Environment*, Moscow, Idaho: University of Idaho Press, 1998.

Brooks, Paul, *The House of Life: Rachel Carson at Work*, Boston: Houghton Mifflin, 1972.

Brown, Carmony, *Aldo Leopold's Southwest*, Albuquerque: University of New Mexico Press, 1990.

Brown, Douglas, *Thomas Hardy*, London: Longman, 1961.

Buckler, William, *The Victorian Imagination: Essays in Aesthetic Exploration*, New York: New York University Press, 1980.

Buell, Lawrence, *The Environmental Imagination: Thoreau, Nature Writing, and the Formation of American Culture*, Cambridge: Harvard University Press, 1995.

——, *Writing for an Endangered World: Literature, Culture and Environment in the U.*

S. and Beyond, Cambridge, MA and London: The Belknap Press of Harvard of University, 2001.

——, *The Future of Environmental Criticism*, Oxford: Blackwell Publishing Ltd., 2005.

Butler, Lance St. John, *Thomas Hardy*, Cambridge: Cambridge University Press, 1978.

——(ed.), *Thomas Hardy after Fifty Years*, London: Macmillan, 1977.

——(ed.), *Alternative Hardy*, London: Macmillan, 1989.

Carpenter, Richard, *Thomas Hardy*, London: Macmillan, 1979.

Carson, Rachel, *Silent Spring*, Boston: Houghton Mifflin, 1962.

Casagrande, Peter J., *Unity in Hardy's Novels*, London: Macmillan, 1982.

——, *Hardy's Influence on the Modern Novel*, Houndmills: The Macmillan Press Ltd., 1987.

Cecil, Lord David, *Hardy the Novelist*, London: Constable and Co. Ltd., 1943.

Coupe, Laurence(ed.), *The Green Studies Reader: From Romanticism to Ecocriticism*, New York: Routledge, 2000.

Cox, R. G. (ed.), *Thomas Hardy: The Critical Heritage*, London: Routledge, 1979.

Cunningham, Gail, *The New Woman and the Victorian Novel*, London: Macmillan, 1978.

Daleski, H. M., *Thomas Hardy and the Paradoxes of Love*, Columbia and London: University of Missouri Press, 1997.

D'Exideuil, Pierre, Felix W. Crosse Trans., *The Human Pairin the Works of Thomas Hardy: An Essay on the Sexual Problem as Treated in the Wessex Novels, Tales, and Poems*, London: Humphrey Toulmin, 1930.

Dolin, Tom & Peter Widdowson (eds.), *Thomas Hardy and Contemporary Literary Studies*, Basingstoke: Palgrave Macmillan, 2004.

Draper, Ronald P., *Thomas Hardy: Three Pastoral Novels: A Casebook*, Basingstoke: Macmillan, 1987.

Duffin, H. C., *Thomas Hardy*, Manchester: Manchester University Press, 1967.

Enstice, Andrew, *Thomas Hardy: Landscape of the Mind*, London: Macmillan, 1979.

Finch, Robert & John Elder(ed.), *The Norton Book of Nature Writing*, New York: W. W. Norton & Company, Inc., 1990.

Garson, Marjorie, *Hardy's Fables of Integrity: Women, Body, Text*, Oxford: Oxford University Press, 1991.

Gartner, Carol B., *Rachel Carson*, New York: Frederick Ungar Publishing, 1983.

Gatrell, Simon, *Thomas Hardy and the Proper Study of Mankind*, Charlottesville, VA: University Press of Virginia, 1993.

——, *Thomas Hardy's Vision of Wessex*, Basingstoke: Palgrave Macmillan, 2003.

Gindin, James, *Harvest of a Quiet Eye*, Bloomington: Indiana University Press, 1971.

Giodano, Frank R., *"I'd Have My Life Unbe": Thomas Hardy's Self Destructive Characters*, Alabama: University of Alabama Press, 1984.

Gittings, Robert, *Young Thomas Hardy*, London: Heinemann, 1975.

Glotfelty, Cheryll & Harold Fromm (eds.), *The Ecocriticism Reader: Landmarks in Literary Ecology*, Athens: The University of Georgia Press, 1996.

Goode, John, *Thomas Hardy: The Offensive Truth*, Oxford: Basil Blackwell, 1988.

Greenslade, William, *Degeneration, Culture and the Novel 1880 – 1940*, Cambridge: Cambridge University Press, 1994.

Gregor, Ian, *The Great Web: The Form of Hardy's Major Fiction*, London: Faber and Faber, 1974.

Grundy, Joan, *Hardy and the Sister Arts*, London: Macmillan, 1979.

Hands, Timothy, *Thomas Hardy: Distracted Preacher?* Basingstoke: Macmillan, 1989.

Hardy, Florence Emily, *The Life of Thomas Hardy*, London: Macmillan, 1933.

——, *The Life of Thomas Hardy*, Vol. I (*1840 – 1891*), London: Macmillan and Co., 1933.

——, *The Life of Thomas Hardy*, Vol. II (*1892 – 1928*), London: Macmillan and Co., 1933.

Hawkins, Desmond, *Hardy's Wessex*, London: Macmillan, 1983.

Higonnet, Margaret R. (ed.), *The Sense of Sex: Feminist Perspective on Hardy*, Urbana: University of Illinois Press, 1993.

Howe, Irving, *Thomas Hardy*, London: Macmillan, 1966.

Irwin, Michael, *Reading Hardy's Landscape*, Basingstoke: Macmillan, 2000.

Jackson, Arlene M., *Illustration and the Novels of Thomas Hardy*, London: Macmillan, 1981.

Johnson, Lionel, *The Art of Thomas Hardy*, London: Macmillan, 1895.

Kerridge, Richard & Neil Sammells (eds.), *Writing the Environment: Ecocriticism and Literature*, London and New York: Zed Books, 1998.

King, Jeannette, *Tragedy in the Victorian Novel*, Cambridge: Cambridge University Press, 1978.

Knoepflmacher, U. C. & G. B. Tenyson (eds.), *Nature and the Victorian Imagination*, Berkeley, Los Angeles, London: University of California Press, 1977.

Kramer, Dale, *Thomas Hardy: The Forms of Tragedy*, London: Macmillan, 1975.

——(ed.) , *Critical Approach to the Fiction of Thomas Hardy* , London : Macmillan , 1979.

——(ed.) , *The Cambridge Companion to Thomas Hardy* , Cambridge : Cambridge University Press , 1999.

——& Nancy Marck(eds.) , *Critical Essays on Thomas Hardy : The Novels* , Boston : G. K.Hall & Co. , 1990.

Kroeber , Karl , *Ecological Literary Criticism* , New York : Columbia University Press , 1994.

Lecercle , Jean Jacques , "*The Violence of Style in Tess of the D' Urbervilles*" , in *Alternative Hardy* , Lance St.John Butler(ed.) , London : Macmillan , 1989.

Leiss , William , *The Domination of Nature* , Boston : Beacon Press , 1974.

Leopold , Aldo , *A Sand County Almanac* , New York : Oxford University Press , 1949.

Lerner , Laurence , *Thomas Hardy's The Mayor of Casterbridge : Tragedy or Social History* , London : Chatto & Windus Ltd. , 1975.

Lodge , David , *Language of Fiction* , London and Henley : Routledge and Kegan Paul , 1966.

Lovelock , James , *The Ages of Gaia : A Biography of Our Living Earth* , Oxford : Oxford University Press , 1989.

Mallett , Phillip (ed.) , *Palgrave Advances in Thomas Hardy Studies* , New York : Palagrave Macmillan , 2004.

Marshall , Peter , *Nature's Web : An Exploration of Ecological Thinking* , London : Simon & Schuster Ltd. , 1992.

Mazel , David (ed.) , *A Century of Early Ecocriticism* , Athens and London : The University of Georgia Press , 2001.

McCay , Mary A. , *Rachel Carson* , New York : Twayne Publishers , 1993.

McIntosh , R.P. , *The Background of Ecology* , Cambridge : Cambridge University Press , 1985.

Meeker , Joseph W. , *The Comedy of Survival : Studies in Literary Ecology* , New York : Scribner's , 1972.

Meisel , Perry , *Thomas Hardy : The Return of the Repressed* , New Haven and London : Yale University Press , 1972.

Mill , John Stuart , *Utilitarianism* , Garden City , N.Y. : Dolphin , 1961.

Miller , J. Hillis , *Thomas Hardy : Distance and Desire* , Cambridge , Mass : The Belknap Press of Harvard University Press , 1970.

Morgan, Rosemarie, *Cancelled Words: Rediscovering Thomas Hardy*, London: Routledge, 1992.

Murphy, Patrick D. (ed.) , *Literature of Nature: An International Sourcebook*, Chicago: Fitzroy Dearborn Publishers, 1998.

——(ed.) , *Farther Afield in the Study of Nature-Oriented Literature*, Charlottesville: University Press of Virginia, 2000.

Neill, Edward, *The Secret Life of Thomas Hardy*, Aldershot: Ashgate, 2004.

Nelson, Elizabeth R. , Lu Wei Trans. , *Thomas Hardy's Far from the Madding Crowd*, Beijing: Foreign Language Teaching and Research Press, 1994.

Orel, Harold(ed.) , *Thomas Hardy's Personal Writings*, London: Macmillan, 1990.

Parham, John (ed.) , *The Environmental Tradition in English Literature*, Burlington: Ashgate, 2002.

Passmore, John, *Man's Responsibility for Nature: Ecological Problems and Western Traditions*, London: Gerald Duckworth & Co.Ltd. , 1980.

Paterson, John, *The Making of The Return of the Native*, Westport, Conniticut: Greenwood Press, 1978.

Paul, Sherman, *For Love of the World: Essays on Nature Writers*, Iowa: University of Iowa Press, 1992.

Pettit, Charles P.C. (ed.) , *Reading Thomas Hardy*, Basingstoke: Palgrave, 1998.

Pite, Ralph, *Hardy's Geography: Wessex and the Regional Novel*, Basingstoke: Palgrave Macmillan, 2002.

Plant, J. , *Healing the Wounds: The Promise of Ecofeminism*, Philadelphia: New Society Publishers, 1989.

Richmond-Abbott, Marie, *Masculine and Feminine: Sex Roles Over the Life Cycle*, New York: McGraw-Hill Publishing Company, 1983.

Rode, Scott, *Reading and Mapping Hardy's Roads*, New York: Routledge, 2006.

Rogers, Arthur Kenyon, *A Student's History of Philosophy*, New York and London: Macmillan, 1908.

Rubinstein, Annette T. , *The Great Tradition in English Literature from Shakespeare to Shaw*, New York and London: Modern Reader Paperbacks, 1969.

Salter, C.H. , *Good Little Thomas Hardy*, London: Macmillan, 1981.

Schweik, Robert C. (ed.) , *Far from the Madding Crowd*, New York: Norton, 1986.

Sharma, B. D. , *Ecology and Oriental Philosophies in the Beats*, New Delhi: Anmol, 2000.

Sterling, Philip, *Sea and Earth: The Life of Rachel Carson*, New York: Thomas Y. Crowell Company, 1970.

Sumner, Rosemary, *Thomas Hardy: Psychological Novelist*, London: Macmillan, 1981.

Synder, Gary, *No Nature*, New York: Pantheon, 1992.

Tallmadge, John& Henry Harrington (eds.) , *Reading under the Sign of Nature: New Essays in Ecocriticism*, Salt Lake City: University of Utah Press, 2000.

Taylor, Paul, *Respect for Nature: A Theory of Environmental Ethics*, Princeton: Princeton University Press, 1986.

Teifel, Nathan R. , *Introduction to Jude of the Obscure*, New York: Airmount Publishing Company, Inc. , 1966.

Thomas, Brian, *The Return of the Native: Saint George Defeated*, New York: Twayne, 1995.

Thomas, Brook, *The New Historicism and Other Old-Fashioned Topics*, Princeton: Princeton University Press, 1991.

Thoreau, Henry David, *Walden*, Princeton: Princeton University Press, 1971.

——, *Wild Apples and Other Natural History Essays*, Athens: University of Georgia Press, 2002.

Vigar, Penelope, *The Novels of Thomas Hardy: Illusion and Reality*, London: The Athlone Press, 1974.

Waage, Frederick (ed.) , *Teaching Environmental Literature: Materials, Methods, Resources*, New York: MLA, 1985.

Walcutt, Charles Child, *Man's Changing Mask: Modes and Methods of Characterization in Fiction*, Minneapolis: University of Minnesota Press, 1966.

Ward, A.C. , *Illustrated History of English Literature: Volume Three(3) Blake to Bernard Shaw*, London: Longmans Green and Co. , 1955.

Warren, Karen J. , *Ecofeminist Philosophy: A Western Perspective on What It Is and Why It Matters*, Maryland: Rowman & Littlefield Publishers, 2000.

Weber, Carl J. , *Hardy of Wessex: His Life and Literary Career*, New York: Columbia University Press, 1940.

Williams, Merrlyn, *Thomas Hardy and Rural England*, London: Macmillan, 1972.

Woolf, Virginia, *The Common Reader: Second Series*, London: The Hogarth Press, 1932.

Worster, Donald, *Nature's Economy: A History of Ecological Ideas*, Cambridge: Cambridge University Press, 1994.

——, *The Wealth of Nature: Environmental History and the Ecological Imagination*,

New York: Oxford University Press, 1993.

Wotton, George, *Thomas Hardy: Towards a Materialist Criticism*, Totowa: Barnes and Noble, 1985.

Wright, T.R., *Hardy and the Erotic*, London: Macmillan, 1989.

——(ed.) , *Thomas Hardy on Screen*, Cambridge and New York: Cambridge University Press, 2006.

Zimmerman, Michael E. (ed.) , *Environmental Philosophy*, Upper Saddle River: Prentice-Hall Inc. , 1998.

Dissertations:

Hyman, Susan Ann, *Green Fields: The Spirit of Place in Novels and Memoirs of the Victorian Countryside*, Ph.D. Dissertation, University of Minnesota, 1994.

Infante-Abbatantuono, Jhoanna, *Aesthetic Evolution: Poetic Practice and Darwinian Theory in the Long Nineteenth Century*, Ph.D. Dissertation, University of California, 2010.

Wright, Emily Powers, *Religious Relations: Nature, Sex, and Tragedy in the Novels of Thomas Hardy and the Early Writings of D.H. Lawrence*, Ph.D. Dissertation, Columbia University, 1990.

Articles:

Babb, Howard, "Setting and Theme in *Far from the Madding Crowd*", *ELH*, Vol. 30, No. 2(June 1963).

Buell, Lawrence, "On Ecocriticism(A Letter)", *PMLA*, Vol. 114, No. 5(Oct. 1999).

Carpenter, Richard C. , "The Mirror and the Sword: Imagery in *Far from the Madding Crowd*", *Nineteenth-Century Fiction*, Vol. 18, No. 4(Mar. 1964).

Carson, Rachel, "Undersea", *Atlantic Monthly*, No. 78(September 1937).

Casagrande, Peter J. , "The Shifted ' Centre of Altruism' in *The Woodlanders*: Thomas Hardy's Third ' Return of the Native' ", *ELH*, Vol. 38, No. 1(Mar. 1971).

Dalziel, Pamela, "Anxieties of Representation: The Serial Illustrations to Hardy's *The Return of the Native*", *Nineteenth-Century Literature*, Vol. 51, No. 1(Jun. 1996).

Estok, Simon C. , "A Report Card on Ecocriticism", *AUMLA: The Journal of the Australasian Universities Language and Literature Association*, Vol. 96(Nov. 2001).

Gordon, Jan B. , "Origins, History, and the Reconstitution of Family: Tess' Journey", *ELH*, Vol. 43, No. 3(Autumn 1976).

Gose, Elliott B. , "Psychic Evolution: Darwinism and Initiation in *Tess of the D' Urbervilles*", *Nineteenth-Century Fiction*, Vol. 18, No. 3(Dec. 1963).

Hitt, Christopher, " Ecocriticism and the Long Eighteenth Century ", College

Literature, Vol. 31, No. 3(2004).

Holland, Norman, " ' *Jude the Obscure* ' : Hardy's Symbolic Indictment of Christianity" , *Nineteenth-Century Fiction*, Vol. 9, No. 1(Jun. 1954).

Katz, Alison Fisch, "Biblical Exegesis in Thomas Hardy's *The Mayor of Casterbridge*" , *Literature & Theology*, Vol. 26, No. 2(June 2012).

Levin, Jonathan, "On Ecocriticism(A Letter)" , *PMLA*, Vol. 114, No. 5(Oct. 1999).

Marcel, Gabriel, "The Sacred in the Technology Age" , *Theology Today*, No. 19(1962).

May, Charles E. , " *Far from the Madding Crowd* and *The Woodlanders*: Hardy's Grotesque Pastorals" , *English Literature in Transition*, Vol. 17, No. 2(1974).

Mizener, Arthur, " *Jude the Obscure* as a Tragedy, " *Southern Review*, Vol. 6 (1940 – 1941).

Morton, Peter R. , " *Tess of the D'Urbervilles*: A Neo-Darwinism Reading" , *Southern Review*, No. 7(1974).

Moynahan, Julian, " *The Mayor of Casterbridge* and the Old Testament's First Book of Samuel: A Study of Some Literary Relationships" , *PMLA*, Vol. 71(1956).

Mumford, Lewis, "The Myth of Machine" , *Harcourt Brace Jovanovich*, Vol. 2(1970).

Murphy, Patrick D. , " On Ecocriticism (A Letter)" , *PMLA*, Vol. 114, No. 5 (Oct. 1999).

Nasker, Rajiv Kumar, "Transformation of Some of Thomas Hardy's Central Characters From Egotism To Altruism" , *Golden Research Thoughts*, Vol. 2, No. 4(Oct. 2012).

Paterson, John, " *The Mayor of Casterbridge* as Tragedy" , *Victorian Studies*, Vol. 3 (1959).

Poole, Adrian, " Men's Words' and Hardy's Women" , *Essays in Criticism*, Vol. 31 (1981).

Pyle, Forest, "Demands of History: Narrative Crisis in *Jude the Obscure*" , *New Literary History*, Vol. 26, No. 2(Spring 1995).

Rueckert, William, " Literature and Ecology: An Experiment in Ecocriticism" , *Iowa Review*, Vol. 9, No. 1(Winter 1978).

Salami, Mahmoud, "The Problem of Subjectivity and Hysteric Discourse in Thomas Hardy's *Far From the Madding Crowd*" , *Damascus University Journal*, Vol. 29, No. 3 + 4 (2013).

Schwartz, Barry N. , " *Jude the Obscure* in the Age of Anxiety" , *Studies in English Literature, 1500–1900*, Vol. 10, No. 4(Autumn 1970).

J. Spector, Stephen, "Flight of Fancy: Characterization in Hardy's *Under the Greenwood*

Tree", *ELH*, Vol. 55, No. 2 (Summer 1998).

Squires, Michael, "*Far from the Madding Crowd* as Modified Pastoral", *Nineteenth-Century Fiction*, Vol. 25, No. 3 (Dec. 1970).

Stallman, R. W., "Hardy's Hour-Glass Novel", *Sewanee Review*, Vol. Ⅳ, No. 3 (April-June 1947).

Sumpter, Caroline, "On Suffering and Sympathy: *Jude the Obscure*, Evolution, and Ethics", *Victorian Studies*, Vol. 53, No. 4 (Summer 2011).

中文书目

1. 图书:

[法]阿尔贝特·史怀泽:《敬畏生命》,陈泽环译,上海社会科学院出版社 1992 年版。

[苏]阿尼克斯特:《英国文学史纲》,戴镏龄、吴志谦、桂诗春等译,人民文学出版社 1959 年版。

[英]阿诺德·汤因比:《人类与大地母亲》,徐波等译,上海人民出版社 2001 年版。

[法]埃德加·莫兰:《复杂思想:自觉的科学》,陈一壮译,北京大学出版社 2001 年版。

[美]埃·弗罗姆:《占有或存在——一个新型社会的心灵基础》,杨慧译,国际文化出版公司 1989 年版。

[美]埃伦费尔德:《人道主义的僭妄》,李云龙译,国际文化出版公司 1988 年版。

[美]R.W.爱默生:《自然沉思录》,博凡译,上海社会科学院出版社 1993 年版。

[美]爱因斯坦:《爱因斯坦文集》第 1 卷,许良英、范岱年译,商务印书馆 1976 年版。

[英]A.N.怀特海:《科学与近代世界》,何钦译,商务印书馆 1959 年版。

[意]A.佩奇:《世界的未来——关于未来问题一百页》,王肖萍等译,中国对外翻译出版公司 1985 年版。

[德]奥斯瓦尔德·斯宾格勒:《西方的没落》,陈晓林译,黑龙江教育出版社 1988 年版。

[俄]鲍里斯·利沃维奇·瓦西里耶夫:《不要射击白天鹅》,李必莹译,湖南人民出版社 1984 年版。

曹顺庆:《中西比较诗学史》,四川出版集团、巴蜀书社 2008 年版。

[俄]车尔尼雪夫斯基:《论崇高与滑稽》,陈洪文、水建馥选编:《古希腊三大悲剧

家研究》,中国社会科学出版社 1986 年版。

陈焘宇编:《哈代创作论集》,中国社会科学出版社 1992 年版。

[英]D.H.劳伦斯:《意大利的黄昏》,文朴译,中国文联出版公司 1997 年版。

[美]大卫·戈伊科奇等编:《人道主义问题》,杜丽燕等译,东方出版社 1997 年版。

[美]戴斯·贾丁斯:《环境伦理学》,林官明等译,北京大学出版社 2002 年版。

[法]丹纳:《艺术哲学》,傅雷译,人民文学出版社 1963 年版。

[美]丹尼尔·贝尔:《资本主义文化矛盾》,赵一凡等译,生活·读书·新知三联书店 1989 年版。

丁世忠:《哈代小说伦理思想研究》,四川出版集团、巴蜀书社 2008 年版。

[英]弗吉尼亚·伍尔夫:《论小说与小说家》,瞿世镜译,上海译文出版社 1986 年版。

[德]冈特·绍伊博尔德:《海德格尔分析新时代的科技》,宋祖良译,中国社会科学出版社 1993 年版。

高继海:《英国小说史》,中国社会科学出版社 2003 年版。

高万隆:《婚恋·女权·小说:哈代与劳伦斯小说的主题研究》,中国社会科学出版社 2009 年版。

[德]G.R.豪克:《绝望与信心》,李永平译,中国社会科学出版社 1992 年版。

[德]歌德等著:《德国诗选》,钱春绮译,上海译文出版社 1982 年版。

何怀宏编:《生态伦理——精神资源与哲学基础》,河北大学出版社 2002 年版。

何宁:《哈代研究史》,译林出版社 2011 年版。

[美]赫尔曼· E.戴利、肯尼思·N.汤森编:《珍惜地球——经济学、生态学、伦理学》,马杰等译,商务印书馆 2001 年版。

[德]黑格尔:《历史哲学》,王造时译,商务印书馆 1963 年版。

[德]黑格尔:《美学》(第一卷),朱光潜译,商务印书馆 1997 年版。

侯维瑞、李维屏:《英国小说史》(上),译林出版社 2005 年版。

胡志红:《西方生态批评研究》,中国社会科学出版社 2006 年版。

[美]霍尔姆斯·罗尔斯顿:《环境伦理学》,杨通进译,中国社会科学出版社 2000 年版。

[美]霍尔姆斯·罗尔斯顿:《哲学走向荒野》,刘耳、叶平译,吉林人民出版社 2000 年版。

[德]卡尔·马克思:《马克思恩格斯全集》第 23 卷,中共中央马克思恩格斯列宁斯大林著作编译局译,人民出版社 1972 年版。

[德]卡尔·雅斯贝尔斯:《当代的精神处境》,黄藿译,生活·读书·新知三联书

店 1992 年版。

［德］卡尔·雅斯贝尔斯:《时代的精神状况》,王德峰译,上海译文出版社 1997
年版。

［美］卡洛琳·麦茜特:《自然之死》,吴国盛等译,吉林人民出版社 1999 年版。

乐黛云、［法］李比雄主编:《跨文化对话》,生活·读书·新知三联书店 2010
年版。

［美］蕾切尔·卡逊:《寂静的春天》,吕瑞兰等译,吉林人民出版社 1997 年版。

雷毅:《生态伦理学》,陕西人民教育出版社 2000 年版。

李美华:《英国生态文学》,学林出版社 2008 年版。

李田意:《哈代评传》,商务印书馆 1938 年版。

李泽厚:《批判哲学的批判——康德述评》,人民出版社 1979 年版。

［苏］列·列昂诺夫:《俄罗斯森林》,姜长滨译,黑龙江人民出版社 1984 年版。

林举岱:《英国工业革命史》,上海人民出版社 1979 年版。

林树明:《多维视野中的女性主义文学批评》,中国社会科学出版社 2004 年版。

刘建生编:《庄主精解》,海潮出版社 2012 年版。

刘文良:《范畴与方法——生态批评论》,人民出版社 2009 年版。

［苏］卢那察尔斯基:《论文学》,蒋路译,人民文学出版社 1978 年版。

鲁枢元:《生态文艺学》,陕西人民教育出版社 2000 年版。

鲁枢元:《生态批评的空间》,华东师范大学出版社 2006 年版。

鲁枢元:《文学的跨界研究》,学林出版社 2011 年版。

［美］罗伯特·米尔德:《重塑梭罗》,马会娟译,东方出版社 2002 年版。

［法］罗曼·加里:《天根》,宋维洲译,北京师范大学出版社 1996 年版。

［加］玛格丽特·阿特伍德:《生存——加拿大文学主题指南》,秦明利译,中国文
联出版公司 1991 年版。

［德］马克斯·霍克海默、特奥多·阿多尔诺:《启蒙辩证法》,洪佩郁等译,重庆
出版社 1990 年版。

［德］马克斯·韦伯:《新教伦理与资本主义精神》,于晓、陈维纲等译,生活·读
书·新知三联书店 1987 年版。

［法］孟德拉斯:《农民的终结》,李培林译,社会科学文献出版社 2005 年版。

［英］弥尔顿:《失乐园》,金发燊译,湖南人民出版社 1987 年版。

苗福光:《生态批评视角下的劳伦斯》,上海大学出版社 2007 年版。

苗力田编:《亚里士多德全集》(第 9 卷),中国人民大学出版社 1994 年版。

聂珍钊:《托玛斯·哈代小说研究——悲戚而刚毅的艺术家》,华中师范大学出
版社 1992 年版。

[澳]彼特·辛格:《动物解放》,孟祥森、钱永祥译,光明日报出版社 1999 年版。

祁寿华、[美]William W.Morgan:《回应悲剧缪斯的呼唤:托马斯·哈代小说和诗歌研究文集》,上海外语教育出版社 2001 年版。

瞿世镜编:《伍尔夫研究》,中国社会科学出版社 1992 年版。

[俄]塞尔格叶夫:《古希腊史》,缪灵珠译,高等教育出版社 1957 年版。

[英]莎士比亚:《莎士比亚全集》(九),朱生豪译,人民文学出版社 1978 年版。

苏联科学院高尔基世界文学研究所编:《英国文学史 1870—1955》,秦水译,人民文学出版社 1983 年版。

孙周兴:《海德格尔选集》(下册),上海三联书店 1996 年版。

[美]梭罗:《梭罗集》(下册),罗伯特·塞尔编,陈凯等译,生活·读书·新知三联书店 1996 年版。

唐代兴:《生态理性哲学导论》,北京大学出版社 2005 年版。

唐广钧、张秀岐:《论哈代的〈苔丝〉〈还乡〉和〈无名的裘德〉》,人民文学出版社 1958 年版。

[英]汤因比、[日]池田大作:《展望 21 世纪》,荀春生等译,国际文化出版公司 1984 年版。

[英]托马斯·哈代:《远离尘嚣》,傅绚宁译,人民文学出版社 2004 年版。

[英]托马斯·哈代:《德伯家的苔丝》,孙法理译,译林出版社 1993 年版。

[英]托马斯·哈代:《还乡》,王之光译,中国书籍出版社 2006 年版。

[英]托马斯·哈代:《无名的裘德》,张谷若译,人民文学出版社 1996 年版。

[英]托马斯·哈代:《德伯家的苔丝》,张谷若译,人民文学出版社 2003 年版。

[英]托马斯·哈代:《卡斯特桥市长》,张玲、张扬译,人民文学出版社 2004 年版。

[英]托马斯·哈代:《小说与诗歌集总序》,张扬译,中国文联出版公司 1985 年版。

[英]托马斯·哈代:《林地居民》,邹海仑译,贵州人民出版社 1988 年版。

王觉非编:《近代英国史》,南京大学出版社 1997 年版。

王诺:《欧美生态文学》,北京大学出版社 2011 年版。

王诺:《欧美生态批评——生态学研究概论》,学林出版社 2008 年版。

王茜:《生态文化的审美之维》,上海世纪出版集团 2007 年版。

王佐良等主编:《英国 20 世纪文学史》,外语教学与研究出版社 1994 年版。

[苏]维·阿斯塔菲耶夫:《鱼王》,夏仲翼等译,上海译文出版社 1982 年版。

吴笛:《哈代研究》,浙江文艺出版社 1994 年版。

吴笛:《哈代新论》,浙江大学出版社 2009 年版。

徐恒醇:《生态美学》,陕西人民教育出版社 2000 年版。

许贤绪:《20 世纪俄罗斯诗歌史》,上海外语教育出版社 1997 年版。

[德]亚瑟·叔本华:《作为意志和表象的世界》,石冲白译,商务印书馆 1982 年版。

杨通进编:《生态二十讲》,天津人民出版社 2008 年版。

[美]约翰·缪尔:《我们的国家公园》,郭名倞译,吉林人民出版社 1999 年版。

[英]约翰·斯图亚特·穆勒:《功利主义》,叶建新译,九州出版社 2006 年版。

[英]约翰·穆勒:《功利主义》,唐钺译,商务印书馆 2014 年版。

曾繁仁:《生态存在论美学论稿》,吉林人民出版社 2003 年版。

曾繁仁、[美]大卫·格里芬主编:《建设性后现代思想与生态美学》(上下卷),山东大学出版社 2013 年版。

曾建平:《自然之思:西方生态伦理思想探究》,中国社会科学出版社 2004 年版。

曾永成:《文艺的绿色之思》,人民文学出版社 2000 年版。

章安祺:《西方文艺理论史精读文献》,中国人民大学出版社 2003 年版。

张皓:《中国文艺生态思想研究》,武汉出版社 2002 年版。

张华:《生态美学及其在当代中国的建构》,中华书局 2006 年版。

张玲:《哈代》,华夏出版社 2002 年版。

张岩冰:《女权主义文论》,山东教育出版社 2001 年版。

张艳梅、蒋学杰、吴景明:《生态批评》,人民出版社 2007 年版。

张中载:《托马斯·哈代——思想和创作》,外语教学与研究出版社 1987 年版。

朱炯强:《哈代——跨世纪的文学巨人》,杭州大学出版社 1994 年版。

2. 中文学位论文:

陈珍:《民俗学视域下的哈代小说研究》,陕西师范大学博士学位论文,2014 年。

郝涂根:《仁爱与纯洁:哈代小说中新宗教的二维研究》,上海外国语大学博士学位论文,2012 年。

胡志红:《西方生态批评研究》,四川大学博士学位论文,2005 年。

李晓明:《美国生态批评研究》,山东大学博士学位论文,2006 年。

刘蓓:《生态批评的话语建构》,山东师范大学博士学位论文,2005 年。

刘红霞:《哈代小说和诗歌的关系研究》,北京外国语大学博士学位论文,2013 年。

刘文良:《范畴与方法——生态批评论》,扬州大学博士学位论文,2007 年。

苗福光:《生态批评视角下的劳伦斯》,山东大学博士学位论文,2006 年。

宋丽丽:《文学生态学建构——生态批评的思考》,北京语言大学博士学位论文,2005 年。

王诺:《欧美生态批评》,山东大学博士学位论文,2007 年。

韦清琦:《走向一种绿色经典:新时期文学的生态学研究》,北京语言大学博士学位论文,2004 年。

吴笛:《人文精神与生态意识——中西诗歌自然意象研究》,浙江大学博士学位论文,2004 年。

朱新福:《美国生态文学研究》,苏州大学博士学位论文,2005 年。

3. 期刊文章:

白晶、王晓姝:《哈代和福克纳性别观之比较——以〈德伯家的苔丝〉与〈喧哗与骚动〉为例》,《黑龙江社会科学》2012 年第 2 期。

陈茂林:《生态女性主义文学批评概述》,《齐鲁学刊》2006 年第 4 期。

成梅:《灵活的借鉴　独特的创新——〈骆驼祥子〉与〈无名的裘德〉之比较研究》,《陕西师范大学学报(哲学社会科学版)》1999 年第 2 期。

陈庆勋:《论哈代的乡土精神》,《外国文学评论》1998 年第 3 期。

陈庆勋:《吟唱着英国民谣的哈代作品》,《上海师范大学学报(哲学社会科学版)》2005 年第 5 期。

陈文娟:《哈代笔下的工业革命与价值观的变迁》,《外国文学研究》2002 年第 4 期。

陈望衡:《生态美学及其哲学基础》,《陕西师范大学学报》2001 年第 2 期。

陈瑜明:《〈还乡〉中人与荒原主题的生态解读》,《内蒙古农业大学学报(社会科学版)》2012 年第 4 期。

陈缘梅:《人与自然的和谐——浅析〈还乡〉的生态思想》,《莆田学院学报》2011 年第 3 期。

戴承富:《从托马斯·哈代的创作看其爱情婚姻观嬗变》,《外国文学研究》1994 年第 3 期。

丁尔苏:《前现代—现代转型的文学再现》,《外国文学评论》2009 年第 4 期。

丁世忠:《〈无名的裘德〉的生态伦理意识》,《长江师范学院学报》2008 年第 4 期。

丁世忠:《〈远离尘嚣〉中的生态伦理思想及其矛盾性》,《外国文学研究》2008 年第 3 期。

丁世忠:《试析哈代小说的女性伦理》,《江西社会科学》2009 年第 9 期。

丁世忠:《哈代小说中的民间活态文化及其价值》,《西南民族大学学报》2009 年第 9 期。

董务刚:《评〈德伯家的苔丝〉和〈红字〉中的道德观》,《解放军外国语学院学报》1995 年第 5 期。

端传妹：《哈代小说中的自然艺术》，《南京师范大学学报》1999 年第 1 期。

方玲、方英：《哈代小说中的生态伦理叙事》，《宁波教育学院学报》2011 年第 1 期。

冯梅、姬生雷：《〈德伯家的苔丝〉中的贵族精神和痞子气》，《前沿》2012 年第 8 期。

傅守祥：《生态文明视野中的文化诗学——〈哈代新论〉读后漫说》，《浙江社会科学》2010 年第 4 期。

高建为：《〈白痴〉与〈德伯家的苔丝〉悲剧艺术比较》，《俄罗斯文艺》2007 年第 4 期。

耿纪永、张洁：《论 W.S.默温的生态诗与佛禅》，《外国文学研究》2012 年第 5 期。

顾红曦：《苔丝悲剧命运成因论》，《西安外国语学院学报》1998 年第 2 期。

韩婷：《论托马斯·哈代悲剧性小说思想发展的轨迹》，《沈阳农业大学学报（社会科学版）》2008 年第 2 期。

郝涂根：《哈代认同古希腊悲剧的命运观念吗？》，《外语研究》2006 年第 3 期。

何宁：《论哈代小说创作的转折》，《外国文学研究》2008 年第 6 期。

何欣：《苔丝悲剧命运的法律审视》，《外国文学研究》2012 年第 2 期。

胡宝平：《哈代作品中的怀旧》，《外国文学评论》2005 年第 2 期。

黄丛笑：《托马斯·哈代的宿命论在〈苔丝〉中的体现》，《中南民族学院学报（人文社会科学版）》2002 年第 5 期。

［美］霍尔姆斯·罗尔斯顿：《自然的价值与价值的本质》，刘耳译，《自然辩证法研究》1999 年第 2 期。

［美］霍尔姆斯·罗尔斯顿、J.库福尔：《森林伦理和多价值森林管理》，叶平译，《哲学译丛》1999 年第 2 期。

蒋贤萍：《〈苔丝〉的民谣叙事》，《青海师专学报》2008 年第 5 期。

金长发：《哈代长篇小说悲剧形式溯源》，《扬州师院学报》1990 年第 1 期。

金长发：《哈代长篇小说场景艺术浅论》，《扬州师院学报》1991 年第 4 期。

康响英：《〈远离尘嚣〉：一部反映"弱者"生存状态的史书》，《邵阳师范高等专科学校学报》2001 年第 1 期。

蓝仁哲：《哈代小说〈远离尘嚣〉中的人与自然》，《四川外语学院学报》1998 年第 2 期。

李金梅：《析〈无名的裘德〉的空间叙事》，《中北大学学报（社会科学版）》2014 年第 6 期。

李鹏：《哈代悲剧小说中的现代主义质素》，《江西社会科学》2004 年第 3 期。

李庆本：《从生态美学看实践美学》，《文艺理论研究》2010 年第 3 期。

李雪梅、舒容:《鲁迅与哈代乡土文学共异性研究》,《西北大学学报》2006年第5期。

李增:《劳伦斯和哈代笔下人物的血缘关系》,《外国文学研究》1994年第2期。

李增、王丁:《论哈代"性格与环境"小说中的"性格"和"环境"的关系》,《外国文学研究》2004年第5期。

李肇华:《英国农村的斑斓史诗——论威塞克斯小说的乡土物证》,《外国文学研究》1994年第3期。

刘爱琳:《哈代小说反传统的两性世界》,《求索》2005年第5期。

刘蓓:《生态批评研究考评》,《文艺理论研究》2004年第2期。

刘宁:《超越背景的艺术职能——评〈苔丝〉中的环境描写》,《湖南科技学院学报》2006年第2期。

刘小菠:《哈代思想的一次发展与变化——小说〈还乡〉、〈卡斯特桥市长〉比较》,《贵州社会科学》2008年第2期。

罗晴:《论哈代小说中环境描写的象征手法》,《青年文学家》2013年第32期。

吕志颖:《试论苔丝形象塑造中的绘画和音乐效果》,《阜阳师范学院学报》1995年第1期。

马凌:《征服与回归:近代生态思想的文学渊源》,《外国文学研究》2003年第1期。

马弦:《苔丝悲剧形象的"圣经"解构》,《外国文学研究》2002年第3期。

马弦:《论〈还乡〉中大自然描写的象征性》,《四川外语学院学报》2003年第6期。

马弦:《论哈代小说中的新女性形象》,《外国文学研究》2004年第1期。

马弦、刘飞兵:《论哈代"性格与环境"小说的民谣艺术》,《外国文学研究》2007年第2期。

敏捷:《〈远离尘嚣〉:哈代悲剧性小说的发轫》,《上海师范大学学报(哲学社会科学版)》1992年第1期。

聂珍钊:《论哈代小说悲剧主题的发展》,《华中师范大学学报》2001年第6期。

聂珍钊:《哈代的小说创作与达尔文主义》,《外国文学评论》2002年第2期。

宁晓燕:《从〈苔丝〉管窥哈代的生态女性主义意识》,《聊城大学学报》2008年第2期。

宁云中:《成长中的自然回归——〈麦田里的守望者〉生态批评解读》,《名作欣赏》2010年第3期。

[澳]彼特·辛格:《所有的动物都是平等的》,江娅译,《哲学译丛》1994年第5期。

任春晓：《关于生态伦理的若干哲学论证》，《复旦学报（社会科学版）》2000年第2期。

任良耀：《精心建构的艺术世界——哈代、福克纳和加西亚·马尔克斯之文本结构初探》，《外国文学》2002年第3期。

任宇红：《哈代小说中自然原型的生态启示》，《名作欣赏》2010年第15期。

沈绍华、张海涛：《从〈还乡〉看英语比喻的语言形式》，《山西大学学报（哲学社会科学版）》1991年第3期。

司空草：《文学的生态学批评》，《外国文学评论》1999年第4期。

孙坚：《〈骆驼祥子〉和〈无名的裘德〉：现实主义的契合》，《外语教学》2003年第6期。

孙晓燕：《主流和民间视域中的哈代小说的爱情婚姻观》，《江苏社会科学》2011年第6期。

唐慧心：《哈代长篇小说悲剧形式溯源》，《扬州师院学报》1990年第1期。

陶家俊：《跨文化转化诗学视野中的哈代场》，《国外文学》2010年第2期。

陶久胜：《体验自然的伤残，呼吁整体的和谐——哈代自然诗歌生态思想揭示》，《重庆邮电学院学报》2005年第5期。

万燚：《论哈代"性格与环境"小说的现代主义因素》，《四川理工学院学报（社会科学版）》2004年第4期。

汪沛：《托玛斯·哈代的"威塞克斯"图景：人与自然的和谐整体》，《外语教学》2009年第4期。

汪余礼：《易卜生晚期戏剧中的生态智慧》，《外国文学评论》2009年第3期。

王健：《明暗交替张弛相间——〈德伯家的苔丝〉的悲剧艺术欣赏》，《名作欣赏》2001年第3期。

王捷：《概论哈代小说人物性格的审美意蕴》，《外国文学研究》1990年第1期。

王藜：《解读"德伯家的苔丝"中的女性意识》，《新疆师范大学学报》2005年第4期。

王立婷：《形象化与可视性——〈德伯家的苔丝〉中的一个艺术特色》，《东北大学学报（社会科学版）》1999年第2期。

王诺：《生态批评：发展与渊源》，《文艺研究》2002年第3期。

王平：《〈还乡〉的神话原型解读》，《安徽工业大学学报（社会科学版）》2007年第4期。

王先霈：《陶渊明的人文生态观》，《文艺研究》2002年第5期。

王晓路：《文本的历史性与历史的文本性——读〈历史主义与其他一些老话题〉》，《外国文学评论》1996年第2期。

王新春、许阳:《女性·自然——生态女性主义批评视角下的〈德伯家的苔丝〉》,《黑龙江教育学院学报》2008 年第 1 期。

韦清琦:《方兴未艾的绿色文学研究——生态批评》,《外国文学》2002 年第 3 期。

魏艳辉:《反田园牧歌的乡土叙事——重论哈代小说〈还乡〉与〈德伯家的苔丝〉中人与自然的关系》,《解放军外国语学院学报》2012 年第 6 期。

温阜敏、饶坚:《中国生态文学概说》,《韶关学院学报(社会科学版)》2004 年第 1 期。

吴笛:《文学与音乐的奇妙结合——论哈代文学作品中的音乐性》,《浙江大学学报》2001 年第 1 期。

吴国瑞:《德伯家的苔丝》,《西方语文》1958 年第 2 期。

吴晶:《维多利亚时代的三个叛逆女性》,《外国文学研究》1994 年第 2 期。

吴卫华:《不伦之恋:〈无名的裘德〉的叙事母题探析》,《外国文学研究》2006 年第 2 期。

吴锡民:《立体的构架 多重的意蕴——论哈代悲剧小说的艺术对比工程》,《外国文学研究》1990 年第 2 期。

许丽芹、陈萍:《哈代小说的生态整体主义思想解读》,《开封教育学院学报》2011 年第 1 期。

颜学军:《哈代与悲观主义》,《国外文学》2004 年第 3 期。

颜学军:《简论托马斯·哈代的文学思想》,《解放军外国语学院学报》2006 年第 5 期。

颜燕:《哈代创作思想论析》,《韶关学院学报》2007 年第 1 期。

杨道云:《哈代小说〈无名的裘德〉中所蕴含的生态自然观》,《漳州师范学院学报》2004 年第 2 期。

杨金才:《论哈代的〈远离尘嚣〉》,《外国文学研究》1990 年第 1 期。

杨金才:《社会的缩影 现实的批判——试论哈代的〈远离尘嚣〉》,《外国文学研究》1993 年第 1 期。

杨丽娟、刘建军:《关于文学生态批评的几个重要问题》,《当代外国文学》2009 年第 4 期。

杨信彰:《英文小说中语言的功能意义》,《外国语》1992 年第 5 期。

殷企平:《想象共同体〈卡斯特桥镇长〉的中心意义》,《外国文学》2014 年第 3 期。

尤平:《哈代和张爱玲小说中的现代意识探析》,《天中学刊》2009 年第 4 期。

袁鼎生:《生态美的系统生成》,《文学评论》2006 年第 2 期。

[法]詹姆斯·乔埃斯:《文艺复兴运动的普遍意义》,《外国文学报道》1985 年第

6 期。

曾繁仁:《生态存在论美学视野中的自然之美》,《文艺研究》2011 年第 6 期。

曾令富:《象征与神话原型:〈德伯家的苔丝〉中的环境描写》,《外国文学评论》1994 年第 4 期。

詹敬秋:《资本与生态:一对不可调和的矛盾——福斯特对资本主义制度的生态学批判》,《苏州大学学报》2011 年第 6 期。

张博实:《探寻"真相"的所在——浅谈新历史主义语境下文本对历史的还原》,《文艺评论》2010 年第 5 期。

张箭飞:《花无舌而有深刻的言词——论英国文学中的石南》,《外国文学研究》1998 年第 1 期。

张玲:《晶体美之所在——哈代小说数面观》,《外国文学评论》1995 年第 2 期。

张群:《19 世纪英国现实主义小说的迥异之作——论〈卡斯特桥市长〉的创作风格》,《解放军外国语学院学报》2000 年第 2 期。

张群:《独特的"方阵舞",别样的"巧合"——论哈代小说的叙事结构》,《外国语》2000 年第 4 期。

张群芳:《哈代的自然观与游苔莎、苔丝的悲剧》,《哈尔滨学院学报》2004 年第 10 期。

张旭春:《生态法西斯主义:生态批评的尴尬》,《外国文学研究》2007 年第 2 期。

张亚丽:《生态批评视阈中的奥斯汀与哈代小说》,《山西师范大学学报》2011 年第 6 期。

张亚英:《略谈哈代〈无名的裘德〉的冲突意识》,《扬州师院学报(社会科学版)》1994 年第 2 期。

张艳清、张燕楠:《再现〈圣经〉世界中的"替罪羊"——评析〈旧约·撒母耳记〉和〈卡斯特桥市长〉中人与社会冲突的主题》,《东北大学学报(社会科学版)》2004 年第 3 期。

张一鸣:《埃格敦荒原上的人与自然》,《湖北民族学院学报》2010 年第 2 期。

张一鸣:《论哈代小说中的宇宙意识》,《外国文学研究》2014 年第 4 期。

张中载:《新中国六十年哈代小说研究之考察与分析》,《外国文学》2011 年第 3 期。

周怀红:《消费主义批判与消费伦理之建构》,《学术论坛》2010 年第 12 期。

周怀红:《消费主义伦理批判》,《辽宁师范大学学报》2011 年第 5 期。

周凌枫:《易卜生社会问题剧的现实意义》,《当代戏剧》2007 年第 2 期。

朱峰:《后殖民生态视角下的〈耻〉》,《外国文学研究》2013 年第 1 期。

祖晓梅:《哈代与上帝之死》,《天津师大学报(社会科学版)》1998 年第 3 期。

网络资源

http://202. 115. 193. 42/rewriter/42/http/dota9bmjh9mds/kns/brief/result.　　aspx？
dbprefix＝scdb&　action＝scdbsearch&db_opt＝SCDB.

后　记

在读本科时,因受恩师陶家俊教授的熏陶与启迪,我对英美文学产生了浓厚的兴趣。后来,在图书馆读书时偶然阅读了哈代的《还乡》与《德伯家的苔丝》等作品,深为其作品中磅礴的气势与优美的文笔所折服。于是,我在四川大学攻读博士学位期间对哈代的"性格与环境"小说进行了系统深入的研究。面对最终摆在面前的书稿,我禁不住感慨万千,特别是回想起给予我无私帮助的各位老师、朋友和家人,感激之情油然而生。

首先我要感谢恩师王安教授。从书稿题目的选择到思路的整理,从理论的架构到方法的确立,从目录的推敲到全书的修改,无一不浸润着先生的心血。也要感谢袁德成教授对我的悉心培养。多年来,先生细心谨慎、一丝不苟的治学态度与宽厚谦和的品质一直感染与激励着我,使我克服生病等重重困难,坚持完成了书稿写作。两位先生敏锐的学术眼光、严谨的治学态度、渊博的学识、高尚的人格一直是我学习的楷模。衷心感谢四川大学石坚、程锡麟、王晓路、王欣等老师的传道授业解惑,聆听他们的教诲让我如坐春风、如沐春雨。

感谢四川师范大学的各位领导和同事,他们的关心、支持和帮助使我最终完成了书稿的写作。也真诚感谢我的家人,他们不仅给予了我很大的精神安慰,还分担了大量的家务劳动,使我可以静心于学术和写作。最后,还要诚挚地感谢人民出版社的贺畅主任和各位编辑,他们的悉心指导与热情帮助使本书得以付梓。本书的部分内容曾在《社会科学研究》《当代文坛》等刊物上发表,在此谨向各位编辑一并献上真诚的谢意。

由于水平所限,本人在写作中难免有疏漏与不足之处,敬请学界前辈与同道批评指正。